光文社文庫

海神《わだつみ》

染井為人

光 文 社

海神
わだつみ

目次

プロローグ　二〇二一年三月十一日　千田来未

いっぽ、いっぽ足を繰り出すたびに砂がクッ、クッと笑い声をあげる。

鳴き砂というもので、これがめずらしいものなのだということを千田来未《せんだくるみ》は最近になって知った。どうやら砂の中に石英《せきえい》の粒子のようなものが混じっていて、それが摩擦を起こすことで音が出る仕組みらしい。ほかを知らないので、海の砂は笑うのが当たり前だと思って来未はこれまで生きてきた。

今日、来未は十歳を迎えた。十、という数字はちょっと特別な感じがしてうれしい。大人になれたわけじゃないけれど、なんだか大人の仲間に入れてもらえたような気がする。

ただ、来未は誕生日というものがあまり好きではなかった。島のみんながそろってかたい顔つきになるからだ。ふだんは明るいナナイロハウスの職員も、いつもくだらない冗談ばかり飛ばす小学校の校長先生も、来未の誕生日だけはどんよりしている。

それに毎年この日は慰霊祭の準備に朝から大忙しで、だれも来未にかまってくれない。もちろん来未も手伝いを命じられたのだが、みんなの暗い顔を見ているのがイヤでこうして抜け出してきた。

きっと今、大人たちは「また来未のヤツ」と眉間《みけん》にシワを寄せていることだろう。でも、そんなの気にしない。おてんば娘は叱られてなんぼだ。

適当な場所で立ち止まり、赤いランドセルを放るように砂浜に落とした。こうすると砂がポヨッとひょうきんな声で鳴くのだ。

ランドセルのとなりに体育座りをして広い海をぼんやり眺めた。ゆらゆら揺れる海面が陽《ひ》射《ざ》しを撥《は》ね返している。今日はとってもいいお天気。だけど、海風はまだ冷たい。

はやく夏になればいいのに、と来未は思う。

夏になれば海でおもいきり遊べる。来未は海で遊ぶのが大好きだった。とくに素潜《すもぐ》りは超がつくほど得意で、男の子たちよりも深く長く潜っていられる。それに大人たちには秘密だが、ウニだってサザエだって獲《と》り放題だ。

「なして来未おねえちゃんにはパパとママがいないの」

ちょっと前に、ふいにカナちゃんに言われた言葉が脳裡《のうり》に蘇《よみがえ》った。カナちゃんはまだ一年生で背丈は来未の肩ほどしかないが、クラスメイトだ。全校児童が十三人しかいないのだから学年分けなどできっこない。

「むかしの地震で、死んじまったんだって」

来未が膝に手をついて答えると、カナちゃんは幼いながらに悪いと思ったのか、「ごめんなさい」とぺこりと頭を下げてきた。

それがとってもいじらしくて、カナちゃんのほっぺをぶにゅーっと引っ張ってやった。

親がいないことなどどうってことない——というよりなんとも思わない。むしろ写真でしか見たことのない父と母を恋しく思える方法を教えてほしい。

わたしには血の繋《つな》がった親はいないけれど、親代わりの大人がいっぱいいる。とくにナナイロハウスの職員の昭久《あきひさ》おじちゃんや佳代《かよ》おばちゃんは本当の子どものようにわたしを可愛がってくれる。

友達だって、小学校にもナナイロハウスにも、いーっぱいいるのだ。

こんなに大好きな人たちに囲まれて暮らしているのに、さみしいだなんて言ったらバチが当たる——と前に佳代おばちゃんに話したことがある。そうしたら佳代おばちゃんはぼろぼろと涙をこぼして、「ありがとう。ありがとう」と言って抱きしめてきた。

べつに佳代おばちゃんを泣かせたいわけでも、よろこばせたいわけでもなくて、ただ本心を口にしただけなんだけど、と思いながら来未は抱かれていた。

自分はまだまだ幼いけれど、それでも十年間生きてきてわかったことがある。

わたしは多くの人から同情のまなざしを向けられる、かわいそうな子どもだということ。

悩みなどどこにもないのに、おかしな話だ。

いや、ないこともないか。

先月、初潮があった。四年生になったときに女の先生が教えてくれたので生理の知識は持っていたけれど、こうしたことが自分に訪れるのはもっともっと先のことだと思っていた。まさかこんなにもはやく女の子から女性になるなどとは夢にも思っていなかった。

股《また》から流れた血は今でも鮮明に覚えている。なんだか自分がひどく醜い生き物になったような気がした。

あれがまた今月もやってくるのかと思うと、けっこう憂鬱《ゆううつ》だ。「大人になった証《あかし》さ」と言って佳代おばちゃんはよろこんでいたけれど——。

あ、と来未は思う。

そうか。わたし、もう大人の証をもらっていたのか。

そんな来未に強い海風が正面から吹きつけた。髪が後方に流される。

来未はスッと立ち上がり、おしりをパンパンとはたいて砂を払った。

海の向こう、遠くに目を細めると、うっすら町が望めた。

この島から船で五分ほどで辿《たど》り着く矢貫町《やぬきまち》だ。島の大人たちはあっち側を「本土」と呼んでいる。

矢貫町はちいさな町だけれど、この天ノ島《あまのしま》に比べればはるかに大都会だ。バスも電車も走っているし、なにより日本全国と陸で繋がっている。

ちょっと前の社会の授業で日本地図を広げたとき、我が島のあまりのちっぽけさに来未は衝撃を受けた。よく尖《とが》ったえんぴつでちょんと点をつけたくらいの大きさしかなかったのだ。東北で二番目に大きい有人島だと島の人は誇っているけれど、現実の天ノ島は点でしかない。だから島のおにいちゃんやおねえちゃんたちは、大人になるとみんな本土へ行ってしまう。いつか、わたしもこの島を離れるのだろうか。

今はそうしたいとちっとも思わないけど、いつか心変わりをするときがおとずれるのだろうか。

そんなことをぼんやり考えていた来未の目の端でなにかが動いた。

その先へ目を凝らし、来未は眉《まゆ》をひそめる。

ザーッと寄せて、シューッと返す白い波の動きに合わせて、銀色のカバンのようなものが微妙に揺れていた。波の中にあるのだ。

アタッシェケース、というやつだろうか。だけども、なぜあんなものがこんなところに――。

「あ、まって」

自然と言葉がこぼれていた。大きい波がやってきて、銀色のカバンが視界から消えたのだ。

来未は靴とくつ下を同時に脱ぎ捨て、脱兎《だっと》の如《ごと》く駆け出した。クックックッと砂が高速で鳴く。

勢いそのまま海に飛び込んだ。初春の海水はものすごく冷たい。それでも構わずぐんぐんと前進する。膝上まで海水に浸《つ》かり、スカートの裾が濡《ぬ》れた。

タイミングを合わせて波の中に両手を突っ込み、銀色のカバンを摑《つか》んだ。次に海水から引き上げようとした。だが、簡単には持ち上がらなかった。びっくりするくらい重たいのだ。ランドセルよりちょっと大きいくらいなのに。

来未は取っ手を摑み、寄せる波とタイミングを合わせ、綱引きの要領で銀色のカバンを引き込んだ。そしてそのまま砂浜に引きずり上げると、砂がキューッと変な声で鳴いた。

波が届かない場所までやってきて、来未はその場に倒れ込んだ。砂浜に両手をつき、はあ、はあ、と肩で息をする。

改めて銀色のカバンに目をやった。よく見たら表面にはたくさんの傷があり、いろんなところがボコボコに凹《へこ》んでいた。苔《こけ》もうっすら張り付いている。たぶん長いこと海の中を漂っていたのだろう。

もしかして、海賊の宝箱だったりして——。

一瞬、そんな期待が膨《ふく》らんだがすぐにそんなことないかと冷静になった。きっと旅行者が渡航中に海に落としてしまったただの荷物だ。

たぶん開かないだろうな。そう思いながらボディに取りつけられているヒンジに手をやった。するとバチンと音を立て、金具が持ち上がったのでおどろいた。さらにはもうひとつも同様に持ち上がった。

もともとロックがされていなかったのか、それとも海水に浸かっていたせいでゆるんでしまっていたのだろうか。

いずれにせよ、この謎の箱は開くのだ。

ふー、はー。大きく、ゆっくりと深呼吸をした。

次に両手を使い、恐るおそる上部のボディを持ち上げた。

すると、眩《まばゆ》い輝きを放つ黄金の金塊が来未の双眸《そうぼう》に飛び込んできた。

1　二〇一三年一月十八日　菊池一朗

　天ノ島みなみ公民館の大会議室は今にも爆発しそうな殺気に満ちていた。この場にいる誰もが拳《こぶし》を固く握りしめ、目をひん剝《む》いている。

　日本一の発行部数を誇る大手新聞社、今日《こんにち》新聞の東北総局宮古《みやこ》通信部に配属されている菊《きく》池一朗《ちいちろう》もまた、下唇をきつく嚙《か》み、前方を睨《にら》みつけていた。

　その視線の先には、北海道を拠点とするNPO法人ウォーターヒューマンの代表であり、天ノ島復興支援隊の代表を兼務する遠田政吉《えんだせいきち》、三十五歳がいる。

　となりに弁護士を従えた遠田は、熊のような巨体を存分に椅子《いす》の背にもたれさせ、丸太のような両足を大きく広げ、そして大勢の記者たちに向け不敵な笑みを浮かべていた。

　使途不明金――そのあまりにも不透明な帳簿についての、釈明会見だった。

「だから、証拠は？」遠田がべっとりとした長髪を搔《か》き上げて言った。「おれが公金を使い込んだという証拠をきちんと文書で提出してちょうだいよ。じゃないと話にならんわ」

「ふざけるなっ」即座に記者たちから怒声が飛ぶ。「あんた、復興を喰《く》い物にして恥ずかしくないのか」

「ふざけてるのはあんたらマスコミだろう。ありもしない話をでっち上げて、人を悪者に仕立て上げて、ほんと大概にしろよ。あんたらのほうこそ恥じるべきじゃないのか」

再びあちこちから怒声が飛び交った。みな、とてもじゃないが冷静になどなれないのだ。

四億二千万円。これは遠田政吉が私的に使い込んだとされる金額だ。

そしてこの金は東日本大震災《ひがしにほんだいしんさい》で甚大な被害を受けた天ノ島の復興支援金だった。

復興支援金の総額は二年間で約十二億円。その約三分の一もの金が、傷を負った島と島民を復活させるための命の金が、たったひとりの男の私利私欲のために溶けて消えてしまったのだ。

復興支援金——正確には被災により職を失った者に働く場を提供する緊急雇用創出事業臨時特例交付金が、なぜ縁もゆかりもないＮＰＯ団体に託されてしまったのか。なぜこの男に復興支援参与などという重要な役職を与え、重大任務を委嘱してしまったのか。

きっと世間は理解に苦しむだろう。だが島民たち、当時の天ノ島の惨憺《さんたん》たる状況を知っている者からすればわからなくもなかった。いや、それが賢明だと、あのときはだれしもが思ったのだ。

震災直後、被災地の多くの自治体がそうだったように、この天ノ島の行政もその機能を完全に失っていた。そんなとき、この島に颯爽《さっそう》と現れたのが遠田政吉だった。

遠田は風水被害や地震などに見舞われた災害地域で救助、捜索をはじめとした各種ボランティア活動を行っているＮＰＯ団体の代表だと自称した。つまり災害対応のプロとしてこの天ノ島にやってきたのだ。

「神様みでえな人」

これは当時、島民らがよく口にしていた台詞《せりふ》だ。

一朗もそう思っていた。

この男になら任せられる。おれの大切な島と、大切な家族や仲間をこの地獄から救ってくれる。

救世主だと、そう信じていた。

岩手県沿岸中部、三陸《さんりく》地方に位置する矢貫町、その矢貫町からフェリーで五分ほどのところに浮かぶ有人島が天ノ島だ。その面積はわずか六平方キロメートル、このちいさな島で約千七百世帯、約三千五百人の島民がつつましく暮らしていた。

主な産業は漁業と観光業で、島民の多くはどちらか、もしくは兼業で生計を立てていた。

天ノ島は海の幸が豊富で、とくにヒラメ、カレイ、ウニなどは高値で取引されており、自慢の特産品になっている。夏には多くの観光客が島を賑《にぎ》わせ、旅館や民宿、土産物店が繁盛した。

島民の気質はおだやかでのんびりとしているが、仲間意識はめっぽう強い。裏を返せばやや閉鎖的な部分があることも否《いな》めない。だが島の子はみな我が子という温かい大人と豊かな自然に囲まれ、子どもたちはこの島ですくすくと育っていく。

一朗もそんな天ノ島で生まれ育った子どものひとりだった。両親は共にこの島の生まれで、父親は漁師、母親は魚市場でパートとして勤めていた。

両親は共に中卒だったが、彼らは教育、とくに学業においては息子を厳しく指導した。おかげで一朗は、高校は釜石《かまいし》にある県内でも有数の進学校へと入学することができた。もちろん通いは不可能なので、十五歳で島を離れ、寮生活を始めることとなった。

高校三年間はラグビーに明け暮れたが、けっして勉学も怠らなかった。幼少期から活字を読むのが好きだった一朗の夢は新聞記者だった。高三の夏休み、両親の前で初めてその夢を語ったとき、「おまえの人生だ。好きにしろ」という父の言葉と、一瞬見せたさみしそうな顔は一生忘れない。

やがて一朗は東北《とうほく》大学の経済学部を出て、日本の新聞社の最大手である今日新聞に入社することとなった。

入社後は中部社会部写真課に配属され、ブンヤとしての心構えを三年間みっちり叩《たた》き込まれた。次に盛岡《もりおか》支局報道課に異動となり、そこでは四年を過ごし、その間に結婚をして子も授かった。

そして次に一朗が赴任したのが、郷里である天ノ島を管轄に含む、宮古通信部だった。

今から三年前、一朗が三十歳のときだ。

もっともこれは志願の形だった。会社から、住み込みではなく通いでもいいと許可が下りたからである。つまり、宮古通信部に配属されれば天ノ島で暮らしながら働くことができるのだ。

なぜこれほど郷里に戻りたかったのかというと、当時二歳の息子が生まれつきの虚弱体質で肌荒れがひどく、そのために環境を変えたかったのだ。

天ノ島ほど空気がきれいで、人の温かなところはない。ここでなら両親にも孫の成長を見せてあげられるし、自分たちだって彼らを頼ることができる。

そのぶん、出世はあきらめた。通信部は入社して三年目くらいの若手が任せられることが多かった。一朗のように三十歳を過ぎて通信部配属になるということは、ある種の脱落を意味する。

通信部と言えば一日に二時間ほど仕事をして、適当な記事を一本書き上げ、あとは自由気ままに過ごしている、そんなイメージを持たれることが多い。実際、一朗もそう思っていた。

だがそれは大きなまちがいだとすぐに気づかされた。都市部とはちがい、田舎の通信部では事件らしい事件など滅多に起きないのだが、それでも人々の営みがある以上、ちいさなドラマはいくつもある。明るいことも、そうでないこともたくさんあるのだ。それらを能動的に探し出し、現場へ駆けつけ、写真を撮って、記事を書く。そしてより多くの人の目に触れるよう尽力する。これらすべてをひとりでこなさねばならない。

過酷だったが、やりがいはあった。転属を希望し、この島に戻ってきて正解だったと一朗は心から思っていた。

このように慣れ親しんだ島での新たな生活が始まり、一年が経《た》とうとしていた二〇一一年三月十一日、金曜日、午後二時四十六分——。

この日、一朗は久しぶりの休暇を取っていた。もっとも職場にいないというだけで、自宅のアパートの一室で原稿をしこしこと書いていた。

一朗が異変を感じ取ったのは、そんなときだった。

なんだ、と思ったのも束《つか》の間、身体《からだ》が突き上げられるような激しい揺れに襲われた。部屋の電気とテレビが消え、本棚から本や資料が次々と落下してきた。その本棚が自分に向かって倒れ掛かると、一朗は身体ごと本棚を壁に押しつけた。

激しい揺れの中、窓の外に目をやった。すぐそこの電柱がこんにゃくのようにぶるぶると震えていた。駐車場に停められている車がロデオのように踊り狂っていた。

信じられない光景に一朗は目を疑った。だがそんな一朗自身もこの揺れの中の一部だった。

天ノ島が、いや、地球が壊れるのではないかと本気で思った。

妻の智子《ともこ》と息子の優一《ゆういち》のことが気掛かりだった。ふたりは今朝から車で一朗の実家へ出掛けている。母がワカメを乾燥させるというので、その手伝いにいっているのだ。

揺れが弱まってきたところで、一朗は真っ先に携帯電話に手を伸ばした。

だが、ダメだった。繋がらない。

舌打ちを放ち、頭をかかえた。そのとき、「地震が来たら津波がくる」父がよく口にしていた言葉をはたと思い出した。

窓の外、漁港の向こうに広がる海に目をやった。ふだんとなんら変わらぬ紺碧《こんぺき》の水がおだやかに横たわっていた。

だが、津波は遅れてやってくるのだ。

一朗はＮｉｋｏｎの一眼レフＤ３１００を首から下げ、取材道具をリュックに詰めて玄関を飛び出した。

なんなんだこれは。どうなっちまうんだこの島は――。

胸の内で叫びながら、一朗は二段飛ばしで階段を駆け下りていた。

「あんた、解雇した人たちの前でも同じことが言えるのかっ」

記者のひとりが遠田を指さし、声を荒らげた。

すると遠田は片側の口の端を吊《つ》り上げ、「ああ、言えるね。なぜならおれにやましいことなど何ひとつないのだからな」と、いけしゃあしゃあと言い放った。

もともと今回の復興支援金横領疑惑が持ち上がった発端は、遠田が立ち上げた天ノ島復興支援隊のもとで雇われていた職員の多くが突然解雇を言い渡されるという、理不尽な処遇を受けたことにあった。

解雇の理由は支払う金がないということである。

ウォーターヒューマン（天ノ島復興支援隊）が行政から請け負っていた業務は遺体捜索、救援物資の管理、防犯パトロール、仮設住宅への配膳、観光復興のための人材育成、災害対応支援要員の育成、ボランティアセンターの運営と多岐に亘《わた》り、これらすべてが震災で職を失った島民のための緊急雇用創出事業として生み出されたものであった。

そんな緊急雇用創出事業に充《あ》てられた予算は二年間で約十二億円。

これが潤沢《じゅんたく》なものであるかどうかはわからない。が、少なくとも百名足らずの職員に対して、年半ばで給与が支払えなくなるなんてことはありえない。

つまり、有るはずの金が無くなっていたのだ。

「じゃあブルーブリッジとはなんだ。あんなもの、典型的なトンネル会社だろう」

そのように指摘されると、遠田がこれ見よがしにため息をついた。

「あんたがたさ、さっきからその口の利き方はどうにかならんのかい。そんな無礼を働かれちゃあこっちだってしゃべる気が失《う》せるだろう」

この不遜《ふそん》な態度にあちこちから罵声が飛び交い、収拾がつかなくなった。国会さながらの光景だ。

口の悪い、野蛮な記者がたまたまこの場に集まったわけではない。第三者としてやってきた彼らですら冷静ではいられないのだ。

そんな喧騒《けんそう》の中、一朗のとなりに座る男が片手を挙げ、スッと立ち上がった。

そして彼は周囲の視線が集まったところで口を開いた。

「なぜそのブルーブリッジというリース会社を作らねばならなかったのか、お答えいただけますでしょうか、遠田元代表」

凛《りん》とした澄んだ声が場の空気を変えた。

「おたくは？」遠田が目を細めて訊《たず》ねる。

「東京からやってきたフリーランスのジャーナリストの俊藤律《しゅんどうりつ》と申します」

「フリーランスのジャーナリスト？」

「ええ。いくつかの雑誌で記事を書かせてもらってます」

遠田が小馬鹿にしたように鼻を鳴らす。「トップ屋か。そんな根無し草がどうやってここに潜り込んだ」

無礼なのはいったいどちらなのか、だが俊藤の方が一枚上手だった。

「わたしは被災地の取材で定期的にこの島を訪れており、そうした活動をする中で地元の記者と親しくなり、今回は便宜を図っていただいたしだいでございます。さて、そんな根無し草のトップ屋でもお相手していただけるでしょうか、遠田元代表」

このへりくだった態度が癇《かん》に障ったのか、遠田が鼻にシワを寄せ、舌打ちを放った。

ちなみに俊藤の口にした親しくなった記者というのは一朗のことだ。

「じゃあ答えてやる。必要だったからだ」

「もう少し具体的に教えていただけると」

「乗物が必要だったからだ」

要領を得ない返答に、俊藤はスッと目を細め、

「あなたは側近の男性にリース会社を立ち上げさせ、そこに運転資金を渡し、一から乗物を買い揃《そろ》えさせました。なぜそうした回りくどい手順を踏まねばならなかったのか、教えてください」

遠田の側近であり、復興支援隊の幹部を務めていたのは小宮山洋人《こみやまひろと》という人物だった。その小宮山がブルーブリッジというリース会社を設立したのは、震災から約三ヶ月後の二〇一一年六月のことだった。

ブルーブリッジはハイエース十台、中型トラック三台、ゴムボート四台、水上バイク八台を所有しており、天ノ島復興支援隊はこれらをリースの形で使用していたのだが、その購入資金はすべてウォーターヒューマン（天ノ島復興支援隊）が捻出していたのである。

つまり遠田は、自分で買ったものを金を払って借りるという奇怪《きっかい》なことを行っていたのだ。

「つたく、ちっとは勉強してから質問してくんねえかな」遠田が呆《あき》れたようにかぶりを振った。「いいかい、もともとおれが請け負ってた緊急雇用創出事業ってのはな、五十万以上の物を自由に買えないルールになってんだよ。そうするためには役所に申請が必要で、だけどもその手続きがまあ面倒なわけ。あの混乱の最中、ボートやバイクひとつ買うのにやれ書類だ、やれ印鑑だなんてそんな悠長なことはやってらんないの。だってそうだろう、すぐそこに遺体が埋もれてるんだから。そこでブルーブリッジのような会社を作り、業務提携の形を取って――」

たしかに雇用事業の委託契約では人件費以外の財産形成に事業費が使われないように五十万円を超える売買はできない仕組みになっていた。

もちろん俊藤もそれを承知で質問している。

「要するに、遺体捜索活動に使用する乗物入手の手続きを簡略化するためにブルーブリッジは必要だったと、そうおっしゃりたいわけですね」

「そう。その通り。遺体捜索は時間との勝負なんだ」

「しかし、ブルーブリッジが設立されたのは震災から三ヶ月後です。その頃にはすでに九十パーセント近い遺体が回収されていたはずです。そこまで急ぐ必要があったのでしょうか」

「じゃあおたくに訊《き》くが、残りの十パーセントはどうなる。見捨てるのか。切り捨てるのか。遺族は今だって家族が一日も早く発見されることを切に願ってるんだ。そういう人たちの思いはいったいどうなる。だいたいあんたな、人間をそういう数字で捉えるんじゃないよ。おれは人の命をそんなふうに考えたことなんていっぺんもないぞ。人間は愛だろう。情けだろう。あんたは遺族の気持ちになって考えたことがあるか？　もしもあんたの親や子どもの亡骸《なきがら》が海に沈んでいたとして――」

遠田が長い髪を振り乱し、身振り手振りを交えながら熱弁を振るいはじめた。

これだ。遠田はすぐに論点をずらし、そしてこの過剰なパフォーマンスで相手を丸め込もうとする。これに一朗をはじめ、島民全員が不覚にも騙《だま》されてしまったのだ。

震災の混乱に動揺していたことは否めない。だが、なぜこの男の本質が見抜けなかったのか。

「遺体ってのはな、日を追うごとにどんどん傷んでいくんだよ。瓦礫《がれき》に埋まってりゃウジがわくし、海に漂ってりゃ魚に喰われる。まあ悲惨だぞ、そうなっちまった遺体は。男か女かの判別すらつかねえ。おれはな、仏さんがそうなる前にできるだけキレイな身体で家族のもとに返してやりたい、きちんと供養をさせてやりたい、その一心で今日まで不眠不休で働いて――」

いや、きっと自分は心のどこかで、遠田に対しそこはかとない違和感を覚えていた。だが結果的にそれに目を瞑《つむ》ってしまった。

民衆を率いるリーダーはこれくらいがちょうどいい、逆にこうでなければいけないのだと、無理やり己に言い聞かせてしまった。

もしもあのときに時間を巻き戻せたなら——一朗は何度こんな詮ない願いを頭に巡らせたことかわからない。

「遠田元代表の熱いお気持ちは十分に理解できましたが、なぜウォーターヒューマンはブルーブリッジに対し、毎月リース費を払っていたのでしょう。ここだけはどう考えても理解に苦しみます」

そう、一番の問題点はここなのだ。

「ブルーブリッジにメンテナンスを任せてたんでな。物は使っていれば傷む。当たり前のことだ」

「そんな屁《へ》理屈は通用しないでしょう」

「屁理屈も何も、事実なのだから仕方ないだろう」

俊藤が深々とため息を漏らした。

「百歩譲ってメンテナンス費用だとしたら払い過ぎではないでしょうか。だいいち、すべて新品を購入したわけですから、それほどこまめなメンテナンスは必要ないでしょう」

遠田がブルーブリッジを介して購入した車はすべて新車だった。ハイエース、トラック、ゴムボート、水上バイク、すべてがそうだ。とりわけゴムボートなどインフレータブルボートという軍の特殊部隊が使用するようなもので、その金額は一艘《そう》一千万以上もする。

「あんたはモノの扱いがまるでわかってないな。新しいモノだからこそ丁寧なメンテナンスが必要なんだよ」

「だったらはじめから中古の品で構わなかったのではないですか」

これも俊藤の言う通りで、たとえそれらの乗物が必要であったとしても、なぜ新品かつ高級品でなければならなかったのか。安い中古品などいくらでも出回っているのだし、そもそもこの島にだってそうしたものは少なからずあったのだ。

「こっちは島の未来を担う重大な任務を請け負ってるんだぞ。それなりのもんを使わにゃならんだろう」

ここでバンッと机が叩かれたような音が後方から上がり、一朗は振り返った。

「黙って聞いてりゃふざけたことばかりぬかしやがって。人をナメるのも大概にしろよこの野郎」

天ノ島の消防団のリーダーを務める三浦《みうら》治《おさむ》だった。彼は一朗よりひと回り歳《とし》が上で、幼い頃から世話になってきた人物でもあった。

マスコミ向けに開かれたこの会見には、彼をはじめとした地元消防団の人間と、役場職員のみ参加が認められていた。それゆえ中に入れなかった島民たちが公民館の外に多く集まっている。

先ほど入館するとき、出入り口のところで、「なしておれたちが中に入れねんだ」「あいつの釈明を聞く権利があるのはマスコミじゃなくておれらだべ」「そこを退《の》け。遠田を殴らせろ」と島民たちは警察官らと揉《も》み合いを繰り広げていた。「おれや治さんが島を代表してしっかり話を聞いてくっから、わりぃけどもみんなは少しおとなしくしててくれ」仲裁に入った一朗に免じてその場は一旦おさまりを見せたが、おそらく再燃していることだろう。気の荒い漁師たちも続々駆けつけているのだ。

「この野郎だと？」遠田が目の色を変えて三浦を睨みつける。「だれに向かってこの野郎だなんて言ってんだこの野郎。海に沈んだ遺体を百体以上も引き上げてやったのはだれだ」

「そんなの関係ねえ。今さら恩着せがましく言うんじゃねえ。そもそも遺体を引き上げてやったって、おめえは命令してただけだべ。探し出したのは現場の人間だ」

「だからその現場の人間に指示を出してたのはおれだろう。肉体使って働くだけが労働じゃねえぞバカたれが」

「黙れっ。島の金を返せ。死んでいった人たちや、その家族に頭を下げて詫《わ》びろ。冗談じゃねえぞこの野郎。おめえ、復興の金をなんだと思ってやがんだ。おめえに贅沢《ぜいたく》させるための金じゃねえぞ。今だって仮設住宅で暮らしてる島民が何人いると思ってんだ」

ふだんは温和な三浦が顔を赤くして捲《まく》し立てていた。全身を激しく震わせている。

「贅沢だ？　おれがいつ贅沢をしたってんだ」

「おめえが毎晩高え肉や魚ばっか食ってたって、おめえんとこで働いてた連中はみんな口そろえて言ってるぞ。だいいちおめえが今してるその金ピカの時計はなんだ」

「自分の金で美味《うま》い飯《めし》を食ったらいかんのか。好きな時計をつけたらいかんのか」

「島の金だ。おめえの金じゃねえ」

「だからその証拠を出せよ、証拠を」

「この野郎、本部の中さ勝手に改築して隠し部屋なんて造りやがって。温泉だってそうだ。あったなもん掘って、その金ですら自分の懐から出したって言い張るつもりか」

天ノ島復興支援隊が本部として使用していたのは廃校となっていた小学校——一朗の母校でもある——だったのだが、とある教室がいつのまにかリフォームされており、中はまるで高級ホテルの一室のような豪華絢爛《けんらん》な造りとなっていたのである。鍵は暗号式で遠田以外の者は立ち入ることを許されなかったという。

また、校舎裏には知らぬ間に天然温泉が設《しつら》えられていた。『まないの湯《ゆ》』と名付けられたこの温泉もまた、隠し部屋同様にブルーブリッジを介して業者に掘削させたものであることもわかっている。

「隠し部屋だ？　忍者屋敷じゃあるまいし笑わせるな。あれは視察に来てくださったお偉いさんを宿泊させるための部屋だ。温泉だって島のみんなや、ボランティアでやってきた人のために掘ったんだ——ってなんべん言わせせんだよ。すべて説明しただろう」

「掘っちまったあとにだろう。それに、だったらなんでみんなに開放しねえんだ」

まないの湯が一般に向けて開放されることは一度もなかった。また、リフォームされた部屋にだれかが宿泊した記録も残っていない。つまり、どちらも遠田のためのものなのだ。

「まだ準備段階だからに決まってるだろう。物事には順序ってものがあんだよ」

「この野郎、ああ言えばこう言いやがって。そもそもいったいだれが頼んだ。温泉掘ってくれなんていつだれがおめえに頼んだ」

「あのなあ、こっちはちゃんとした手続きを踏んでから動いているわけで、なにも無断で金を使ってるわけじゃ――」

「そったなの関係ねえっつってるべ。とにかくみんなに謝れ。そんでもっておめえが使い込んだ金をすべて島に返せ」

「ああ、話にならねえわ。あのおっさん」

「きさまーっ」

三浦が青筋を立てて遠田のもとへ大股で向かっていく。だが、すぐさま会見を見守っていた警察官らに取り押さえられ、強制退出させられた。

「やだやだ、野蛮な連中は。ろくなもんじゃない」

遠田がたるんだ顎《あご》の肉を引っ張りながら吐き捨てる。

騒動がおさまったところで、

「話が中断してしまいましたが――」と再び俊藤。「所有されている車やゴムボートや水上バイク、それらを売りには出せない理由を教えていただけますか」

「ブルーブリッジの持ち物だからに決まってるだろう。おれのものじゃないの。よその会社のものなの。他人のもんを勝手に売れるか」

遠田がそう言い放つとこの日一番の怒号がこだました。

「みなさん、少し冷静に」

と、手をぱんぱんと叩いて場を制したのは、遠田のとなりに座る弁護士の大河原《おおがわら》だった。

「遠田さんもあまり感情的にならないように」

遠田を諫《いさ》めたあと、大河原は丸ぶち眼鏡の奥の目を光らせ、記者たちをゆっくり見回した。

「さて、みなさんがおっしゃりたいことはわからんでもないですけれどもね、こういうものは形式がすべてなのですよ。まず、ブルーブリッジは法人としてちゃんと登記された会社で、当然、所有する財産は会社のものであるわけです。つまり、車やボート、そういった乗物の所有権をブルーブリッジが有しているという絶対的事実はどうやったって揺るがないのですよ」

「形式だといってもそれらの購入資金はウォーターヒューマンから流れているわけで、その金が公金であるという事実もまた揺るぎませんよね」

「ええ、だとしてもです。もらった金がどういった性質の金なのか、そんなことはブルーブリッジからしたらまったくもって関係がないことなのです。なぜならブルーブリッジはウォーターヒューマンから事業委託資金を受け取っただけなのですから。ちなみに、両社にはいっさいの資本関係がありません。ということはつまり、ウォーターヒューマンが破綻したからといって、ブルーブリッジがその負債を負う義務などどこにもないのです」

大河原は勝ち誇ったように言い終えると、中指でゆったりと眼鏡を押し上げた。場が水を打ったように静まり返る。

「遠田元代表」俊藤が改まってその名を口にした。「すでにウォーターヒューマンは破産手続きに入っており、あなたに突如として解雇を言い渡された職員の多くが労働の報酬を受け取れていない状態です。ブルーブリッジの持つ資産を売却し、少しでもそこに補塡すべきなのではないですか」

「あんた、理解能力が足らんのじゃないか。すでにおれがどうこうできる問題じゃないって、たった今先生がおっしゃったばかりだろう。だいいち、この国の法律では破産すれば債務は免除され——」

「形式や法律ではなく、わたしはあなたの良心に問うているのです。ブルーブリッジの代表である小宮山氏はあなたの部下であり、あなたの側近なのでしょう。すべてはあなた次第なのではないですか」

「元部下な」と遠田は鼻で笑った。「今や小宮山との関係は完全に切れた。ウォーターヒューマンが沈みゆく船とわかったら、あっさりおれのもとから離れていきやがった」

「それは事実でしょうか。わたしはおふたりが今もしっかりとした利害関係で結ばれており、ブルーブリッジが資産売却をしたあかつきにはあなたのもとにお金が転がり込んでくるものと――」

遠田が目の前の机を乱暴に蹴った。

「勝手な想像をほざくんじゃねえぞ、トップ屋」

遠田のドスの利いた声が会議室に響き渡る。

「きさまがどう思おうが、おれと小宮山はもう無関係だ。部下に裏切られたこと、これに関してはもちろんおれだって悔しいし、悲しい。だがしかし、現状おれにできることは何も残っていない。ということは従業員らが泣きつく先はおれじゃなく労基《ろうき》だってことだ」

遠田はしれっと言い放ち、「さて」と口にして立ち上がった。そして記者たちを舐《な》めるように睥睨《へいげい》した。

「たしかに経営という部分においておれは未熟だったかもしれない。そこは潔く認めるし、こういう結果になってしまったことは素直に詫びたい。だが、そうしたところだけに焦点を当てて、人を血祭りに上げるあんたらマスコミの方がよっぽど悪人だとおれは思う。おれは命を賭《と》してこの島の復興に尽力した。以上」

そう言い残し、遠田は大会議室を出て行こうとした。「逃げるなっ」と記者たちから声が上がるが、彼は意に介さずドアの向こうへと消えた。

一朗は反射的に椅子から立ち上がり、遠田を追いかけていた。

「おい」

バッと廊下に出たところでそのでかい背中に鋭利な声をぶつけた。

遠田が振り返る。

「なんだ、一朗ちゃんか——ん？ あんた、どうして泣いてんだ」

言われて初めて一朗は気がついた。自分は泣いていた。いったい、いつから涙を流していたのか。

「その汚らわしい口でおれの名を呼ぶな。ケダモノめ」

自分でも恐ろしいほど低い声が喉の奥から発せられた。

遠田がみるみる目を剝く。

「一朗という名は、偉大な父と母が与えてくれた大切な名前だ」

「なんだ、いきなり。あんた、ここがイッちまってるんじゃねえか」

遠田がこめかみを人差し指でとんとんと叩く。

「おれはおまえを絶対に赦《ゆる》さない。地の果てまでも追いかけて、必ずおまえを討つ。覚悟しておけ」

遠田が噴き出す。「時代劇みたいな台詞を吐きやがって」

遠田はしばし肩を揺すったあと、一朗に歩み寄り、顔をグッと近づけてきた。

触れてしまいそうな距離で睨み合うこと数秒、

「あ、ば、よ。一朗ちゃん」

遠田は目を見開いて不敵に告げ、そしてサッと身を翻した。

絶対に叩き潰《つぶ》してやるぞ——。

離れてゆく遠田の背中を睨みつけ、一朗は胸の中で誓いを立てた。

この男を逃がしてしまったら、父と母に顔向けができない。

あの黒い波に飲み込まれ、海の底に沈んだ父と母に——。

2　二〇一一年三月十三日　椎名姫乃

瓦礫の山、山、山。

その隙間《すきま》から蠟《ろう》人形のような無機質な顔が覗《のぞ》いていた。自分と同い歳くらいの若い女の、死体だった。

椎名姫乃《しいなひめの》はこれまでこう考えていた。

生きていれば良いことも悪いことも起こるのだ、と。人生にはどちらもバランスよくやってくるものだとそう信じていた。

それをこの光景は真っ向から否定していた。甘っちょろい戯言《ざれごと》だと嘲笑《あざわら》っていた。

現実は、むごい。計り知れないほどに。

「よっしゃ。やるぞ。せーの」

掛け声のもと、数人の男たちが女の遺体に覆い被《かぶ》さっている巨大な瓦礫を持ち上げはじめる。

だが、瓦礫はぴくりとも動かなかった。

「だめだ。やっぱり人力じゃどうにもなんねえ。どうしたって重機が必要だ」

「道が塞《ふさ》がっちまって通れねえんだから仕方ねえべ」

「じゃあそっちの瓦礫や倒木を撤去するのが先なんじゃやねえか」

「そったなの待ってたら遺体が腐っちまう」

最後にそう発言した男は、しまったとばかりに横を一瞥《いちべつ》した。

男たちの傍《かたわ》らには亡くなった女の妹だろう、「お姉ちゃん、お姉ちゃん」と泣き叫ぶ中学生くらいの少女がいるのだ。その姿は四つ歳の離れた妹にだぶって見えた。

「おーい」と遠くで声が上がる。「こっちに生きてる人がいたぞー。だれかきてくれー」

男たちが、「ごめん。すぐ戻るから」と少女に詫び、いっせいに声の方へ駆けていく。

少女が頽《くずお》れるようにその場で膝をついた。

姫乃は少女の先の、遺体の顔を改めて見つめた。

どうしてわたし、死ななきゃならなかったの——とろんとした目がそう訴えているような気がした。

わたしと彼女を隔てたものははたしてなんだったのだろう。

たまたまわたしは東京で暮らしていて、たまたまあの子はこの町で暮らしていた。単純にいえばそういうことでしかないが、でも、たったそれだけの差なのに——。

「なにをバカなことを言ってるのっ」

昨夜、自宅で母と繰り広げた激しい口論が脳裡に蘇る。

「あなたがそこへ行ってなにができるの。まだ余震も起きてるし、危険なのよ」

「でも、ボランティアを募集してるってことは、人の力を必要としてるってことじゃない。だれかがいかなきゃいけないんだよ」

「どうしてそれがあなたじゃなきゃいけないの」

「どうしてそれがわたしじゃいけないの」

「あなたは女の子でしょう」

「女とか男とかそんなの関係ない。ママ、いつも言ってるよね。人に親切にしろって」

「それとこれとは——」

「同じでしょう。わたし、もう決めたから。明日被災地にいってくる」

その後、帰宅した父からも思いとどまるよう説得された。「姫乃の思いは立派だと思う。でもパパはおまえの父親として認められない」ふだんは娘に甘い父が断固として告げてきた。それでも姫乃は、「わたし、もう二十歳になったから。自分のことは自分で決める」と両親の制止を振り切り、ほかの有志ボランティアたちと共にバスではるばる東北までやってきた。

途中、ボランティアはそれぞれの被災地に振り分けられ、姫乃が連れていかれたのは岩手県の三陸沿岸にある矢貫町というところだった。

現地に降り立ち、そのあまりの惨状に言葉を失った。わたしにだってできることはいくらでもある、この先なにを目撃しようと動じない。そう意気込んで東京からやってきたものの、そんな気持ちは粉々に打ち砕かれてしまった。

眼前に広がる、この光景と同じように。

被災地の状況はかじりついて見ていたテレビで把握していたつもりだった。だが、映像では伝え切れない、地獄絵図が目の前に広がっていた。それは二十歳の平凡な女に無力感を与えるには十分過ぎる光景だった。

ここはもう、町ではなかった。

建物という建物は窓ガラスが割れ、壁が剝《は》がれ落ち、原形を留《とど》めていなかった。柱と梁《はり》だけの姿になっているものもあった。車や座礁した漁船がひしゃげたまま丸焦げになっており、焦げた匂いに混じってヘドロや魚の腐臭が鼻をついた。足元は地盤沈下で沼地のようになっていて、ガソリンや重油がぎっとりと浮かんでいた。空には昇り竜を思わせる黒煙が幾筋も伸びていた。

まるで戦争映画の空襲あとのような有り様だった。

「これ、よかったら使ってください」

姫乃はリュックに詰め込んである使い捨てカイロをふたつ取り出し、姉の遺体の前でひざまずく少女に差し出した。「とりあえず町中を歩き回って被災者に配って」とリーダーに指示されたのだ。これが姫乃に与えられた最初の仕事だった。

だが彼女は受け取ってくれなかった。反応すらしてくれなかった。

この子が求めているのはこんなものではないのだ。こんなもので彼女の心は温まらないし、救われないのだ。

そのとき、遠くでボンッという爆発音が上がり、姫乃は後方を振り返った。この地に着いてからもう何度も耳にしているこの音は、沿岸にある石油工場の方から上がっているものらしい。

遠く、横に燃え広がる赤黒い炎に目を細める。重油が流れた湾は、比喩ではなく火の海と化していた。

やがて背中のリュックが空《から》になると、次に姫乃は避難所での炊《た》き出しを命じられた。ほかのボランティアメンバーと共に東京から持ち運んだ食材を使って豚汁を作る。瞬く間に被災者の行列が出来上がり、その数は最後尾が確認できないほどだった。だがその半分にも豚汁は行き渡ることはなかった。圧倒的に食料が足りないのだ。幼子を連れた母親から、「なして子どもを優先してくれなかったの」と文句を言われ、姫乃は頭を下げることしかできなかった。

その後、あと片付けをしていると、

「遊軍を回せだ？　そんなのいるわけねえべ。こっちだっていっぱいいっぱいなんだ」

「そこをこうして頼み込んでんじゃねえか」

中年の男たちの言い争う声が聞こえてきた。

姫乃が手を止めて眺めていると、「地元の消防団の人たちかしらね」と横にいた同じくボランティアでやってきたおばさんが言った。

「こっちの避難所は年寄りばかりで若え人《わけ》の手が圧倒的に足りねえんだ。頼む。数人でもいい。なんとかしてくれ」

「悪いがよそに回す余裕はねえ」

「よそって……目と鼻の先じゃねえか。天ノ島を見捨てんのか」

その後、ふたりは姫乃が属しているボランティアチームのリーダーの男を交えて、激しい言い合いを繰り広げた。「いやしかし、わたしの一存でそんなことは――」リーダーが弱腰の姿勢を見せると、男のひとりがその場で土下座をしたので驚いた。

「ちょっと、勘弁してくださいよ」

「こっちは救助隊どころか物資もいっさい届いてねえんだ。このままじゃ元気なジジババももたねえ」

「ですから島から県庁へ掛け合ってもらって――」

「したさ。村長がすぐに救助隊を派遣してくれってとっくに県庁に要請してる。だけんど、人っ子ひとり来やしねえ。どうかこの通りだ。今日明日だけでもいいから人員をこっちにも出してくれ」

やがて姫乃を含めた数名のボランティアメンバーに声が掛かり、その場へ行くと、「やってきたばかりで申し訳ないが――」とリーダーは遠く、海の向こうを指さした。「あの島へ行ってくれないか」

指の先に目をやると、左右に水平線を従えた緑豊かな陸地が見えた。天ノ島という島らしい。

言い争っていた男のひとりは三浦治といい、あの島の消防団の人間なのだという。天ノ島は矢貫町以上に壊滅的な状態らしく、三浦は助けを求めて、かろうじて残った漁船でここにやってきたのだそうだ。

「でも、こっちは大丈夫なんですか」姫乃がリーダーに訊いた。

「けっしてそうではないけど。ただ矢貫町にはこのあと救援隊もやってくる予定だから。でも天ノ島には――」人を派遣する話は聞いていないという。そして現在、天ノ島は「猫の手も借りてえ」ほど人手が不足している、とこれは三浦が言った。

姫乃は承諾した。猫の手にすらなれるか心許《こころもと》ないが、自分はそのためにやってきたのだ。もとよりどこの被災地がいいだなんて希望はない。

「ありがとう。恩に着る」自分より二回りは歳の離れた三浦から深々と頭を下げられた。

その後、姫乃は身支度をし、ほかのボランティア七名と共に古びた漁船に乗り込んだ。こうした船に乗るのは人生ではじめてのことだ。

「しっかり手すりさ摑まっててくれ。危ねえから絶対に立ち上がるな」

振り返った三浦が叫び、船を発進させた。

漁船が頼りないエンジン音を響かせ、白い波を従え海上を行く。

三浦に言われるまでもなかった。手すりを離したり、ましてや立ち上がることなど不可能だった。海はおだやかであっても、揺れはかなり激しいのだ。

だが二日前、これと同等の揺れが海上ではなく、陸上で起きた。そしておもちゃの積木を崩すかのように、建物をバラバラに倒壊させた。やがて悪夢のような大波が町に襲い掛かり、それらすべてを流し去った。

姫乃は風で吹き飛ぶ髪を手で押さえ、後方に目をやった。わずかばかりの時間滞在した矢貫町が少しずつ遠のいていく。

その荒廃した姿に改めて胸を痛めた。

もう一度、はじめから積み上げられるだろうか。いつか、あの町は再生することができるのだろうか。


天ノ島に到着し、一行が徒歩で向かったのは高台に位置する島の総合体育館だった。そこが避難所のひとつになっているらしい。

三浦の話は本当だった。この天ノ島も矢貫町と同等、いやそれ以上だった。より自然に囲まれているため、倒木や土砂が民家にまでなだれ込んできてしまっているのだ。ひどいところでは、地中に埋まっていた家が土中から顔を出したような有り様であった。

それら障害物を避け、跨《また》ぎ、目的地を目指した。道中、泣き叫びながらうろうろと徘徊《はいかい》する島民をたくさん目にした。彼らがなにを探しているのか、考えるまでもなかった。どうか生きていてほしい、その一心なのだろう。

数十分ほど歩き、山際に到着すると、そこには流れ着いた家々の残骸が幾重にも折り重なっていた。黄色い粉塵《ふんじん》が風に舞っている。

そのとき、横からカシャカシャという音が聞こえてきた。見やると、津波の猛威を物語るこの画《え》を、首から下げた一眼レフのカメラで一心不乱に撮影する三十歳くらいの男がいた。

「一朗」と三浦がその男に声を掛ける。

呼ばれた男がカメラから顔を離し、こちらを見た。その顔は煤《すす》と泥で真っ黒だった。

「こちらはボランティアでやってきてくれた人たちだ」と姫乃らを手短かに紹介する。

「そうですか。助かります」

男はそう答えるとすぐにまた撮影を再開した。

三浦が再び歩き出したので、姫乃たちもその背中を追った。

「さっきの男はこの島の新聞記者だ」三浦が歩きながら言った。

「一朗はおれらの自慢の男だ」

もはや道の体《てい》をなさない道を進みながら三浦が問わず語りをはじめる。

「あいつの親父《おやじ》さんも立派な人だ。おふくろさんだっていい人だ。なしてそったな人たちが――」

聞けば男の両親は津波に飲み込まれてしまったのだという。

「おれらは探さねえのかって訊いたんだ。けどもあいつは『生きてる可能性は少ねえから』ってんだ。本当は探し出したいに決まってら。たとえ死んじまってても戻ってきてほしいに決まってら。だけんど、あいつはその気持ちを押し殺して、自分の仕事をしてんだ。『多くの人に伝えねばなんねえことがある』つって、何枚も何枚も写真を撮ってんだ。すげえよ、一朗は」

ほどなくして目的地の総合体育館の建物が木々の間から顔を覗かせた。遠目には被害の痕は見られない。

やがて敷地の入り口までやってきた姫乃たちの脇を人を乗せた担架が横切った。それが怪《け》我人《がにん》や病人ではないことは運搬役の足取りで察した。担架には毛布が掛けられており、脇からだらんと人の腕が垂れ下がっている。

「ここは遺体安置所にもなってる」三浦がボソッと言った。

まず案内されたのが、その遺体安置所だった。主に剣道や柔道などに使われているという第一武道館の入り口の扉には、『仏さまの寝床』とマジックで書かれた薄っぺらい紙が貼られており、粘着テープの剝がれた箇所が風ではためいていた。

ここには安部《あんべ》という島の歯科医がいて、助手とふたりで遺体の歯科所見を行っているという。

「誰かひとり、ここで安部先生らのお手伝いお願いしてえんだが」

三浦が目を合わさないで言った。

一瞬の沈黙のあと、姫乃が挙手しようとすると、少し歳上の男性ボランティアがそれを制し、「自分が」と名乗り出た。ただ、その声は若干うわずっていた。

「ありがとう。すまん」

と三浦は頭《こうべ》を垂れ、そして『仏さまの寝床』の扉を開け、中に男を案内した。

姫乃は首を伸ばして中を覗いた。一面、白で埋め尽くされた床の上を人々がぎこちなく歩いているのが見えた。どういう状況なのか、理解するのに時間を要した。

床一面の白はそれぞれの遺体を覆ったシーツだった。それが敷き詰められた状態になっており、その間を縫うように人々が移動しているのだ。

男性ボランティアは立ち尽くしていた。そして振り返った彼の顔は引き攣《つ》っていた。

その彼を三浦が白衣を着た白髪の男——おそらく歯科医の安部だろう——に紹介し、やがて引き返してきた。

そして戻ってくるなり、「百六十一人だと」と強張《こわば》った顔で言った。

「どんどん増えてる。島の反対側にも遺体安置所があって、そっちも百人を超えたそうだ。だけんど、まだまだ見つかってねえ遺体がうんとある」

だれも返答のしようがなかった。

「ここにある遺体の大半はおれの知人だ。中には親しくしてた人もいる。だけんど、今は悲しみに暮れてる場合でねえ。おれはおれのやるべきことをやるんだ」

三浦は目を真っ赤に充血させ、己に言い聞かせるようにしゃべった。

つづいて案内されたのが、医務室として使われている第二体育館のサブアリーナだった。

ここには民家から回収してきたという布団が一面に敷かれており、そこに多くの怪我人が横たわっていた。苦痛に悶《もだ》える声があちこちから上がっている。まさに野戦病院といった様相を呈していた。

ここでも島の医者を筆頭に、医療関係者が数名動き回っており、そのサポートにまたひとりボランティアが置いていかれることになった。

そして残った姫乃を含む六名は、最後に被災者の避難所となっている第一体育館のメインアリーナへ連れていかれた。そこは学校の体育館の倍ほどの広さを有していたが、黒山の、いや、白山の人だかりだった。そのほとんどが老人だからだ。みな、地べたに座り込み、近場の人と話し込んでいる。

「みんな家がダメになっちまった人たちで、怪我はしてねえんだども、見ての通り年寄りばっかだ。動ける若えのはたいがい外に出払っちまってる――おい、陽子《ようこ》」

そう呼ばれた四十代半ばくらいの女が姫乃たちのもとへやってきた。「家内だ」と三浦が紹介する。

聞けばこの陽子をはじめ、十数名の島の女たちがここで年寄りたちの世話をしているのだが、まるで手が足りず、寝る間どころか休む間もないのだという。ここには特別養護老人ホームに入所していた者も多く避難してきており、彼らには食事や排泄《はいせつ》なども介助が必要で、認知症からたびたびつまらぬ諍《いさか》いも起きているのだと陽子は口早に説明した。

そして姫乃たちはここで陽子たちと共に働くよう依頼された。もちろん異存はない。

「じゃあおれはほかにいくから、ここでわがらねえことがあればうちのを頼ってくれ。それとみんな、本当にどうもありがとう。この恩は一生忘れね」

三浦は改めて謝辞を述べ、場を離れて行った。その足取りはややふらついていた。きっと彼もまた、震災以降、休まずに動き回っているのだろう。

よし、と姫乃は口の中で言い、お腹《なか》にグッと力を込めた。

わたしは今日からここで働く。自分のためでなく、他人《ひと》のために。

たぶんそれは人生ではじめてのことだ。


時を経るごとに闇が濃くなり、十九時に差し掛かった頃には館内は完全に光を失ってしまった。電力が途絶えているので、灯《あか》りを灯《とも》せないのだ。ゆえに天ノ島は現在、島全体が闇に包まれている。

懐中電灯を手にした姫乃が被災者の集《つど》うメインアリーナの中を移動していると、「お嬢ちゃん」と足元から声が掛かった。足を止めた瞬間、一瞬立ちくらみがした。

「おら、寒くて仕方ねえの。わがまま言ってわるいけんど、毛布かなんか余ってねえか」

ダウンジャケットを着込み、床に横たわっている老婆が震えた声で言った。

避難所には凍《い》てつくような冷気が沈殿していた。電気を必要としない石油ストーブが点々と置かれているのだが、だだっ広いこの空間では気休めにしかなっていなかった。そしてその数少ないストーブの近辺には人々が密集していて、隙間がまるでないのだ。

姫乃は「探してきます」と告げ、陽子のもとへ向かったのだが、「もうねえのよ」と予想していた通りの答えが返ってきた。

「やっぱり、そうですよね」

「それよりヒメちゃん、あんた大丈夫？　顔色が悪《わ》りぃよ」

「大丈夫です」

「あんた、もしかして休憩を取ってねえんでねえの。ちゃんと取らんと」

「でも、陽子さんだってまったく休んでないじゃないですか」

「あたしはこの島の人間だもの」陽子はそう言って、上着のポケットから何かを取り出し差し出してきた。「これ、食べなさい」

サランラップに包まれた数枚の煎餅で、これは二時間ほど前に被災者たちに配った夕食だった。ここにある食料の大半は崩れた民家や土産物店から回収してきたものらしい。

「でもこれは陽子さんの分じゃ？」

「ううん。これは余ったやつ」

絶対に嘘《うそ》だ。

「いいから食べて。あなたに倒れられたら、その方が困っちまうもの」

「それは陽子さんだって――」

「あたしは平気。あんたとちがっていっぱいお肉を蓄えてっから」

陽子は自分の腹をぽんと叩き、白い歯を見せた。

それでも姫乃は「要りません」と固辞したのだが、陽子も引かなかった。埒《らち》の明かない押し問答を繰り広げ、結局ふたりで半分ずつ食べることにした。「美味《おい》しいね」「美味しいですね」と互いに頷《うなず》き合った。

疲労困憊《こんぱい》の身体に鞭《むち》打ち、再び業務に戻った。くだんの老婆にはバスタオルを掛けてあげることにした。姫乃が東京の自宅から持ってきたものだ。老婆は「助がる」と言ってくれたが、これでも気休めにしかならないだろう。

その後、何人かの老人をトイレへと連れ出し、排便の介助を行った。水道管がダメになっているのか、施設内の水道が使えないので、バケツに溜《た》めてある海水で排泄物を流した。もっともここはマシな方で、島の反対側の避難所ではトイレすらまともに使えない状態なのだという。そこでは男も女もおもての草陰で用を足し、それが嫌な者は大人用のオムツをしているのだと聞いた。

夜が更けるにつれ、外に出払っていた者たちが続々と戻ってきた。その多くは男たちでみな一様に泥だらけだった。すえた臭《にお》いを放ち、顔に憔悴《しょうすい》を張り付かせている。

館内の事務室に集まったその男たちに、姫乃はペットボトルの水を配って回った。「いつ物資が届くかわからねえからこれも大切に飲まねえと」と言いながら、我慢ができないのか、みんながぶがぶと喉に水を流し込んでいた。

「なして二日も経つのにこの島には救助隊がやってこねえんだ」

「どこも混乱してっからだべ。ほら、昨日ラジオで言ってたべさ。福島の方の原発がやべえって」

「やべえってなにがどうやべえんだよ。おれにはさっぱりだ」

「んだがら原子炉の冷却機能がダメになっちまったって」

「それがダメになったらどうなるんスか。爆発するんスか」

「それはねえとは言ってたけども。でもどうなるかわがったもんじゃねえぞ。もうなにが起きたっておかしくねえ」

「いずれにせよ、そったな危険地域が優先で天ノ島は後回しってことだ。国には頼れねえ。おれらでなんとかするしかねえんだ」

男たちが険しい顔つきでそんな会話を交わしている。そうした中、輪の中心にいた三浦が「みんな聞いてくれ」と沈鬱な表情で口を開いた。

「さっきタケオに出くわしたときに聞いたんだが、村長んとこの娘さん、自殺したみてえだ」

突然の強烈なワードに場が静まり返る。

「家の裏の藪《やぶ》ん中で首吊ってたらしい」

「なしてまた。朝方漁港で見かけたときは、夫と息子を探してるってそう言ってたぞ」

「その夫と息子が、遺体で見つかったらしいんだ」

全員が息を飲んだのがわかった。

「村長っていえば、去年奥さんを亡くしたばかりでなかったか」

「ああ、んだがらってわけでもねんだけども、おれ、明日の朝イチで村長んとこ行ってくる。相談せねばならないこともあるし」

三浦は下唇を嚙み締めていた。

「なあ、こうなるとヤマさんも危ねんでねえか。たしか家族がだれひとり見つかってなかったべ」

「いや、上の娘さんだけは夕方見つかった」

「生きてたんか」

訊かれた男がかぶりを振る。

「じゃあやっぱり危険だ。ヤマさんはああ見えて脆《もろ》いとこがある。ほっといたら変なことするぞ。おいヨネ、ヤマさんは今どこさいる？」

「自宅から離れねえんスよ」

「離れねえって、ヤマさん家《ち》は崩れちまってるべ」

「だけんど、そこから一歩も動かねえんです」

「おめ、なして首根っこつかまえてでもここさ連れて来ねえんだ」

「だって……ひとりにしてくれって言うから」

「このトボケが。そったなの鵜呑《うの》みにするヤツがどこさいる。本人がどう言おうがひとりにさせたらダメだべ」

「ちょっと。なんスか、トボケって。なしておれが——」

「おい、ふたりともよせって」

険悪なムードが漂う中、別の男が突然机に突っ伏して泣き出した。「どうなっちまうんだよ、おれたちの島は」

それが伝染してしまったのか、ほかの男たちも次々に声を上げて泣き始めた。あっという間に事務室が男たちの慟哭《どうこく》で埋め尽くされる。

痛ましく、とても見ていられなかった。自分の父親と同世代の男たちが幼子のように泣き喚《わめ》いているのだ。

「泣くなっ。泣いても仕方ねえ」と周りを叱った三浦もまた同じだった。煤けた顔に涙のラインが伸びている。「泣くのはあとだ。今はひとりでも多くの仲間を救わねばならねえ。そうだろ。おい、みんな返事をしろ。返事しろよっ」

居た堪《たま》れず、姫乃は事務室をあとにした。

そのままおもてに飛び出る。刺すような冷たい夜気に襲われた。息を吐くたびに濃い白息《しらいき》が立ち昇った。

姫乃は人目につかない場所までやってきて、両手で顔を覆い、その場にしゃがみ込んだ。外から来たわたしまで泣いたら、よけいに島の人たちを悲しませる。感傷に浸るのはわたしの役目じゃない。

わかっていても溢《あふ》れ出る涙を堪《こら》えられなかった。

エプロンのポケットからハンカチを取り出そうとしたとき、携帯電話に指先が触れた。取り出して電源を入れた。やはり圏外だった。今、天ノ島は電気、水道だけでなく、通信インフラもすべてシステムダウンしていた。インターネットはおろか、電話すら使えない。被災地に向かった娘からの連絡がないため、きっと両親は心配しているだろう。でも、もし母の声を聞いたら自分はもっと泣いてしまう。そうなれば、すぐに帰ってこいと言われるに決まっている。

今日一日、想像を絶する非日常を体験し、心身共に限界に差し掛かっていたが、姫乃にここを離れる選択肢はなかった。わたしは明日も明後日《あさって》もこの島にいる。傷ついた人のためにできることをする。この気持ちは奇妙なほど揺るがない。

この感情について、姫乃はうまいこと説明がつかなかった。自分はけっして利己的とも思わないが、とりわけ慈善心に富んだ人間でもない。そこらにいる、ふつうの女子大生だ。

二日前、地震があったそのとき、姫乃は都内の地下鉄に乗っていた。緊急停止した薄暗い車内に一時間以上閉じ込められ、だが結局運転は再開されることなく、徒歩での帰宅を余儀なくされた。

なんて最悪な日だ、と今日という日を呪いながら棒になった両足を繰り出し、姫乃は帰路に就いた。

そしてマンションの自宅を見てその感情はさらに強くなった。まるで家の中を嵐が通り過ぎたような有り様だった。テレビが倒れ、画面が割れていた。観葉植物も横倒しになっており、土が床にぶちまけられていた。食器棚は倒れこそしなかったものの、中の食器類がいくつかダメになった。母は収集していたバカラのグラスの破片を拾いながら、「ありえない」「信じられない」と何度も口にしていた。

だが、不快な線がいくつも伸びたテレビの液晶画面に映し出された映像を見て、姫乃は言葉を失った。

それは東北の被災地の津波を映したものだった。

黒々とした波が防波堤を越え、町に襲い掛かっているではないか。車も船も家も、そして人をも連れ去ろうとしているではないか。

なんなのこれ――。

これこそ「ありえない」「信じられない」光景だった。

しばらく大学は休校になるかもとか、カフェのバイトのシフトはどうなるんだろうとか、そんなことを考えていた自分が恥ずかしくなった。自分がどこか遠い国に住む、甘ったれのお嬢さんのように思えてきた。

けれど、この映像に映し出されている地は同じ大地なのだ。すぐそこでこれが起きたのだ。その後連絡の取れた友人たちもみな、被災地の映像について「ヤバくない？」と口々に言っていた。でも、いったいどれだけの人が本気でヤバいと思っているのだろうか、と姫乃に疑問が湧いた。同時に自分自身、どの程度ヤバいと感じているのだろうかと思った。

わたしたちは真のヤバさを知らなきゃいけないんじゃないだろうか。ヤバい被害に遭った人たちに手を差しのべなきゃいけないんじゃないだろうか。

いつしか一介の女子大生はそんな自問を繰り返すようになっていた。

困っている人たちの力になりたい。けれど、思うだけならだれにだってできる。行動に移さなきゃ意味がない。

そして動くときは、まちがいなく今なのだ。

姫乃は携帯電話をしまい、涙を拭って立ち上がった。

洟《はな》をすすり、上空を見上げた。幾千の星が夜空いっぱいに煌《きら》めいていた。人工灯がなければ星というのはこんなにも光輝いて見えるものなのだ。

まるで銀砂をまぶしたような美しさに姫乃はしばしば目を奪われたが、心までも奪われることはなかった。

地上とあまりにも対照的な夜空に、皮肉を感じていたからだ。

翌朝、陽子に身体を揺さぶられ、姫乃は深い眠りから目覚めた。

いったいいつどうやって眠ったのか、まったく覚えていなかった。なによりここがどこなのかが理解できず、数秒ほどパニックに陥《おちい》った。こんなこと、大学の新歓の飲み会のとき以来だ。

姫乃は水を一口飲み、飴玉《あめだま》を口に放り込んでからさっそく仕事に取り掛かった。身体中に倦怠感《けんたいかん》が張り付いており、後頭部には疼痛《とうつう》も覚えていた。

昨夕同様、朝食の煎餅や乾き物を配って回っていると、ほとんどの人からお礼の言葉が返ってきたが、「こったなもんで腹は溜まらね」と文句を口にする老人もいた。近場の人が「わがまま言うんでねえ」とそれを咎《とが》めると口論になり、摑み合いの喧嘩《けんか》騒ぎとなった。みんなストレスが溜まりに溜まっているのだ。

その後、陽子と共にストーブの灯油を注《つ》ぎ足していると、そこに夫の三浦治が苦い顔をしてやってきた。

聞けば遺体安置所の手伝いを任されていたボランティアの男性が「壊れちまった」のだという。

「たくさんの遺体に囲まれちまったからか、うなされて一睡もできなかったみてえだ。さっき本人と会ったけど顔を白くして、唇を震わせてた。もう無理だろうから、あとで船で本土に送る」

「だったらあんた、そのときにもう一度矢貫町の人たちに相談してみて。ちょっとでもいいからこっちの被災者を受け入れてくれねえかって」

「交渉はしてみるが期待はするな。昨日あんだけ頼んでもダメだったんだ。本土のやつら、冷てえもんだよ。おれはあいつらの態度を絶対に忘れねえから。あったな町と橋なんて架けてもらわなくていい。こっちから願い下げだ」

「そったな話は今関係ねえべ。じゃあまたボランティアの人たちを連れてきて。ヒメちゃんたちがきてくれてこっちはすんげえ助かってるの」

「ああ、がんばる。で、その新たな人がやってくるまで、安部先生のところにひとり補充させてもらえねえか。検案作業には助手が絶対に必要で、いねえと仕事にならんのだって」

「んだからこっちだって足りねんだって」

「わがってら。だけんど、最後まで身元不明のままの仏さんが出ちまったら本人も家族もかわいそうだべ。どうやら日を追うごとにダメになっちまうんだってよ、ＤＮＡってのは」

「そったなふうに言われたら……」

「わたしが行きます」

昼が勝手に動いていた。

「ううん、あんたはダメ。よしなさい」

「いえ、わたしが」

「あっちは生きてる人の世話でねえのよ」と、陽子が当たり前のことを言う。「だったらあたしがその助手役を――」

「わたしなら大丈夫ですから。陽子さんはここのリーダーだし、それに、ご遺体と向き合うのは、きっとわたしのような部外者の方がいいと思うんです」

姫乃がそう告げると、ふたりは一理あると思ったのか、最後には認めてくれた。

早速、三浦と共に遺体安置所となっている武道館『仏さまの寝床』に向かった。

足を踏み入れると、昨日見た、白い床が目に飛び込んできた。だがよくよく見てみれば、薄紫色をした納体袋《のうたいぶくろ》もいくつかあった。きっとあれが足りなくて、代用として白いシーツを掛けているのだ。室内のすべての扉と窓が全開になっているのは匂いをこもらせないためだろうか。

白衣を纏《まと》った安部医師は姫乃を紹介されるなり、不安げな表情を浮かべた。こんな小娘に務まるかと言いたげだった。

三浦が去ったところで、「きみもまたとんでもないところに回されちまったな」と安部は姫乃に力なく微笑《ほほえ》みかけた。

「ところできみ、これまで遺体を見たことはあるか？」

「昨日、いくつか」

「では遺体に触れたことは？」

「ありません」

「そうか。実はわたしも今回がはじめてだ。これまでＤＮＡ採取はおろか遺体の歯科所見すら行ったことがない。わたしはただの島の歯医者に過ぎないんだ」

それらを安部が請け負うことになったのは医師会からの依頼があったからだという。荷が重いと感じたが、島に医者がいないため仕方なく承諾したのだそうだ。

「一昨日《おととい》からここで遺体と向き合っているが、正直まともな精神じゃやってられない。こんな言い方をしていいものかわからんが、人と思わず、心を無にして淡々と作業すればいい。そうじゃないと正気を保てん」

姫乃は頷いていいものか判断に迷った。

「昨日の男はそれができなかった。あそこで眠ってる子もそろそろ限界だろう」

安部が室内の隅に目をやる。そこにはタオルケットを掛けた女が目を閉じて横たわっていた。

「うちの医院の助手で島の子だ。必要だから連れてきたが、かわいそうなことをした。もっとも今は気丈に振る舞ってるし、最後までここにとどまると言ってくれてる。きみにはわたしとあの子のサポートを任せたい」

「わかりました」

「最後に、無理だと思ったら遠慮せずに言うこと。いいね」

安部は念を押すように言い、姫乃は深く頷いた。

「じゃあ、はじめよう」

安部が眠っていた助手の肩を叩き、女は目を覚ました。寝覚めがよくないのか、彼女は何度も首を左右に振り、乱暴に頭を叩いていた。女は倉田綾子《くらたあやこ》と名乗った。年齢はおそらく二十代後半だろう。

その倉田と共に安部の指示のもと作業に取り掛かった。昨日の続きだという《32番》からだった。遺体にはそれぞれ番号が振られているのだ。

安部が手を合わせてから32番の札がついた白いシーツを剥ぐ。その瞬間、姫乃は思わず「ひっ」と悲鳴を上げてしまった。

いくら混乱の最中とはいえ、なぜこれほど小さな島で身元不明の遺体が出てしまうのか、疑問に思っていたのだが今理解した。だれだか判別がつかないのだ。

姫乃は改めて恐ろしい形相《ぎょうそう》をした死に顔を見つめ、ごくりと唾を飲んだ。左眼球に瓦礫が深くめり込んでおり、鼻が陥没《かんぼつ》していた。

それから三人で遺体の服をハサミで切り、裸にさせた。触れた遺体の肌はとても冷たかった。人は死ぬと温度を持たなくなる、そんな当たり前のことに衝撃を受けた。

大丈夫、大丈夫。冷静に、冷静に。

姫乃は湧き上がる恐怖をどうにか理性で抑え込み、必死に手を動かし続けた。

遺体の足を開き、腕を持ち上げ、傷や手術痕などをくまなく探していく。安部がそれらの所見を述べ、倉田がメモを取る。もっとも「口の中以外は門外漢だから最低限のことだけだ」とのこと。

つづいて安部が注射器を男の腕に深々と刺して血液を採取した。倉田が男の爪を爪切りで、毛髪をピンセットで数本抜き取り、それぞれフリーズパックに入れて保管した。これらすべて、のちにDNA型鑑定というのが行われることになった場合に必要になるのだそうだ。

そして次に行われた歯科所見はさらに難渋した。

まず、遺体が口を開いてくれない。濁流を飲むまいとしたのか、きつく口を結んだまま死後硬直をしているのだ。個人差はあるものの、死後硬直の度合いは通常死亡直後から二日程度がもっとも強いとのこと。今日は震災から四日目だ。

安部は開口器や舌圧子《ぜつあつし》といった器具を用いて、それらを遺体の歯の隙間に挿入し、こじ開けようと試みた。だがそれも容易にはいかなかった。力を込め過ぎて、歯が割れて飛んだりもした。

数分ほどそんな格闘をし、ようやく遺体の口が一センチほど開き、ここではじめて歯科所見がはじまった。検診用ミラーライトを手にした安部が一本ずつ所見を伝え、倉田がメモを取っていく。姫乃は彼らのお手伝いだ。

「MODインレー、いや——」口内を覗き込む安部が首を傾《かし》げている。「やっぱりMOかもしれない」

「先生、どちらですか」と倉田。

「むずかしいな。ちょっと待ってくれ」

安部が丁寧な仕事をするため、遺体一体につき、すべての作業を終えるまで一時間ほどの時間を要した。これは本当に大変な仕事だと姫乃は痛感した。

遺体の中には口を開いた瞬間に、口腔《こうくう》や咽喉《いんこう》に溜まっていた泥水が溢れ出てしまう者や、血液の混じった白濁した気泡状の液体を吐く者もいて、そんなことが起きるたびに姫乃はそれらを拭き取らなければならなかった。また、時折、鼻や耳の穴から虫が這《は》い出てくるので、それらを取り除くこともしなければならなかった。

正直なところ、耐えがたい作業であった。遺体から、痛い、苦しい、といった悲鳴が聞こえてくるからだ。本当に聞こえるのだ。

だが、そうした幻聴よりもなによりも、もっとも姫乃を苦しめたのは、絶え間なく聞こえてくる遺族たちの肉声だった。

この遺体安置所には多くの人が行方不明となった家族を探し求めてひっきりなしに足を運んでくる。彼らは恐るおそる納体袋や白いシーツを捲《めく》っていき、それが他人であると安堵《あんど》し、身内だと判明すると漏れなく膝から頽れた。親たちは無残な姿となった我が子を抱きしめ、泣き叫んでいた。呼吸困難に陥ってしまい、そのまま倒れ込んでしまう母親もいた。

そんな阿鼻叫喚《あびきようかん》の中、作業をしなければならないのだ。

精神を病んでしまったという男性ボランティアは、遺体と向き合うことに耐えられなかったのではないのかもしれない。きっと、この声に耐えられなかったのだ。

「ヒメちゃん」と倉田がハンカチを差し出してきた。「これ使って」

姫乃はずっと泣きながら手を動かしていた。

そんな自分にひどく腹が立った。亡くなった人やその遺族らと知り合いの安部や倉田が我慢しているというのに、どうしておまえが泣くのだ。

「少し休憩を取ろう」

安部が言った。姫乃に気を遣《つか》ってのことだと思ったので、「大丈夫です」と答えたのだが、「わたしが休みたいんだ」と安部は腰を上げ、ふらりとおもてへと出て行ってしまった。それにつづくように倉田もまた、安部とは別の扉からおもてへと出た。

そしておよそ五分後、戻ってきた彼らの目は赤く充血していた。

この涙の中断はこのあとも数回あった。

そうして時を刻み、西の空がやや赤みを帯びてきた頃、三浦が熊のような巨漢を連れてやってきた。男は全身を迷彩服でまとめていたため、姫乃は自衛隊の人だと思ったのだが、「被災地で活動してるＮＰＯの方」だと三浦は紹介した。

名を遠田政吉というらしい。

遠田の年齢は不詳だった。髪が肩まで伸びており、まるでマッカーサーのような大きいサングラスを掛けているからだ。変な話、二十代にも五十代にも見える。

「遠田さんが代表を務めるNPOはいろんな被災地に年がら年中行ってってさ、そこで地元の消防団や青年隊なんかと連携して活動してるんだと。それを聞いて、今すぐこの島に来てけえっておれが引っ張ってきたんだ」

遠田が矢貫町で救助活動を行っていたところに、三浦の方から声を掛けたのだそうだ。三浦もまた、はじめは遠田のことを自衛隊の人だと勘違いしたらしい。

「現場であれやこれやと指示を飛ばしてて、その立ち振る舞いがまあ立派だべ。ちっとも泡食ったりなんかしねんだがら」

救いの神を得たとばかりに興奮する三浦のとなりで、「まあ、プロですから」と遠田がはじめてその口を開いた。見た目同様、野太い声をしている。

「それはそれは心強い。どうぞこの島にお力を貸してください」

安部が丁寧に頭を下げ、倉田と姫乃もそれに倣《なら》った。

「ええ、自分に任せてもらって結構です。こうしたパニックが起きると、どうしたって地元の人たちは場当たり的に動いてしまうもんなんですわ。指揮系統がしっかりしていないと救われる命も救われんのでね」

遠田はそう言うと、その場にしゃがみ込み、前方に広がって横たわる遺体たちに向け、時間をかけて合掌した。

そんな遠田の後方で、「まずは遺体安置所に案内してくれって頼まれたもんだがら」と三浦が安部にボソッと耳打ちした。

安部が納得を示し、「ところであの方はおいくつなの」と囁《ささや》き返すと、「まだ三十三なんだと」と三浦は答えていた。

やがて遠田は、「失礼」と手刀を切り、目の前の遺体のシーツを捲った。そして全身を観察し、「むごいな」とひと言つぶやいた。

「ところで、ここにいる故人が身につけていた遺品はどこに保管されているんですか」

振り返った遠田が訊いた。

「二階の空き部屋を遺品管理室として使ってて、そこに」と安部が答える。

「そうですか。遺品というのは結構紛失してしまいがちで、どの被災地でものちのちトラブルになるんですわ。管理はどなたが？」

「人がいないので、一応我々がまとめていますが」

「じゃあだれかきちんとした管理者を立てたほうがいいな。先生らは検案に集中してもらわないと」

「そうしてもらえると我々は大助かりです」

遠田が頷き、立ち上がる。「さて、三浦さん。消防団や青年隊らはこのあとここに戻ってくるんでしたっけ」

「ええ、もう日も落ちるんでそろそろだと思います」

「じゃあ戻り次第全員をおれのもとに集めてください。改めて持ち場と担当をおれが割り振ります」

「かしこまりました」

「それと、のちほど避難所におられる島のみなさんにも挨拶《あいさつ》がしたいので、その時間も設けてください」

「はい、仰せの通りに」

歳上の三浦が低頭しながら召使いみたいに言う。もっとも、この風貌を前にしてはどんな人間も屈服してしまいそうだ。遠田の巨体から放たれる威圧感は半端ではない。

姫乃が観察するように見ていると、遠田がこちらを向き、「お嬢ちゃんは？」と訊いてきた。

なぜだろう、このとき姫乃は蛇に睨まれたカエルのように身体が硬直してしまった。そんな姫乃の代わりに三浦が「ボランティアでやってきてくれたヒメちゃんです」と紹介する。

「ヒメちゃん？」

「そう、椎名姫乃ちゃんだがらヒメちゃん。ヒメちゃんはわざわざ東京がら――」

遠田は三浦の紹介に耳を傾けながら、姫乃を凝視していた。真っ黒なサングラスを掛けていてもそれがわかった。

「なるほど。見上げたお嬢ちゃんだ」と、遠田は姫乃の頭にポンと手を置いた。

その後、遠田と三浦のふたりが去ると、「さあ、我々も再開しよう」と安部が力なく言った。

今日はここまで、十二人の遺体を検案した。だが、遺体は次々に運ばれ、増える一方だった。

いったい、この島でどれだけの人が亡くなったのだろう。

そして、日本全体ではどれだけの人が亡くなったのだろう。


それから一時間ほど経ったとき、姫乃は安部より三浦への言伝《ことづて》を預かり、彼を探して避難所となっているメインアリーナへ向かった。

すると壇上に立ち、拡声器を手に、被災者たちに向けて熱弁を振るう遠田の姿があった。

鬼気迫るその表情が薄暗い中でもよく見えた。

「めいっぱい泣けばいい。叫べばいい。我慢などしなくていいのです」

そう話す遠田自身が泣いていた。両目を何度も擦《こす》り上げている。

そんな彼の斜め後方には、丸刈りの小柄な少年が控えていた。後ろ手を組み、胸を張って微動だにせず立っている。遠田と同様、迷彩服に身を包んでいるが、身体が華奢《きゃしゃ》なのでコスプレをしている軍国少年みたいだ。

いったい、あの少年は何者だろう。歳は姫乃よりも少し若いくらいだろうか。

「ただ、いつかは立ち上がらねばなりません。悲しみに暮れたままではいけません。なぜなら生き残ったあなたがたには島を再生させる義務がある。このおぞましい闇を払い、眩い光を取り戻す使命があるのです。いいですか、その光の綱を手繰《たぐ》り寄せるのはほかの誰でもなく、みなさんのその両手なのです。もちろんその綱の最前には――」

遠田が自身の左胸をドンッと殴るように叩いた。

「おれがいる。おれはこの島が復活を果たすその日まで死んでも綱を手放さない。ここであなたがたに誓わせてもらいます」

遠田がそう言い放つと、被災者たちから割れんばかりの拍手喝采が湧き起こった。

「ありがてえ。よその人がこったなふうに言ってくれるなんて」

ほどなくして探し当てた三浦はそう言って大粒の涙を流していた。となりの陽子もハンカチで涙を拭っている。島民たちもみな、感極まっている様子だった。

そんな中、ひとりの老爺《ろうや》が、「ふん、どうにもイケ好かねえ野郎だ。胡散《うさん》臭いったらねえ」と発言し、周囲の者からいっせいに批難を浴びていた。胸ぐらを摑まれ、「おらたちのために立ち上がってくれたお方になんてことをぬかすんじゃきさま」と吊るし上げられていた。

姫乃もひそかに反省をした。遠田の粗暴な風貌から、ちょっぴり敬遠の気持ちを抱いていたのだ。

見た目とは裏腹に、遠田は立派な人間なのだろう。人を見かけで判断してはいけないのだ。姫乃は改めて壇上の遠田を見据えた。彼は右へ左へと移動し、「共に戦おうじゃないかっ」と拳を振り上げて叫んでいる。

そんな遠田とは対照的に、彼の後ろに控える少年は微動だにしない。視線すら動かさない。まるでマネキンのようだ。

「あの、あそこで後ろに立ってる人は？」

傍らの三浦に訊ねると、「ああ、彼は江村太一《えむらたいち》くんといって、ＮＰＯの職員で、遠田さんの右腕なんだってさ。ああ見えて遺体捜索のスペシャリストらしいぞ」と教えてくれた。

あんな小さな少年が遺体捜索のスペシャリスト——。

彼もまた、見かけによらず、の人なのだろうか。

そんなことを考えていると、ぐーっと腹が鳴った。慌ててお腹を押さえる。今日もご飯らしいご飯を食べていない。

東京にいる家族は今日はなにを食べたのだろうと、そんなことを思ったら、ますます空腹感が募った。

3　二〇二一年三月十四日　堤佳代

気持ちのいいお天気にもかかわらず、先に見えるナナイロハウスのカーテンはすべて閉じられていた。そして敷地の周囲はカメラを持ったマスコミでごった返している。

そんな光景を前に、堤《つつみ》佳代は深々とため息をついた。

まったく、密を避けろ避けろと叫ぶマスコミがこれじゃあどうしようもない。

ナナイロハウスは十年ほど前に平屋アパートを改装して造られた震災遺児のための養護施設で、佳代はここの臨時職員だった。

佳代が玄関を目指して人の塊《かたまり》をすり抜けていくと、「あ、関係者の人ですか」とすぐに声を掛けられた。無視して行こうとすると、数人が後ろを付いてきたので、佳代は振り返り、「ここは私有地。立ち入らんでちょうだい」とぴしゃりと言いつけた。

鍵を使って中に入り、「こんにちはー」と声を響かせると、「あいよー」と所長の中村《なかむら》昭久の声が返ってきた。

昭久は佳代よりふたつ歳上の六十六歳で、互いを「あきくん」「かよちゃん」と呼び合う仲だった。共に天ノ島で育った幼馴染《なじみ》なのだ。

「かよちゃん、ヤツらに捕まらなかったか。おもてにわんさかいたべ」

居間で顔を合わせるなり、昭久が鼻にシワを寄せて言った。

「平気、平気。相手にせんもん」

「ったく、ヤツらゴキブリのようにしつけえ。塩でもぶっかけてやるべかってんだ」

そう息巻いた昭久の手には本当に塩があったので驚いた。

「よしなさいって」と窘《たしな》める。「ところで子どもらは?」

「みんな海人《かいと》の部屋にいる。来未がおもでに行きて行きてって駄々こねるもんだがら、海人に見張っててくれって頼んだとこだ」

「そう、かわいそうに。来未は家にこもってられる子でねんだがら。じゃあちょっと顔出してくる」

と、来未の部屋に向かおうとすると、「かよちゃん」と背中を呼び止められた。

佳代が振り返ると、

「あれだけど、どうするべ」

と昭久は神妙な顔で言った。

あれ、とは三日前に来未が海で拾ったモノのことだ。

それを最初に聞いたとき、佳代は耳を疑った。宝くじが当たったと言われたほうがまだ信じられたかもしれない。

浜に流れ着いた鞄《かばん》の中に金のインゴットが詰まっていただなんて、そんな御伽噺《おとぎばなし》をいったいだれが信じられるというのか。

もちろんすぐに警察に届け出をした。すると翌日にはメディアに大々的に取り上げられ、こうしてマスコミが群れを成して島に押し寄せてきた。

東日本大震災から十年の節目の三月十一日、震災遺児が被災地の海から金塊を拾い上げた。それもその日に生まれた子が、だ。

こんな出来過ぎた話、マスコミが食いつかないわけがない。

「すでに警察に届けてあんだし、どうするもこうするもねえべ。あんだけニュースになってんだがら、いずれ落とし主が見つかるごった」

「いいや、考えてもみろ。あったなの一般人の持ちもんじゃねえにきまってるぞ。落とし主が悪人なら『あれはおれんだ』って名乗り上げらんねえべ」

なるほど、それはごもっともな意見だった。

「それにあのインゴット、どうやら日本製でねえらしいんだわ」

「へ？　金塊にもどこ産ってのがあるわけ」

「ああ。流通してるインゴットにはシリアルナンバーの刻印が義務付けられてて、来未の拾ったインゴットはジョンソンなんたらっちゅう香港《ホンコン》の会社が製造したものなんだってよ」

「なんだ、中国のだったの」

「中国でね。香港だ」

「どっちにしろちょっとねえ。もしかして偽物なんでねえの」

「いや、紛れもなく本物らしい。それも限りなく純金に近い、価値の高《たけ》えインゴットなんだって。ただ、そのシリアルナンバーを辿っても、どこのだれの手に渡って、どうやって日本に持ち込まれたのか、まったくわがらねえんだと」

「ふうん。だけんど、持ち込まれたんでなくて、潮に乗って海を渡ってきたってこともあるんでねえの」

「いや、そういうのはほとんど密輸されたものらしい。インゴットの密輸ってのはやたら儲《もう》かるらしくて、日本のヤクザとチャイニーズマフィアの間で頻繁に取引されてるんだってよ。ほれ、ついこの間も福岡の港で数百キロもの大量のインゴットの密輸が摘発されたってニュースがあったべさ。たぶん来未の拾ったインゴットもそったな経路で――」

佳代はぽかんとして話を聞いていた。ヤクザやらマフィアやら、田舎のふつうのおばさんには縁遠い話で今ひとつリアリティが持てない。

とにかく、来未の拾った金塊がキナ臭い代物《しろもの》であることは十分に理解できた。

「それにしてもあきくん、あんたやたら詳しいでないの。あんたまさか、裏で密輸業者でもやってるんでねえだろうね」

昭久は佳代の冗談には付き合わず、「一朗から教えてもらったんだ。一朗は警察関係者や専門家から聞き出したらしい」と鼻の穴を広げて言った。

一朗とは天ノ島出身の新聞記者である菊池一朗のことだ。彼は長らく仕事の都合で島を離れていたが、十一年ほど前に郷里に赴任することが決まり、それからはこの地で勤めている。一朗のことはみんなが頼りにしていた。

「ちなみにあのインゴットは埋蔵物という扱いになるらしくて、もしも落とし主が六ヶ月間現れながった場合、拾い主のものになるんだと」

それはつまり、来未のものになるということだ。

「で、もし、そったなことになったらどうすんべ」

「んだがらどうするもこうするもねえべ。先のことなんてわがらんのだし」

「今はコロナ禍だべ。インゴットの価値がやたら高騰してて、あれを金《かね》に換算したら一億近《ちけ》え値段がつくんだそうだぞ」

「それはもうなんべんも聞いたわ。とりあえず、またあとで」

そう言い残し、改めて海人の部屋に向かった。

ドアを二回ノックし、「入るよ」と告げてからノブを回した。

大原《おおはら》海人の六畳間の部屋には吉野《よしの》穂花《ほのか》と筒井《つつい》葵《あおい》もいて、歳の離れた妹の千田来未を囲んでいた。この四人が現在のナナイロハウスの児童たちだ。

ナナイロハウスを立ち上げた当初は倍の人数がいたが、年を経てひとり、またひとりとここを巣立っていった。その卒業児童らとは今でも頻繁に連絡を取り合っており、彼らはそれぞれの地で立派に働いている。みんな長期休暇になると島に戻ってきて、たくさん話を聞かせてくれる。佳代にはそれがなによりの土産だった。

「佳代おばちゃん。今日は泊まってくの？」来未が開口一番そう訊いてきた。

「ごめんよ。明日は海がしけるようだから、今夜中に帰らんと」

「えー。一緒に寝たかったのにぃ。泊まってってば」

「来未。わがまま言わねよ」すかさず最年長の海人が窘めた。「おばちゃんは本土でも仕事を持ってんだから」

海人は先日中学校の卒業式を終えたばかりの十五歳で、とても面倒見のいい男の子だった。そして、来未の拾いものの件とは別に、この海人のことでも佳代は頭を悩ませていた。

「ねえ、佳代おばちゃんも聞いたべ。来未の拾った金塊の話」

十四歳の穂花が言った。

「この島で知らん人はいねえよ。港でもみーんなその話してたしね」

「で、聞いて聞いて」目を輝かせて言ったのは十三歳の葵だ。「来未がね、もし金塊が自分のものになったらうちらにも分けてくれんだって。ね、そうだべ来未」

「うん、いいよ。分けっこしたげる」

「なにバカなこと言ってんの。おめらのものになるわけねえべ」

「やっぱり無理？　落とした人、出てきちまう？」と穂花。

「そりゃあね。んだがらおめら変な期待したらいけねよ」

そう言いながら、佳代も内心ではこの子たちのものにならないかと密《ひそ》かに願っていた。この子たちには国から生活支援金が給付されているが、それでもこれからなにかと金は必要になるのだ。けっして金がすべてではないが、この子たちこそ恵まれなきゃならない。

「ちぇ。大金持ちになれると思ったのに」

「葵は金持ちになってなにがしてえの」

「うーん、なんだべ。とりあえず本土でいっぱい服を買いたいかな」

「うちはディズニーランドとＵＳＪにいってみてえ」

「あー、うちもうちも」

「穂花と葵はちょっと前にベニーランドにいったべさ」

「ベニーランドなんてしょぼいよ。あったなもんでよろこぶのは子どもだけだわ」

佳代は肩を揺すった。去年の夏に海人をのぞいた島の中学生全員で八木山《やぎやま》のベニーランドへ遊びにいき、ふたりは「死ぬほど楽しかった」とはしゃいで帰ってきたのだ。

ちなみになぜ海人がいけなかったのかというと、彼が船に乗れないからだ。幼い頃から何度か挑戦させてみたものの、ダメだった。本土への乗船時間はわずか五分、彼はその五分を耐えることができない。我が身が海上にあるというだけで、パニックに陥ってしまうのだ。乗船を前にして嘔吐《おうと》したこともある。

「海人にいちゃん、その名前変えたほうがいいんでね」

以前、来未が悪気なくそんなことを口にしたことがあった。海人は消沈した顔で「変えられるもんなら変えてえよ」と答えていた。

海人が船に乗れない理由、それはあの津波によるトラウマからだ。

十年前のあの日、海人は両親と共に海の上にいた。彼らが乗っていた船は波で転覆し、両親はそのまま帰らぬ人となった。

海人自身も海水を大量に飲み、意識不明の重体にまで陥ったのだが、奇跡的に一命を取り留めた。

あともう少しこの子が幼ければ、と佳代は何度思ったことかわからない。彼は当時五歳だった。ゆえに目の前で起きた惨劇がしっかりと脳裡に焼きついてしまっているのだ。

そんな海人は来月から高校生になり、本土で寮生活をはじめることになっていた。そしてこれが佳代の悩みだった。

この子はきちんと生活できるのだろうか、というのが心配でならないのだ。

くだんの理由で、海人はこれまで数えるほどしか島を出たことがない。つまり彼は外の世界をまるで知らないのだ。

海人はしっかり者だが、妙に繊細なところがある。大人の顔色を読むのが上手《うま》いのは神経が濃《こま》やかだからだ。そんな海人の様子を知るにはこちらから会いに行くしかないだろう。船に乗れない彼は帰省も容易にできないのだから。

「ねえ、おもての人たち、いったいいつになったらいなくなるの」

カーテンの隙間からおもてを覗く来未が頰《ほお》を膨らませて言った。このおてんば娘はおもてで遊びたくて仕方ないのだ。

「あんたにコメントさせるまでずっと張ってるつもりなんでね?」と穂花。

「そんなのなんぼでも言うのに。ラッキーって」

みんなで笑った。

「おばちゃん、なして来未にしゃべらせたらいけねえの」

海人がもっともなことを訊いてきた。

「島のみんなで決めたがら。来未に限らず、うちらはマスコミにいっさい協力せんって」

「それは知ってるけど、でもなして」

「それは——」

過去にマスコミにひどい扱いを受けたことがあるからだ。

今から八年半前、島の復興支援金が遠田政吉という男に詐取《さしゅ》されていたことが発覚し、マスコミはそれを大々的に報じたのだが、彼らは天ノ島を、『騙された島』『飲み込まれた島』

などとおもしろおかしく書き立てたのだ。天ノ島は愚かな地であり、島民は与太郎《よたろう》だと言わんばかりだった。世間も被害者であるはずの自分たちを笑った。同情よりも嘲笑の声の方が大きかったのだ。佳代は詳しく知らないものの、インターネットの世界では天ノ島を揶揄《やゆ》するコメントが横溢《おういつ》していたという。

そうした冷たい視線にさらされる中、ついには自らの命を絶つ者まで出てしまった。自殺したのは当時の村長だった。善人である彼を追い詰めたのは紛れもなく世間であり、マスコミだ。遺書には『すべてわたしの責任です』と書かれていた。極悪人の遠田政吉に復興支援参与の職を与え、復興支援金を託したのが彼だったのだ。

なにはともあれ、そうした背景があり、天ノ島の人間はマスコミを毛嫌いしていた。今回もマスコミが島にやってくるのを阻止するために、本土からの船を止めようだなんて話も出ていたほどだ。

「じゃあ一朗おじさんは？　一朗おじさんはマスコミじゃねえの」と来未。

「一朗はもちろん別」佳代は来未の両肩に手をやった。「いいかい、来未。取材を受けていいのは一朗だけ。そのほかの知らね大人から話しかけられても無視せねばならないよ」

「うん、わがった」

「おめらもわがったね」

全員を頷かせてから、佳代は一旦部屋を出た。

居間では昭久が立ったままだれかと電話で話していた。佳代に気づくと、「あ、ちょっとかよちゃんに代わる」と受話器を差し出してきた。

「だれ?」

「一朗だ。警察署におるんだと」

佳代は受話器を受け取り、「もしもし」と応答した。

一朗の話によると、警察も例のインゴットの所有者を探しているらしいが、手掛かりは何ひとつ見つかっていないとのこと。一方、自分のものだと名乗り出る者が後を絶たず、署はその対応に追われ、てんやわんやなのだという。

「その中にホンモノがいるのがね」

〈いねえよ。警察が調べたところ、あのアタッシェケースは少なくとも五年は海に沈んでいたらしいんだ。もし本当に落としたのなら、その時点で届け出してるだろうから〉

「じゃあみんなイタズラかい?」

〈ああ〉

「だけんど、持ち主でないにせよ、何かしら関係がある人物もいるかもしれねえべ」

〈いや、いねえよ〉

一朗がこうもきっぱり否定するのが佳代には気になった。彼はこのように物事を推測で決めつける人間じゃないからだ。

「なんにしても、早《はえ》えとこ落とした人が見つかるといいね。大金だもの」

佳代がそんな建前を口にすると、やはり一朗は〈この先も見つかることはねえ〉と乾いた口調で断定した。

「一朗。おめ、もしかして落とし主に心当たりがあんのか？」

そう訊ねると、一拍置いて〈いや、まったく〉と否定された。

「じゃあ絶対に見つからねなんて言い切れねえべ。たとえアレが密輸で持ち込まれたもんだとしたってよ」

〈昭久さんに聞いたの？〉

「そう。おっかねえ連中の間でどうたらって。それだから見つからねえってこと？」

〈まあ、そんなとこかな〉

なんとなくごまかされた感もあったが、それ以上深くは追及しなかった。

〈ところで改めて来未ちゃんに話を聞かせてもらいたいんだけど、彼女はそっちにいる？〉

「いるよ。代わるかい？」

〈ううん。このあと直接会いにいくわ〉

「そうかい。おめがきてくれたらきっとよろこぶよ。ヒマを持て余してるもんでね」

〈じゃあこのあと向かう。十五分くらいで着くと思うけど、佳代おばちゃんはまだいるの？〉

「あたしも夜までいるよ。最後の便で帰る予定だから」

電話を終えてからは、昭久と一緒に立看板を作り始めた。居間に新聞紙を広げ、その上でノコギリを手にした昭久が木材をギコギコと切っていく。

そして最後に、佳代が板に太字でこう書いた。

《迷惑です。ここに溜まらないでください。取材はいっさい受けません。ナナイロハウス》

これを施設の入り口に立てるのだ。

完成したそれを持って昭久と共におもてに出ると、マスコミがここぞとばかりに取り囲んできた。「少しでいいんで少女と話をさせてもらえませんか」「金塊を拾った砂浜は具体的にどの辺りになるのでしょうか」「海をバックに少女の写真を一枚撮らせてもらったらそれで帰りますから」と口々に声を浴びせてくる。

「あんたらね、これをしっかり読んで」

と、昭久が地面に立看板を突き刺しながら言った。

だが、マスコミは怯《ひる》むことなく、「なぜ取材を受けてくれないのでしょう」「いい話なんだから構わないじゃないですか」「どうして少女をそんなに隠すんです?」と逆に攻勢を強めてきた。

そんな中、ひとりの記者が昭久の肩に手を掛けた。「おい、触ってくれるな。コロナがうつるべ」と昭久がその手を振り払う。

「あ、今のは問題発言ですよ。所長先生」

「ふん、そったなこと知らん。言っとくが島にコロナを持ち込んだら承知しねえぞ。この島は未《いま》だ感染者ゼロなんだがらな。だいたいおめら、こったな団子になってていいのか。きちんとソーシャルディスタントをしろ」

「ソーシャルディスタンスですね」

「どっちだっていい。早えところ帰ってくれ」

「そう邪険にしないで少しはこっちの話を聞いてもらえませんか。先日、東日本大震災から十年の節目を迎えたんですよ」

「んなことおめに言われねでもわがっとる」

「そんな日に、震災遺児が被災地の海で金塊を拾ったんです。こんな素敵な話、世間に届けなきゃ罪ですよ」

「罪だと？」昭久が目を剝く。

「いや、変なとこに目くじら立てないで。どうしたって3・11の話題を取り扱うと世間は暗く落ち込んでしまうでしょう。それに加え、今はこういうコロナ禍なわけですし。そうした中、こんな明るい出来事があったんですから、できるだけ世に広めてより多くの人を笑顔にさせたいじゃないですか」

「他人が宝拾ったがらといって人は笑顔にならね。笑うのはおめらだけだ。そんでもっておれたちはおめらをよろこばすつもりはねえ」

「どうしてです？」

「どうしてだと。おめら八年前のことを忘れたのか？　この島のことを好き勝手に書いたべ。おめも、おめも――」昭久が記者たちを順々に指さしていく。「おめもあのときにも取材さきてたな。おれははっきり顔を覚えてるぞ」

「何か誤解があるようですが、我々は事実を報道したまでですよ」

「じゃあインターネットが荒れたのはだれの責任だ」

「インターネット？　ああ、ＳＮＳのことですか」

「そうだ。あれはおめらが火付けをしたようなもんだべ」

「そんな。それこそ言いがかりですよ」

「こっちは村長が自殺にまで追い込まれてんだぞ」

「それはまあ……お悔やみ申し上げますが。しかし、その怒りの矛先を我々に向けられても困ります。我々は報道するのが仕事であり、使命なんですよ。あれほど大規模な復興支援金の横領があったんです。ならばそれを報道しないわけにはいかないでしょう」

「ふん。おめらの都合なんぞ知らん。とにかく、おれたちはマスコミが嫌いなんだ。たとえ筋違いだと言われようともな」

「そうおっしゃらずに。ひとつご協力をお願いしますよ」

「ならねつったらならね」

「所長先生」また別の記者が声を上げる。「逆にこうは考えられませんか。この島にはそうした黒い歴史があるからこそ、今回の一件がより一層輝いて見え――」

「ちょっと待て。おめ今なんつった？　黒いと言ったのか」

「あきくん。よしなさいって」と、ここで佳代は昭久の袖を引っ張った。

「いや我慢ならねえ」昭久が佳代の手を払い、発言のあった記者に正対する。「たしかに変なのに支配されちまって、島が大事な金を取られたのは事実だ。だがおめ、地獄を見たことがあるか。家も家族も仲間もみんな流されちまって、頭がどうにかなっちまうくらい追い詰められたことがあるか。あったなときにまともな判断を下せる人間なんていやしねんだ。すがれるもんなら、藁《わら》でもいいからすがりてえ。どこのどいつでもいいからこの島を救ってくれって――」

昭久が顔を真っ赤にして捲し立てると、記者たちはいっせいにマイクを向け、メモ帳にペンを走らせた。

「それを浅はかだ、理解に苦しむだ、まるでこっちに非があるみてえに書いたべ。じゃあなんだ。おれらはアホウか、トボケか」

「そんなことは――」

「もちろん島に落ち度がなかったというつもりはねえ。だけんど当時の島の状況を知らんくせに――」

フラッシュの光を浴びながら昭久は口角泡を飛ばしている。

「所長先生のおっしゃることも理解できますが、横領被害に遭ったこと、ここに関してだけは黒歴史に変わりありませんよね」

記者がなおも挑発するように言った。

「そったな一言でまとめられちまったら、生き残った者らが精一杯戦ったことすらも汚されちまうでねえか」

「ですから、横領のことに関してだけです。みなさんのがんばりはまったくの別物です。もう一度言いますが、そうした苦い過去を持つ天ノ島だけに、今回の僥倖《ぎょうこう》が世間の耳目《じもく》を集めるんですよ」

「おれたちは耳目なんか集めてもらいたくねえ。願い下げだ」

佳代は再度、昭久の袖を引っ張り、「あきくん、いい加減になさい。あっちの思うツボだべ」と耳元で言いつけた。記者の連中はあえて昭久を怒らせて、しゃべらせようとしているのだ。そんなの、素人《しろうと》にだってわかる。

まだ言い足りなそうな昭久の背中を押し、施設の中に向かおうとしたところ、「島ぐるみの創作だという噂《うわさ》も出ているようですが」と、そんな声が背中に降り掛かった。

佳代と昭久が同時に立ち止まる。

振り返り、「どういうこと」と訊いたのは佳代だ。

「島民たちが知恵を出し合って考えた一世一代の大芝居なんじゃないかと、そんな心ない声も上がってるんですよ。それこそSNSを中心にね」

意味がわからず、佳代は小首を傾げた。「なしてうちらがそんなことをすんのよ」

「要するにイメージアップです」

「イメージアップ?」

「ええ。聞けばあの事件以降、この島の観光客はずいぶん減ってしまったそうじゃないですか。不躾《ぶしつけ》ながら、世間が持つ天ノ島のイメージはやはり今も『騙された島』なんですよ。で、島民たちはそんなマイナスイメージをファンタジーでもって払拭《ふっしょく》しようとした——と、まあそんなところです」

「ファンタジーって……」

「だってファンタジーでしょう。震災の日に生まれた少女が、十年の節目に海で金塊を拾ったんですから。あ、もちろん我々はそんなくだらないデマなど信じていませんよ。とはいえ、たしかに出来過ぎっちゃあ出来過ぎですからね。そうした声も上がるのもわからんでもないですよね」

あまりのことに言葉が出てこなかった。

「そうした声を封殺するためにも、きちんと取材を受けていただいた方が得策かと思われるのですが、いかがでしょう」

唇がわなわなと震えた。横を見る。昭久は拳を震わせていた。「あきくん、ダメ」言い終わらぬうちに、昭久はその記者に向かって突進して行った。そして勢いそのまま記者の男を殴りつけた。いっせいにフラッシュが焚《た》かれる。

「なんてことぬがしやがるんだこの野郎っ」

なおも昭久は倒れ込んだ記者の胸ぐらを摑み、強引に起き上がらせた。慌てて周りの者が止めに入る。だが、昭久は男の胸ぐらを放さず、力任せに揺すり出した。昭久は今でこそナイロハウスの好々爺《こうこうや》所長におさまっているが、震災前までは海で戦う漁師だったのだ。腕力じゃそこらの若者にまだまだ負けない。

場が騒然とする中、佳代は両頰に手を当てて、立ち尽くしていた。えらいことになった。昭久が人に怪我をさせてしまった。

ここでふと、いくつかのフラッシュの光が建物の方へ向かっているのに気づいた。その先に目をやると、窓を開け、何事かとこちらを心配そうに眺めている児童らの姿があった。穂花と葵と、そして来未の三人娘だ。

何人かの記者たちが彼女たちに向かって駆けて行き、「ねえ、千田来未ちゃんはだれ？」と勝手に取材を始めようとした。だが、三人の後ろから現れた海人が窓をぴしゃりと閉め、カーテンをバッと閉じた。

そのとき、「佳代さん」と、知った声が遠くで上がった。見れば一朗が人垣の向こうから手を振っていた。

「ああ、一朗」と佳代も手を振り返す。「あきくんが、あきくんが」

やがてこの騒乱の中心にいるのが昭久だと知った一朗は、揉みくちゃになりながら人の塊に突っ込んでいった。そして昭久を後ろから羽交い締めにし、「昭久さん、だめだ。暴力はだめだ」と彼を力ずくで記者から引き離した。それでも怒りがおさまらない昭久は、「ふざけるんじゃねえ。おめら全員今すぐこの島から出ていけっ」と叫んだ。

「あんたらがそんな態度だから変な噂が立つし、鎖国島《さこくじま》だなんて揶揄されるんだろう」殴られた記者が頬を押さえながら叫び返す。

その後、昭久は一朗によって施設の中に引きずり込まれ、佳代もあとにつづいた。

「許せねえ。許せねえ」と興奮がやまない昭久をなんとか椅子に座らせ、佳代は彼のとなりに座った一朗に事の一部始終を説明した。

「なるほど。そういうことか」一朗は顔をしかめている。

「一朗。おれはあいつらを許さねえぞ。ああ言わんこっちゃねえ。おれはあったなやつら島に入れるなってなんべんも言ったんだ。それを本土の連中がそんなのはルール違反だとかぬかして、反対しやがったんだ。聞けばあいつらマスコミに乗船料ふっかけて臨時船をバンバン出したそうじゃねえか。これだから本土の連中はいけ好かねえんだ」

喚き散らす昭久をよそに、「佳代さん、ちょっと昭久さんのこと頼む」と一朗が椅子から腰を上げた。

「どこさいくの？」

「おもての記者たちと話してくる」

「大丈夫だべな。謝れば許してくれるべな」

「冗談でねえ。おれは謝らねえぞ」

「あきくんはちょっと黙ってて。――ね、一朗、大丈夫だべな」

一朗はそれに対して返答をせず、「とりあえず話してみる」とおもてへ出ていった。

佳代は額に手を当て、深々とため息をついた。ふと視線を感じ、廊下の先を見る。穂花と葵と来未の三人娘が部屋のドアを開け、そこからトーテムポールのように縦に頭を並べてこちらを覗き込んでいた。みな、一様に不安の色を浮かべている。

「大丈夫。おめらはなんも心配いらねよ。部屋で遊んどき」と佳代は笑みをこしらえて言い、「ちょっと海人を呼んで」と告げた。

来未の部屋から出てきた海人と共に彼の部屋へ移動し、椅子に座らせ、先ほどと同様に事情を説明した。暴力を振るってしまったけれども、昭久は悪くないということを強調しておいた。

「そういうわけだがら、海人はおばちゃんと協力して、あの娘《こ》らが不安にならんようにしたげて。おめは男の子だがら、あの娘らのこと守ってやらねといけねよ」

海人の両手を握りしめて言った。

「昭久おじさんはどうなるの」

「わがらねけども、きっと大丈夫。一朗がどうにかしてくれる」

「本当？」

「本当よ。さ、行って」

それから小一時間ほどして、佳代が台所で児童らにおやつを用意しているところに、一朗が駐在所の中曽根《なかそね》巡査部長を連れて戻ってきた。中曽根は天ノ島の出身ではないが、この島にやってきてかれこれ十五年になる定年間近のお巡りさんだ。

「昭久さん、ぶん殴っちまったらだめだあ」と中曽根がかぶりを振りながら居間にズカズカと入ってくる。

「すまん」

昭久は深く項垂《うなだ》れていた。時間を経て、彼はようやく落ち着きを取り戻したのだが、今度は打って変わり消沈しているのだ。

「あーあ。島の犯罪ゼロ記録更新中だったのに、ここで途切れちまうなあ」

「ウソだべ。犯罪になるの」と佳代。

「相手が被害届を取り下げてくれなかったらね」

殴られた記者は絶対に被害届を出すと息巻いているらしい。

「ちょっと。どうにかしてちょうだいよ」

「それより、問題は写真と映像の方だべ」一朗が深刻めいた顔で言った。「たくさんのカメラが昭久さんの暴力シーンを捉えてっから」

「捉えてたらどうなるの」

「まちがいなくメディアに流れる」

「テレビとかに出ちまうってこと？」

一朗がため息交じりに頷いた。

「そうなるとどうなっちまうの」

一朗は答えてくれなかったが、それがどういう事態を招くか、佳代にも容易に想像がついた。きっとまた愚かな島だとか、野蛮な島だとか世間で騒がれるのだ。もしかしたら、島民ぐるみでうんぬんというくだらない与太話に信憑《しんぴょう》性をもたらしてしまうかもしれない。痛いところを突かれたからキレたのだと思われる可能性は大いにある。

そして評判が落ちればまた観光客が減る。もとより震災以降、減ってはいるものの、それでも観光客があって島民はギリギリ食べていけるのだ。この島を支えているのは漁業と共に観光業なのだ。

佳代は頭が痛くなってきた。なぜこの島には定期的に災いが降り掛かるのか。

東日本大震災から十年が経ち、ようやく復興、復元という言葉が形を成し、島を覆っていた暗い影が薄れてきたというのに。

あの横領事件だってそうだ。島民たちの傷が完全に癒えたわけではないが、世間的にはだいぶ風化してきた。

なのに、ここにきてまた、天ノ島が慌ただしくなってきた。

日が落ち、記者たちの姿がなくなると、入れ替わるように噂を聞きつけた島民たちが続々とナナイロハウスにやってきた。みな、昭久を励ましたいのだ。

そしてそのだれもが酒や食べ物を持参してくるので、ナナイロハウスはあっという間に差し入れで溢れ返った。

最初は数人がちびちびとやり始め、それが徐々に広がっていき、気がついたときには場は宴会の様相を呈していた。老若男女の陽気な声があちこちから飛び交い、「昭久さん、よくやった」「おれなら海に放り込んでたさ」「そったな野郎、サメの餌にしてやりゃいいべ」なんて声すら上がる始末である。

世間ではコロナ、コロナと騒がれていても、天ノ島にはこれまで感染者がひとりも出ていないため、自分を含め、みな緊張感が足りていないのだ。ゆえにこの島ではマスクをしていない者が大半だ。

島民たちの本音をいえば、コロナは外国の問題、という感じなのである。

「おめら、子どもたちの前でなんてことを言うんだい」佳代は腰に手を当てて苦言を呈した。

「あ、中曽根さん。おめ自転車で来てるべ。なして酒を飲んでるの」

「だから自転車じゃないですか」と中曽根は意に介さずビールを呷《あお》っている。

「自転車だって立派な飲酒運転だべ」

「あのね佳代さん、駐在所はすぐそこ」

「そったなことをお巡りさんが言うかね。ちゃんと押して帰りなさいよ」

「おばちゃん。まただれかきたよ。あれは――」カーテンの隙間からおもてに目を凝らしている海人が言った。「治さんと陽子さんだ。あ、姫乃さんもいる」

「お、ヒメもきたか」「これまためずらしいな」「やったやった」と島のマドンナの登場に男たちが色めき立つ。

ほどなくして両手に一升瓶をかかえた三浦たちが現れ、「よっ」と拍手で出迎えられた。すでにナナイロハウスには三十人以上の島民が集まっている。

「昭久さん、心配は要らねえさ」と三浦が昭久の猪口《ちょこ》に酒を注ぐ。「ぶん殴ったくれえで刑務所にブチ込まれることはねえって」

「だけんど、いろいろと厄介なことになるみてえだし」と肩を落とした昭久が言う。

「なあに、示談金はみんなでカンパしてやっから」

「それこそ来未の拾った金塊で賄《まかな》えばいいべ」

「お、名案だな」

「ところでその来未はどこさいる」

「さっきまで庭で縄跳びしてたぞ」

「こったな夜更けにか。おい、だれか来未を連れてこい」

ややあってその来未がやってくると、改めて金塊を拾ったときの状況を語るように大人たちに催促され、彼女は「もう、しつけえなあ」とうんざりした顔を見せた。この少女は会う人会う人から話をせがまれているのだ。

「んだがらね、波の中にこんぐらいの大きさの銀色のカバンがあって、拾って中を見てみたら、かまぼこの板みてえな形をした金の板がいっぱい入ってたんだって」

たったこれだけの簡単な説明に、全員が嘆息を漏らした。

「いやあ、すんげえ。こったな夢物語があるか。おめの日頃の行いがいいから、きっと神様が褒美《ほうび》をくれたんだべな」

「まだ来未のもんと決まったわけでねえべ。落とし主が見つかるかもしんねえし」

「いや、もう決まりだ。だれが現れようと関係ねえ。落とす方が悪い」

「来未、おめいきなりお嬢になっちまったな」

「うん。みんなにもおこづかいあげるよ」

来未がそう言うと、建物が壊れるかというくらいの大爆笑が湧き起こった。

次第に夜もふけ、児童らが部屋へ就寝に向かうと、話題はいつもの姫乃の縁談へと移行した。島民たちは集まるたびにこの話を肴《さかな》にしたがる。そして今夜は当人がいるだけにより一層盛り上がった。「なあヒメ、いい加減おれと結婚してくれよ」と男共が軽口を叩けば、「おめらなんかじゃヒメちゃんと釣り合わねよ」と女共が言い返す。当人である姫乃はけらけらと笑うだけだ。

椎名姫乃は十年前、震災の直後に天ノ島にボランティアとしてやってきてくれた女の子だった。彼女は二年に亘りこの島のために尽力してくれ、それから一旦は東京へ帰り、そっちで就職し結婚もしたのだが、一昨年《おととし》に離婚して再び島に戻ってきた。ちなみに現在は三浦が島で展開している観光サービスの会社でガイドを務めている。

以前、佳代は「どうして戻ってきてくれたんだい」と姫乃に訊ねたことがあった。だが姫乃は「さあ、どうしてでしょうかね」と受け流し、結局真意を語ってくれなかった。

なにはともあれ、当時はお年頃だった姫乃もすでに三十を過ぎている。だからこうしてみなにお節介を焼かれてしまうのだ。

「じゃあどったな男ならヒメと釣り合うんだよ」

「この島にはおらんんね。まあ強《し》いていえば一朗かな。だけんど一朗には智子ちゃんがおるからねえ」

「あれ、そういえば一朗のやつ、どこ行った？」

「とっくに帰ったわ。仕事するって」

「かあー。真面目《まじめ》だねえ、あいつは」

「おめもちっとは見習ったらどうだ」

「きさまどの口が言う」

この調子だと、まだまだ夜は長そうだ。佳代は居間を離れ、本土に住む妹に電話を入れた。今夜中に帰れないことを詫び、早朝の海が荒れていたら船に乗れないかもしれないとも告げた。

〈かまわんよ。どの道雨ならたいして仕事にもならねし〉

「わりぃね。船が出るようなら朝イチで帰っがら」

〈いい、いい。ゆっくりしておいで〉

妹の嫁いだ先は矢貫町にある野菜農家で、ただし夫は震災で亡くなってしまい、現在は寡《か》婦《ふ》である妹が畑を守っていた。

そして佳代はナナイロハウスの世話とは別に、妹の農作業の手伝いもしていた。もっとも今ではそっちの方が主な仕事になっており、そのため去年本土に拠点を移し、現在は亡くなった義弟の実家で妹と妹の義母と女三人で暮らしていた。

震災前、佳代は天ノ島の助産師だった。昨今の日本では助産師の需要はなくなりつつあるが、ここ天ノ島に限ってはそうではなく、半数近くの女が自宅で出産をしていた。

十九歳から仕事をはじめ、約三十五年間、佳代は数多くの赤子の産声《うぶごえ》を聞いた。それこそ今集まっている島民たちの中にも佳代の手が取り上げた子らが何人もいる。

そんな佳代に廃業を決断させたのは、やはり東日本大震災だった。

これまでたくさんの生誕に立ち会ってきた自分が、あの震災では多くの死滅を目《ま》の当たりにした。そこに直接の因果はないかもしれない。だが、自分でも判然としない深い失意を心に植えつけられてしまった。もうできない、と悟らされてしまった。

〈それにしても、そっちはずいぶんと騒がしいね。酒盛りかい〉

「そう。詳しくは帰ってから話すけども、ナナイロに大勢集まってんのよ」

〈じゃあまた本土の悪口大会がはじまってるべ〉

「ううん。今日はまだ。まあそのうちだれかが言い出すだろうけど」

〈なして仲良くできんもんかねえ。こっちの人たちも島を毛嫌いしとるし、うちらなんか肩身が狭くて仕方ねえよ〉

「ほんとにねえ」

もともと天ノ島と本土の矢貫町は犬猿の仲だった。とくに漁師たちや消防団、青年隊らの人間は昔から対抗意識を剥き出しにしており、何かにつけていがみ合ってばかりいた。

根深いところでは漁業区域の棲《す》み分け問題があり、何十年と折衝を続けてきたものの、双方主張し合うばかりで解決に至らず、そのほかにも観光客の乗船料や、特産物である加工食品などの相場でも度々意見が食い違うことがあった。

ただ、震災前は互いにどこか小競り合いを楽しんでいるようなところがあった。喧嘩にも若干の遊びがあった。

それが震災以降、確実に変化した。怒りが憎しみに変貌してしまったのだ。

双方共に壊滅的な被災をし、本来なら協力し合ってもいいだろうに、現実はそうはならなかった。互いに自分のところでいっぱいいっぱいだったのだ。いうなれば、我が家が燃え盛っているのに隣家の火事にまで手が回らんといったところだろうか。

決定的だったのが、やはりくだんの復興支援金横領事件だ。ことが発覚したとき、矢貫町の町長が、「大変遺憾に思う」と発言し、天ノ島の人間の怒りは頂点に達した。矢貫町の町長の口にした「遺憾」は犯人に対してではなく、二年に亘って騙され続け、結果四億二千万円という大金を失った天ノ島に向けての言葉だったからだ。

またその直後、天ノ島の村長が自殺したこともまた、深い遺恨を残すこととなった。多くの島民たちは、「村長はマスコミと本土の連中に殺された」と口にして憚《はばか》らない。

妹との電話を終え、みなのもとへ戻ると、今まさしく本土の話で盛り上がっていた。「橋なんて必要なし。合併なんてもってのほか。そうだべ」消防団のひとりが焚きつけ、「そうだ、そうだ」の声が上がる。「いっそのこと断交しちまえ」「そうだ、そうだ」

佳代はかぶりを振ってため息をついた。断交なんてしたら、困るのはむしろ天ノ島の方なのに。

合併の話は二十年ほど前から度々持ち上がっていたが、双方共に反対する声が大きく、実現に至っていなかった。一方、橋というのは天ノ島と矢貫町に架ける海峡大橋のことで、こちらの方は議論に議論を重ね、十年前に合意でまとまったのだが、いざ着工というタイミングで頓挫《とんざ》していた。もちろん震災が起きたからだ。

ちなみにこの海峡大橋の件は白紙になったわけではなく、今現在も中断状態だった。ただし、一向に再開する気配はない。要するに宙ぶらりんなのである。

なだめるのも注意するのも煩わしく、佳代はおそらくまだ起きているであろう来未のもとへ向かった。

そっと部屋のドアを開け、薄暗い部屋を覗くと、来未は布団には入っていたものの、やはりまだ起きていた。この子は母親に似て宵っ張りなのだ。

「佳代おばちゃん、これから帰るの？」

「ううん、やっぱり今夜は泊まることにしたよ」

「ほんと？」と来未がバッと上半身を起こす。「じゃあ一緒に寝よ」

「おばちゃんはまだ風呂も入ってねえし、おめは先に寝とき」

「こったらやかましかったら寝れんもん。いいから布団入って。はやくはやく」

やれやれ、といった体を取りつつ、佳代は来未のとなりに横たわり、添い寝をした。布団の中にはちいさな温《ぬく》もりと、甘い匂いが詰まっていた。

来未とこうするたびに、佳代は来未の母親の雅恵《まきえ》を思い出す。雅恵のことも同じようにして寝かしつけていたのだ。

「小学校にはね、前ハヤブサはできる子はいっぱいいるけど、後ろもできるのはうちだけなんだよ」

来未が縄跳びの話を自慢げに語り出した。最近、この子は縄跳びに夢中なのだ。

「おめの運動神経がいいのは母親譲りだね」

「うちのお母さんも縄跳び上手だった？」

「上手、上手。雅恵はかけっこも速《はえ》えし、運動させたらなんでも一番だったさ」

「ふうん。じゃあ、おばあちゃんは？」

「えっちゃんかい。えっちゃんもまた運動が得意だったねえ」

来未の祖母であり、雅恵の母親の江津子《えつこ》は佳代の同い歳の親友だった。物心ついたときからとなりにおり、共に育ち、彼女が亡くなるその日も一緒にいた。

江津子は雅恵を産んでから三年後に若くして病死したのだ。左の乳房に腫瘍が見つかり、抗癌《がん》剤治療を施したものの、その後次々に転移が見つかり、最終的に江津子は医師に宣告された余命通りに息を引き取った。亡くなる直前、病室のベッドで佳代の手を取り、「佳代ちゃん、雅恵のことお願いね」と言ったのが彼女の最後の言葉だった。

以来、佳代は雅恵の母親代わりとなった。江津子の夫とその両親は健在だったが、佳代も積極的に雅恵の育児に参加した。とても他人の子とは思えなかった。

きっと子を授かれなかった我が身に思うところもあったのだろう。他人の子を何人も取り上げてきたというのに、我が子は一向にこの腹に宿らない。なんて皮肉なのかと我が身を呪うこともあった。離別した夫は口にこそ出さなかったものの、結局それが理由で自分に三下《みくだ》り半《はん》を突きつけてきたのだ。

そんな佳代や周りの島民らの協力もあって、雅恵はすくすく育ち、やがて成人を迎え、縁を結び、子を授かった。そして雅恵の希望で、お産は佳代が任されることとなった。

出産日はそう、十年前の三月十一日――。


絶望がすぐそこに迫っていた。

黒い波がこの島を、この家を今にも飲み込まんとしている。波の上には漁港から押し流された漁船がいくつも乗っかっていた。まるで亡霊船が襲い掛かってくるようだった。

割れた窓ガラスの前に立つ佳代は、タオルに包《くる》まれた赤子を両手で抱え、半ば呆然《ぼうぜん》としていた。悪夢のような光景を前に、意識が遠のきそうだった。かろうじて正気を保っていられたのは、この両腕からおぎゃー、おぎゃーと泣く赤子の声とたしかな温もりを感じるからだ。

「佳代さん、はやく逃げて」

背中の方で呻《うめ》くように言ったのは一時間ほど前に出産したばかりの雅惠だ。

日本間に敷かれた布団に横たわっていた彼女は、倒れてきた家の柱の下敷きとなり、両足を潰され、身動きが取れずにいた。佳代は柱をどかそうと何度も試みたものの、女の非力ではどうにもならなかった。

数十分前、天ノ島の大地がいきなり怒り狂い、まるで巨大な怪獣が足で踏み潰すかのごとく千田家の古い平屋を壊滅させた。この日本間には屋根瓦が床を埋め尽くすように散乱している。足の踏み場などどこにもない。

彼女の夫と祖父もこの家のどこかにいるはずなのだが、大声で呼んでも両者とも返事をしてくれない。考えたくはないが、おそらく潰されてしまったのだ。

そうした惨状の中、この赤ん坊が無傷だったのは奇跡としかいいようがなかった。

「なにをバカなことを言ってるんだい。おめを置いていけるわけねえべ」

「あたしは大丈夫だから」

「大丈夫って、どこが――」

「お願いだから行って」

「だめ。そんなのだめ」佳代は激しくかぶりを振った。「おーい。だれかーっ。助けてーっ。助けてーっ」

割れた窓からおもてに向かって声を張り上げてみるが、波の轟音《ごうおん》に掻き消され、まるで響かなかった。隣家は距離が離れていて、助けを呼ぶにしてもそこに人がいる保証はない。仮にいたとしてもここへ駆けつけられるかどうかは定かではない。それに、そんな猶予は残されていない。

だとしても、娘同然の雅恵を見捨てて、どうして自分がこの場を離れられようか。

「佳代さん、お願い。はやく、はやく避難して」

「んだがらそったなことできねって。おめを置いていくなんて――」

「じゃあ恨《うら》むがら」

「………」

「もしその子を死なせたら、あたし、佳代さんのこと一生恨むがら。絶対に許さねえがら」

雅恵は目を剝いて佳代を睨みつけている。

「だがら、お願い」

佳代は振り返り、再び窓の向こうに目をやった。黒い波はもう目前まで迫っている。カチカチと音が鳴った。自身の歯が小刻みにぶつかり合っているのだ。

佳代は身を翻し、雅恵の枕元で膝をついて、彼女と泣き声を上げる赤子とを頰擦りさせた。

「佳代さん」雅恵が涙目で見上げてくる。「この子に、素敵な名前、つけてあげてね」

「そんなのいやだよっ。この子に名前つけるのは雅恵、おめえだべっ」

そう言い放つと、雅惠は唇だけでそっと笑んだ。

「行って」

佳代は立ち上がり、雅惠に背を向けた。

泣き叫び、ひたすら前へ前へ進んだ。

この腕の中の赤子と同じように、佳代はずっと泣き叫んでいた。


「――ちゃん、佳代おばちゃん」

身体を揺すられ、佳代は意識を取り戻した。目の前には雅惠と瓜《うり》二つの顔がある。

どうやら来未を寝かしつけるだけのつもりが自分の方が先に寝入ってしまったようだ。

「大丈夫？　佳代おばちゃん、すんげえ汗」来未が心配そうに言った。「それに、泣いてる」

佳代は上半身を起こし、涙を拭った。「ああ、やだ。おばちゃん、ちょっと悲しい夢を見ちまった」

「またうちのお母さんの夢？」

「ううん。ちがう、ちがう」掛け布団を剝ぎ、立ち上がる。「おばちゃん、やっぱり風呂入って寝巻きに着替えてくっから」

「そのあとまた戻ってきてくれる？」

「うん。だけんど来未は先に寝ておき」

居間に顔を出すと、呆れたことにまだ宴会は続いていた。壁掛けの時計を見る。そろそろ日付を跨ごうとしていた。

「おめら、いい加減にしなさいよ。いい大人がみっともねえ。はやく帰りなさい」

「この土砂降りの中、おれら追い出すのかよ」

「土砂降り？」佳代は窓の向こうに目をやった。

本当だった。雨粒が大地を殴りつけるように降り注いでいた。闇の中でもはっきりと視認できた。雨音が聞こえなかったのはこの場が騒々しいからだ。

「雨は明日からでねえのかい。まったく、天気予報も当てにならねえな。で、おめらも泊まってくのかい。言うとくけど、そったら数の布団の用意はねえよ」

「ああ平気、平気。眠くなったらそこらに雑魚寝《ざこね》すっがら」

佳代はため息をついた。「もう勝手にしなさい。ただし、もう少し声を落として。子どもらが寝られねべ。わがったげえ」

「はーい」

浴室に行く前に台所を覗くと、洗い物が山のようになっていたので、つい習い性で片付けようとすると、女たちが慌ててやってきて、「うちらがやっからおばちゃんはもう休んで」と追い払われた。佳代は「じゃあお願い」と任せることにした。

還暦を過ぎてから、何かと周囲に労《いたわ》られるようになった。

もっとも佳代に老け込むつもりはこれっぽっちもない——が、ひとつたしかなのは、自分には残された未来よりも、過ぎ去った過去の方が遥《はる》かに長いということだ。

翌朝、佳代は早くに起床した。となりですやすやと寝息を立てる来末を起こさぬよう、そっと布団を這い出る。指でカーテンをわずかに開き、おもての様子を確認した。空を灰色の雲が覆っていて、依然として雨は降っているものの、その雨脚はだいぶ弱まっていた。この程度ならきっと船は出るだろう。

部屋を出て、洗面所で顔を洗い、居間へ行くとみんな本当に床で雑魚寝していた。佳代はひとり苦笑した。大半の人間が中年だが、それでも佳代にとってはみんな可愛《かわい》い島の子どもたちだ。

台所でやかんを火にかける。キューッと沸騰した音で数人が目を覚ました。寝ぼけ眼《まなこ》を擦り、「おばちゃん、おれにもお茶淹《い》れて」などと言ってくる。

熱い茶をすすりながら、起床した者たちと会話を交わす。聞けば数時間前まで飲んでいたというのだから呆れて物が言えない。「なんか久しぶりにみんな集まったもんだから楽しくなっちまってさ」と額に手を当てながら言い訳を垂れていた。

ほどなくして佳代は外出の身支度を始めた。天ノ島ではナナイロハウスの児童らの世話、本土の矢貫町では農作業、我ながら忙しい身である。

七時半を迎えた頃には大半の者が起床し、また来未以外の児童らも上から順に居間に顔を出してきた。来未にも一応声を掛けたが、反応がなかったので、そのまま寝かせておくことにした。

それから十分ほどして、佳代はみんなに見送られながらナナイロハウスをあとにした。

紺色の折りたたみ傘を掲げ、敷地を出た。さすがに朝がはやいのでマスコミの姿はない。だが、彼らは性懲りもなくまたやってくるのだろう。マスコミという人種は、そっとしておくということを知らない。

ぬかるんだ砂利道を歩いていると、先に黒い雨合羽《あまがっぱ》を纏った男がこちらに向かってくるのが見えた。フードを目深《まぶか》に被っているのでだれだか判別はつかないが、荷がないのでマスコミというわけではなさそうだ。

徐々にふたりの距離は縮まり、やがてすれちがった。

それとなく横目で男の面《おもて》を覗いていた佳代は息を飲み、同時に立ち止まった。

十数秒ほど、立ち尽くす。ザ、ザ、ザと男の足音が少しずつ遠のいていく。

佳代は振り返った。そしてやにわに傘を放り、男の背中を追って駆け出した。

「ねえあんた。ちょっと」とその背に声を浴びせる。「止まって」

男が足を止め、振り返った。改めてフードの中の顔を確認する。水を滴らせている前髪、これは脳裡に浮かび上がっている人物に当時はなかったものだ。

だが、まちがいなかった。長い年月を経て、だいぶ感じが変わっているが、この男のことは忘れもしない。

男は、あの江村汰一だった。

江村は、この天ノ島を欺き、復興支援金を毟《むし》り取った遠田政吉の右腕だった男だ。

いったいなぜ、江村がこの島にいるのか。そして彼はどこへいくつもりなのか。

この道の先にはナナイロハウスしかないのだ。

「なしてあんたがこの島にいる」詰問するように訊ねた。

江村は黙ったまま佳代の顔を見据えている。

「あんた、いったいどこへいくつもりだ」

江村はボソッと何かを口にしたが雨音ではっきりとは聞き取れなかった。

だが、彼の目的は容易に見当がついた。目当ては例の金塊だろう。それ以外にあるわけがない。

大前提、あれはまだ来未のものと決まったわけではない。が、この男はまたしても、この島から金を奪おうとしているのだ。

「あんた、この期《ご》に及んでまたこの島を貶《おとし》める気か。また苦しめる気か」

江村は返答をせず、佳代に背を向けた。そして再び足を繰り出した。

「それともなにか。あの金塊はあんたが落としたものだとでも言うつもりか」

すると江村は再び足を止め、半身を翻し、ゆっくりと首肯《しゅこう》した。

4　二〇一一年三月二十二日　椎名姫乃

震災から今日で十一日が経った。

先日、天ノ島の水道が一部地域、ここ避難所でも復活した。しかし、依然として通信インフラは途絶えており、外部と連絡ひとつ取るのにも船を出さなくてはならない状況が続いている。

姫乃は先日一度だけ島を離れ、本土へ渡航した。そこから電波が繋がる地まで移動し、携帯電話の電源を入れると、一気に大量のメールが届いたので驚いた。

その大半が母からだった。

『お願いです。メールを見たらすぐに連絡をください』

もちろんすぐに母に電話を掛けた。もともとそれが目的で島を離れたのだ。

母は電話の向こうで号泣していた。被災地へ向かった娘と連絡がつかず、詳しい行き先もわからぬため、毎日心配で心配で夜も眠れなかったのだという。その点については本当に反省しなければならない。

ただ、

「もう少し、こっちにいるつもり」

姫乃がそう告げると、母は狼狽《ろうばい》し、次第に声を荒らげ、最後には〈お願いだから帰ってきて〉と哀願してきた。

〈もう十分でしょう。あなたは十分務めを果たしたでしょう〉

たしかに自分は多少なりとも貢献したかもしれない。

けれど被災地の、天ノ島の現状はまったくもって十分どころではない。すべてにおいて足りていないのだ。

そんな状況の中、外から天ノ島にやってくる者も徐々に増えてきた。大半は島民の親族たちで、目的は家族の安否確認だった。そして彼らの多くが避難所、そして遺体安置所に足を運んだ。

姫乃は天と地、明暗の分かつその瞬間を数多く目の当たりにした。生きて家族と再会を果たした者は涙して抱擁を交わし、そうでなかった者は涙して頽れた。

一方、こうした光景を前にして姫乃が涙を流すことはなくなっていた。けっして涙が涸《か》れたのではなく、愁嘆場《しゅうたんば》に慣れたのでもなく、感情が麻痺《まひ》したのでもない。

だが、なぜだろう、涙が出てこないのだ。

そのぶん、心にひとつずつ枷《かせ》が加えられていくような、闇が少しずつ蓄積していくような、そんな負の感覚があった。

だけども、この負の感覚を手放した瞬間に、逆に自分は崩壊してしまう気がした。

今、姫乃の原動力は愛でも慈善心でもなく、悲しみだ。ただ目の前の悲しみが姫乃を突き動かしている。

この日の早朝、姫乃が両手に多くの草花を抱え、遺体安置所に戻ってくると、「わがまま言うな」と男の怒声が飛び込んできた。

「イヤ。土に埋めるなんて、そんなの絶対にイヤ」

男の傍らには、横たわる幼子の亡骸にしがみつく女の姿。おそらくふたりは夫婦であり、亡骸は我が子なのだろう。そしてこの夫婦を遺体の搬送役である葬儀社、民生委員、そして袈裟《けさ》姿の住職らが囲んでいる。

「イヤだイヤだっつったって、どうしようもねえべ。それに、すぐに掘り起こして、火葬してもらえんだって」

こうした光景も数日前から何度も見ていた。

天ノ島には北と南にそれぞれ典礼会館があるのだが、そのふたつだけではとても火葬を賄えず、かといって放置していれば遺体の腐乱は進むばかり。そこで先日、一時的措置として遺体を土葬することが決まったのだ。

棺《ひつぎ》や骨壺《こつつぼ》、またドライアイスなど、そうした葬祭に必要な物資が圧倒的に足りず、献花もない。

今、姫乃がかかえている草花は陽子の発案で森から摘んできたものだった。せめてものの気持ちで献花の代わりとするためだ。

「いい加減にしろ。みなさんを困らせるな」

夫は腕で涙を拭いながら妻を叱っていた。


正午を迎え、姫乃がいつものように避難所で昼食を配って回っていると、とある変化に気がついた。高齢者たちから笑みがこぼれているのだ。もちろん笑い声が上がるといったものではなく、ごくごくささやかなものだ。

理由は食事だろう。震災直後に比べ、だいぶマシになったのだ。けっして潤沢《じゅんたく》とは言えないが、缶詰などをおかずに白米を食べられるようになった。たとえインスタントでも味噌汁やコーヒーは疲弊した心身を癒してくれる。

これらの物資の大半は『トモダチ作戦』を発動した米軍がヘリコプターや、揚陸艦《ようりくかん》と呼ばれる軍艦で持ち運んでくれたものだった。

彼らは物資だけでなく、島での遺体捜索や瓦礫の撤去など、多くの救援活動を数日に亘り行ってくれた。もちろん日本の自衛隊もやってきてくれたが、その数は米軍の方が圧倒的に多かった。

だから島民たちの間で、米軍の評価はうなぎ上りだった。「沖縄から出ていけなんてとんでもねえ。ずーっと居てもらっていい」と、みんなそんなことを口にしていた。

そして米軍同様、いや、それ以上に島民らに慕われ、敬われているのがＮＰＯ法人ウォーターヒューマンの代表である遠田政吉だった。

遠田は消防団をはじめ、島内にある各自治体と連携して、天ノ島震災対策本部を立ち上げ、そこで陣頭指揮を執っていた。島民らをそれぞれ救出救護班、遺体捜索班、交通整理班、医療介護班、食料及び物資管理班などに細かく振り分け、各班長を定めて『ホウレンソウ』を徹底し、効率よく成果を上げるための組織を設けたのだ。

ちなみに姫乃はその中で医療介護班に属しているのだが、昨夜遠田にたまたま出くわした際、気になることを言われた。

「ヒメはパソコンを扱えるか」

最低限のエクセルとワード、それとパワーポイントが少しだけ使えると答えると、遠田は納得した顔を見せ、去っていった。

そのときも遠田は江村汰一という少年を引き連れていた。遠田のそばには常にあの少年が控えている。

聞くところによれば彼はまだ十八歳で、姫乃よりもふたつ歳下らしい。

「あ、ヒメちゃん、ここにいた」

姫乃が体育館の裏手で女たちと大量の洗濯物を干していると、背中の方から陽子の声が上がった。

陽子はこの一週間で目に見えて痩せ細っていた。もともとふくよかな体型をしていたぶん、ほかの者と比べてもとりわけ目についた。本人は「いいダイエットになった」と笑っているのだけど。

「中西泰三《なかにしたいぞう》さんの懐中時計？ ええと、その方が中西さんという人だったかは定かではないんですが、懐中時計を首から下げたご老人がいたことは覚えてます」

「本当？」

「ええ、ゼンマイ式のだいぶ古いやつだったので記憶に残ってるんです。泥塗《まみ》れだったので、泥を落として、遺留品のひとつとして保管しておきましたけど」

数日前、安置所に運ばれてきた遺体の中に、首から懐中時計を下げた男性の老人がいた。その懐中時計は検案後、衣服などと共に遺留品の保管に使っているスーパーのカゴの中に入れておいた。

「あの、それがどうかしたんですか」

訊くと、「それがね」と陽子は困り顔を見せた。

今、ここに中西泰三の遺族である息子の康雄《やすお》が訪れているのだが、遺留品の中に「親父の懐中時計がねえ」と騒いでいるのだそうだ。

「きっと波に飲まれた際に外れちまったんでねえかって、あたしはそう言ったんだけど。たしかにあったのね」陽子が肩を落とす。「だけんど、だったらなしてねんだべか」

ここで悩んでいても詮ないので、とりあえず陽子と共に康雄のもとへ向かった。

康雄が待っていたのは、遺留品の管理室として使用している二階の多目的室で、五十代と思《おぼ》しき彼はそこで迷彩服を着た小宮山に向かって唾を飛ばしていた。

小宮山は先日遠田が島に呼び寄せた三十代前半のこてこての関西弁を話す男で、昨日からここで遺留品の管理責任者を任されていた。この小宮山もウォーターヒューマンの従業員で、遠田とは旧知の仲なのだと聞いている。

「なんべんゆうたらわかるんですか。あらへんものはあらへんのやって」小宮山はうんざりした顔を見せていた。

「そったなはずはねえ。親父は肌身離さず大切にあれを持ってたんだ」康雄は怒り心頭な様子だ。「鎖はついこのあいだ新しいのに替えたばっかでいくら波に飲まれようとそう簡単に千切《ちぎ》れるもんじゃねんだ」

「千切れたんやなくて、頭からすっぽ抜けた可能性かてあるんちゃいますの」

「いいや、そんなことはねえ。おいおめ、ここの管理責任者だべ。どうしてくれるつもりだ」

「どうしてくれる？　知らんって。だいいちおれかて昨日からここを任されたばかりで——」

そんな口論を交わすふたりの間に陽子が割って入り、康雄に姫乃を紹介した。姫乃は中西泰三の検案に立ち会った際、彼が懐中時計を身につけていたことを確認していると康雄に伝えた。

「ほれ見ろ。あったじゃねえか」康雄が鼻の穴を膨らませて小宮山に言った。「そんでお嬢ちゃん、親父の懐中時計、どこさやった？」

「そのカゴの中に入れておいたはずなんですけど」

姫乃が康雄の足元にあるスーパーのカゴを指さした。たしかにここに入れておいたはずなのだ。

「じゃあなしてなくなる？　理由を説明してくれ」

康雄に詰問口調で詰め寄られ、姫乃は狼狽した。

「ちょっと中西さん、ヒメちゃんを責めるのはお門違《かど》い」陽子が姫乃の前に立ちはだかった。

「この子に落ち度はねえよ」

「なしてそう言い切れる。このお嬢ちゃんが管理してたんだとしたら、このお嬢ちゃんの責任だべ」

「管理というか、わたしは遺留品をまとめただけで……」

「言い訳すんな。失《な》くなったのはおめの責任だ。いや、ちょっと待て。おめの荷物をここさ持ってこい」

「中西さんっ。あんたなんてことを言うの」

「このお嬢ちゃんは外からやってきた人間だべ。信用ならねえ」

その後も康雄は「どうせ魔がさしたんだべ」と姫乃を責め立て、「いいがら持ち物全部持ってこい」と喚き散らした。そんな康雄に対し小宮山はより一層不快感を露《あら》わにし、陽子も顔を赤くして憤慨していた。

そうした目の前の悶着《もんちゃく》を姫乃はどこか遠い気持ちで眺めていたが、やがて彼らに背を向け、無言でその場を離れた。「ヒメちゃん」と陽子の声が背中に降り掛かったが、無視して部屋をあとにした。

そのまま廊下を進み、窓を開け、ベランダへと出た。

ベランダの壁に背をもたれてしゃがみ込み、深々と吐息を漏らした。

なぜだろう、やっぱり涙は出てこなかった。怒りや悔しさより、虚《むな》しさを覚えているからかもしれない。

わたし、いったい何をしにこの島に来たんだっけ。

そんな疑問がふと頭をもたげ、姫乃はそっと口元に笑みをたたえた。

人に感謝されたいから、そんな見返りを求めてここにやってきたわけではないが、それでもこうして一生懸命働いてきたのに、盗《ぬす》っ人扱《と》いを受けてしまうのだから笑えてくる。

なんだか、一気に気持ちが萎《しぼ》んでしまった。活力が失われてしまった。

もう、帰ろうかな――。

一緒にやってきたボランティアメンバーだって、大半はすでに帰ってしまったんだから。

そう、わたしだけがここにとどまらなきゃいけない理由なんて何ひとつない。

姫乃は再び吐息を漏らし、次に天を仰いだ。

太陽が燦々《さんさん》と照っており、空は恨めしいほど晴れ渡っていた。

立ち上がり、ベランダの手すりに両手をついて、身を乗り出した。眼下に広がるのは青々とした陸地と、それを囲う紺碧の海だ。

姫乃はしばらく縁もゆかりもない風景を静かに眺めていた。

そろそろ、仕事、戻らなきゃ――。

なんでそう思うのだろう。どうして逃げ出さないのだろう。

答えの出ぬまま、姫乃はベランダをあとにした。


それから四日が経った。相変わらず水道は一部地域でしか使用できていないが、今日から島の電気工事が行われるという話を島民たちがしていた。もし電気が復旧すれば暮らしはだいぶマシになるだろう。闇を恐れずに済むだけで心の持ちようがまったくちがう。

この日、姫乃は例のごとく遺体安置所で安部と倉田のサポートについた。くだんの土葬が決定して以来、ここにある遺体の数は日に日に減ってきている。運ばれてくる遺体の数も先日初めて一桁になった。だが、まだまだ島全体の行方不明者は多い。

そうした行方不明者の家族は毎日ここを訪れており、そしてその中に谷千草《たにちぐさ》はいた。

谷千草は三十七歳のシングルマザーで、九歳のひとり息子を探し求めて毎日陽が傾いた頃に遺体安置所へやってくるのだが、彼女は多くの者とは異なっていた。

震災から二週間、この小さな島で家族が見つからないとなれば、大半の者はあきらめる。だとしたら亡骸でもいいから、返ってきてほしいと願うのが人情だろう。ゆえに遺体が見つかると、「よかった。本当によかった」と遺族たちは口にし、一方見つからなければ「そうか、まだ上がんねえか」と肩を落とす者が多くなっていた。

そうした中、谷千草は未だに我が子の遺体が上がっていないことを確認すると、ホッとした表情を浮かべ、安堵して帰っていくのだ。

「ねえ、ヒメちゃん」

と、その千草から声を掛けられた。

「今日は子どもの遺体は見つかったの」

「午前中に中学生の女の子のご遺体が一体」

「じゃあ男の子はいないってことね」

「はい」

と姫乃が答えると、千草はやはり安堵の吐息を漏らしていた。そして上機嫌——ではないものの、やってきたときより明らかに軽い足取りで遺体安置所をあとにした。

「あの奥さん、ちょっと危ないな」

離れてゆく千草の背中を見て、心配そうに言ったのは安部だ。

「ええ、みんな噂してます」と倉田も深刻めいた顔でつづける。「昨日、うちの母が『はやく光明《みつあき》くん見つかるといいね』って千草さんに声を掛けたそうなんです。そしたら千草さん、『ええ。きっとお腹を空《す》かしてるだろうから』って答えたみたいで」

光明というのは千草の息子だそうだ。倉田は千草とご近所なのだという。

「千草さん、旦那さんと離婚してから島に戻ってきて、それからは光明くんのためだけに生きてるようなところがあったんです」

安部がため息をつき、かぶりを振った。

「さあ、我々は最後の仕事に取り掛かろう」

今日で安部と倉田はこの遺体安置所を離れることになっていた。明日からは本土からやってくる専門の医療従事者たちが検案業務を引き継ぐことが決まっているのだ。先日それを知らされたとき、「ようやくお役御免か」と安部は心底ほっとした表情を浮かべていた。

彼らは当たり前のように過酷な仕事を任されているが、本来安部は島の歯医者さんであり、倉田はただの歯科助手なのだ。

やがて日が完全に沈んだところで遺体安置所での業務は終了となった。

「ヒメちゃん、本当にご苦労さま」

最後に安部と倉田から手を取られ、労《ねぎら》いの言葉を掛けられた。

ただ、姫乃には達成感も充足感もなかった。自分もそれなりにここで過酷な業務に携わってきたのだから、なにかしらの感慨を抱いてもよさそうなものだが、不思議なことにそうした気持ちは湧き上がってこない。

きっとここでの仕事が手離れしただけで、やるべきことは山積しているからだろう。けっして解放されたわけでも解決したわけでもないのだ。

そうして姫乃は次の仕事を探し求め、重い身体を引きずって避難所へ向かった。

早速、陽子たちに加勢をする。例のごとく闇の中、姫乃は懐中電灯を片手に被災者たちの世話に奮闘した。話に聞いていた通り、どうやら電気工事ははじまったらしいが、今日の今日での復旧は不可能だったのだろう。どうか明日には復旧してもらいたい。同じ作業でも灯りのもとと、闇の中とでは疲労に雲泥の差が出る。灯りは人の暮らしの中に必要不可欠なものだ。

一方、ここで暮らす被災者の老人たちの数も徐々にだが減ってきていた。島の外に住む親族が迎えにやってきて、ひとり、またひとりと連れ出してくれているからだ。もっとも島を離れたくないと駄々をこねる者も少なくないらしい。「島しか知らねえじっちゃんやばっちゃんにとってここを離れるってことは外国に行くのとおんなじなのよ」陽子はそう話していた。

ほどなくして大半の者が就寝し、仕事もやや落ち着いたところで、姫乃は遅い夕食を摂《と》ることにした。時刻は二十三時過ぎだった。

ひとり暗い廊下の片隅に座り込み、ずるずると音を立ててカップラーメンをすする。猫舌なのに、湯気が立った麺を無我夢中で口に運んだ。

これも米軍が持ち込んでくれたもので、被災者たちも夕飯に同じものを食べたらしい。聞くところによると差し入れてもらった米が早くも底をついてしまったのだそうだ。物資は毎日届いているので、おそらく以前のような食糧不足に陥ることはないと思うが、けっして楽観はできない。ここは離島だけにほかの被災地と同様というわけにはいかないのだ。

姫乃はカップを逆さにして、最後の一滴までスープをすすった。それでも腹はちっとも満たされなかった。

姫乃はこれまでどちらかといえば自分を小食な方だと思っていた。ダイエットも我慢強く耐えられる方であった。だが、この島にやってきてそれがまちがいだと気づかされた。今まで手を伸ばせば届くところにあったから、満ち足りていたから、我慢できていたのだ。ないと知れば人は奪ってでも食料を得ようとする。

カップラーメンを配った際、その種類や量のちがいから被災者たちが揉めたという話を聞かされていた。これまでも、盛った白米の量を確認して「あっちの方が多いんでねえの」と不服を訴える者が必ずいた。保管しておいた缶詰がなくなることもままあった。つまり、そういうことなのだ。

休憩を終え、立ち上がろうとしたとき、姫乃の横顔に懐中電灯の光が当てられた。

「お、ようやく姫君発見」と男の声。

目を細めるも、眩《まぶ》しくて誰だかわからない。すると男は姫乃に向けていた光を自身の顎の下から当てた。ホラーのようなゾッとする人相が浮かび上がる。こんな悪趣味なことをしたのは遺品の管理責任者で、遠田の部下である小宮山だった。

小宮山は姫乃を探していたのだと言った。

「遠田隊長にあんたを連れてこいって命令されたんや」

「はあ。わたしを、ですか」

「うん。ちょっくら司令室に付いてきてや」

いったい遠田が自分にどんな用があるのか知らないが従うことにした。

静けさが行き渡った暗い廊下をカツカツと足音を響かせ、小宮山の先導のもと進む。

小宮山の口にした司令室というのは、館内の最上階に位置する遠田専用の小部屋のことだ。きっと学校でいうところの校長室みたいなものなのだろう。

ちなみに、いつしか遠田は島民たちからも「隊長」と呼称されるようになっていた。彼自身がそれを要望したのか、ほかの者が自然とそう呼ぶようになったのかは知らないが、とりあえず姫乃も周囲に倣うようにしていた。

「そういえばあのおっさん、えらい面倒やったな」

階段を上りながら小宮山が話し掛けてきた。おそらく中西康雄のことだろう。結局、その後も故人の懐中時計は見つかっていないと、これを姫乃は康雄本人から聞いていた。

後日、康雄から謝罪があったのだ。

中西泰三の懐中時計は父から譲り受けたもののようで、つまり泰三にとっては父の、康雄にとっては祖父の形見だったのだという。「親父は死んだらそれをおれにくれるって生前に話してたんだ。それなりの値打ちがつくがらって。もちろん売ろうなんて考えてたわけでね。親父とじっちゃんの形見として手元に残しておきたがったんだ。だけんど、なくなっちまったって知って、なんだかとんでもねえ親不孝したっていうか、親父に顔が立たねような気がして、んだがらその、ああして取り乱しちまった。この通り、すまなかった」と深く詫びられたのだ。

「ああいうおっさんってほんまどうかしてるって思わん？　大前提おれらはボランティアでやってきてるわけやん。感謝こそされ、あんなふうに問い詰められるいわれはあらへんやろ」

曖昧《あいまい》に頷く姫乃に対し、

「あんなん気にせんでええよ」

「え？」

「あんたブチ切れて出ていったやん。そらそうしたなるわ。おれかてぶん殴ったろか思ったしな」

ちがう。自分は怒って出ていったのではない。

「こんなパニックの中やし、ちっこい時計のひとつやふたつ、なくなるのが自然や。だいいちあんな小汚ねえもんにどれだけの価値があるっちゅうねん」

なんだかこの人苦手だな、そう思った直後、姫乃ははたと足を止めた。

階段の先を行く小宮山が振り返り、訝《いぶか》しげな眼差《まなざ》しで姫乃を見下ろしてくる。

「どしたんや？」

まさか小宮山が盗んだのでは――そう思ったのだ。

なぜなら今、彼はこう言った。「あんな小汚ねえもん」と。彼は中西泰三の懐中時計を見たことがないのに、だ。

「いえ、なんでもありません」姫乃は再び階段を上り始めた。

いいや、そんなことはないだろう。この男は軽薄な感じがするが、仮にもここに人助けでやってきているのだ。そんな人物が窃盗を、それも故人の遺品を盗むはずがない。

やがて最上階に着き、廊下を歩いて司令室の前に立った。ドアの磨《す》りガラスから淡い光がこぼれている。

そのドアをコンコンと小宮山がノックし、「小宮山です。椎名姫乃くんを連れて参りました」と、まるで軍の上官に向けたような硬い口調で言った。

ややあり、「入れ」と中から遠田の低い声が発せられた。

小宮山がドアを開けると、薄暗い部屋の奥にワークデスクがあり、そこでカップラーメンをすする遠田の姿があった。その傍らには直立する江村汰一もいる。

停電のもとなぜこの部屋から灯りが漏れていたのか、理由がわかった。部屋の四方にランプが垂れ下がっているのだ。

「ヒメ、よくきてくれたな」

「おつかれさまです」入室しながら姫乃は挨拶し、「あの、わたしになにかご用ですか」とさっそく訊ねた。

「そう急《せ》くなって」と遠田は笑い、江村に向けて「椅子」と顎をしゃくった。

江村が素早く動き、遠田の正面に椅子を用意する。「そこ掛けて」と遠田に促され、姫乃はその椅子に浅く腰掛けた。

「緊張するな、って言っても無理な注文か。こんな暗いとこで野郎三人に囲まれてるんだもんな」

姫乃は引き攣《つ》らせた笑みを浮かべるのが精一杯だ。そのとき、デスクの脇にカップラーメンの空き容器がいくつも重なっていることに気がついた。まさか、遠田がひとりで食べたのだろうか。

姫乃の視線に気がついたのか、遠田が重なったカップラーメンの容器を手に取り、「こんなもんで日本人を騙せちまうんだから、アメリカさんは笑いが止まんねえだろうなあ」と、そんなことを言った。

「アメリカは震災を政治利用しようとしている。在日米軍基地の重要性をことさらアピールしてんだよ。だいたい『トモダチ作戦』なんて名前がやらしいと思わんか、ヒメ」

本当にさっぱりだったので、姫乃はぽかんとしてしまった。

そんな姫乃を見て遠田は豪快に笑った。そして咳払《せきばら》いをしてから、改めて姫乃を見据えた。

「さて、日々おつかれさま。ヒメの働きは多くの者に聞いてる。みんな、ヒメに感謝してるよ」

姫乃はわずかばかり頭を垂れた。

「検案の助手だもんなあ。よくもまあ、外からやってきた若い娘にそんな仕事をさせるよ。大変だったろう」

「はい。でもわたしは助手というより、ただの雑用係みたいなもので、実際に安部先生の助手を務めていたのは倉田さんですから」

「それでもだ。ふつうはできんよ。いや、たいしたもんだ」遠田は大きく頭を上下させている。「で、だ。そんなヒメを見込んでひとつ頼みがあるんだが聞いてもらえるかい」

「わたしに、ですか。なんでしょうか」

「正式におれの下についてもらいたい」

姫乃は眉をひそめた。

「夕方な、三浦さんと一緒にこの島の村長に会ってきたんだ。そこで聞いた話によると、どうやらこの先国からまとまった復興支援金が各被災地に給付されるんだそうだ。それがいつでいくらになるか、具体的なことはまだ決まっていないようだが、給付されたあかつきにはおれに託したいらしい。『自分たちよりも遠田さんの方が確実に有効活用してくれる。後生だから頼まれてくれないか』って頭を下げられちまってな、まいったもんだよ」遠田は小刻みに肩を揺すっている。「聞けば村長は今回の震災で娘も孫も失っちまったっていうじゃないか。そんな失意の底にいる人にすがられちゃあさすがに断れんだろう。まあよくよく考えてみればたしかにおれ以外に適任者はいない。はっきりいうがこの島の行政も消防団も期待できない。束ねるリーダーがいなければ烏合《うごう》の衆だ。つまり、おれが必要ってわけだ。したがって、近いうちおれが復興支援金を回すことになると思う。ついてはこの曖昧な対策本部をもっときちんとした組織にしたいんだ。そこでヒメにはおれのもとで運営事務員として働いて——」

「あ、あの、わたしは――」

「ああ、給料のことなら心配するな。これからはボランティアという形じゃなく、きちんとした雇用形態を取り、労働対価を払う」

「そういうことではなく、わたしは、その……」

言葉が尻切れトンボになる。

いきなりそんな話をされても困惑してしまう。それに、自分はまだ学生であり、家族だって東京にいるのだ。

「なんだ、まさかこの島を離れるつもりなのか」

まるでそれがいけないことのように遠田は言った。

「でも、わたしはまだ大学生で、春休みが終わればまた学校も始まるし、だから、その……」

「休学すればいいだろう」

遠田は軽く言い放った。

「なあヒメ、よくよく考えてみてくれ。今、大学の授業と天ノ島の復興、どちらが大切なことだ？　どちらが世のため人のためになる？」

そんなの、天秤《てんびん》に掛けられるようなことなのだろうか。

「ヒメのがんばりで救える命があるかもしれない。癒される人たちがいるかもしれない。いや、かもしれないじゃなく、いるんだ、目の前に」

薄闇の中に遠田の熱弁が響いている。

ここで遠田がデスクに両手をつき、額を擦りつけた。

「頼む。どうかここにとどまってくれ。天ノ島を見捨てないでやってくれ。この島にとってきみは必要な人間なんだ」

姫乃はごくりと唾を飲み込んだ。

5　二〇一三年二月五日　菊池一朗

等間隔に立ち並ぶ街灯の淡い光の中で粉雪が寒々と舞っていた。風はさほどではないが、北海道の夜気はひどく肌を刺す。息を吐くたびに白息が目の前を覆った。

そんな極寒の中、電柱の下に立つ菊池一朗はかじかんだ手を擦り合わせ、八階建ての古びたマンションの五階に位置する一室を見上げていた。

部屋の灯りがカーテンの隙間からこぼれているものの、エントランスから幾度となくコールしても住人はいっさい応答しない。

一朗は三日前にここ旭川市《あさひかわ》へと渡り、以来連日このマンションに通っていた。

道内を拠点とするNPO法人ウォーターヒューマンの元代表・遠田政吉による、使途不明金を巡る釈明会見が開かれたのは半月ほど前だ。以降、一朗はウォーターヒューマンが提出した帳簿を徹底的に調査し、現在取り沙汰されている争点とは別にいくつかの不明箇所を発見した。

その内のひとつが北海道旭川市にあるこのマンションの一室に住む女だった。女の名は保《ほ》下敦美《したあつみ》、年齢は三十七歳、小学校三年生の息子とふたり暮らし。

そしてこの女に二〇一一年六月から二〇一二年九月の十六ヶ月間に亘り、毎月二十万の給与がウォーターヒューマンから支払われていたのである。

なぜこれが問題なのかというと、保下敦美が天ノ島で働いていた記録がいっさい存在しないからだ。つまり勤務実態のない人間に金が流れていたことになる。

そしてこの保下敦美は遠田が七年前に離縁した妻だった。息子は遠田の子なのだ。

先日、マンションの住人に保下敦美の人となりを訊ねてみると、意外にも彼女の悪い評判は聞かなかった。「歳の割に若作りし過ぎかなとは思うけどね」唯一出たのはこの程度のもので、「よくお子さんと公園で遊んでるのを見かけるよ」「挨拶もきちんとしてくれるし、感じのいい方よ」概《おおむ》ねそういう評判であった。

胃が熱を求め、一朗は近くの自動販売機でこの日三本目になるホットコーヒーを購入した。

あまり飲み過ぎるとトイレが近くなるのだが、我慢ができない。

感覚のにぶい指先でプルトップを持ち上げたところで、コートのポケットに入れている携帯電話が鳴った。取り出して確認すると相手は俊藤律であった。

俊藤は一朗よりも三つ歳下の、震災後に東京から取材でやってきたフリーランスのジャーナリストで、いくつかやりとりを交わしていくうちに親しい仲となったのだ。

彼はほかのマスコミ勢とはちがい、天ノ島と島民に深く寄り添ってくれた。そして今度の横領事件でも全容を明らかにするために全面的に協力すると申し出てくれた。もちろん彼自身もスクープを手にしたいのだろうが、その根っこには悪に対する激しい憤《いきどお》りと、天ノ島への深い憐憫《れんびん》がある。

〈遠田の東京での行動がいくつかわかってきましたよ〉

開口一番、鼻息荒く言った俊藤の話はどれも憤慨すべきものだった。

遠田はこの二年間、研修名目で度々東京へ出張に繰り出していた。その東京での足取りを彼は調べてくれていたのだ。

想像していた通り、遠田は東京で贅の限りを尽くしていたようだ。連夜、高級クラブを梯《はし》子《ご》し、六本木《ろっぽんぎ》にある会員制のバーの会員にもなっていたという。大丸《だいまる》デパートでエンポリオ・アルマーニのスーツを買い、また、南青山《みなみあおやま》にあるパテック・フィリップのブティックで二百万円近い高級腕時計を購入していることもわかった。

〈バーテンダーが言うには、遠田は酔うとやたら気前がよくなって、毎回チップをはずんでくれたそうです。その場にいる客全員に酒を振る舞うなどのパフォーマンスを行ったこともあり、典型的なお上りさんだと苦笑していました〉

なるほど。きっとその手のことをしたがるのは田舎の成金なのだろう。

〈遠田は周囲に自分のことを実業家だと吹聴していたようです。詳しい仕事内容までは語らなかったものの、『復興はおれ次第』だとか、『人の生き死にもおれのさじ加減』などという暴言も吐いていたようで、みなこの男には近づかない方がいいと思ったと話していましたね。とにかく、多くの人が遠田のことをはっきり覚えていましたよ〉

たしかに遠田のあの風貌とキャラクターは人々の記憶に残るのだろう。

「俊藤さん、ありがとう。ただ、それら飲食や装飾品に使われた金が交付金であると実証できますかね」

〈おそらくむずかしいでしょうね。あの男、用心して領収書も取っていなかったようですし、それらが交付金から捻出された金だと証明するのは容易ではないでしょう。こうなると遠田が実際に使った金より、帳簿上に載っているものの、実際には使われていない架空発注を見つける方が先決だと思います。まちがいなく遠田はそこで辻褄《つじつま》を合わせていたはずですから。ちなみに警察もそこに注力して捜査を進めているようで、すでにいくつかの決定的な不正事実を摑んでいるという話を小耳に挟みました〉

「本当ですか。だとすると、なぜ警察は令状を取らないんだろう」

〈おそらく現時点の手札だけでは弱いんだと思います〉

「弱い？」

〈ええ。罰金刑など科しても、あの男はすでに破産しています。仮に懲役刑に持ち込むことができても、このままでは微罪で処理されてしまう恐れがあるんですよ。そんな着地では国民が納得しないでしょう。国も警察も今回の一件では威信と面子《メンツ》がかかってますからね。徹底的に罪を洗い出して遠田を追い込むはずです〉

とはいえ、遠田のしたことはあくまで業務上横領罪であり、それも初犯である。どれだけ手札をそろえようとも懲役は十年以下だ。

そんなもの、厳罰でもなんでもない。到底納得などできない。あの男の奪った金は天ノ島の命の金なのだ。

〈本当にその通りです。遠田は死者を踏みつけ、被災者を鞭打ったのです〉俊藤が語気強く言った。〈話は変わりますが、今やり玉に上がっているのは岩手県庁のようです〉

「県庁？　なぜ？」

〈遠田が度々岩手県庁を訪れていることがわかったからです。彼は雇用労働室に相談を持ち込んでおり、その内容は、どうすれば面倒な手続きを省いて金を自由に使えるのか、といったものです。そのとき応対した労働室の担当者は『国が定めた制度なので、勝手に手続きを

です〉

簡略化するわけにはいかない。ただし、こういうやり方がある』と答えてしまったのだそう

要するに抜け道を教えてしまったということか。

雇用事業の委託契約では五十万円以上の物を勝手に売買できない仕組みになっている。そこで遠田はブルーブリッジというトンネル会社を部下の小宮山に作らせ、そこに業務委託費として金を流し、車やボートなどを購入させたのだ。

また、復興支援隊の本部に造られた隠し部屋や、校舎裏に掘られた温泉『まないの湯』もそうだ。ルール上、建設・土木事業のできないウォーターヒューマンに代わって、それらを行ったのはブルーブリッジである。その資金はもちろんウォーターヒューマンが出している。

遠田たちはこうして禁止事項の網をくぐり抜けて、いくつもの不正を働いたのである。

なにはともあれ、さすがは俊藤だ。一朗が警察にいくら取材攻勢を掛けてもなにも漏らしてくれなかったというのに。

〈ぼくは菊池さんみたいに大手の看板を背負ってませんからね。ある程度強引な手法も取れるんですよ〉

俊藤は得意げに、そして少々自虐《じぎゃく》気味に言った。前に一度酒を酌み交わしたとき、「食ってくためにはなんでもやらないと」と彼は話していた。毎月勝手に給料が振り込まれる自分ら会社員とは根性がちがうのだ。

〈ところで菊池さんは今も道内にいるんですよね。そっちでなにかわかったことはありますか〉

「ええ。遠田の身辺や生い立ちを調べたところ、ヤツが十九歳のときに暴力団事務所に一時期身を置いていたことがわかりました。ただし、行儀見習いに耐えられなかったのか、二ヶ月足らずで逃亡しているようです。おそらく盃《さかずき》も受けていないでしょう」

遠田の郷里で彼を古くから知る同級生らに話を聞くことができたのだ。

彼らの話によれば小学校時代の遠田はとくに目立つことはなく、どちらかといえばおとなしい少年だったようだ。イジメを受けていたなんて話も上がった。

だが中学生になり、体格が人並み外れて大きくなると、一変して周囲に対し高圧的な態度を取るようになったという。だが、けっして不良グループの一員ではなかった。このことについて同級生らは、「群れるのが嫌だなんて遠田はよく言ってたけども、本当はそうじゃなくて、他校のヤツらに狙われるのが怖《こわ》かったんだとおれらは思ってるけどね。ほら、不良を名乗っちゃうとどうしたってほかと縄張りを争ったりしないとならないべ。あいつ、性根はビビリだから」と話していた。

そんな遠田は学業の方はそこそこ成績がよく、生徒会長に立候補したこともあった。「あいつ、実はなまら目立ちたがり屋なんよ。ブサイクのくせにナルシストだったしな」

だが、結果は落選。そのときの落胆ぶりは凄《すさ》まじかったという。「プライドが高いから受け入れらんなかったんだべ。校舎の屋上から飛び降りんじゃねえかってくらい落ち込んでたな」

そんな遠田は中学を卒業後、道内の進学校に入学したものの、二年生のときにとある事件を起こし退学になっていた。

〈その事件とは？〉と俊藤。

「どうやら詐欺のようです」

遠田は休日になると電車で遠くの町へ出掛け、そこにある民家を一軒ずつ訪ね、『海外の恵まれない子どものために』などという名目で金を募っていたそうなのだ。しかも遠田はこれを気の弱いクラスメイトに強制的にやらせており、その人物が捕まり告白したことで事が発覚したのだという。「こんときは地元でも結構な騒ぎになってさ、なんか暴走族のやつらまで出てきちゃって、結局あいつボコボコにされたんだよね。おれらんとこの不良はなまら硬派だから、そういう汚い真似《まね》をした遠田が許せなかったんだと思うわ。結局あいつ、まっ裸で橋に吊るされたらしいから」

そしてこのときの屈辱が忘れられなかったのか、その後遠田は地元を離れ、三年に亘り姿を消していたという。彼が暴力団事務所に身を置いていたのはこの時期で、同級生らは風の便りでそうした噂を耳にしていたようだ。

そうして三年後、ふらりと地元に戻ってきた遠田の風貌に変化があった。髪を長髪にし、迷彩服に身を包んで帰ってきたのだという。以来彼は四六時中その出《い》で立ちだったそうだ。

「今でいう軍オタみたいなもんかな、なんで急にそんなことになったのかよう知らんけど、ゴツいエアガンなんかもこれみよがしに携帯してたわ。おれ、一度飲み屋で出くわしたときに、そんな格好してんなら自衛隊にでも入隊すればいいじゃねえかって言ったことがあるんだよ。したっけあいつ、『自衛隊はバカが入るとこだから』とか抜かしてたっけな。憧れはあっても根性がねえからつづかないって自分でもわかってたんだべ」同級生らはそろって嘲笑していた。

〈なるほど。復興支援隊が妙に軍隊染みていた背景には遠田のそういう嗜好《しこう》があったのか〉

「ええ。自分も腑《ふ》に落ちました」

〈それにしても遠田は散々な言われようですね。よいエピソードがまるで出てこない〉

「いえ——」一朗は鼻息を漏らした。「今から九年ほど前、遠田が二十六歳のときに警察に表彰される一件があったことをお伝えしておきます」

〈表彰？〉

「ええ。どうやら川で溺れていた子どもを救ったそうです」

〈本当ですか。あの男が〉

「わたしも耳を疑ったんですが、当時の地元新聞を調べてみたところ、たしかにそうした記事が上がっていました。とある母子が川辺で遊んでいたところ、子どもが溺れてしまい、母親が助けに入るも、彼女もまた溺れてしまったそうです。結局この母親は亡くなってしまったのですが、子どもはたまたま川辺にいた遠田によって救助されたようです。新聞には遠田の名前と顔写真も出ていたのでまちがいないでしょう」

 やや間があり、

〈信じられないな。あの男にもそうした一面があるってことか〉

「どうでしょう、真相はわかりません。たとえそうだとしても、今回の一件とはなんら関係がありませんし、犯した罪は軽くはなりません」

〈もちろんそれは当然です〉俊藤は電話の向こうで、ふーっ、と息を吐いていた。〈で、例の元妻に金が流れていた件はいかがですか。彼女とは接触できましたか〉

「いいえ、それが――」

と、口にしたところで一朗は言葉を飲み込んだ。今まさにその元妻と思しき女がエントランスから出てきたのだ。

「俊藤さん、ごめんなさい。またあとで」

一方的に電話を切り、すぐさまコートのポケットから一枚のプリント紙を取り出した。これは事前に入手した元妻の画像をコピーしたものだ。頰を寄せ、カメラに向かってピースサインをしている母子がいる。

先の女と手元の母親を見比べた。細い目に、下膨れしたフェイスライン。

まちがいない。元妻の保下敦美だ。

明るく染めた髪に、白いダウンジャケット、チェックのミニスカート、足元はベージュのムートンブーツ。若作りし過ぎ、と話していた近隣の住民の言葉を思い出す。厚化粧を施しているのが遠目にもわかった。どこかに出掛けるのだ。

敦美は警戒するように周囲に気を配って歩いている。その後ろを距離を測ってついて行った。足を繰り出すたびに積もった雪がグシャグシャと音を立てて潰れた。

ほどなくしてマンションの裏手にある駐車場までやってくると、敦美はキーを取り出して、遠隔操作で車のロックを解除した。十数メートル離れたダイハツのミラココアが一瞬光を放った。あのピンクの軽自動車が彼女のマイカーなのだ。

一朗は歩速を上げ、距離を縮めたところで、

「保下敦美さんでしょうか」

と、その背中に声を掛けた。すると彼女の肩がびくんと跳ね上がった。

そして振り返った敦美の顔からは強烈な敵愾心《てきがいしん》が放たれていた。親の仇《かたき》のような目で一朗を睨みつけている。

「あんた、だれ？　警察？」

「今日新聞社で記者をしております菊池一朗と申します。わたしのことはモニター越しに確認しておられたんじゃないですか」

皮肉を交えて言うと、敦美は舌打ちを放った。

「あたしになんの用？　遠田のことならなにもしゃべる気はないから。元夫が事件を起こしたからって元妻には関係ないじゃない」

どうやら用件には見当がついているようだ。

「関係がないことはないでしょう。あなたは遠田が横領していた金から不正に給与を受け取っていたのですから」

距離を縮めながらしゃべる一朗に対し、敦美はじりじりと後退した。精一杯虚勢を張っているが、本来は気の小さな女なのだろう。

「あ、あの人が横領してたなんてあたしは知らないし、あたしは働いたぶんの給料をもらってただけ」

「では、具体的にはどんな業務を行っていたのか教えていただけますか」

「……ちょっとした書類の整理とかだけど」

「あなたは天ノ島にいなかったのにですか」

「……データでやりとりしてたから」

「なるほど。では警察に労働記録の提出を求められるでしょうね」

敦美が下唇を嚙んで黙り込む。

「たとえそれを行っていたのだとしても、ちょっとした書類の整理をするだけで月に二十万円もらえるというのはおかしいと思わなかったのですか」

「そんなの知らない。あたしには関係ない」

敦美はそう言い放つと一朗に背を向け、そのまま車の方へ小走りに向かった。もちろん後を追う。

「保下さん、逃げずに話をしてもらえませんか」

一朗の言葉を無視し、彼女は車に乗り込んで、エンジンを掛けた。

だが、車は動かせない。フロントガラス一面を雪が覆っているからだ。しばらく暖機運転をしないことには発進できないだろう。

一朗は運転席のウインドウをコンコンと叩いた。「このままだとあなたも罪に問われる可能性がありますよ。下手《へた》したら遠田の共犯とみなされるかもしれませんね。お母さんが刑務所に入ってしまったら、まだ幼いお子さんはどうなるのでしょう」

その脅しが効いたのか、彼女はウインドウを半分ほど下げ、「どうしてあたしが捕まるのよ」と不安げな顔で見上げてきた。あきらかに動揺している。

「あの人が裏でなにをやってたとか、あたしはそんなの本当に知らないし、給料だって子どもの養育費代わりだと思ってただけで……」

「でも悪いことをしているんだろうなとは想像がついていたでしょう。遠田について、あなたはだれよりも詳しいのですから」

「悪いことっていうか、あの人のことだから、ろくなお金じゃないとは思ってたけど、でもうちだってお金に困ってるし……」

敦美はそのまま黙り込んでしまった。

「これはせめてもの親切心で言いますが、警察にはすべて正直に話した方があなたのためです。逆にいえばそうするほかあなたが守られる道はありません」

「じゃあ全部ちゃんと話したら、あたし、捕まらない？」

「それはわかりません。わたしは司法の人間ではありませんから」

突き放すように告げると、敦美は泣き出しそうな顔で目を瞬《しばた》かせた。

「自身の正当性を訴えるにはまずは弁護士を立てるべきでしょうね。お節介かもしれませんが、こうした事案に強い先生を紹介することもできますよ」ここで一朗は敦美に顔を近づけた。「ついでにもうひとつ言うならば、あなたの態度次第でわたしの態度も変わります。同情の余地なしと判断すれば、遠田同様、あなたのことも紙面で徹底的に糺弾《きゅうだん》します」

やや過剰に演出して言ったが、効果は十分あったようだ。彼女の唇が震えはじめた。

「お話を聞かせていただけますね」

敦美が爪でカツカツとハンドルを叩き出す。逡巡《しゅんじゅん》しているように見えた。やがて彼女は、「乗って」と助手席に顎をしゃくった。

一朗は助手席側に回り込み、ドアを開けて車に乗り込んだ。彼女の香水の匂いが車内に充満しており、むせそうになった。ボーという暖房の音が響いている。

「ちょっと前に、警察が遠田の件でうちにきたの。任意同行っていうのを求められたけど、そのときは『何も知らない。二度と来ないで』って追い返した。でも――」敦美が横目で見てくる。「警察、またくるかな」

「確実にくるでしょうね。これからはわたしのようなマスコミもやってくるはずです。ちなみに遠田には警察がやってきたことを伝えましたか」

敦美が頷く。「それこそ弁護士をつけてやるから、いっさいなにもしゃべるなって言われた。けどそれから連絡が途絶えてるし、そもそもこれまであの人の言うことを聞いてうまくいった例《ため》しがないし、あたし本当にどうしていいかわからなくて……」

「過去にどういったことがあったかは知りませんが、これまで痛い目に遭っているのだとしたら、なぜまたあの男と関わってしまったのですか」

「だって――」敦美がうつむく。「お金くれるって言うから」

一朗は鼻息を漏らした。

やや沈黙が流れたあと、

「うちの息子、発達障害があるのよ」

突然敦美がそんなことを言った。

「だからふつうの子より手が掛かるの。あまり長時間ひとりにさせられないからあたしが働けるところも限られてきちゃうし、生活が本当に大変なの」

だからといって不正に金を受け取っていい理由にはならない、と言おうとしたが飲み込んだ。

代わりに一朗は、遠田との馴《な》れ初めから訊ねることにした。この段になると、敦美に最初の険は消えており、素直に過去を語ってくれた。

ふたりの出会いは約十二年前、遠田は当時敦美が勤務していたすすきのの夜の店の常連客だったという。「あたしはお酒が飲めないし、人と話すのも疲れちゃうほうだから」という台詞でどういった夜の店なのか察した。

遠田はそこで毎回敦美を指名してくれたのだそうだ。ほかにそうした客を持たない敦美にとって、遠田の存在は経済的にも、そして精神的にもありがたいものだった。遠田はいつもくだらない話を披露しては、敦美を笑わせてくれた。余裕のある態度とその風貌も相まってとても歳下の男には見えなかった。しだいにふたりは店の外で会うようになり、ほどなくして共に暮らすようになった。

ただし、生活費のほとんどは彼女が捻出し、遠田はヒモ同然の生活だったという。同棲《どうせい》からほどなくして遠田は仕事を辞めてしまい、以降どんな仕事に就いても長続きしなかったそうだ。

これについて敦美は、人から指示されるのを嫌う性格が災いしたのだろうと語った。遠田が退職する際に決まって口にしていた台詞は、「無能な奴らに命令されるのが我慢ならねえ」だったらしい。

「あの人、異常なほどプライドが高いのよ。世の中には社長しかできない人種がいるって話を聞いたことがあるけど、たぶんあの人はそれ。けどそうなれなかった人は惨めよね」

ここで敦美がポーチから煙草《たばこ》を取り出し、火をつけた。

「あたし、なんであの人があたしと一緒になったのか、今ならよくわかる。あたしはむずかしいこと考えられないし、気が弱いから人と争うこともないし、そんな女相手ならプライドを傷つけられることもないじゃない。いつだって自分の方が優位に立てるもの」

基本的に敦美は遠田に対し、逆らうことも苦言を呈することもなかったそうだ。逆に従順を装い、「政ちゃんはすごい人」といつも褒め称《たた》えていたのだという。それは本能的に彼に豹変《ひょうへん》されるのを恐れていたからだと敦美は言った。

「あたしの父親、すごいDVの人で毎日暴力に怯《おび》えて暮らしてたの。これまで付き合ってきた男もそういう人が多かったし。あの人からもそういう匂いがしてたから」

敦美のその予感は正しく、遠田は徐々にその本性を現し始めた。機嫌がいいときは冗談を飛ばして笑わせてくれるのだが、虫の居処《いどころ》が悪いと、凄まじく暴力的になったのだそうだ。

「たぶん男って、半分くらいの人は女を殴るようにできてるんだよ。あなたはどっちだかわからないけど」

敦美は紫煙を吐きながら一朗を横目で捉えていた。

そんな生活がつづく中、敦美は遠田の子を身籠《みごも》ることとなった。

「産むか堕《お》ろすか迷っているうちにタイムリミットが過ぎちゃった感じ。あの人自身はどっちでもって態度だった。今は産んだことをまったく後悔してないけどね」

その出産からほどなくして、遠田が警察に表彰される例の一件があったのだという。

川で溺れた子どもを救った一件だ。

「あの人、それ以降もうご機嫌で。『人命救助こそもっとも尊い行いだ』なんて言って毎晩のようにその話をするの。警察署長とのツーショット写真を額縁に入れて部屋に飾って、それを眺めながらお酒飲んで。だけど、それがだんだん変わってきて――」

遠田はしだいに不満を漏らすようになった。「人の命を救ったのに一万円はねえだろう」と。表彰状と共に手渡された金一封の額が一万円だったのだそうだ。

それから遠田はなにを思ったのか、突然、日本赤十字社《にっぽんせきじゅうじしゃ》が認定する水上安全法救助員の資格を取得し、以降、水難救助の講習会に頻繁に顔を出すようになったのだという。そうして彼はいつしか水難救助の専門家を自称するようになった。

やがて、子どもを救ったという実績と――おそらくは持ち前の口八丁で――遠田は道内の警察、機動隊や札幌市消防局の職員に水難救助訓練を施すような立場にまで上り詰めた。この辺りの話を一朗は過去に遠田本人から直接聞いており、念のため各所に問い合わせてみたところ、たしかにそうした訓練に遠田が講師として招かれていた記録が残っていた。

「ふうん。あの人そんな偉い立場になってたんだ。その頃にはあたしは息子を連れてあの人のもとから逃げ出してるから」

敦美が携帯灰皿に煙草を押しつけて消した。

逃げ出した――その理由について訊ねようとしたところ、敦美が先に口を開き、話を進めた。

「あの人とはそれ以来、まったく連絡を取ってなかったの。別にあたしや息子のことは探してなかったんじゃないかな。離婚届を送ったら、すぐに署名されて戻ってきたくらいだし。だけど一昨年の夏に突然知らない番号から電話があって――」

その相手が遠田だったのだという。声を聞くのは実に五年ぶりだったそうだ。

その電話で近況を訊ねられ、つい敦美が生活の逼迫《ひっぱく》を訴えると、遠田はそんな彼女に対し、〈だったらおれんとこで働けばいい。いや、正確には働いてる体でいればいい〉と言ったのだそうだ。

「意味がよくわかんなかったんだけど、とりあえずあの人がやってるＮＰＯの正規職員にさえなれば毎月二十万を振り込んでくれるって言うの。もちろん働きもせずにお給料がもらえるなんておかしいし、ヤバいとは思ったけど、でも子どもの養育費代わりだとしたら受け取ってもいいのかなって……」

「なるほど。ところで保下さんは、遠田が天ノ島の復興支援金を託されていたことは知っていたのですか」

「……………」

「知っていたんですね」

「知ったのはかなりあとになって。最初は本当に知らなかった」

「しかしそれを知った時点で、自分に支払われている給料が被災地のためのお金だということは想像がつきましたよね」

「そうかもしれないとは思ったけど、でもあたしだって苦労してるし」

「それとこれとは関係がないことでしょう。大前提、あなたは天ノ島の住人でも、被災者でもない」

このときばかりは一朗は冷たく言い放った。

敦美は深く項垂れ、下唇を嚙み締めている。

だが突然顔を上げたかと思うと、身体を助手席側に開き、一朗をキッと睨みつけた。

そして、

「あたし、今からなにしに行くと思う?」

と、そんなことを言った。

「知らない男に会いに行くの。その男の車の中でセックスするの」

SNSで客を引き、条件がマッチすれば男と待ち合わせる。こうしたことを敦美は数ヶ月前からはじめたのだそうだ。

「危険だし、怖いけど、そうでもしないとあたしたち親子は食べていけないの」

その後も「風俗に面接に行って断られる気持ちがあんたにわかる?」「あたしは一発六千円の女なんだよ」と敦美は涙目で訴えた。

一朗は相槌《あいづち》を打つこともなく、醒《さ》めた気持ちで話を聞いていた。哀れに思わないではないが、それでもこの女が天ノ島の復興のための金を不正に受け取っていた事実には変わりない。それに、今も多くの島民が彼女以上の生活苦にあるのだ。

「もう、化粧落ちちゃったじゃない。降りて。そろそろ向かわないと間に合わないから」

敦美がハンカチで涙を拭い、洟をすすって言った。すでにフロントガラスに張り付いていた雪は溶けて消えている。

一朗は最後に、彼女が遠田のもとから逃げ出した理由について訊ねた。

すると彼女はこの質問にだけはなぜか口ごもり、なかなか答えようとしなかった。

「暴力に耐えきれなくなったからですか」

「……別に、そういうわけじゃない」

「では、浮気とか?」

「浮気っていえば浮気になるんだろうけど……」敦美がかぶりを振る。「やっぱりダメ。やつぱりこれについては話したくないし、思い出したくない。だいいち今回のこととは関係ないし。とにかくもう、降りて」

6　二〇二一年三月十五日　堤佳代

すぐにナナイロハウスに舞い戻ってきた佳代に対し、「なんだおばちゃん、忘れもんか？　ボケるのはまだ早《はえ》えよ」と玄関口で軽口を飛ばした男は、佳代の後方に控えている人物を確認した途端、割れんばかりの怒声を発した。

何事かと中にいた島民らがぞくぞくと玄関に駆けつけ、江村汰一を取り囲み、場は一気に騒然となった。

まさに一触即発といった空気の中、ある者が台所から包丁を取り出してきて、その切っ先を江村汰一に向けたところで、逆に全体が落ち着きを得た。みながその者を止める側に回ったからだ。

ただそれも一時的なもので、すぐにまた殺気を帯びた熱がぶり返し、江村は男たちに首根つこを摑まれて施設内へと引きずり込まれた。

現在、三十名ほどの島民らが居間に集い、床に座る江村汰一を睥睨している。その光景はまるで捕らえられた盗っ人と、それを取り囲む民衆だ。

多くの者が寝癖をふわふわと立たせているが、眠気や二日酔いなど吹き飛んでいるのだろう、みな一様に目を血走らせている。

児童たちは海人の部屋に集まっており、絶対に出てくるなと言いつけておいた。唯一来未だけは今もすやすやと布団の中で眠ったままだ。

「謝りにきた」

江村汰一は無表情のまま一言いい、そしてゆっくり額を床に押しつけた。

ナナイロハウスに戻る道中、江村汰一はこの島にやってきた理由をそのように話していた。彼は当時のことを謝罪するためにここを訪れたのだそうだ。

もっとも、それだけならここの敷居を跨がせるつもりはなかったのだが、彼は「真実を伝えたい」とも言った。

真実――いったい、それが何を指しているのか見当がつかないが、少なくとも来未が拾い当てた金塊については知らなくてはならない。彼は金塊を落としたのは自分であると主張したのだから。

しかし、これらの話を佳代はみなにまだ伝えていない。とても口を挟める空気ではないのだ。

「ふざけるんじゃねえ。今さら謝られたっておせえんだ」

「そうだ。時効はとっくに過ぎてんだぞ」

「あのときてめえが口を割らねえから遠田の逮捕が遅れたんだ。その隙にあいつはとんずらこいちまったじゃねえか」

「どうせまた金塊が目当てでやってきたんだべ」

口々に島民らが批難を浴びせる中、「みんなちょっと待て」と場を制したのは三浦治だ。

「とりあえずこいつの話を聞くべ。あのとき、いったいなにがあって、なしてあったなことになっちまったのか、おれは知りてえ」

だが、みなから一目置かれる三浦の言葉もこのときばかりは聞き入れられなかった。

「なに寝惚《ねぼ》けたこと言ってんだ治さん。知りてえもクソもねえべ。こいつらは金を毟り取るつもりで島にやってきて、大金をせしめてずらかった。真実はこれだけだ」

そう、遠田政吉は逃げた。今から八年ほど前、自身に令状が下りることを察知した遠田は忽然《こつぜん》と行方をくらましてしまったのだ。

そして逃亡したのは遠田だけではない。部下でありブルーブリッジの代表を務めていた小宮山洋人もまた、遠田が姿を消す数週間前に逃亡を果たしていた。噂ではふたりとも海外に脱出したという話だ。

一方、この江村汰一が逃亡することはなかったのだが、彼は罪に問われることもなかった。

いや、正確には問うことができなかった。江村が横領に関わった証拠が上がらなかったからだ。

だが、この男は小宮山と共に常に遠田の側《そば》にいた。三人がグルであったことはだれの目から見ても明らかだった。

「あのう――」ここで若手の男が身を小さくして挙手をした。「こいつはたしかに島の金を奪ったかもしれねえけども、おれらと一緒に海潜って、遺体を発見してくれたのは事実だし、おれはそういうところもとなりで見てるし、ここはひとつ――」

「なんだおめえ。こったなやつの肩を持つのか」

「いや、そういうわけでねえんだけども、こうして頭も下げてるし……」

「頭なんてなんぼでも下げられる。そったなもんでおれらの傷は消えねえし、今さら許す気もねえ」

「ああ、罪に問われなかったかもしれねえが、こいつも遠田同様、人間のクズだ。当時はガキだったたなんて言い訳は通用しねえぞ。よくもまあ、ぬけぬけどおれらの前にツラを出せたもんだ。おめらのやったことは火事場泥棒なんてレベルじゃねんだぞ」

「そうだ。そんでもって次はなんとかして金塊を強奪しようって魂胆だべ」

こうした怒声の止《や》まぬ中、突然ひとりの女が前に出て、江村の傍らに立ち、そしてみなに向き直った。

椎名姫乃だ。

「彼の話を聞きたくない人は今すぐここを出ていけばいいでしょう。聞きたい人だけ残ればいい」

姫乃は声を震わせ、言った。その顔もまた震えていた。

水を打ったように場が静まり返る。全員が困惑しているのが伝わってきた。

佳代もそうだ。彼女がこのように立ち振る舞う姿をはじめて見るからだ。

姫乃の瞳はやや潤《うる》んでいるように見えた。

そんな姫乃を、江村汰一が横目でそっと見上げている。

7　二〇一一年四月一日　椎名姫乃

〈それってマジ？　ウソ？　どっち？〉

今日がエイプリルフールだからだろうか、姫乃が東北の離島に復興ボランティアとして滞在していることを告げると、大学の友人である和樹《かずき》は電話の向こうでそう言った。

和樹はフットサルサークルに所属しており、姫乃はそこでマネージャーを務めていた。とはいえメインの活動はもっぱら飲み会だ。

「こんなウソつかないよ。震災直後にボランティアの募集があったから、そこに応募して――」

姫乃がここに至るまでの経緯をざっくばらんに説明すると、彼は〈へえ。すげえ〉と関心を示したものの、〈で、なんで？〉とその動機には不可解な様子だった。

「だから、わたしも被災地の力になりたいなって」

〈ええと、姫乃ってそんなキャラだったっけ？〉

和樹の中では慈善活動をするキャラクターと、そうでないキャラクターが存在しているようで、どうやら姫乃は後者に属するらしい。それに対してはなんとも思わないが、彼がよく口にしている「人間観察と洞察が趣味」は当てにならないことが証明された。

〈で、いつ帰ってくんだよ〉

「わかんない。もう少しいるつもりだけど」

〈もう少しってどれくらい？　来週末に代々木《よよぎ》で試合があるの知ってるだろ〉

「だからわかんないって。試合があるって言ったって、別にマネージャーがいなくても困らないでしょう」

〈なに怒ってんだよ〉

姫乃は低い天井に向けて、荒い息を吐いた。「ごめん。ちょっと疲れてて」

本当に疲労困憊の毎日なのだ。この島にやってきて以来、休日も休息もない。いつだってなにかしらの仕事に追われている。

いったいいつ帰ってくるつもりなの——両親からも幾度となく催促を受けていた。だからここ数日は電話に出ないことにしているのだが、完全に無視することもできないのでメールだけはたまに返信している。

〈なあ姫乃、そっちで飯とか食えてんのか。風呂とか寝るとことかどうしてんだよ〉

生活はだいぶマシになった。まだまだ潤沢ではないものの、届く救援物資がだいぶ増えてきたのだ。食料品に限らず、トイレットペーパーやオムツなどの紙製品、包帯やマスクなどの医療品、各種洗剤やシャンプーやボディソープなど、そうした日用品も手に入るようになり、天ノ島は人間らしい暮らしを取り戻しつつあった。

風呂は被災者の避難所となっている総合体育館のシャワー室を利用している。先週、ついに水道やガスが使えるようになったのだ。湯を浴びれることがどれだけ幸せなことか、つくづく痛感した。以前は水で濡らした冷たいタオルで身体を拭くだけだったのだ。

またそれとほぼ同時期に電気及び通信インフラも復旧を果たしていた。おかげでこうして遠くの人と連絡を取れるようになった。

ただし、就寝に関しては相変わらず寝袋だ。

島の布団不足は深刻だった。震災により多くの家庭のものがダメになってしまったことと、使えるものは真っ先に遺体や怪我人に使用してしまったことが原因だ。届く救援物資の中にも布団はあるのだが、船で持ち運ぶだけにその量は限られている。それらはもちろん高齢者優先で、姫乃のような若い者には回ってこない。

〈マジかよ。おまえよくそんなの耐えられるな〉

「だってわたしだけじゃないもん。みんな同じだから」

〈けどそれって地元の人たちだろう。姫乃以外にも外からやってきた人っているのか〉

「まあ、それなりにいるよ」

当初、共にやってきたボランティアメンバーらはとっくに海を渡って帰ってしまったが、新たにここにやってきた人たちが十数名いる。彼らを束ねているのはもちろん遠田政吉だ。

遠田が直接連れてきたのは江村と小宮山のふたりなのだが、今では三浦たち消防団や青年隊をはじめ、この島で復興活動をするすべての者が遠田の傘下《さんか》にある。

もちろん姫乃もそうで、現在の立場は天ノ島復興支援隊本部の事務員だ。ちなみにこの復興支援隊は震災対策室から名称を変更した組織である。

昨日は遠田に指示され、県庁に提出する報告書を深夜まで作成していた。島にはパソコンを扱える人間があまりいないのだ。

〈っていうかさ、おまえ給料出てんの〉

「ボランティアなんだから給料が出るわけないじゃん」

とは言ったものの、来月からはお金をいただけるらしい。以前遠田が話していたように、彼は正式に天ノ島の復興支援参与となり、彼が統括するウォーターヒューマンに復興支援金が託されることが決まったのだ。反対する島民は誰もいなかったと聞いている。

〈じゃあ無給奉仕か〉と和樹がため息をつく。〈けど、おれもそっちに行ってそういうことやってみようかな。就活んとき、ＥＳに書いたら有利かもしんないしさ〉

「うん、いいと思うよ。でもわたしがいるとことはちがう、島の反対側に配属されると思うけどね。そっちの方が人手が足りてないみたいだから」

〈……そうなの〉

「うん。でも気が向いたらおいでよ。じゃあわたし、仕事に戻るね。ばいばい」

返事を待たず電話を切った。

ふう、と吐息を漏らす。ちょっと意地悪だったかな。島のどこに配属されるかなんて、そんなのまったくわからないのだから。

和樹が自分に好意を抱いていることはだいぶ前からわかっていた。試合でゴールを決めると必ずこちらを見てくるし、飲み会ではそれとなく自分のとなりを確保してくる。

もっとも姫乃自身、悪い気はしていなかった。もし彼に告白されたら付き合ってもいいかもと考えていた。

だが、今はそんなことを考える余裕はこれっぽっちもない。目の前のことでいっぱいいっぱいなのだ。

「今の電話、お友達？」

と、背中で声が発せられたので驚いた。姫乃は事務室にひとりだと思って話していたのだ。

声の主は同じく復興支援隊の本部で事務員を務める谷千草だ。

彼女のひとり息子の光明は今現在も行方不明で、彼女は息子の安否をいち早く確認するためにここで働くことにしたと、志願の動機をそんなふうに語っていた。遺体が発見されなければ我が子は死んだことにはならない、という奇妙な理屈が彼女の中には存在している。

今現在、天ノ島で亡くなった人の数は四百二十一名、行方不明者数は九十六名、この九十六名のうちのひとりが千草の息子の光明だ。

「はい。大学の友達です」

「みんな心配してるんでねえの？　あんたがずっと帰ってこねえもんだから」

「まあ、それなりに」

「ヒメちゃんはほんとにすごいと思う。あたしなら知らない土地で他人のためにこんなふうにして働けねえもの。こんなこと訊くのもあれだけども、家に帰りたいって思わねえの？」

返答に詰まった。

帰りたい気持ちがないわけではない。いや、もうすぐ学校も始まるのだし、帰らなくてはならないのだ。

だが、そのたびに遠田に吐かれた台詞が脳裡を過《よ》ぎる。

――天ノ島を見捨てないでやってくれ。

あの日以来、遠田は姫乃に対し、ことあるごとにこうした言葉を投げかけてくる。昨日など「もしもヒメがいなくなってしまったらこの島の復興は遅れるだろうな」と、そんな大それたことを言われた。

もちろん冗談として受け流したのだが、そのときの遠田の目は真剣そのもので、その眼光は姫乃に後ろめたさを抱かせるのに十分な効果があった。

「ヒメちゃん？」

姫乃が黙っていたからだろう、千草が眉をひそめて顔を覗き込んできた。

姫乃は、「あ、ごめんなさい。ところで、いかがでしたか？　物資の在庫」と話を変えた。

午前中に救援物資管理班から上がってきた在庫表があまりにでたらめで、呆れた千草が再度棚卸しを行うよう指示し、彼女自らその場に立ち会うため救援物資保管所へ出向いていたのだ。

「もうめちゃくちゃ。とくに乾電池はひどいもんよ。段ボール何十箱って単位で数が合わねえんだがら」と千草はため息をつき、在庫表の紙をデスクに放った。「それなのに小宮山さん、まるで悪びれる様子がねえの。『きっとだれかが無断で持ち出して、おれに報告し忘れてるんやな』とかそったな呑気《のんき》なことを言うのよ。あたし頭に来ちまって『遠田隊長にしっかり報告させてもらいますがらね』って脅したの。それでも『堪忍してやあ』なんて言って笑ってるし。もう呆れてしまったわ」

小宮山は遺品管理責任者の立場を離れ、現在は救援物資の管理責任者となっていた。

それにしても乾電池が大量に消えたというのは妙な話である。島に電気が通った今、以前ほど乾電池の需要はないと思うが、段ボール何十箱という単位で在庫が合わないのだとしたらそれは結構な問題だ。

ほんの少し前まで、多くの者が乾電池を求めていた。懐中電灯や携帯ラジオなどに使えるので重宝していたのだ。

「だけんど遠田隊長も遠田隊長よ。なしてあったなルーズな人を管理責任者なんかに任命したのかしら。昔からの付き合いなら管理を任せたらいけない人だってわがりそうなものでねえ」

千草が鼻の穴を膨らませて憤慨している。

彼女と共に働くようになって十日くらい経つだろうか、その生真面目さと正義感の強さには驚かされるばかりだ。一方、彼女はなにかと若い姫乃に気を遣ってくれ、親切に接してくれる。

だからこそ、胸が締めつけられる。

午後四時を迎え、姫乃は陽子らと共に支援隊本部をあとにした。段ボールを載せた台車を押して、緩やかな坂を下っていく。段ボールの中身は女たちが握った大量のおにぎりで、これをおもてで働く男たちに配って回るのだ。

事務員とはいえ、実質姫乃はなんでも屋だ。この時間帯は千草がいれば事務室が困ることはない。

瓦礫を山のように載せた軽トラックが砂埃《すなぼこり》を巻き上げて姫乃たちの脇を横切った。手で口元を覆い、やり過ごす。

日に日に撤去作業が進んでいるとはいえ、島は依然として瓦礫や生活品などがそこら中に散乱していた。だが、これらはけっしてゴミではない。

「あ、ちょっと待って」

陽子が足を止め、道端に落ちていた泥だらけのノートを拾い上げた。

表紙の泥を払い落とし、

「すずきまなえ——これ、まなちゃんのだ。まなちゃんの算数のノートだ。幸子《さちこ》ちゃんに届けてあげねえと」

陽子が興奮気味に言うと、女たちが「よかったね」「幸子さん、きっとよろこぶね」と口々に言った。幸子というのはノートの持ち主の母親のことだろう。

すずきまなえ、という少女のことはよく覚えている。姫乃が彼女の検案に立ち会ったのだから。毎日数え切れないほどの遺体と向き合ってきたが、子どもの遺体だけは一人ひとり鮮明に覚えている。

「あ、こっちには携帯電話が落ちてる」

このように島民たちはおもてを歩くたび、道端に落ちている生活品を拾うのが習慣づいていた。一見ゴミに思えるものでも、誰かにとっては大切なものかもしれないし、形見となるものかもしれない。先日、姫乃も年季の入った万年筆を拾ったのだが、のちに落とし主から涙を流して感謝された。きっと思い出のひと品だったのだろう。

「そういえば、これからはちゃんと手続きを終えてがらでねえと、遺失物を本人が受け取ることができなくなるんだってさ」

女のひとりが歩きながらそんなことを言った。

「手続きって、落どし物申請とかそういうこと？」

「そうみたい。うちの人いわく遠田隊長がそうしねばダメだって言ってんだって」

「ふうん。でも考えてみればそうよね。今だと、自分のだって名乗りを上げた人にすぐ渡してしまってるし。お財布や金庫なんかも出てきてるし、いつトラブルになるかわがんないものね」

「だけんど、大半のものを失ってしまった人もたくさんいんだし、そったな人はどこからどこまでを申請していいものかわがらんのでねえの。それが自分のものだって証明するのも簡単じゃないだろうし」

「まあ、そうよね。だけんど、その辺りのルールも遠田隊長がうまいこと考えてくれるんでねえの」

このように今や島民たちの間で遠田の信頼は絶大だ。とりわけ遠田のそばで働く男たちは彼に心酔しており、「遠田隊長の命令は絶対」とお題目のように唱えている。

「ところで島の復興支援金っていうのはいったいなんぼぐらいもらえるのかしらね」

「さあね。まあなんぼあっても足りんだろうけども、少しでも多くもらえるに越したことはないね」

「ねえ、そのお金ってうちらにも振り分けられるの?」

「ううん。そういうことじゃないみたい。今回、遠田隊長に託されるのはあくまで島の復興のための補助金で、うちら個人にはまた別に国からお金が出るって話だけど」

「本当? それ、ちゃんともらえるの? たしかな話?」

「あたしに訊かれても困っちまうけど……たぶん、国からなんらかの補償があるんでねえのかしら。新聞にもそう書いてあったし、一朗も『いくらなんでもなにもないってことはねえと思う』って言ってたし」

「そう。一朗が言ってるなら、大丈夫なのかな」女が吐息を漏らす。「あたしね、政府のことまったく信頼できねえの。だって、原発のことでも言うことが二転三転してるべ。責任逃ればかりして、まったく問題と向き合わねえんだもの」

「うん。一朗もすんごく怒ってた。『官邸のやってることは政府が機能していないと国民に思われないためのアピールに過ぎず、すべての対応が後手に回ってる』って。あったなふうに人前で怒る一朗を見るのははじめてだったから、ちょっとおっかなかったわよ」

「そう。なんにせよ、お金だけはちゃんとしてもらわねとね」

島民たちは最近、こうして至るところでお金の話をするようになった。それは震災から三週間が経ち、みながうつむいていた顔を上げ、未来に目を向け出したからだろう。天ノ島は先に歩み始めたのだ。

ここで一台の軽自動車が前方からやってきた。未舗装の凸凹道を上下に揺れながら向かってくる。運転席でハンドルを握っているのはおそらく遠田だ。迷彩服にあの図体《ずうたい》は彼しかいない。

車が姫乃たちの横で止まり、運転席のウインドウが下がった。

「ご苦労さんです。差し入れのおにぎりですか」

遠田は黒いサングラスを額に掛け、人懐っこい笑顔を見せて言った。

「そうよ。遠田隊長もひとついかが」

「お、うれしいなあ。いただきます」

女がおにぎりを差し出すと、遠田はそれを口に押し込むようにして頬張り、「うん、塩がきいてる」と目を細めた。

「遠田隊長、この車って小島《こじま》さんのでね？」女のひとりが訊いた。

「そうそう。ほら、旦那さんが亡くなっちゃって、もう乗る人がいないから、奥さんがおれに使ってくれってさ」遠田が咀嚼《そしゃく》しながら答える。「いやあ助かってますわ。おれにはちょっとばかし小さいんだけどね。いつタイヤがパンクするかヒヤヒヤもんよ」

そんな自虐を口にしてみなを笑わせる。

「遠田隊長は少し痩せねえと。まだ若えからいいけども、そのうち生活習慣病になってしまうわよ」

「わかっちゃいるんだけど、ちっとも痩せないんだよなあこれが。ろくに食ってないのに理不尽だと思いませんか」

「遠田隊長に倒れられたらうちらが困ってしまうんだがらね。気をつけてちょうだいよ」

「肝に銘じておきます」笑いながら頭を掻いている。「じゃ、おれはお偉いさんらを待たせてるんでそろそろ行きますわ」

「お偉いさん？　あ、もしかして復興支援金絡み？」

「そう。今、国から派遣された役人らが視察に来てんのよ。各被災地の被害状況を確認して補助金の予算を組むんだと」

「そうなんだ。じゃあ一円でも多くもらえるようにきっちり交渉してきてね」

「ええ、任せてください——と言いつつ、交渉の席に座るのはあくまで村長や行政の人間なんだけどね。ここだけの話、みんなそろいもそろって押しが弱いから交渉ごとにはちょっと向かないね。その辺りおれがそばできっちりサポートせんと。復興は与えられるものではなく勝ち取るものである。ではでは」

車が発進し、砂埃を巻き上げて遠ざかっていく。その背をみんなで見送った。

「本当、ああいう人がうちの島に来てくれてよかった」

女のひとりがしみじみと言った。

「ほんと、ほんと」

「村長は英断だったね。だって大事なお金をよその人に託すなんて、なかなかできることでねえべ。きっとよくよく考えて、この人にならって思って頼み込んだんだろうね」

ここで「あら」と声を上げたのは陽子だ。「村長が頼み込んだんでなくて、遠田隊長が自ら申し出たのよ」

「え、そうなの」

「そうよ。うちの人がその場に同席してふたりのやりとりを見聞きしてるもの」

「なんだ、そうだったの。なんか噂では村長が頭下げて遠田隊長に頼み込んだってことになってるわよ——ねえ」

女が周りに同意を求めると、「あたしもそう聞いてる」とみな同調した。

姫乃もそうだ。なぜなら自分は遠田本人からそのように聞いているから。

——『自分たちよりも遠田さんの方が確実に有効活用してくれる。後生だから頼まれてくれないか』って頭を下げられちまってな、まいったもんだよ。


そう語っていたのだ。

これを言うか否か、迷い、後者を選んだ。遠田のマイナスになるような発言は控えた方がいい。

「そんな話になってたんだ。だけんど実際のところは、遠田隊長が『自分に預けてもらえませんか。必ず天ノ島を元通りにしてみせます』って申し出たのが真実よ」

「ふうん。まあどちらにせよ、正解よ、正解」

それからしばらく歩くと、かつて集落だった場所に辿り着いた。すると瓦礫撤去作業に当たっていた男たちが手を止め、ぞろぞろと集まってきた。みな一様に泥や粉塵にまみれて黒ずんでいる。

彼らは毎日、日の出と共におもてへと出て、日が沈むまでそれぞれの持ち場で業務に勤《いそ》しんでいた。朝昼と食事が出ているが、それだけでは腹がもたないのだ。

「どれがヒメが握ったやつだ？　おれはそれが食いてえ」

男のひとりがおにぎりを品定めするようにして言い、ほかの男たちも「おれも、おれも」とつづいた。

「あーら残念。これはぜーんぶうちらが握ったもんだよ」

「なんだ、じゃあどれも変わんねえな」

「失礼なやつだね。おめは食わんでいい」

こうした軽口の飛ばし合いが行われるようになったのも、本当にここ数日のことだ。だれかがちょっとした冗談を口にしてはみんなが大げさに笑い声を上げる。無理にでも明るく振る舞っていないとやっていられないのだろう。

ちなみに、姫乃が握ったおにぎりが実はひとつだけこの中に交ざっている。隅っこにあるパンダをイメージした小ぶりなおにぎりがそうだ。

先ほどおにぎり作りに加わろうとしたところ、すでに終えていたので、ちょっとした遊び心でおひつにこびりついた米を掻き集めて作ったのだ。キャラおにぎりは姫乃の唯一の特技だ。

だが、やっぱり男たちはそんなものに興味がないのか、だれもパンダおにぎりを手に取ろうとはしなかった。

その後、姫乃がおにぎりを男たちに配って回っているところに、カシャカシャと高速でシャッターを切る音が聞こえてきた。

一眼レフカメラをこちらに向けた、新聞記者の菊池一朗だった。

「あ、ヒメちゃん、そのまま動かないで」

そんなことを言われ、再びシャッターを切られる。一朗から名を呼ばれるのは初めてのことだ。

姫乃がきょとんとしていると、一朗がカメラを顔から遠ざけ、

「ごめん。みんながヒメちゃんって呼んでるから、ぼくもそう呼ばせてもらったんだけど」

「それは全然構わないんですけど、ええと……」

「こうした光景も収めておきたいんだ」一朗は周りを見回して言い、改めて姫乃を見据えた。

「それと、もしよかったら、少しだけ取材をさせてもらえないかな」

「取材？　わたしに、ですか」姫乃が自身を指さす。

「もちろん」

困惑した。「それって、新聞とかに載るんですか」

「うん。被災地で働くボランティアのことを記事にしたいんだ。ヒメちゃんみたいな若い女の子の活躍を多くの人に知ってもらいたいから」

「活躍なんて、そんな……それにボランティアはわたし以外にもたくさんいるし」

「いいでねえの。受けなさいよ」と陽子が横から言い、周りからも「ヒメちゃんみたいな若え《え》子の方が画になるんだって」「そうそう。意義のあることよ」と背中を押された。

「じゃあ、わたしでよければ」

姫乃が承諾すると、一朗は優しく微笑んだ。

場所を移し、瓦礫の上に座り込み、ボールペンとメモ帳を手にした一朗と向かい合った。一朗の顔には無精髭《ぶしょうひげ》が伸びていた。眼鏡のレンズに小さいヒビが入っている。

「取材をはじめる前に、まずはヒメちゃんにお礼を言わせてほしい。記者としてではなく、この島で暮らす住人として。本当にありがとう」

一朗は深く頭を垂れて言った。言葉が方言じゃないのはきっとこちらに合わせているからだろう。

「では、どういう経緯でこの島にやってきたのか、そこから教えてください」

姫乃は今に至る経緯をありのままに話した。

動機については、震災で被害に遭われた方の力になりたかったと伝えた。

「すごいな、ヒメちゃんは。尊敬する」

「そんな――」姫乃は両手を顔の前で振り恐縮した。「尊敬だなんてやめてください」

「ううん、心から尊敬するよ」一朗は姫乃の目を真っ直《す》ぐ捉え、なおも言った。「今回の震災で日本中の人がヒメちゃんと同じように、自分も何かしなきゃって考えたと思う。けど、実際に行動できる人は多くない。ぼくもそうだ。たとえば今回の震災が西日本で起こっていたとして、ぼくは自分が何か行動できたろうかって考えると、同情こそせよ、実際には何もできなかったんじゃないかって思うんだ。安っぽい言葉に聞こえたら悪いけど、ヒメちゃんはこの島に愛と希望をもたらしてくれたんだ」

愛、希望——。

自分はそんな大そうなものをこの島に与えたのだろうか。

「でも、そういうのは、わたしじゃなくて遠田隊長みたいな人のことを指すんだと思います」

「ああ、遠田さんね」と一朗は苦笑し、「きっと人の上に立つような先導者はああじゃなきゃいけないんだろうね」と言う。

その含みのある言い方が気になった。

「それって、どういう意味ですか」

「なんていうのかな、彼は仰々しい人に思えるんだ。ぼくは当初、ちょっとどうなのかなって疑問も抱いていたんだけど、島のみんなが彼を慕っているところを見ると、人の心に訴えかけるにはこうじゃなきゃいけないんだなって最近思い直したんだ」

抽象的な言い回しだったが言わんとしていることはなんとなく伝わった。

ただ、なぜだろう少し不快な気持ちが込み上げた。

「歴史を繙《ひもと》いても、民衆を率いた偉人たちはそうしたパフォーマンスに優れていたのは明らかだし、人々や物事を動かすにはある程度の演出も必要なんだと——」

「別に遠田隊長は計算しているわけじゃないと思いますけど」

無意識にそんな言葉が口をついて出た。

「え？」

「パフォーマンスとか演出とか、そんなのじゃなくて、遠田隊長は心からこの島のことを思って話をしてくれていますし、動いてくださっているんだと思います」

どうしてわたしはこんなにムキになっているのか。自分でもよくわからなかった。

姫乃からの思わぬ反論を受け、一朗は困惑している。「ごめん。なんか、気分を損ねちゃったかな」

「いえ、別に」

気まずい空気が流れ、「ごめんなさい。わたし、そろそろ仕事に戻ります」と姫乃は腰を上げた。

そしてそのまま逃げるようにその場を離れた。背中に一朗の視線を感じたが振り返らなかった。

陽子たちに合流すると、「あれ、もう終わったの？　きちんとしゃべれたかい」と言われ、姫乃は曖昧に頷いた。

さりげなく一朗の方を確認する。まだ自分に視線を注いでいるのがわかったが、姫乃はその視線に気づかないフリをした。

つづいて姫乃たちが向かった先は漁港だ。

そこを拠点にして、遺体捜索班に選ばれた若い男たちが酸素ボンベを背に、日々潜水捜索活動を行っている。津波に飲まれ、海に引きずり込まれた遺体を探索しているのだ。

彼らが引き上げた遺体は人間の形を成していないものも多く、中には目を覆いたくなるほど無惨な姿に変わり果てたものもあった。三週もの間、海中を漂っていれば肉体の損壊も激しい。

やがて漁港までやってくると、黒いウェットスーツ姿の男たちが岸辺に座り込み、煙草を吹かしているのが見えた。

台車を押し、そばまでやってきたところで、

「ご苦労さん。休憩かい？」

と、陽子が男たちに声を掛けた。

「いえ、今日はもうしまいッス。もうすぐ日も沈むがら」咥《くわ》え煙草の茶髪の男が力なく答える。

「ああそう。で、成果はあったの？」

男たちが目を合わさずかぶりを振る。一瞬、場に落胆の空気が流れた。

ついこの間まで毎日少なくとも一体は遺体が上がっていたのだが、先《さき》一昨日から三日連続で空振りに終わっていた。それだけ漂流している遺体の数が減ってきている証拠ともいえるのだが、まだまだ行方不明者の数は多い。

この先、遺体が発見されることはあるのだろうか。もう、むずかしいのではないだろうか。行方不明者がいる家族の手前、だれも口にしないものの、ここ数日そうした諦念《ていねん》の色が確実に濃くなっていた。

「正直、しんどいわ」ひとりの男が手の中のおにぎりを見つめ、深刻な顔で吐露した。「可能性があるうちはあきらめるなって遠田隊長は言うけども……もし見つけられたとしたってその遺体はまずまともな状態じゃねえ。前に上がった遺体は魚に喰い千切られちまってて、下半身しかなかったし、あったな姿で遺族のもとに返しても、よけいに悲しませるだけなんじゃねえかって」

彼の言葉に周りの男たちが控え目に同意を示している。

そんな中、「おれはまったくそうは思わねえけどな」と別の男がきっぱり否定した。

「おれは兄貴がどれだけひでえ状態でもいいから戻ってきてほしい。それこそ指一本でもな。世話になったし、ちゃんと供養してやりてえんだ」

数秒ほどの沈黙ののち、またほかの者が声を上げる。

「ああ、こいつの言う通りだ。遺体の状態がどうとか、そういうことは一旦置いといて、おれらは与えられた仕事をすんべ。よけいなことを考えるのはよそう」

そう発言した男がスッと立ち上がる。

「それに、よそからやってきた江村があぁしてがんばってくれてんだ。おれらが先にあきらめてどうする」

彼が顎をしゃくった先、この岸からは百メートルほど離れているだろうか、海面にぷかぷかと浮かぶ小舟があった。その船上には海中を覗き込むひとりの男の姿。だがその姿形からして江村汰一ではないように見えた。彼はかなり小柄で、視線の先の男は大柄なのだ。

「あれは江村くんかい？」と陽子。

「いや、あれはマサさん。江村は今潜ってる。そろそろ上がってくると思うけど」

「あいつ、華奢なくせにスタミナあるよなあ」

「だけんど、変なガキだべ。だれに対してもタメ口利くし」

「ああ、あいつのあの口調はいったいなんなんだべ」

「おれ、前に一回注意したことがあんだよ。さすがにこれだけみんなと歳が離れててタメ口はねえべって。そうしたら『わかった』って返事されて、これはもうなにを言ってもムダだなって」

「まあいいじゃねえか、細けえことは。それに、ガキでもおれらのリーダーには変わりねえべ」

ここにいる男たちに遺体捜索の技術指導をしたのは江村だと聞いている。そして、その江村に技術を教え込んだのはほかならぬ遠田だそうだ。

姫乃は遠田がウェットスーツに身を包んでいる姿を見たことはないが、ここにいる男たちは一度だけ彼の海でのパフォーマンスを目にしたことがあるようで、それは「さすがは遠田隊長」といったものだったようだ。

それからしばらくして、西の空に浮かんでいた陽が位置を下げ、遠くの水平線に沈み掛かった。オレンジ色の陽が海面に斑《まだら》な光のレールを敷いている。

「江村のやつ、いったいいつまで潜ってるつもりだ」

男たちがそんなことを言い始めた矢先、

「あ、上がってきだ」

だれかが声を上げ、姫乃は眩しい海へ目を凝らした。するとオレンジ色の光の中に、海中から小舟に上がろうとしている小さい影が見えた。

「ん？　あいつ、なんか持ってるな。なんだあれは――腕か。人の腕だ」

すると地べたに座り込んでいた男たちがいっせいに立ち上がった。

やがてこちらを目指して動き始めた小舟をみなで出迎えに行った。

ほどなくして小舟が岸に到着し、陸地に上がった丸刈りの江村はたしかに人の片腕をかかえていた。

透明なビニール袋に入れられているが、ひどく腐乱が進んでいるのがわかった。肉が削《そ》げ落ち、一部白い骨が覗いている。

だがこの程度では、姫乃をはじめだれも動揺することはない。慣れているというより、麻痺してしまっているのだ。

「江村、よく見つけたなあ」その腕を受け取った男が興奮の面持《おもも》ちで言った。「これは男か、女か」

「女。爪にマニキュアがついてる」

江村が酸素ボンベを下ろしながら素っ気《そけ》なく答える。

「そうか。調べればきっとだれの腕かわがるな」

それから女たちが江村に対し、「ご苦労さん」「お疲れさん」と労いの言葉を掛けた。

だが、江村は顎をちょんと出すだけで返答をしなかった。

その江村がみなの面前でおもむろにウェットスーツを脱ぎ、海パン一丁になった。

その身体つきはやはり華奢だった。それに、おもてに長くいるのに肌がやたら白い。童顔も相まって十八という実年齢よりも幼く見える。

そんな江村の裸体を眺めていた姫乃は思わず目を細めた。よく見ると彼の身体にはいくつも切創痕《せっそうこん》があった。まるで刃物で斬られたかのような傷が腹にも背中にも伸びているのだ。

男たちは見慣れているのか、気にする素振りはなかったが、女たちは姫乃同様、みな眉をひそめて江村の身体を凝視していた。

そんな視線を気にすることもないように、江村は堂々とタオルで身体を拭いている。

姫乃はそんな江村に近寄り、「ひとつどうですか」とおにぎりの並んだトレーを差し出した。すると、「ヒメ、さすがにこのタイミングでメシはキツいべや」と周りの男たちから笑われた。

しかし、江村はトレーの中にジッと目を落とし、やがてその中からひとつ手に取った。姫乃の作ったパンダおにぎりだった。江村はそれをためつすがめつ眺め、口に運ぶことなく無言でみなのもとを離れていった。

「な。変な野郎だべ」

離れてゆく背中を見て、ひとりの男が言う。

「それはそうと、あの傷は？」陽子が眉をひそめて訊いた。

「知らね。訊いたけど言いたがらねんだあいつ。あんまりしつこくもできねえしよ」男が大口を開けてあくびをする。「ま、昔グレてて喧嘩したとか、そんなところじゃねえの」

江村は不良少年だったのだろうか。あの童顔だと格好がつかない気もするけれど。なんにせよ、たしかにあの少年はちょっと謎めいている。


日が完全に落ちた頃に復興支援隊本部へ戻ってきた姫乃を出迎えたのは不機嫌な千草だった。

むろん千草は姫乃に対し、気分を害しているわけではなく、彼女は遠田に対して憤っていた。

事情を聞けば、千草は小一時間ほど前に事務室に顔を出した遠田に対し、救援物資の管理責任者である小宮山の杜撰《ずさん》な仕事ぶりを報告し、彼をその任務から外した方がいいと提言したらしいのだが、まったく聞く耳を持ってくれなかったそうだ。

「遠田隊長は『考えておく』の一点張り。そのうちだんだんと不機嫌になって、『あんたはいつ人事になった？』なんて言うのよ。あたしもしつこかったかもしれないけど、悪いのはちゃんと仕事しない小宮山さんの方でねえの」

姫乃は相槌を打ちつつ、内心では小宮山も島のために奉仕しているのだからミスをそんなに咎めなくても、と思っていた。

それに、遠田に対しての愚痴が耳障りだった。先刻の一朗の取材のときと同じだが、今はなんとなく自分の気持ちが理解できた。

たぶんわたしは、自分を全面的に肯定して、必要だと口にしてくれる遠田を揶揄されたり、否定されるような言葉を聞きたくないのだ。

すると千草はそんな姫乃の心の内を察したのか、「もちろん彼らが島のために働いてくれてることは感謝してるけど」とフォローの言葉を添えた。

「だけんど、今後はお金もきちんと出るんだし、そうなったら正式な仕事だべ。だったらしっかりやってもらわねえと困る。あたし、何かまちがったこと言ってる？」

姫乃は返答をしなかった。まちがってはいないかもしれないが共感したくない自分がいる。

「ところでヒメちゃん、今日は遺体、上がったの？」

姫乃からの返答を待つ間、千草が身体を強張らせているのが伝わってきた。彼女はこれを知りたいがためにここで働いているのだ。

姫乃が女性の片腕が見つかったことを伝えると、千草は脱力し、そしていつもの安堵の表情を浮かべた。

「じゃああたし、そろそろ帰るがら」

千草は手早く荷物をまとめ、席を立った。

「あの、千草さん」恐るおそる姫乃は千草の背中に声を掛けた。

「なあに」と千草が振り返る。

「光明くんのことなんですけど――」

「生きてるわよ」

息子の名を出した途端、遮《さえぎ》られた。

「母親のあたしにはわがる。光明はどこかできっと生きてる。だって、あの子が死なねばなんねえ理由なんてどこにもねえんだがら」

有無を言わさぬ瞳で見下ろされ、姫乃は顔を引き攣らせた。

それからしばらく事務処理に没頭していると、いつの間にやら時刻は二十二時を回っていた。姫乃は事務室をあとにして、被災者たちの集う一階のメインアリーナへ向かった。まだ働いているであろう陽子たちに加勢するのだ。

薄暗い階段をひとり下りながら、姫乃は先の予定を頭の片隅で考える。きっと今日もシャワーを浴びられるのは深夜になるだろう。となると、眠れるのはせいぜい五時間くらいだ。朝は被災者たちの朝食準備があるため、日の出と共に起床せねばならない。

この島にやってきてからというもの、姫乃は六時間以上連続で眠ったことがない。ただし、睡眠自体が足りていないかというと意外とそうでもなかった。もちろん疲労は蓄積しており、けっして快眠とはならないものの、目覚めたときに熟睡の感はそれなりにあった。

思えば東京にいた頃は寝ても寝ても眠くて仕方なかった。それこそ予定のない休日はベッドの中で好きなだけ惰眠を貪っていた。

家族からは「怠け者」と呆れられていたし、夕方になっていつも罪悪感を覚えるのだが、やめられなかった。ぬくい布団の中でとりとめのない空想に浸り、満ち足りぬ現実に色を添えるのが至福の時間だった。

ただ、それも最初のうちだけで、最後は結局、自分は何者なのだろう、なんのためにこの世に生まれてきたのだろう、と妙に根源的なことを思い、重い思惟《しい》に沈み込むのがオチだった。

もちろん、いくら考えようと答えなど出たためしがない。

姫乃は過去に一度だけ、「生きることの意味」そんな議題を友人たちに投げかけてみたことがあった。が、「モラトリアムのお姫様」と一笑に付されて終わってしまった。

そのとき、姫乃が抱いた感情は共感されない孤独感と劣等感だった。

友人たちは自分のように生に疑問を抱くことなく、毎日を堂々と楽しく生きている。本当はそうでなく、彼、彼女らなりに悩みもあるのだろうが、少なくともわたしのように等身大の自分を否定するようなことはないように思えた。

わたしは容姿に優れているわけでも、頭がよいわけでもなく、取り立てて秀でた技能も持ち合わせていない。どこまでもふつうの女だ。

そんな平凡なわたしだからこそ、先の未来も知れている。大学を卒業したあとは適当な会社に何年か勤め、知人の紹介とかで知り合った男などと結婚をして、家庭に入り、子を産む。きっとそんな人生だ。

もっともそれがダメでないことくらいわかっている。それだって十分に幸せなことだ。特別でなくてはならないのだとしたら、人生などやっていられない。

ただ、何かしら自分の生に意味がほしい。生きている証のようなものがほしい。

たぶん、わたしがここへやってきたのは、そんな思いが根っこに潜んでいたからなのだろう。

そんな思考に耽《ふけ》りながらメインアリーナへ繋がる廊下を歩いていると、おもてから声が聞こえてきた。大勢の男たちの声だ。

こんな深夜にいったいなんだろうと、姫乃は声のする方へ足を向けた。

廊下を進み、玄関をくぐっておもてへと出ると、月明かりの下、グラウンドに大勢の男たちが集まっているのが見えた。その数、三十名ほどだろうか。

そんな彼らの前方には、ビール瓶のケースの上に立ち、険しい顔つきで何かを激しく訴える遠田の巨体があった。その両脇には江村と小宮山も控えている。

妙な、そして不穏な光景だった。なぜなら男たちの多くが鉄パイプやら野球のバットやらを手にしており、まるでこれから戦《いくさ》に向かう兵士たちの決起集会のように見えたのだ。

ただならぬ緊迫感が漂っているのが離れていても伝わってくる。

姫乃は自然と倉庫の物陰に身を隠した。

そこからそっと顔を出し、耳を澄ませる。

「――きみたちはそんなふざけた真似を許すのか！　指を咥えて黙って見てるのか！」

遠田が怒号にも似た声で問いかけ、男たちが「ダメだダメだ！」「そんなの絶対に許さねえ！」と応える。

「じゃあこの島の財産を守るのは誰だ！」

再び遠田は問いかけ、「おれたちだ！」と男たちが叫び返す。

「そうだ！　島を守るのは我々だ！　ヤツらを断固として許すな！」遠田が髪を振り乱し、

より一層大きい声で叫んだ。「きみたちは天ノ島防衛隊だ！　戦え！　そして外道共を駆逐せよ！」

すると男たちが武器を天高く振りかざし、「おおーっ！」と雄叫《おたけ》びを上げた。

姫乃は口を半開きにして啞然《あぜん》としていた。

いったいこれはなんの儀式なのか。はたしてなにがあったのか。

やがて男たちは小宮山と江村を先頭に足を踏み鳴らして敷地を出ていった。

場に残されたのは遠田ただひとりだ。

その遠田が胸元から煙草を取り出し、火を点《つ》ける。吐き出された紫煙が風に流され、薄れて消えていく。少しだけ、遠田の口元が緩んでいるように見えた。

いや、遠田はたしかに笑っていた。肩が小刻みに上下しているのだ。

なんだか、見てはいけないものを見ているような気分になった。

姫乃は音を立てぬよう、そっと踵《きびす》を返した。

しかし、倉庫の壁に立て掛けてあったスコップを倒してしまい、大きい物音が立った。すぐさま「誰だっ」と遠田の鋭利な声が飛んでくる。

姫乃は観念して、物陰から身を出した。

「なんだよ、ヒメかよ。脅かすなよ」と遠田が一転して表情を緩ませる。「で、どうしてそんなとこにいる」

「あの、ごめんなさい。おもてからたくさんの人の声が聞こえたから、なんだろうと思って……けど、盗み見るつもりはなくて、ただ、声を掛けるのもどうかなって……」

「謝ることなんてないさ。別に隠れてたわけでも隠したかったわけでもない。館内でやるとうるさいだろうから、おもてで集まってただけだ」

「あの、みなさん、どこへいかれたんですか」

「防犯パトロールだよ」

姫乃が小首を傾げる。

「昨日の夜中、不審船がこの島にやってきたって情報が寄せられたんでな」

「不審船？」

「ああ。おそらくはチャイニーズの連中だろう」

――チャイニーズ？

「正確にはチャイニーズの犯罪組織な。ヒメは知らんだろうが、被災地ってのは悪い連中にとって格好の標的なんだよ。なぜならわざわざ家屋に盗みに入らなくても金目のものがそこら中に転がってるだろう。今は警察だって手一杯でそうした悪党どもに目が行き届かない。そうした混乱に乗じて荒稼ぎしようって外道共が世には存在するんだ。とりわけチャイニーズのやつらはえげつねえぞ。集団でやってきて車でもなんでも根こそぎ持ってっちまうんだから」

姫乃がぽかんとしていたからか、遠田は「善人のヒメには理解できんか」と笑い、「要するに――」と上空を見上げ、

「災害は金になるってことだ」

と、紫煙を吐き出しながら言った。

しばし沈黙が流れる。

やがて遠田は煙草を靴で踏み消し、両手を上げて伸びをした。

「ま、そういうわけでヒメも気をつけろ。絶対にひとりで夜中に外を出歩いたらいけんぞ。ヒメみたいな若い女は別の意味でも危険だ。わかるな？」

姫乃はごくりと唾を飲み込んだ。

「さあ、戻ろう。風邪をひくぞ。今ヒメに倒れられたらえらいことになる」

遠田と並んで歩き出した。

同じ人間なのに、あまりの体格の違いに改めて圧倒される。たぶん、遠田の体重は自分の三倍くらいある。

もしも、この人に襲われたら自分などひとたまりもないだろうな。

姫乃はなぜかそんなことを思い、すぐにかぶりを振った。

尊敬すべき人物に対して、なんて失礼なことを考えているのか。遠田はこの島の復興の鍵を握る人物なのに。

そしてそんな偉大な人物がわたしを評価し、必要としてくれている。たとえ口先だけだとしても、椎名姫乃は価値のある人間であり、なくてはならない存在だと言ってくれる。

この先の身の振り方は一旦保留にしよう。今はただ遠田の指示に従っていればいい。

それに今東京に帰ったとしても、もとの生温《なまぬる》い生活が待っているだけだ。だったら、ここにいる方がよっぽど世のため人のため、そして自分のためになる。人生を長い目で見たら絶対にそうだ。

きっと十年が経ち、二十年が経ち、わたしがおばさんになったときに過去を振り返ってこう思うのだ。あのときがあったから今の自分があると。

「今夜は空が暗いな」

遠田がポツリといい、姫乃は視線を上げた。

たしかに今夜は星がまったく見えない。怪しげな雲が夜空を覆っているからだ。

明日は、雨だろうか。

8　二〇二一年三月十五日　堤佳代

屋根を打つ雨音が間断なく響いている。

おもての気温は低いだろうに、この場はむしろ蒸し暑いくらいだった。人の発する体温も一箇所にこれだけ集まれば立派な暖房だ。コロナ禍の今、もっとも避けねばならぬ三密だが、この場にいる者はだれひとりとして気にしていないだろう。

現在ナナイロハウスの居間には三十名弱の島民と、ひとりの闖入者《ちんにゅうしゃ》がいた。

江村汰一は床に正座しており、対峙《たいじ》する島民たちも足こそ崩しているもののみな床に座っている。

佳代はというと、江村からは左手側、島民たちからは右手側に位置する食卓テーブルに身を置いている。はからずも全体を見渡すような格好になっていた。

「じゃあやっぱり、おめたちはハナっからこの島に稼ぎにきたってことだな。すべて認めるんだな」

念を押すように島民のひとりが問い、江村汰一は深く頷いた。

彼の話ではNPO法人ウォーターヒューマンは、3・11以前から全国各地でビジネスを行ってきたのだという。災害があったと知るや即座に現地へ飛び、ボランティアを装って内部に入り込む。そして気づかれぬように金品を奪い、不信感を抱かれる前に姿を消す。

遠田が率いるウォーターヒューマンはこうした悪行を数年に亘り行ってきたのだそうだ。

もっとも復興支援参与といったような役職を正式に与えられ、行政にまで携わったのは天ノ島がはじめてらしい。それ以前はコソ泥に毛が生えた程度のものだったようだ。

それでも現地では様々なトラブルに見舞われたという。彼らにとって何より厄介だったのは警察でも自治体でもなく、同業者の存在だった。被災地には金品を探し求めて夜な夜な町を徘徊する盗っ人が必ず出る。餌に群がるハイエナ共だ。とりわけチャイニーズの犯罪組織とは何度も揉め、刃傷沙汰にまでなったこともあるそうだ。

これらの話を聞いて佳代ははたと思い出した。この男の身体に結構な切創痕があると島民たちが話しているのを聞いたことがある。きっとそうした抗争で傷を負ったのだろう。

江村は遠田から常々、「相手を刺し殺すつもりでナイフを構えろ」「万が一向こうが死んだとしても、それは事故だ」と、そのように教え込まれていたのだという。

そしてこのあとも江村は乾いた口調で淡々と恐ろしい告白をつづけた。昔からこの男は極端に表情に乏しく、感情がまったく伝わってこない。

まるで優れた人工知能を持ったロボットの話を聞かされているような気分になってくる。

また、言葉遣いも相変わらずだった。この男は当時からもっぱら、「口の利き方がなっていねえやつ」という評判だった。佳代も江村と何度か話をした際、その口調が気になった覚えがある。

「ああ、おれにはわけがわがんね」島民のひとりがかぶりを振って嘆いた。「そんな命のやりとりをするようなことか。目的はちょこざいな盗っ人働きだべ。それこそ金塊の眠った地をめぐって争ってたわけでもねえべさ」

「遠田は自分のものを奪われるのが我慢ならない。そういう性分なんだ」

「なにを言ってる。自分のもんじゃねえべ。他人《ひと》のもんだ」

「遠田にとってはそうじゃない。他人のものも自分のもの」

「そこがイカれてるってんだ」男が呆れたようにため息をついた。「だけんど、なして遠田の野郎があったなパトロールに神経質になってたのかよぐわがったわ。おれら焚きつけて毎晩のように見回りさせてよ。結局、いっぺんもそったなやつらと遭遇しなかったけどな」

これに関して意見を求められた江村は、天ノ島には金目のものが少なかったため、標的にならなかったんだろうと推測を述べた。

「いけしゃあしゃあと言ってくれるわ。おめらがあらかた盗んじまったからじゃねえのか」

「そうかもしれない」

「ところでおめらの仲間は何人いんだ？」

「基本は遠田とおれ、それと小宮山だけ」

「あの関西野郎か」男が鼻にシワを寄せた。「三人だけか」

「いや、この島にやってくる前はもっといた」

以前はひとつの現場に対し、七、八人で乗り込んでいたのだという。毎回、遠田がどこから人を集めてくるのだそうだ。そうした者たちとは現場が片付き次第、報酬を払って別れるという浅い繋がりだった。働きがよかった者でもけっして次に声が掛かることはなく、その理由は「慣れが生じれば裏切る奴が必ず出てくる」という遠田の持論があったからだという。

「ってことは、うちの島は例外だったってことか？　おめたち三人以外に仲間はいなかったべ。なしてそれまでのように人を増やさなかったんだ」

「たぶん、遠田はここに長く居るつもりだったから」

「どういう意味だ？」

「人が多いとそれだけ足がつく可能性が高くなるって考えたんだろう。それまでとちがってこの島では遠田も立場があったし、大きなビジネスをやりたがってたから、リスクは最小限に抑えたかったんじゃないか——」

「ああダメだ。一旦待ってくれ」別の男が我慢ならないといった体で声を上げた。「おめもれっきとした犯罪グループのひとりで、中心人物だったんだべ」

なにが言いたのかと、江村が小首を傾げる。

「他人事に聞こえんだ、おめの話は。おめ、口では申し訳ねえだなんて言いながら、内心なんとも思ってねえんじゃねえか」

ところが江村はそのように批難されても動じることはなかった。睨みつける男を涼しげな顔で見つめ、

「いや、悪かったと思ってる」

と、やはり表情を変えずに言った。

そんな江村の顔を佳代はしげしげと見つめた。

この男、根本的になにかがおかしい気がする。感情表現が苦手とかそういうことではなく、もとから欠落しているのでは——そんなことを疑いたくなる。

ぎこちない空気が漂う中、

「じゃあ十年前は？」

と、沈黙を破ったのは姫乃だった。

「あのときは悪いと思ってなかったの？　あなたの中に罪悪感はなかったの？」

再び場に困惑が広がった。

先ほどの発言然《しか》り、姫乃が大勢の人の前でこのように立ち振る舞うことなどないからだ。

少なくとも佳代はそうした場面を見たことがない。

姫乃と江村、このふたりは過去になにかあったのだろうか――。

やがて江村は、「あのときはなかった」と答えた。

「ほんの少しも？」

「ああ。なかった」

あまりの即答に怒りすら湧かなかった。ほかの者も同様のようで、みなため息を漏らして脱力している。

ここで三浦の妻の陽子が立ち上がり、閉じられたカーテンを指で広げ、その隙間からおもてを覗き見た。

「あ、もうマスコミきてる」と陽子。

「えっ。連中、もういるの？」反応したのは佳代だ。

「うん、塀の向こうに傘が見えてる」

「まあ朝早くからご苦労なこった。それもこったな雨の中」皮肉を込めて言った。「ところでおめらも仕事はいいのかい？　みながみな休みってわけでもねえべ」

「仕事なんかしてられっか」誰かが言った。

「そう。じゃあお気の済むまでどうぞ。ただし、冷静に。これ以上の騒ぎはごめんだよ。子どもたちだっていんだがらね」

そう言いつけて、佳代は一旦席を離れた。児童たちの様子が気になっていたのだ。

廊下を進んでいくと、先にある海人の部屋のドアが少し開いているのが見えた。おそらくあそこからこちらの状況を窺《うかが》っていたのだろう。佳代に気がついたのか、ドアがバタンと閉まる。

そのドアを開けた。ドアのすぐ向こうには部屋の長である海人がおり、穂花と葵は隅で身を寄せ合っていた。三人とも特別怯えている様子はなかったが、顔には不安の色が浮かんでいた。

「怖がらせてすまねえな」と佳代は詫びた。「じきに終わると思うがら、おめたちはもうしばらくここでおとなしくしてて。もし来未が起きてきたらあの子もここにいさせてあげて」

「それよりおばちゃん、あの男の人だれ」穂花が眉をひそめて訊いてきた。

「あの男は……」逡巡した、が、今さら隠しても仕方ないと思い至った。「昔この島にいた悪いやつの仲間。当時のことを謝りたいって突然訪ねてきたんだ」

「悪いやつって遠田政吉のこと？」

「おめ、当時のこと覚えてるの？」

「うっすらなんとなく。あの人のことは覚えてねえけど」

「うちはなーんも覚えてね」と言ったのは穂花よりひとつ歳下の葵だ。

当時、穂花は四歳で葵は三歳だった。

「ぼくは覚えてるよ。あの人のことも」と最年長の海人が言った。「あの人はぼくのことを見つけてくれた人だがら」

「見つけてくれたってなんだい」

「ほら、ぼくがちいさい頃に町内会を勝手に抜け出してしまったことがあったべ。あのときにぼくを探し出してくれたのがあの人と姫乃さんだったんだ」

佳代は目を細め、遠い記憶を手繰り寄せた。

すぐに思い出した。あれは町内会じゃない。震災から三ヶ月目の、復興支援隊が開催した慰労会のときだ。

佳代がまだ幼い児童らを連れて会に参加していたところ、当時五歳だった海人の姿が突然見えなくなった。みんなで捜索したものの、海人はなかなか発見されず、結局夜になって江村と姫乃が彼を連れて帰ってきたのだ。

「そういえばあったね、そったなことが」

「別にぼくはみんなのもとから逃げたわけでも迷子になったわけでもながったんだけどね」

海人が鼻から息を漏らして言った。「で、そのときにあの人にこう言われたんだ。『おまえはおれと同じだ』って」

「同じって、なんだい？」

「わがんね。けど、妙にその言葉が記憶に残ってんだ」

要領を得ない話に佳代が首を傾げたところでインターフォンの音が鳴った。

おそらく一朗だろう。先ほど佳代がここにきてくれるよう電話で要請しておいたのだ。有事のときは一朗がいてくれると心強い。

「ごめんよ。おばちゃんはまたあっちに戻っから、おめらはもう少しだけここでおとなしくしてて」と三人に告げ、佳代は部屋をあとにした。

玄関のドアの向こうに立っていたのはやはり一朗だった。雨合羽を羽織っており、白い長靴を履いている。きっと急いできたのだろう、息を切らしていた。

「とりあえず、イチから江村の話を聞くべってことになって、今みんなで——」

玄関先で状況を説明すると、一朗は「そう。わがった」と短く言い、雨合羽と長靴を脱いで居間に向かった。佳代もあとにつづく。

居間に足を踏み入れたところで一朗はぴたっと立ち止まった。みなの視線がいっせいに一朗へ注がれる。

一朗を認めた瞬間、江村が大きく目を見開いたのを佳代は見逃さなかった。瞳孔が開かれる、まさにそんな感じだった。

今、一朗と江村は互いにジッと睨み合っている。

いわくありげな視線の交差をみんなが静かに見守っていた。

9　二〇一三年二月二十日　菊池一朗

この日、天ノ島の南側に位置する典礼会館には重苦しい悲憤が漂っていた。黒ずくめの島民たちはみな歯を食いしばって合掌し、故人に哀悼の誠を捧《ささ》げた。

村長が自殺したと聞いたのは昨晩のことだった。

報《しら》せを聞いたとき道内にいた一朗は翌日早朝の便で島へ帰り、その足で葬儀に参列した。妻が持ってきてくれた喪服に久しぶりに袖を通してみると、ズボンの腹回りがだいぶ緩いことに気がついた。思えば長らく体重計に乗っていない。この激動の二年を経て、自分はどれほど痩せてしまったのだろうか。

「あなた、ここに残るんでしょう。だったらわたしたちは先に帰ってるね」

告別式を終え、妻の智子が言った。彼女と手を繋ぐのは五歳になる息子の優一だ。

別室ではすでに食事が用意されているらしく、多くの島民がそちらに流れている。きっと彼らは自分に訊きたいことがあるだろうし、こちらとて情報交換をしておきたい。

「もしお昼をうちで食べるんだったら用意しておくけど」

「いや、大丈夫。ここで食べて帰るから」

「そう。じゃあまたあとで」

「ねえ、ぼく、お父さんといっしょにいたい」

父のズボンを摑んできた息子に対し、一朗は屈《かが》み込んで頭を撫《な》でた。「ごめんな優一、夕方にはお家《うち》に帰るから」

「やだやだ。ぼくもお父さんといる」

駄々をこねた優一を智子がサッと抱きかかえ、離れていく。優一の泣き喚く声が館内に響き渡った。

震災のとき、ふたりは漁港近くにある一朗の実家にいた。海沿いの、もっとも被害が大きかった場所にいたのだ。

そんな彼らを救ってくれたのは亡き父と母だった。揺れがおさまったとき、父と母は優一を連れてすぐに高台に避難するよう智子に言いつけ、自分たちは近隣の者の救助に当たった。そして黒い波に飲まれ、還《かえ》らぬ人となった。

父の最期の台詞は、「一朗にあとは頼んだぞと伝えてくれ」だったそうだ。咄嗟《とっさ》に出てきた言葉だったのか、覚悟を決めた上でのものだったのか、おそらくは後者だったのだろうと一朗は思っている。

海の男である父は津波が来ることを確実に予期していた。わかっていながら他人の救助に向かった。母はそんな父と共にいることを選んだ。

――あとは頼んだぞ。

そう、おれは頼まれたのだ。

父と母の愛したこの天ノ島を、託されたのだ。

妻と息子の背を見送っていると、「息子さん、可愛い盛りですね」と俊藤律が横からそっと声を掛けてきた。彼もまた、村長を弔《とむら》うため、わざわざ東京から駆けつけてくれたのだ。

俊藤と村長は面識があった。くだんの復興支援金の横領が発覚してから、彼が村長にインタビューを行っているからだ。

「利かん坊で手を焼いてます。とはいっても、ほとんど妻に任せっきりなんですが」一朗は苦笑した。「そういえば俊藤さんのところの娘さんはもうそろそろ一歳になるんじゃないですか」

「ええ、来月に。定期的に会っていますが、ぼくをパパと呼んでくれるか不安です」

俊藤は離婚しており、娘の親権は妻が持っていると以前語っていた。出産前に離婚しているとのことなので複雑な事情がありそうだが、理由を訊くような野暮なことはできない。

「ところで本当に自分も会食に参加させてもらっていいんですか」

「もちろんです。さあ行きましょう」

会食の場となった別室の大広間には鬱々《うつうつ》とした空気が沈殿していた。集まっているのは役場の人間をはじめ、村長とゆかりのあった人たちだ。

一朗を待っていたのか、みな、席についているが料理に箸をつけていない。

「おい、あんた」ひとりの男が俊藤に目を細めて声を上げた。「あんたはトップ屋だべ。なしてここにいる。どうやって潜り込んだ」

「彼はジャーナリストの俊藤律さんといって、おれの友人で、おれたち側の人間だ」

一朗の言葉で島民らは納得し、男は俊藤にひと言詫びた。

やがて、

「献杯」

精進落としが静かに幕を開けた。

だが、その後もしばらくだれも口を利かなかった。がしかし、ひとりの男が「村長を殺したのはマスコミだ」と口火を切ったところで、あちこちで憤懣《ふんまん》の声が上がった。

約四ヶ月前、ウォーターヒューマンによる復興支援金の横領疑惑が持ち上がると、マスコミが大挙して天ノ島に押し寄せてきた。マスコミは当然、ウォーターヒューマンの代表である遠田政吉を糾弾し、そして天ノ島の行政を強く批難した。矢面に立たされたのは遠田を復興支援参与に任命し、復興支援金を彼に託した村長であった。

もちろんそれらの決定は島民の総意を反映したものであり、村長は島民の希望を叶《かな》えたのであったのだが、彼はそうした言い訳をいっさいしなかった。それどころか、「すべてはわたしの失態であり、責任です」と強く自己批判をした。村長はいずれのマスコミからも、逃げも隠れもしなかった。

そして腹を切って死んだ。

一朗は、彼の自死をけっして潔しとは思わない。逃避とも思わない。ただただ、同情するばかりである。

口に出すのは憚られるが、村長はこの騒動の前から死を望んでいたような節が見受けられた。彼は震災により家も家族も、すべてを失っていたのだ。

そんな失意の底にあったはずの彼が退任しなかったのは、目の前に島の復興という責務があったからだろう。

だが最善と信じ、突き進んだ道が無残な二次被害を生んだ。

きっと彼は精根尽きてしまったのだ。

「はたして村長を死に追いやったのはマスコミでしょうか」

島民らが憤りの声を上げる中、俊藤がスッと立ち上がり、場に疑問を投げかけた。

「わたしも事件のことが書かれた記事にはあらかた目を通しています。中には勝手な憶測や、心ない言葉で村長や島を批難した記事もたしかにありました。みなさんの怒りはごもっともですし、わたしも同業の者として恥ずかしく思います。しかし、これは保身のために言うわけではありませんが、村長を追い詰めた張本人はマスコミではなく、遠田政吉ではありませんか」

　場が水を打ったように静まり返る。

　だが、ここで男のひとりが勢いよく立ち上がり、手にしていた雑誌を畳に叩きつけた。

「こいつを読んでみろっ」

　男が足元の雑誌を指さす。

「村長は遠田から賄賂《わいろ》を受け取ってたとか、島民たちは遠田を教祖のように崇《あが》めてたとか、しまいには、彼らは今もなお自分たちの神の無実を信じてるだなんてむちゃくちゃなことを書いてるんだぞ。一番の悪が遠田だなんてそったなの当たり前だ。だけんどな、おれらはマスコミも許せねえんだ」

「そうだ。事実、世間はこの島を笑ってるでねえか。本土の奴らなんかにはア、アマイ、シ、マ、だなんつって揶揄されてるんだぞ」

「笑いたい者には笑わせておけばいい」俊藤が毅然《きぜん》と言い放った。「村長がいかに人格者であったか、この島がどれほど戦ってきたのか、わかっている者はたくさんいます。わたしもそのひとりです」

　俊藤が改めて島民らを見回した。

「みなさん、過ぎ去ってしまったことを悔いたり、周囲の騒音に腹を立てるよりも、未来を見据え、今できること、やるべきことを行いませんか」

そんな俊藤に加勢すべく一朗も立ち上がった。「ああ、彼の言う通りだべ」

「今我々がやるべきことは遠田政吉に法の裁きを受けさせることだ。そのためにはひとつでも多く奴が行ってきた不正を暴かねばならね。この中には遠田の側で働いてた者も多くいると思う。今一度、当時のことを思い出して、どんな些細《ささい》なことでも、思い出したことがあればおれに教えてほしい。とにかく今はひとつでも多くの証拠と証言がほしいんだ」

一朗はこの流れで、これまでに情報を得た遠田の生い立ちや、俊藤が調べてくれた遠田の東京での足取りなどを島民たちに話した。

「遠田のヤツ、やっぱりロクでもねえ野郎だったんだな」

「ああ、学生時代から詐欺事件とはな。筋金入りでねえか」

「そういえばあの野郎、昨日テレビのインタビューに答えてやがったわ。『金が足りなくなることははじめからわかっていた。だから年度当初から補正予算の協議を行っていた』なんてことをぬけぬけとほざいてやがったぞ」

そのテレビは一朗も道内のホテルで見ていた。行政において年度当初から補正予算ありきだなんてことはまずありえない。遠田が補正予算を求めたのは破綻する数ヶ月前からだ。

ちなみに遠田は現在、県外にあるマンスリーマンションにひとりで住んでいることがわかっている。あの男はマスコミを避けることなく、積極的に取材に応じていた。そこで自分の正当性を訴えているものの、当たり前だが世間の目は冷ややかだ。

「ねえ、一朗」女のひとりがそばまでやってきて話し掛けてきた。「支援隊が使ってた車やボートが競売《けいばい》に掛けられるって噂を小耳に挟んだんだけど、これは事実なの？」

聞き捨てならない話だった。

「いや、初耳だけど。その噂の出所は？」

「ご近所。その人も又聞きのようだからなんとも言えねんだけどさ」

「それ、おれも聞いたぞ」向かいのテーブルにいた男が割って入ってくる。「数日前に業者らしき人間が何人かで島に査定に来てたって。その中にニット帽を被ってマスクしたのがいたらしいんだが、それが小宮山だったたんでねえかって話だ」

一朗は顎に手を当て、思考を巡らせた。おそらく噂は本当だろう。予想より早かったがいよいよやつらは行動に出たのだ。

小宮山はトンネル会社となっていたブルーブリッジの代表を務めており、そして今回の横領事件において、一番の争点となっているのがこのブルーブリッジであった。

遠田が雇っている大河原弁護士によれば、ブルーブリッジは何ひとつとして違反を犯していないという。そして乗物を含めたすべての所有物は、ブルーブリッジの財産なのであり、それを売るも捨てるも、すべて代表を務める小宮山の裁量次第なのだと主張した。

はらわたが煮えくり返るような話だった。

もともと二社間で行き来していた金はすべて天ノ島の復興のための金なのだから。

遠田は先日の釈明会見において、ブルーブリッジの所有物を売り払い、未払いの従業員たちの給与に充てるべきではないかと迫られた際、このように話していた。

——今や小宮山との関係は完全に切れた。ウォーターヒューマンが沈みゆく船とわかったら、あっさりおれのもとから離れていきやがった。

これに関して、一朗はもとよりだれひとりとして遠田の言葉を信用していない。小宮山は現在も遠田と繋がっており、忠実な僕《しもべ》であるという認識だ。

もしも小宮山がブルーブリッジの所有物を競売に掛けるつもりなのだとしたら、それはまちがいなく遠田の指示によるものだろう。となれば売却で得た金は遠田のもとへ転がり込む。

それだけはなんとしても阻止せねばならない。

「でもさ、あたしはそもそも疑問に思うんだけども、なして警察は乗物を押収しちゃわねえの」

女が疑問を呈すと失笑が起こった。

「おめ、今さらなにを言ってんだ」ひとりの男が呆れて答える。「ブルーブリッジのもんだから手出しできねんだべ。んだがらみんな頭悩ましてんだべさ。本部の中だってそうさ。遠田の使ってた司令室に置いてある冷蔵庫やテレビ、調度品なんかはほとんどブルーブリッジが買ったもんだがら、今も放置せざるをえない状況なんだ」

「ふうん。だったらあたし、旦那を連れてかっぱらいにいっちまおうかしら」

女が冗談を飛ばすと、別の男が神妙な顔で口を開いた。

「それ、おれたち青年隊の間で大真面目に討論したさ。みんなで夜な夜な本部に忍び込んで、一切合切持っててっちまうべかって。どうせ見張りの警官も日があるうちしか立ってねえし、夜は完全に無人なんだ。朝飯前だべって」

「いいでねえの。やっちまいなさいよ」女が焚きつける。「そうすれば売られずに済むんだべ」

「バカな真似はよせ」と彼らを止めたのは一朗だった。気持ちはわかるが立派な犯罪だ。

「で、一朗。結局のところ遠田を逮捕することはできそうなのか」

男が改めて訊いてきた。

「おそらくは。俊藤さんの話では、現在警察は手札を集めてる段階らしいから」

名前を出された俊藤が話を引き継ぐ。

「ええ、近いうち令状が下りるのはまちがいないでしょう。ただし問題はその量刑です。遠田は国難を逆手《さかて》に取り、復興を喰い物にしたのです。警察も徹底的に証拠を洗い出し、全力で遠田を潰すはずです。そのためにもみなさんの協力が必要なんです」

「ああ、わがった。改めて遠田のもとで働いでた連中さ声かけて集会を設けんべ」

その後は故人の生前の話となり、みなが目を細めて思い出を語り合った。

その話の中で、学生時代、同級生だった村長と父が母をめぐって大喧嘩になったという逸話を聞かされ驚いた。一朗はふたりが同級生だったという話すら初耳だった。なぜ父も母も、そして村長も教えてくれなかったのだろう。「きっと若え頃の色恋沙汰をおめに知られたくなかったんだべ」当時を知る島民らは肩を揺すって話していた。

この場に父と母がいたら、彼らはなにを思い、なにを語るだろう。

一朗は島民らの話に耳を傾けながらそんなことを考えていた。

――あとは頼んだぞ。

久しぶりの酒を嗜《たしな》みながら一朗は決意を新たにした。

精進落としがお開きになると、島民らは順次家路に就いた。

一朗は典礼会館の裏手にある駐車場で、のちにここへやってくるであろう三浦夫妻を待っていた。彼らの車はまだ停まっている。

「先ほどは出過ぎた真似をしました」

となりの俊藤がふいに言った。

「いえ、助かりました。やはり俊藤さんにいてもらってよかった」

俊藤は微笑み、天を仰いで大きく伸びをした。「それにしても今日はいい天気ですね」

本日の天ノ島は快晴で、澄み切った広大な青空が目に染みた。

「ここは空気がうまいし、海が綺麗《きれい》だし、魚が抜群に美味しい。天ノ島がこんなに素晴らしいところだなんてまったく知らなかったなあ」

一朗は苦笑し、

「名前すら聞いたことがないって人もいるくらいですから。これでも東北有数の有人島なんですけどね、観光地としてもっとPRしていかないとなりませんね」

「まあ、島といえばどうしたって南になってしまいますから。あ、そういえば三浦さんはたしか観光業をされているんじゃなかったでしたか」

「ええ。震災から一年ほど休業していましたが、去年の中頃に再開したようです。島にはまだ傷痕も多く残っていますが、それも含めて観光客に見てもらえばいいだろうって」

「そうですか」俊藤が細く長い息を吐いた。「もうすぐ、二年ですね」

一朗が遠くに目を細め、「そうですね」と呟《つぶや》いたところで、喪服に身を包んだ三浦夫妻が並んでやってくるのを視界に捉えた。一朗たちに気がつくと三浦治はきまりの悪そうな顔をして、その場で足を止めた。

「治さん、悪りぃけども家まで車で送ってもらえねえべか」

一朗が離れた場所から言った。

三浦は会食のとき、いっさい酒に手をつけていなかった。下戸《げこ》の妻、陽子がとなりにいるにもかかわらずだ。酒はさておいても、彼は料理にも箸を伸ばしていなかった。そして終始だれとも口を利いていない。

それが一朗は気掛かりだった。彼はずっと身を小さくしたまま、深く項垂れていたのだ。

理由は考えるまでもなかった。天ノ島に遠田を連れてきたのは三浦なのだ。おそらく彼は今度の横領も、村長の死も、自分のせいだと感じているのだ。

返答をしない三浦の代わりに、「もちろん。乗って乗って」と答えたのは妻の陽子だった。

俊藤と共に三浦の車の後部座席に乗り込んだ。一朗の前方の運転席でハンドルを握るのは三浦で、陽子は斜め前の助手席に位置している。

「一朗、おめんとこの新聞でヒメちゃんに呼びかけてもらえんかね。うちらはずっと連絡を待ってるがらって」

暗い夫に気を遣ってだろうか、助手席の陽子がひたすら口を動かしている。

今の話題は数週間前に天ノ島を去った椎名姫乃のことだ。

『東京へ帰ります。お世話になりました。　椎名姫乃』

三浦夫妻に宛てた置き手紙には短くそう書かれていたらしい。彼女は前触れなく、島を去ってしまったのだ。

以来、彼女からはいっさい音沙汰がなく、こちらから電話をしてもメールをしても応答がないのだという。

一朗もこれに関しては少々気にかけていた。椎名姫乃はこの天ノ島へボランティアとして訪れ、そのまま二年近くこの地に滞在した女性だ。彼女は通っていた大学を休学してまで、天ノ島のために奉仕してくれたのだ。

「だけんど陽子さんからの電話は繋がるわけだし、メールだって送れるわけだべ。それならこちらの意思は伝わってるはずだがら、わざわざ新聞で呼びかける意味がねえよ」

「それもそうなんだけどもさ。でもだったらなして無視してんのがしら」陽子が肩を落とす。

「別にね、あたしはヒメちゃんを島に引き戻すつもりはねえよ。本来、あの子は東京の人なんだしさ。ただ、さみしいでねえの。きちんと感謝を伝えて、みんなで送り出したげたいんだよ。それぐらいさせてほしいんだわ」

「んだな。できればおれもそうしてえよ」

「うちら、嫌われちまったんかな」

「そういうことでねえさ。きっと彼女なりに思うところがあんだよ」

陽子が深いため息をついた。

「あたしはさ、ヒメちゃんのことを思えばよほど遠田が憎くて仕方ねえよ。あの子は遠田のもとであれやこれやさせられてたわけでね。なのに結果がこれだべ。ヒメちゃんは純粋だし、繊細な子だがら、自分も悪の御先棒《おさきぼう》を担いでしまったような気分になってんでねえがって、それが心配でならねえのよ」

その意見は大いに頷けた。一朗もまた、姫乃に対し多感な人という印象を抱いている。そんな彼女もまた、三浦同様に自責の念に駆られているのかもしれない。

「おそらく遠田もそうした椎名姫乃さんの純な部分に目をつけて、手元に置いておくことにしたのではないでしょうか」

そう発言したのは俊藤で、おそらくは彼の言う通りだろう。遠田から見れば姫乃は世間知らずな小娘といったところだったにちがいない。いかようにも操れると考えたからこそ事務員として雇ったのだ。

考えてみれば、遠田のもっとも恐るべき能力はこうしたところにあったように思う。それはマインドコントロール、もしくはオルグのようなものだ。

「その最大の被害者が椎名姫乃さんなのかもしれませんね」

「そうかもしれません」

「だとしたらなおさら許せねえよ」陽子が荒い息を吐く。「うちらには子どもがいねえから、あの子は娘みたいなもんよ。もし、あの子が金に困ってるってんならうちらはなんぼでも出すよ。まあ財産なんてこれっぽちもねんだけどさ」

そんな自虐を口にして陽子はアハハと笑った。一方、運転席にいる夫は一貫して口を固く結んだままだ。

現在、車は緩やかな丘を上っている。一朗はふと車窓からおもてを見下ろした。

見慣れた島の風景が眼下に広がっていた。海の青と山の緑、その中に人々の営みが点在している。一見すれば長閑《のどか》で平和な光景だった。しかし、よくよく見れば木々が無惨に倒れていたり、半壊となった家屋があったりと、未だ震災の傷痕が至る箇所に見受けられた。

やがて一朗の住居兼通信部のアパートが遠くに見えてきた。あそこが無事でいられたのは高台に位置しているからだ。震災前はいくつか空き部屋があったが、今ではすべて埋まっている。避難所や仮設住宅で暮らしていた島民たちが流れてきたからだ。このように以前は空き部屋となっていたアパートの多くは、震災で家を失った島民たちのために開放されていた。もっともまだまだ仮設住宅で暮らす島民たちは多い。

亡くなった村長もそうだった。家と家族を失った彼は仮設住宅で長らく独居生活をしていたのだ。おもてで自決を果たしたのは、彼のせめてもの配慮なのだろう。

ほどなくして車はアパートの下に到着した。

「治さん」

一朗は意を決し、後部座席から声を発した。

「さっきのヒメちゃんの話でねえが、こうなっちまったのは治さんのせいでねえ。だれも治さんを責めてなんかいねえよ」

三浦は返答をしなかった。その表情は見えない。ただ、ハンドルを握る指が小刻みに震えているのだけが後ろから覗けた。

そんな夫を助手席に座る妻が下唇を噛み締めて見つめている。

長い沈黙がつづき、その間、アイドリング音だけが車内に響いていた。

やがて、

「遠田を連れてきたのはおれだ。おれがあいつをこの島に招き入れちまった」

三浦がかすれた声で吐露した。

「んだがらあんた、一朗の言う通り、だれもあんたを責めで――」

「死なねばなんねえのはおれの方だ」

再び車内が静まり返る。

「島の大切な金を奪われちまって、村長のことも死なせちまった。もうみんなに合わす顔がねえ」

そう胸の内を告げた夫の腕を陽子が摑んだ。

そして、「なしてあんたが死なねばならねえの」と静かに訴えた。「あんたはこの島を、みんなを助けるためによかれと思って動いたんでねえべか。あんたは消防団のリーダーとしてだれよりも身を粉《こ》にして働いてきたでねえか」

「ああ、おれなりにやれることをやってきたつもりだ。だが結果はこのザマだ」

「んだがらって死ぬっていうのかい」

「死ぬつもりはねえさ。だけんど、もしだれがが死なねばならながったんだとしたら、そいつは村長でなくておれだったんでねえがって」

「なしてそったなこと言うのっ」

陽子が身を乗り出し、夫の肩をドンと強く押した。彼女は怖いくらい目を剝いて、夫を睨みつけている。

「震災で死んだ人たちはみんな生きたかった人たちだ。死にたくて死んでった人なんてひとりもいやしねえんだ。あたしはね、村長は立派な人だったと思ってるよ。だけんどね、最後だけはどうしても許せね。自殺なんて、死んでいった人たちへの冒瀆《ぼうとく》だべ。だれがが死なねばなんねえなんて、そったな話、二度としねえで」

陽子が涙ながらに訴えると、三浦は深く項垂れた。

そんな三浦にそっと声を掛けたのは俊藤だ。

「三浦さん。もし、ご自身の責任を感じているなら、なおのこと、後始末を行わなくてはならないのではないでしょうか」

「んだ。この人の言う通りだ。あんたにはこの事件を最後まで見届ける義務があるんでねえのかい」

「わがってらさ」三浦が大きく息を吐いた。「てめえの不始末はてめえでケツ拭かねばなんねえって、ちゃんとわがってんだ。だけんど今はどうしてもその気力が湧いてこねえ」

一朗は後ろから三浦の両肩にそっと手を置いた。

「遠田を追い詰めるためには治さんの協力が必要だし、島の復興に治さんは必要不可欠な人だ。二年前、おれと約束したでねえか。必ず島を元通りにすんべって。まだ志半ばだべ」

一朗は思いが伝わるよう、手に圧を込めて言った。

ひと回り歳の離れた三浦とは一朗の歳の分だけの付き合いがある。物心ついたときには彼がいたのだ。幼い頃はよく遊んでもらったし、一朗が今日新聞社に入社が決まったとき、祝賀会の音頭を取ってくれたのも三浦だった。散々世話になった人なのだ。

三浦は黙ったままだったが、きっと気持ちは伝わっているはずだ。

「送ってくれてありがとう。おれは今後も島を離れることが多いがら、みんなのことよろしく頼む」

一朗はそう告げ、俊藤を促して下車した。

だが、車はなかなか動き出さなかった。

しばらくして運転席の窓が下がる。

「一朗、心配かけてすまね。もしおめの親父さんが生きてたら、男がウジウジすんじゃねえって叱り飛ばされてるべ」

「ああ、きっとぶん殴られてるな」

三浦は少しだけ口元を緩ませてから車を発進させた。

離れてゆく車を見送っていると、

「またまたでしゃばってしまいました」

となりの俊藤が言った。

「あつかましいというか、黙っていられない性分なんですよ」

「結構じゃないですか。我々には必要な能力でしょう」

一朗は横目で俊藤を捉え、微笑んだ。

この日、俊藤は菊池家に一泊した。俊藤が聞き上手なこともあるだろうが、いつになく多弁な妻の姿が印象的だった。

この二年間、自分は家庭を顧みず、仕事に没頭してきた。夫婦らしい会話もろくにしてこなかった。

今回の一件が落ち着いたら、妻と息子を連れて旅行にでも行こうと思った。


翌日の昼下がり、一朗は俊藤と共にフェリーで本土の矢貫町へと渡り、そこからタクシーに乗り込んで海岸沿いにある、とある工事現場を目指した。

その工事現場で江村汰一を見かけたという情報が寄せられたのは、つい先ほどだった。

本来であれば一朗は北海道へ、俊藤は東京へ戻る予定だったのだが、急遽《きゅうきょ》予定を変更したのだ。

NPO法人ウォーターヒューマンの従業員であり、遠田政吉の側近であった江村汰一と小宮山洋人は事件発覚後、ほどなくして消息を絶っていた。正確には、警察は彼らの居場所を把握しており、連絡も取れているようだが、一朗たちにはそれが摑み切れていなかった。

今回の横領事件において江村と小宮山の両名は遠田とは違い、被疑者ではなく、重要参考人の立場だ。

そんな彼らにもしも遠田の横領の証言をさせることができたなら、その牙城は根底から崩れる。もちろんその証言次第では彼ら自身の身を滅ぼすことになりかねず、望みはかなり薄い。彼らと関係のあった島民たちの評判を聞く限り、小宮山の協力を得ることはまず無理だろう。

小宮山はトンネル会社として問題になっているブルーブリッジの社長も務めている。法令上、違反はしていないかもしれないが、遠田とグルになって不正を働いていたことはまちがいない。

一方、江村汰一に関していえば一縷《いちる》の望みがあった。

一朗は彼と接したことはほとんどなく、唯一あるのは昨年、被災地で働く人々の特集として彼に取材を申し込んだ際、「嫌だ」の一言で断られたくらいだ。

だが、聞くところによれば江村は摑みどころがない人間だが根っからの悪人というわけではなさそうだった。彼と共に遺体捜索を行っていた男たちの間で、「江村はなんも知らねえで、遠田の命令をただハイハイって聞いてただけでねえがって思うんだげど」と彼を擁護するような声がいくつか上がったのだ。

そして江村自身もまた、自分はなにも知らなかったと警察に話していることもわかっている。

江村汰一はウォーターヒューマンの正規職員であり、遠田にもっとも近い人物だった。その江村が本当になにも知らなかったとは考えづらいのだが、彼は現在二十歳で、この島にやってきたときはまだ未成年だった。

ともすれば本当に横領については知らなかった、もしくは半人前ゆえ善悪の判断がつかず、遠田の傀儡《かいらい》となっていた可能性は十分考えられる。だとしたら彼をこちら側に引き込むことができるかもしれない。

小宮山はクロでも、江村はグレーなのだ。

「そのグレーの江村ですが、どういった経緯でウォーターヒューマンで働くことになったのでしょう」

タクシーの後部座席でとなりに座る俊藤が訊いてきた。

「わかりません。彼が遠田の右腕であったことはまちがいないようですが、いつどこでふたりが知り合ったのか、なぜ行動を共にするようになったのか、この辺りはまったくの謎なのです」

江村汰一についてわかっているのは、彼が遠田と同じく道産子《どさんこ》であるということだけだった。彼は共に働く島民たちにも過去をいっさい話していなかったようだ。

そこで一朗は江村のルーツも辿るべく、再び北海道へ飛ぶつもりだったのだ。

「菊池さんは今現在も江村と遠田は繋がっているとお考えですか」

一朗は少し間を置き、「おそらくは」と答えた。

「わたしから見てもふたりには特別な繋がりがあるように見えましたし、彼らの近くで働いていた従業員からも同様の声が上がっています」

「特別な繋がりというのは、雇い主と従業員の関係以上の、という意味ですよね」

「そうです。親子でも友達でもない、不思議な繋がりです。しかし、同志というのもまたしっくりとこない。言葉では表現しづらいのですが、ふたりは妙な糸で繋がっているような気がするのです」

この説明に今ひとつ要領を得なかったのか、俊藤は曖昧に頷いている。

「ちなみに、このあと江村に会うことができれば俊藤さんもお気づきになると思いますが、彼自身もまた妙な男なんです」

「というのは?」

「身も蓋もない言い方をしてしまえばふつうとは思えない。見た目はそれこそ少年のようで、同世代の男と比べてもあどけないんですが、それとは裏腹に彼が笑ったところをわたしはもちろん、だれも見たことがないのです」

「笑わない青年、か」と俊藤が顎をさすってつぶやく。「遠田とは歳もだいぶ離れているし、若い男が勤め先にボランティア型のNPOを選ぶというのも引っ掛かるし……なにかしらありそうですね」

俊藤とそんな会話を交わしつつ、一朗は車窓の向こうに目をやった。

三両編成の赤いボディの電車がガタンゴトンと音を立てて緑の中を突き進んでいた。ゆったりしたペースだったのであっという間に追い抜いてしまったが、その走りにたくましさを感じずにはいられなかった。

岩手県の三陸海岸沿いを走る三陸鉄道は全線復旧にまでは至っていないものの、現在では多くの路線で運転が再開されていた。全路線が復活する日もそう遠くはないだろう。

その一方、町全体がもとの姿を取り戻すのはもう少し先のことと思えた。天の島同様、半壊となった建物や倒木など、自然の暴力による痛ましい傷痕がそこら中で見受けられたのだ。

三陸沿岸はどこも東日本大震災で壊滅的な被害を受けた。そして震災から二年が経とうとしている今も、当時のまま放置されている被災地域がいくつもある。被害があまりに広大で、手が回らないのだ。

ほどなくして、「きっとあそこだな」一朗がフロントガラスの先に目を凝らして言った。そこにはいくつもの重機や大型トラックが集まっている。

「あの辺りで降ろしてください」

タクシーを下車し、その場で俊藤と並んで立ち、粉塵舞う解体作業現場の様子をしばし眺めた。

クレーン車が民家目掛けて、フックに垂らした鉄球を何度もぶつけていた。ショベルカーがアームで引っ掻くようにして壁を崩していた。そして半壊となった建物をキャタピラが踏み潰し、粉々になった瓦礫をブルドーザーが一気にさらっていった。

一朗はこうした光景に虚しさを覚える一方、羨《うらや》ましくも思った。天ノ島では重機の数が限られており、多くの現場では人力でこうした作業が行われている。離島なだけに重機が海を渡るのも容易にはいかないのだ。ゆえに天ノ島の復興はほかの地域に比べて遅れをとっているのが実情だった。

もしも橋があったなら——一朗は何度これを思ったことかわからない。震災当時、津波により多くの船がダメになり、天ノ島は隔離されてしまった。ほかに交通手段はなく、多くの被災者が島に幽閉される事態となった。あのときだって橋があれば少なからず状況はちがっていたのではないだろうか。

「すみません。ちょっとよろしいでしょうか」

一朗は近くを通りがかった中年の作業員に声を掛け、この現場に江村汰一という人物が働いていないかと写真を見せて訊ねた。この写真は一朗が被災の記録として幾多の現場を撮影して回っていたときのもので、たまたまそこに江村が見切れて写っていたのだ。

「ああ、こいつか。いるよ」写真に目を落としたあと、男はあっさり言った。「名前は知らねえけど、ちょっと前からここで働いてるわ。ほれ、あっこに」

男が遠くを指さす。

その先に目を細めると、そこには瓦礫を載せた一輪車を押す男たちの姿があった。その中のひとりに目を凝らす。

距離があり、顔ははっきりと視認できないものの、その姿形から一朗は確信した。まちがいない。江村汰一だ。

周囲の者と同様、黄色いヘルメットを被り、作業服に身を包んでいるが、小柄ゆえ大人の中に子どもがひとり交ざっているような感じだ。

あまりの呆気《あっけ》なさに一朗は少し拍子抜けした。江村は遠くに身を潜めており、接触をはかるのは困難を要するものと思っていた。灯台下暗しとはこのことだ。

「あのガキ、なんか仕出かしたんか」男が訊いてくる。「こうして探してるぐらいだからワケありだべ」

「まあ、少々」と濁すと、「ふうん」と男は意味深な目を寄越してきた。

そして、「ところでおたくら、島の人間かい？」と海の向こうに顎をしゃくって言った。

「ええ、わたしはそうです」一朗が答える。

「今えらいことになってんな、おめんとこの島。おめもあの熊みでえな野郎のことを慕ってたクチかい」

もちろん遠田のことだ。

「……以前はそうでした」

「はあー」と男がかぶりを振る。「おれにはまったく理解できね。なんであんなペテン師を信用しちまうかねえ。しかも揃いもそろって。これだから島の奴らは——おっと、失敬」

男はそう詫びたが、なおもつづけた。

「まんまと何億も盗《と》られちまってよォ。あれだって税金だべ。つまりおれら国民の金なわけだ。ったく、やってくれたもんだよ。おたくら」

「………」

「しまいにゃあA級戦犯の村長はケツをまくってあの世に逃亡ときた。ロクなもんじゃやねえ」

一朗は何も言い返すつもりはなかったが、俊藤は黙っていなかった。

「あなたも被災者ですか」と、男に正対して訊ねた。

「ああ。震災で家も仕事も奪われちまった。じゃなきゃこったなとこにいねえ」

「それならわかるのではないですか」

「は？」

「あの混乱と絶望の中、目の前に現れた人物を冷静に推し量ることなどだれができるのでしょう。すべてを失ったとき、人は何かにすがりたくなるものです。それが不運なことに紛《まが》いモノだったというだけの話じゃありませんか」

「俊藤さん。いきましょう」

「あなたは騙された方が悪いとでもいうのですか。騙した方が悪いに決まっているでしょう」

「なんだ若造、おらに説教垂れるつもりか」男がジロリと俊藤を睨む。「おめ、不運だとかぬかしてるが、本当にそう思ってんのか」

「ええ、心から。少なくとも島の人々を笑う気にはなれません」

「俊藤さん。本当に、もう結構です」

男は鼻を鳴らし、ぺっと地面に唾を吐いて去っていった。

ふーっと荒く鼻息を吐いている俊藤に、「さあ、いきましょう」と促した。

歩を進めていくと、江村汰一の輪郭が徐々に明確になってきた。

こうしておもてで働いているのに相変わらず色白で、顔つきがあどけない。だが、その表情は極端に乏しい。この青年はどこか虚無を纏っているような感がある。

江村の押す一輪車の進路に立つと、彼は足を止め、一朗に向けて目を細めた。彼は俊藤とは面識がないが、一朗とはあるのだ。

だが、江村は再び足を繰り出しはじめ、一朗たちを無視して通り過ぎていこうとした。いや、無視したというより、さほど気にかけていない様子だった。

「江村くん」

その背中に一朗が声を掛ける。すると彼は一輪車を置き、振り返った。

「突然訪ねてきてすまない。少し話を聞かせてもらいたいんだけど、時間をもらえないか」

「仕事中だから」

「休憩中、もしくは終わってからでも構わないから」

そう告げると、江村は無表情のまま「マスコミの人？」と訊いてきた。

「そう。ほら、前に新聞記者だって話をしただろ。名前は菊池一朗」

思い出したのか、そうでないのか、彼は首を曖昧に振り、そして「今何時？」と言った。

「今は――」腕時計に目を落とす。「十三時五分」

「じゃあ待ってて。十四時に休憩に入るから」

「わかった。ありがとう。時間になったらまたここにくればいいかな」

江村は小さく頷き、サッと身を翻した。そして一輪車のグリップを持ち上げ、再び足を繰り出した。周囲の男たちが何事かと江村と一朗たちを交互に見ている。

「じゃあ、ぼくらはどこかで時間を潰してましょう。来る途中に食堂があったので、そこでお茶でもどうですか」

「それより、見張ってた方がいいのでは」俊藤は江村の背を見つめている。「あの男、逃亡しませんかね」

「おそらく大丈夫でしょう。彼はたぶん逃げも隠れもしていなかったんですよ。じゃなきゃこんな島の目と鼻の先にいません」

「たしかにそれもそうか」

並んで歩きながら、「断られませんでしたね」と俊藤が言った。

途中の車内で、もしかしたら取材を拒否されるかもしれないとふたりで話していたのだ。むしろその可能性の方が高いと考えていた。

「とりあえず接触はできましたが――」一朗は眩しい太陽に目を細めた。「はたしてどこまで正直に語ってくれるものか」

「ええ。彼にだって保身もあるでしょうし、語る言葉を鵜呑みにしてはいけないでしょう」

それはもっとも気をつけねばならないことだ。

「ところで、先ほど菊池さんがおっしゃっていたこと、なんとなくわかりました。彼はたしかに妙な男だ。感情がまるで読み取れない。こう言ってはなんですが――死んだ魚のような目をしている」

死んだ魚の目――。

江村には申し訳ないが適当な表現だと思った。彼は黒々とした丸い瞳を持っているのに、そこに生気が宿っていないのだ。

あの青年はいったい、これまでどういう人生を歩んできたのだろう。

一朗たちは十四時より少し前に工事現場へ戻った。そこで待つこと数分、約束通り江村がやってきた。やはり逃げるつもりなどなかったようだ。

その江村と連れ立って、海岸の方を目指した。彼は休憩中、いつもひとりで砂浜で過ごしているらしい。おそらくここでも誰とも親しくしていないのだろう。

途中、俊藤が名刺を差し出して自己紹介をしたのだが、江村は名刺に目もくれず、受け取るなりそれをポケットに突っ込んだ。

堤防を越え、砂浜に足を踏み入れたとき、「あ、ここの砂は鳴かないんだ」と俊藤が独りごちた。天ノ島は目と鼻の先だが、この海を隔てて砂の成分が異なるのだ。

江村を挟む形で、適当な砂浜に腰を下ろした。自分たちは江村の方へ身体を開いているが、彼は海を正面に捉えている。その向こうにあるのは我が天ノ島だ。

一朗は「まずはじめに――」と前置きし、「江村くんは今どこに住んでるんだい」と訊ねた。

すると江村は振り返り、「あっち」とその方角を顎で示した。

聞けば、ここから一キロほど離れた先に現場作業員たちのプレハブの寮があり、そこで男たちが集団で生活をしているという。この工事現場には地元の矢貫町の人間だけでなく、いろんな地方の者が出稼ぎにやってきているらしい。江村がここへやってきたのは今から二ヶ月ほど前だそうだ。

「どうしてここで暮らすことにしたのかな」

一朗としては、なぜこの地を選んだのかという意味で訊ねたのだが、江村は「出てけって島の人たちに言われたから」と捻《ひね》くれるでもなくそう答えた。

ウォーターヒューマンの横領が発覚後、江村と小宮山の両名は島を追い出されたのだ。

「小宮山さんとはその後連絡取り合ったりは？」

「してない」

「じゃあ遠田元代表とは？」

「たまに電話をもらうけど」

一瞬、江村の向こうにいる俊藤と目を合わせた。やはり江村は今も遠田と繋がっていたのだ。

「そこではどんな話をするの？」

「元気かとか、ちゃんと飯食ってるかとか、その程度」

「会ったりは？」

江村がかぶりを振る。

「それはどうして？」

「おれに迷惑が掛かるといけないからって」

ここで江村は背負っていたリュックから弁当箱を取り出した。蓋が開かれると、中には奇妙な形をしたおにぎりが入っていた。形が歪《いびつ》で、海苔《のり》が斑模様のような貼り付け方がされている。

もしかしたら動物か何かを象《かたど》っているのだろうか。よくよく見れば目や鼻、耳などに見えなくもない。

「それ、自分で握ったのかい？」

「そう」

「動物をイメージしてるのかな」

「そう。うまく作れないけど」そう言って江村はおにぎりにかじりついた。

この青年にそんな趣味があるのが意外だった。

「毎日自分で弁当を用意してるのかい」

「大抵は」咀嚼しながら江村が答える。

「こうした現場には購買なんかもあるでしょう」

「購買は高いから」

「きみはこれまでウォーターヒューマンに勤めていたわけだし、きちんとした収入があったはずだと思うんだけど、そのお金はどこにいっちゃったのかな」

「なくなった」

「なくなったというのは、使ってしまって手元に残っていないということ？」

「そう」

これについては疑わしいと感じた。この青年に浪費癖があるとは思えないし、彼は遠田のように出張などで島を離れてもいない。だが、実際に江村はこうして日雇い現場に従事しているわけで、金がないというのは事実なのかもしれない。

その後もこうした当たり障りのない質問をいくつか投げかけ、一朗は頃合いを見計らって本題に切り込んだ。

「今回の横領事件について、江村くんはどう思ってる？」

すると江村は、口の中のものをペットボトルのお茶で流し込んでからこんなことを言った。

「小宮山がいけないと思う」

一朗は眉をひそめた。向こうにいる俊藤は目を細めて江村を見つめている。

「それはどうしてそう思うの？」

「あいつが遠田隊長をだまくらかしたから」

遠田隊長――今となってはこのように呼称する者は江村以外にいないだろう。

「だまくらかしたっていうのは？」

「自分の会社に金を振り込ませたりとか、そういうこと」

「そのお金はウォーターヒューマンからブルーブリッジに支払われていたリース費用のことだよね？」

「そう」

「よくわからないな。そもそも小宮山さんにブルーブリッジを立ち上げるように指示したのは遠田元代表だろう？」

「ちがう。小宮山が仕組んだものだ」

「仕組んだ？」

「ああ。あいつがすべて裏で糸を引いてたんだ」

思いがけない展開に一朗は困惑した。

詳しく聞けば、天ノ島から雇用創出事業を託されたものの、五十万円以上の売買ができないなど、その不自由さに頭を悩ましていた遠田に対し、小宮山は「いい解決方法がありますよ」と囁いたのだという。具体的には、「適当なリース会社を立ち上げ、そこに業務委託費の名目で金を渡して物を買わせればいいんです。もちろん信用の置ける会社じゃないとなりませんから、自分が責任を持って社長を務めます」このように上申したそうなのだ。

「遠田隊長は人がいいし、小宮山のことを信用してたから素直にその指示に従ったんだ」

江村は相変わらず海の方、遠くを見つめ、淡々と唇を動かしている。

「ちょっと待ってくれ」たまらず一朗は言った。「今の江村くんの話はぼくらの認識とずいぶん食い違っている。まず遠田元代表は自ら――」

岩手県庁の雇用労働室に度々足を運んでおり、くだんの相談を持ち掛けている。そこでリース会社を介すことによって不都合が解消されるという抜け道を知り、部下の小宮山にブルーブリッジを立ち上げさせた。

なにを隠そう、遠田本人が先日行われた釈明会見で自ら立ち上げたと語っており、一朗はそれをこの耳でたしかに聞いている。

このように訴えると、江村は表情を変えることなく、「遠田隊長がどうしてそんなふうに話したのかわからないけど、おれの言っていることが真実だ」と断言した。

頭が混乱してきた。

本当の黒幕は遠田ではなく、小宮山なのだろうか――？

いいや、そんなことはない。一朗の本能が訴えている。悪の親玉はまちがいなく遠田政吉だ。

一朗は咳払いをし、

「百歩譲って、ブルーブリッジを立ち上げたきっかけは小宮山さんだったとする。必要な乗物を購入するためにブルーブリッジに前払い金を渡したこともよしとしよう。だとしても、なぜウォーターヒューマンはその後も毎月ブルーブリッジにリース代を払いつづけていたんだい？　自分で買ったものにお金を払って借りるだなんて、どう考えたっておかしいだろう」

そう告げると、江村はボソッと「貯金」と言った。

「貯金？」

「そう。未来を見据えた貯金だって、これも小宮山が」

まったく意味がわからず、一朗は小首を傾げた。

「あいつは遠田隊長にこう言ってたんだ」

この先も雇用創出事業を運営する上で、いついかなるときにまとまった金が必要にならないとも限らない。であればブルーブリッジに資金をプールしておいたほうがいい。なによりこうしておけば行政も補正予算を検討してくれるはずだから、と。

「つまり、ウォーターヒューマンはブルーブリッジにお金を支払うことで帳簿上の残金を減らし、事業予算の増額を狙っていたってことかい？」

江村が首肯する。

「それって完全なイカサマじゃないか」

そう告げると、江村は涼しい顔で、「いいことのために使うんだからイカサマじゃない」と主張した。

「きみに言っても仕方ないかもしれないけど、そんなのは言い訳だ。それに、結果としてウォーターヒューマンは立ち行かなくなり、破産してるじゃないか」

「ああ、だから小宮山がすべて悪い。あいつが裏切らなければこんなことにはならなかった」

遠田は補正予算が通らないとわかってから、小宮山に対し金を戻すよう要求したという。つまり、貯金を取り崩そうとしたらしい。

ところが小宮山は、あろうことかこれを拒否した。自分の会社の金なんで、と突っぱねたのだという。

信じ難い部下の裏切りに遠田は呆然とし、怒り狂った。そして最後は泣いて頭を下げた。頼むから金を返してくれと土下座までしたという。

「でも、小宮山は知ったことじゃないって。気に食わないなら裁判でもなんでもしてくれって遠田隊長に言い放ったんだ」

一朗は自然と両手で頭を抱えていた。

江村の話を聞いていたら、なにがなんだかわからなくなってきた。

真相がどこにあるのか、真実はいったいなんなのか、まるでわからなくなってしまった。

そんな迷路に迷い込んだ一朗をよそに、「すべて大嘘だな」と言い放ったのは、これまで静観の構えだった俊藤だ。

その目は、この場を任せてくれ、と訴えている。

「江村汰一くん」俊藤が江村の顔を横から覗き込んだ。「今きみが語ったことすべて、遠田にそう話すように指示されているんだろう」

江村の表情に変化は見られない。

「ぼくはどうしてきみが我々の取材をすんなり承諾してくれたのか、疑問に思ってたんだ。その答えがやっとわかったよ。きみはこの話を伝えるために取材を受けたんだろう。もちろん遠田の命令でね。きみは、もしもマスコミがやってきたらこのように情報を流せと言いつけられていたんだ」

「そんなことはない」

「だったらなぜはじめから今の話をしない？　聞くところによれば、きみはこれまで警察の事情聴取の中で自分はなにも知らなかったと供述していたそうじゃないか」

「それは遠田隊長がどう話しているかわからなかったから」

「だから不用意な発言は控えていたというのかい？　それはさすがに無理があるだろう」

俊藤は顔をぐっと江村に近づけた。

「本当に悪いのは遠田ではなく、側近の小宮山であった。小宮山が今回の横領事件における最大の悪であった。さもありなんと思える筋書きだけど、今さらこんな話は通用しない。なぜならブルーブリッジに限らず、遠田はこの二年間でほかにもいくつもの不正を働いているからだ」

そう言うと、俊藤は尻を滑らせ場所を移動し、江村に正対して座った。

「さて、どうして今になってきみからこのような話が出てきたのだろう。考えられる理由はただひとつ。遠田に余裕がなくなったんだ。これ以上正攻法では逃げ切れないと判断したからこそ、遠田は作戦を切り替え、すべての責任を小宮山に押しつけることにした。いわばトカゲのしっぽ切りだ」

「遠田隊長もはじめから小宮山に裏切られたって主張していたはずだ」

「ああ、たしかにそうだ。先日の会見でも遠田はたしかにそう話していた。小宮山は今回の横領疑惑が持ち上がってから自分のもとを去ってしまったとね。ただ、あのときと今の話とでは背景がまったくちがう。あのときは、すべて遠田ひとりで考え、結果として部下に寝首を掻かれたと、そんな具合に話をしていたはずだ」

俊藤はより一層の早口で捲し立てる。

「では、なぜ遠田ははじめから小宮山に全責任をなすりつけなかったのか。答えは考えるまでもない、当初ふたりは結託していたからだ。もとより、法を犯していない小宮山に対し、警察の手が伸びることはない。そこの安全が担保されているからこそ、遠田は小宮山をそこそこ批難することができた。しかし、ブルーブリッジを立ち上げたことすら小宮山の発案であり、リース代のプールも、そのほかの不正もすべて小宮山の指示によるものだったなんてことになれば状況はまるで変わってくる。小宮山は黒幕として起訴され、知らず知らずのうちに彼に操られていた遠田には情状酌量が与えられる——大方、こんなところが狙いだろう」

「………」

「つまり、裏切ったのは小宮山ではなく、遠田の方だ」

俊藤がそう告げてから十秒、二十秒が経った。

江村と俊藤は至近距離で睨み合ったままだ。いや、睨んでいるのは俊藤だけだった。

江村は相変わらず涼しげな顔をして、自分を責め立てる大人の男に臆することもなく、静かな眼差しを注いでいるのだ。

この一場面を切り取ってみても、この青年が常人でないことがよくわかる。こんなこと、ふつうの若者はできっこない。

「さて江村くん、改めてきみに問いたい。なぜきみは遠田のためにここまでするんだい？きみと遠田の関係はいったいなんなんだ？」

「ただの雇い主と従業員」

「ふたりの出会いは？　きみは遠田といつどこで知り合った？」

「答えたくない」

「おや、いきなり拒否かい。なぜ答えられないんだ？」

「答えたくないから」

「なるほど。このことについてはしゃべるなと命令されているんだな」

「好きに思えばいい」

そう言ったあと、江村はサッと立ち上がった。「そろそろ休憩が終わる」

そんな江村を、「待ってくれ」と引き止めたのは一朗だ。

そして一朗は立ち上がり、江村の両肩に手を置いた。

眼前にある丸い双眸をジッと凝視する。まるで小動物のような瞳だった。

「きみが遠田とどう知り合い、どういう関係にあったのかはわからない。だが、あいつはまっとうな人間じゃない。極悪人だ。そんな男にきみはこれからもついていくのか。今こそ遠田と縁を切って、人生をやり直すチャンスじゃないか。きみはまだ若いんだ」

ありったけの誠意を込めて伝えたつもりだった。

だが、江村は心を動かしてくれなかった。

「あんたらがどう思おうが、遠田隊長は無罪だ」

一朗は脱力し、肩に置いていた両手を戻した。

「わかった。だとしたらもういい。あくまで遠田の側につくというのならばきみも敵だ。いいか、自分は安泰だなんてけっして思うな。若いからといって警察は容赦はしないぞ。もちろん我々もだ。おれは遠田はもちろん、きみのことも徹底的に調べ上げるからな。覚悟しといてくれ」

こうした宣戦布告にも江村は動じることはなかった。一貫して変わらぬ醒めた目で一朗を見据えている。

「最後に、きみの方からなにかいうことはあるか」

ない、という返答が戻ってくるものとばかり思っていた。

だが、

「あいつ、どうしてる?」

「あいつ?」

「椎名姫乃」

江村の口からその名前が出たことに驚いた。

となりの俊藤と目を合わせる。

「あいつは、今もあの島にいるのか」

江村は遠く海の向こうへ目を細めている。

「彼女は少し前に東京に戻った。突然、島を離れてしまったと聞いている」

そう告げた瞬間、江村の瞳が左右に散ったのを一朗は見逃さなかった。

鉄仮面の青年が初めて反応を、わずかな動揺を示したのだ。

「彼女がどうかしたのかい。なぜ彼女のことが気になるんだ?」

江村はその問いに答えることなく、一朗たちに背を向け、去っていった。

江村の背中が少しずつ遠ざかっていく。

「彼と椎名姫乃さんは親しい間柄だったのですか」江村の背を見つめたまま俊藤が訊いてきた。「恋人同士だったとか、もしくは彼が一方的に想《おも》いを寄せていたとか」

「いえ、そうした話は聞いたことがありません——が、探る必要がありそうですね。とりあえず、我々もいきましょう」

ふたり並んで砂浜を歩いた。

「俊藤さん、あなたがいてくれてよかった。わたしは危うく江村の話を信じてしまいそうになりました」

「もしもあれが真実なのだとしたら、彼ははじめからそのように語っていますよ。なにより遠田本人がね」

一朗は頷きつつ、大いに反省した。きっと自分は心のどこかであの青年を侮《あなど》っていたのだろう。

江村があれほど頭の回る人間であるということが意外だった。知能に問題があるとは考えていなかったが、正直なところ、ふつうよりもやや劣っているのではないかと思っていた。なぜなら彼と共に働いていた従業員たちからも、「ちょっと頭の弱いやつ」と、そのような評判を聞いていたのだ。

それは完全なまちがいだ。江村は自分たちの質問に対し、きちんと計算をした上で、言葉を取捨選択しながらしゃべっていた。年齢に関係なく、そう簡単にできることじゃない。

その一方で、なぜ江村があれほど遠田の肩を持つのか、どうしてもここが解《げ》せない。ふたりが金銭的な利害関係にあるとも思えないのだ。

それを俊藤に告げると、

「同感です。ぼくもまったく別の絆《きずな》でふたりが繋がっているような印象を受けました。一方、小宮山にはそれがないのでしょう」

「あっさり切り捨てられたわけですからね。先ほど俊藤さんは遠田が追い詰められたため、作戦を切り替えたと話していましたが」

「ええ。本人の発案なのか、弁護士の入れ知恵なのかわかりませんが、これこそ遠田が焦っている証拠です。少なくとも我々の前で会見を行ったときほどの余裕は今の遠田にはないでしょう」

「しかし、なぜ遠田は自分の口で語らないのでしょうか。それこそ再び会見を開き、真相と称して弁明を行えばいいのに」

「おそらく世間の受け取り方を考えたのでしょう」

「受け取り方?」

「ええ。本人の言葉より身近な人間からの告発の方が真実性を伴いますから。その一方で遠田は警察にはこれまでの供述を覆《くつがえ》し、先ほど江村が語ったものと同様の話をしていることと思います。江村の役割はその援護射撃みたいなもんでしょう」

なるほど、腑に落ちる解釈だった。やはりこの男の観察眼は鋭い。

「しかし、自分はそもそも疑問に思うのですが、小宮山を敵に回し、今後彼と裁判で争うことを考えると、誰よりも困るのは遠田自身ではないでしょうか」

「ええ、その通りです」

「では遠田はなぜそんなリスクのある行動に出たのでしょうか」

訊くと俊藤は顎に手を当て、しばし黙り込んだ。

やがて、

「小宮山には遠田に逆らえない絶対的な理由がある。もしくは小宮山が物理的に反論できない状況にある」

「その物理的に反論できない状況というのは？」

「つまり――」

横目をやると、俊藤もこちらを見ていた。

「死人に口なし」

一朗は足を止めた。

「まさか」

俊藤が振り返り、唇だけで笑う。

「ぼくもそんなことを本気で考えているわけではありません。しかし、菊池さんのおっしゃる通り、小宮山と敵対するのはあまりに危険です。ふつうに考えれば小宮山が泣き寝入りするわけがありませんから、泥仕合になり互いに破滅するのは火を見るよりあきらかです。にもかかわらず、遠田がこうした行動に出たということは、なにかしら状況が変わったと考えるのが自然だと思うんです」

「それが小宮山の死……ということですか」

「わかりません。ただの憶測ですから聞き流してください」

その後、東京へ帰る俊藤と別れ、一朗は天ノ島へと一旦戻った。そこで改めて荷造りをして花巻《はなまき》空港へと向かい、その日の最終便の飛行機で北海道へと飛んだ。

小宮山洋人が数日前から失踪しており、警察がその行方を追っていると一朗が知ったのは、旭川空港に降り立ったときだった。

10　二〇二一年三月十五日　堤佳代

「小宮山は死んでる。おれが殺した」

小宮山洋人について言及を求められると、江村汰一はさらっとこう言い放った。

まるで些末《さまつ》な出来事を報告するかのような、あまりに温度のない、乾いた告白だった。

そのせいか、佳代はその意味を理解するのに数秒を要した。おそらくこの場にいるみんながそうだったのだろう。彼の発言後、時間差をもって音のない衝撃が広がっていったのだ。

今日まで小宮山洋人は逮捕を恐れ、逃亡したものと考えられていた。島民たちはもちろん、世間も、警察ですらそういう認識でいたはずだった。

「殺したって、おめ……」

三浦治が呆然として言った。

「小宮山が遠田を裏切ったのは本当だ。あいつは本当に金を独り占めしようとしてた」

本来であれば、いずれ騒動が落ち着き、遠田が晴れて無罪となったあかつきには、ブルーブリッジの有するすべての財産を遠田に上納し、小宮山はその分け前をもらう——というのがふたりの間で取り交わされていた約束だったそうだ。

しかし、遠田逮捕を見越した小宮山は不穏な動きを見せた。それが天ノ島に現れたという査定業者たちだった。

「あれは遠田の指示ではなく、小宮山の独断だったということか」

「ああ、あいつが勝手にやったことだ」

ことを知った遠田は激昂《げきこう》し、小宮山を問い詰めた。小宮山は弁明したが、遠田は信用しなかった。対世間への建前ではなく、本当にこの下僕が主君を裏切ったのだと悟った。

そして遠田は江村に命令を下した。

小宮山を殺せ、と。

「殺したのはこの人がおれのところに取材に来た日の二日前、二月十九日」

この人、のところで江村は一朗を一瞥した。

その日、江村は小宮山から書類を受け取る約束をしていたという。それは変更登記申請書や辞任届の写しなど、社長交代を証明する書類一式であった。

遠田は一度裏切ったことを理由に、ブルーブリッジを小宮山から剥奪したのだ。

これを聞いてみんな思い出すことがあったのだろう、聴衆たちの頭が同じリズムで揺れた。

ある日突然、ブルーブリッジの社長が小宮山から江村に代わったのである。それを島民たちが知ったのは、もうしばらく経ってからだが、これにはだれもが驚かされた。

「だけんど、小宮山はそれに従ったわけでねえか。そんなら殺しちまう必要はなかったべさ」

「小宮山がいなくなれば分け前を渡さなくて済む。横領の罪も小宮山に着せられる。なにより遠田の怒りがおさまってなかった」

「にしたって……めちゃくちゃでねえか」三浦が嘆いた。「おめ、どうやって小宮山を殺害した」

「書類を受け取ったあと、その場で首を絞めて窒息死させた」

「遺体は？」

「海に沈めた。肺に穴を開けて、重石《おもし》を噛ませれば遺体は浮き上がってこないから」

「どこの海だ？」

「この辺りの海。万が一いつか発見されたとしても、震災の犠牲者として処理され――」

話を聞きながら、佳代は疼痛を覚えていた。

人を殺《あや》めたこともさることながら、どうしてこの男はこれほど平然として、凄惨な過去を滔々《とうとう》と語れるのか。

場にはなんとも形容し難い奇妙な空気が漂っていた。この段になるとほとんどの者が言葉を失っていた。目の前の怪物とどう向き合えばいいのかわからないのだ。

そんな中、廊下から小さな人影が近づいてくるのを視界が捉えた。

海人だった。その後ろには手を繋いだ穂花と葵もいる。

「おめら、出てきたらダメだって。部屋に戻って」

佳代が慌てて言う。こんな話、児童たちに聞かせたくない。

「もう全部聞こえてるよ」と海人。「ぼくたちもここに居させて」

「何をバカなことを。おめらはまだ――」

海人が手の平を突き出して制してきた。

「子どもかもしんねえけど、話を聞く権利はあるべ。ぼくたちも震災を経験してるし、そのあと島でなにが起きたのかもだいたい知ってる。けど、きちんと知りてえんだ」

海人が冷静に主張してきたが、それでも佳代は承諾しなかった。この子たちの親として認めるわけにはいかない。

だが、海人は従わなかった。ふだんは聞き分けがよく、おとなしい彼がやたら頑《かたく》なだった。所長の昭久やほかの大人たちが説得を試みても、断固として「この場にいる」と言い張るのである。

埒が明かない応酬を繰り広げる最中、佳代は江村の視線が気になっていた。江村は海人に向けてジッと目を細めているのだ。

約十年前、迷子になった海人を発見してくれたのは江村だった。彼は気づいているだろうか、あのときの幼子が海人なのだと。

その海人は先ほど、江村に保護された際に彼から妙な言葉を掛けられたと話していた。

おまえはおれと同じだ――と。

いったいなにが同じなのか。人殺しと海人が同じであるわけがない。そんなことがあってたまるか。

海人は面倒見がよく、心根の優しい子だ。海上に立てないことさえ除けば、これまで手の掛かることなど何ひとつなかった。

海人は震災で両親を失い、孤独の身となっても泣き言ひとつ漏らさなかった。

そう、涙すら流さなかった。五歳の幼子がだ。

今でこそ心配することもなくなったが、当時はこのことに頭を悩ましたものだ。昭久などは、「男の子は強くなくてはいけねって思ってんだべ。立派なもんだ」と感心していたが、佳代は不自然に感じていた。

それこそ穂花や葵、そのほかの児童たちは「ママ、ママ」と言って毎晩泣いていた。もちろん昭久も佳代も手を尽くしてきたし、みんなで愛情を注いできたつもりだ。

それでも幼子は親を思って泣く。それがふつうなのだ。

きっと海人は悲しさや淋《さび》しさ、そういった感情をすべて小さな胸の内に封じ込めたのだろう。

だからこそ彼は、両親を殺した海を憎み、恐れるようになった。

11　二〇一一年五月二十九日　椎名姫乃

「休学？　それ本当かい」

食卓を挟んだ先にいる陽子が箸を止め、味噌汁をすする姫乃に目を丸くして言った。

「そりゃあうちらは助かるし、ありがてえけども、いくらなんでも休学って……なあ」

と、妻に同意を求められ、「あ、ああ」と頷いた夫の治の顔にも困惑が広がっていた。

「にしても、よく親御さんが許してくれたな――あ、まさが内緒ってわけでねえべな」

「いえ、ちゃんと話をして認めてもらいました」

先日、姫乃は三日間の休暇を取り、東京に帰省した。そこで通っていた大学に休学届を提出した。両親にそれを申し出た当初、母はひどく反対したが、父はわりとすんなり認めてくれた。そんな父の説得もあり、母も最後は娘のわがままを許してくれた。

両親の容認の背景には新聞の効力があったように思う。

以前、天ノ島の新聞記者である菊池一朗から取材を受けたものが記事となり、それが姫乃の写真と共に今日新聞の一面を飾ったのだ。積み上げられた瓦礫の山をバックに、泥にまみれた男たちにおにぎりを手渡す若い女性ボランティアの写真は、世間の強い関心を引いた。

記事はテレビでも取り上げられ、SNSでも瞬く間に拡散された。写真の写りがよかったのか、姫乃は『地獄に舞い降りた天使』などと小っ恥ずかしいフレーズでもてはやされた。

聞くところによれば父の会社では、事を知った会長が記事を添付したメールを全社員に向け送ったのだという。件名には『我が社の誇り』などというとんちんかんなタイトルが添えられていたらしい。

そして母のもとにも多くの親戚から姫乃を称賛する連絡が入ったそうだ。

当然、当人である姫乃のもとにも友人たちからひっきりなしに連絡があった。〈あんた一躍有名人じゃん〉と、みな自分のことのように興奮し、〈姫乃はうちらの自慢だよ〉と褒め称えられた。

姫乃はそれらの声が届くたびに、ますます退路が断たれていくような焦燥を覚えた。だがそうした気持ちに相反するように、やはり自分はここに必要な人間であるという自覚も深まっていった。たぶん、その自覚こそが休学を後押ししたのだと思う。

考えてみれば大学のつまらない講義を受けるより、今目の前にいる傷ついた人たちに手を差し伸べることの方がよっぽど意義のあることだ。だいいち勉学なんてその気になればいつだってできる。

「じゃあ、ヒメさえよかったらここを第二の家にしてくれ」

三浦が姫乃を見据え、真剣な眼差しで言った。

姫乃は先週から三浦夫妻の自宅に居候させてもらっていた。

彼らの棲家《すみか》は瓦屋根の古風な一軒家で、津波により水が床上まで浸水したものの、幸いそれ以上の被害はなく、原形をとどめたまま残っていた。姫乃はふたりが避難所となっている総合体育館に寝泊まりしていたことから、この夫妻もまた家屋を失ってしまったのだろうと勝手に想像していた。どうやら自宅と避難所に距離があるため帰宅せずにいただけだったようだ。

「うん、そうしてそうして」と陽子もつづく。「まだ修繕できてねえところもあるけど、部屋なら余ってるし、それにうちからなら本部だって目と鼻の先だから、ヒメちゃんも楽だべ」

先月の下旬、天ノ島復興支援隊の本部は総合体育館から、この家から数百メートルほど離れた地にある廃校となっていた小学校へと移転していた。噂では遠田がそれを強く所望したという話だ。

「おれはさ、ヒメのことが可愛くてしかだねんだ」

三浦が焼酎のグラスを傾けてしみじみと言った。

「あんた、そういうのはセクハラ発言だべ」

「どこがセクハラだ」三浦は妻をキッと睨み、手の中のグラスに目を落とした。「だってだ、東京のお嬢さんがこったな田舎の離島さ来てくれてな、おれたちの復興のためにこうして働いてくれてんだ。通ってる学校を休んでまでだぞ。いくら人間は助け合いだつったってなかなかできることでねえべ。んだがら、誰がなんと言おうとおれはヒメが可愛い。ああ可愛くてしかだねえ」

「ごめんねヒメちゃん。この人、久しぶりに飲んでるもんだがら」

姫乃は苦笑し、かぶりを振った。

震災から二ヶ月半が過ぎ、今もなお届く救援物資のおかげで食糧不足による危難はなくなった。むしろ酒や煙草などの嗜好品は供給過多で、支援隊の本部や避難所に溢れ返っている状態だ。「きっと漁師の町には酒と煙草が必須だと思われてんだべな」と、共に事務員として働く谷千草がそんなことを語っていた。

その一方、避難所で暮らす人の数はまだまだ多い。微減こそしているものの、未だ二百人以上の被災者たちが息苦しい共同生活を強いられていた。そのため天ノ島では現在、突貫で仮設住宅が造られている。

「だけんど、それも明日明後日で出来上がるもんでもねえべ。一旦本土の方に世話になればいいのに」

陽子が片肘をついてボヤいた。

少し前に、希望者は抽選で本土にある仮設住宅に移れると案内がなされたのだが、結局希望者がほとんど出なかったそうだ。

「きっとジジババは一度離れちまったら最後、もう二度と島に戻ってこれねえって考えてんだべな」

「ちっともそんなことねえのにねえ」

「いや、正直なところわがらんさ。こっちの状況次第じゃ早々に戻してやれねがもしれねえ。これればがりは確約はできね」

陽子が深々とため息をつき、「そういえばあんた、例の慰労会だけども、本当にやるつもり？」と話題を変えた。

「ああ、一応はその予定だ」

「そう」

と、表情を曇らせた陽子に対し、三浦はバツが悪そうに咳払いをした。

「おれだってさすがにまだ早えのではって引き止めたさ。だけんど遠田隊長は、この時期にやるがらこそ意味があるっておっしゃるし……。それに、みんなこっそり集まって飲んだりもし始めてっがら、そんじゃまあいいがって」

震災から三ヶ月となる来週末の六月十一日、新たに支援隊の本部となった小学校の校庭にて、復興に携わる労働者たちを労うための大規模な慰労会が昼間から行われる予定になっていた。ちなみに島民であればだれでも参加可能だ。

「そうはいったって大半の人が喪中でねえの」

「だけんど四十九日も過ぎてるし、みんな休みもなく働いてて疲労も溜まってるべ。遺体捜索班の連中なんて神経すり減らして毎日海に潜ってんだ。ここらで改めて一致団結すんのも大切なことでねえか。まあ、これもすべて遠田隊長の受け売りなんだけども」

「わがるよ。わがるけども、不謹慎と捉える人もいると思うのよ。そもそも開催費用はどうするつもり？　大勢の人が集まんだがら、それなりに金が掛かるべ」

「そりゃあ支援隊が持つんだべさ」

「ってことは復興支援金でねえの。それもまたどうがと思うんだけっどねえ」

「ゆってもそったら掛がらねえって。酒も余ってるわけだし、飯だってみんなで持ち寄ったりすればいいべ。それに慰霊祭も兼ねての慰労会だ」

そんな夫の弁にも陽子は不服な様子だ。「これだけは言っておくけど、ハメを外した連中に大騒ぎさせねえでな。慎ましくやるっていうのもちがうと思うけど」

「むずかしい注文をすんな。だいいちおめだって参加しねばなんねえんだ」

陽子はかぶりを振り、「とてもじゃねえけど、まだそったな気分になれんわ」とぼやいた。

気まずい空気に耐えられなかったのか、三浦がリモコンに手を伸ばし、テレビを点けた。

この慰労会が時期尚早なのか、そうでないのか、姫乃には判断がつかなかった。おそらくそこに正解はなく、選択があるだけなのだろう。

テレビ画面にはバラエティ番組が映し出されており、若手の芸人らが身体を張って茶の間に笑いを届けていた。

未だ震災の渦中とはいえ、悲惨な報道番組ばかりじゃ気が滅入《めい》るし、こうした娯楽だってたまには必要だ。けども、こんな時期に……と不快に感じる人も少なからずいるのだろう。

正解がないというのはとてもむずかしいことだ。


「黙禱《もくとう》」

と、号令がかかると、辺りがいっせいに音を失った。

目と耳がお休みしているからだろうか、潮の匂いが強く感じられ、ここは海に囲まれたところなんだと、今さらながら思った。

三ヶ月前、自分は東京からバスに乗りはるばる東北までやってきた。そこから海を渡り、この天ノ島に降り立った。まさかこれほど長くこの島に滞在することになるなんてあのときは思いもしなかった。

振り返ってみればこの三ヶ月間は怒濤《どとう》であり、混沌《こんとん》であり、そして過酷であった。毎日のように人体の脆さと、命の儚《はかな》さを見せつけられた。少しでも気を緩めたら、頭がどうにかなってしまいそうなほどに。

闇の中でそんな想いに浸っていると、どこからともなくすすり泣く声が聞こえてきた。それがじわりじわり伝染していくのを気配で感じた。

一分間の短い黙禱を終え、光を取り込む。見渡せば周囲の者は一様に涙を流していた。男も女も、子どもも老人も、みな泣いていた。

快晴の空のもと、今日の慰労会に集まった老若男女はおよそ五百名。見渡す限り、頰を濡らしていない者はいなかった。

そして有線マイクを手にし、朝礼台に上った遠田政吉も同様だった。遠目にも彼が泣いているのがわかった。

島民たちはこの巨漢の涙を幾度となく目の当たりにしている。遠田はとりわけ涙腺のゆるい人なのだ。

「東日本大震災より三ヶ月が経ちました」

遠田の涙の第一声がスピーカーを通して校庭に響いた。

「多くの、とても多くの尊い命が、あの日、消えてしまいました」

そう言ったきり遠田は唇を嚙み、黙り込んでしまった。

やがて、

「わたしは過去にこの島を訪れたことはいっぺんもなく、いうなればあかの他人、余所者《よそもの》です」

また、間が空く。

「しかし、今わたしはここにいます。これは偶然でしょうか。いいえ、神に導かれたのです。この島を救うことがおまえの使命だと天啓を受け、この地に降り立ったのです」

遠田は空に目を細め、経を読むように唇を動かしている。

「わたしは不器用な人間です。この図体にして小心者で、取り乱すこともままあります。しかし——」

ここで遠田が視線を聴衆たちに向ける。

「そんな男でも、この島を生き返らせることができるのです。これだけはみなさんにお約束できるのです」

遠田は目を見開き、力強く言い切った。

「わたしは復興こそが震災で犠牲になった人々への鎮魂《ちんこん》になると信じています。復興の二文字がわたしを突き動かしているのです。どうか、こんな男にこれからもついてきてください」

遠田が深々と腰を折るといっせいに拍手が湧き起こった。

やがて遠田は面《おもて》を上げ、両手を前に出して拍手を制した。そして改めて遠田は眼下にいる民衆を、端から端までゆったりと見回した。

「改めましてみなさん、日々、誠にご苦労さまです。ささやかではございますが、我々復興支援隊からこうしてお食事とお飲み物を用意させていただきました。今日は疲弊した心身を存分に癒し、明日からまた、復興の道を共に歩みましょう」

遠田のこうした仰々しい挨拶で幕を開けた慰労会は、みな最初こそぎこちなく飲み食いしていたものの、次第に笑みがこぼれるようになり、控えめながら笑い声も上がるようになった。もちろん涙の抱擁を交わす者や、地べたに遺影を立て、それに向かって語りかけながら酒を舐める者の姿もあった。

姫乃は校庭の隅に置かれている大きいタイヤに腰掛け、そうした光景を遠巻きに眺めていた。

そして、やはり遠田の判断は正しかったのだと思った。

陽子のように反対する声もいくつか上がったそうだが、結果的にこの慰労会は開催されてよかったのだろう。

島民たちはかかえ切れぬほどの怒りと悲しみを両手にして、この過酷な三ヶ月間を乗り越えてきた。それらを一旦下ろす場は必要なのだ。

姫乃が痺《しび》れた頭でそんな思考に耽っていると、横から「ちょっと大丈夫？」と声を掛けられた。

見やると心配そうに顔を覗き込んでくる谷千草がいた。

「ヒメちゃん、顔が真っ赤っか。だいぶ飲まされたんだべ」

姫乃は口元だけで笑んでみせた。たしかに自分はだいぶ酔っ払っている。

酒を飲むつもりはなかったのだが、男たちから「ちょっとくらい付き合ってくれよ」と強制的にコップを持たされ、日本酒を注がれてしまったのだ。それがあまりに続くものだからこうして人の輪から離れたのだ。

「気持ち悪いんでねえの？」

「大丈夫です。ちゃんとお手伝いもできますから」

「そんなとろんとした目でなにいってるの。いいの、今日はヒメちゃんを働かせねえでって陽子さんにも言われてるし。あなたも労られる立場なんだがら」

「それなら千草さんだって」

「あたしはいいの。お酒は好きだけど、あまり飲む気になれねえし」

千草はそう言い、「はい、これどうぞ」と紙コップを差し出してくれた。受け取ると、紙の容器を通してぬるい熱が伝わってきた。中身はお茶のようだ。

「でもヒメちゃんが楽しんでくれてるならよかった。あたし、反対派だったがら」

千草は「こんな時期にとんでもね」と慰労会の開催に強く反対していたひとりだった。ゆえに彼女は不参加だろうと姫乃は思っていた。なぜ、ここにきて参加する気になったのだろうか。

ここで赤子の泣き声を捉えた。声の方を見やると、一箇所に大勢の人が固まっていた。その塊の中心には五十代半ばくらいの女がおり、その腕にはタオルケットに包まれた赤子がいた。みな目を細め、慈《いつく》しむように赤子を見つめている。

「あの赤ん坊、震災の日に生まれたんだって」

「えっ」

思わず千草の方に身体を開いた。

「母親は雅恵ちゃんっていう島の子なんだ。ただ、雅恵ちゃんも旦那さんもみんな助からなかった。あの赤ん坊だけが佳代おばちゃんに救い出されたの」

「佳代おばちゃん？」

「赤ん坊を抱いてる女の人。島の助産師で、みんなのお母ちゃんみたいな存在の人なんだ」

姫乃は改めて佳代に、そして赤ん坊に目を凝らした。

生を享《う》けた瞬間に親を失うとはなんたる悲劇であることか。

あの赤ん坊はこの先どのように生きていくのだろう。

「震災遺児として島で育てていくんだって。そのための施設を作ろうって話が進んでるみたい。あの赤ん坊のほかにも親を失ってしまった子どもが何人かいるみたいだから」

「もしかして、あの周りにいる子たちがそうなんですか」

佳代という女の周りにはまだ幼い子どもたちが数人連れ添っていた。みな、大人たちに頭を撫でられたり声を掛けられたりして、気恥ずかしそうにしている。

千草が首肯し、

「あの子たちのことを思うと胸が張り裂けそうになる。みんなまだあんな小さいのに」

姫乃も胸が詰まる思いだった。

それと同時に千草の心中を推し量っていた。この女性もまた、息子を失っているのだから。

「光明もね、佳代おばちゃんに取り上げてもらったの」

千草が前方に目を細めたまま言った。

「光明はやんちゃでね、こういう縁日みたいなのが大好きで、たとえ熱があっても行く行くって聞かなかった。あたしの目を盗んで勝手に夏祭りに出掛けちゃったこともあってねえ。綿飴《わたあめ》で手をベトベトにして帰ってきたりして」

千草は薄い笑みを浮かべながら唇を動かしている。

姫乃は横目でそんな千草を捉えながら、もしや、と思った。

千草はここに光明が現れるかもしれないと期待して、今日の慰労会に参加することを決めたのではないだろうか――。

「まったく、あのやんちゃ坊主は今頃どこをほっつき歩いてんだか」

返す言葉が見つからず、姫乃が黙っていると千草の方から話題を変えた。

「ところで、あの派遣シェフたちにいったいいくら払ったのかしらね」

この慰労会では、はるばる船に乗ってやってきたシェフたちが島民たちに豪勢な料理を振る舞っていた。その数は二十人以上もいる。

「遠田隊長の顔が利くところに頼んだなんて話を小耳に挟んだけども、まさか丸々ボランティアってわけでもねえべ。食材だって持ち運んできてるわけだし、相当費用が掛かってると思うのよね。その辺りの話、ヒメちゃんは聞いてねえの？」

「……はい。わたしはまったく」

と、姫乃はかぶりを振ってみせたが、本当はすべて知っていた。

なぜならこの出張シェフサービスをインターネットで探し出し、彼らを手配したのはほかならぬ姫乃なのだから。もちろん遠田に指示されて発注をしたのだが、彼からこれを他者には内密にしておくよう釘《くぎ》を刺されているのだ。

遠田はその理由をこう話した。

「島の人らが知れば、そんなもんに金を使うな、贅沢が過ぎるって話が必ず持ち上がる。でもなヒメ、こういう催しでケチったらダメなんだよ。大切な式典には美味い酒と美味い飯《めし》が必要不可欠なんだ。もちろん節約するところは徹底的にする、だが使うべきときは出し惜しまない。それが金の正しい使い方だ。ヒメは優秀な子だから、おれの言ってることが理解できるだろう」

理解できなくはなかったが、先方から提示された予算には正直度肝《どぎも》を抜かれてしまった。

「あのローストビーフ、相当いいお肉だと思うの。エビチリのエビだって一つひとつがこーんなに大きかったべさ」

千草が指で輪を作って見せる。

「たぶんどれだけ安く頼んでたとしても、百万は下らねえと思うのよね」

いや、とてもじゃないがそんなものではきかない。実際はその四倍以上掛かっている。いくつかあったプランの中から最上級のコースを選んでいるからだ。また、シェフらは遠方からやってきているため、彼らの交通費もすべて乗っかってきているのだ。

いったいどこで遠田の顔が利くなんて話が出たのか知らないが、実際はそんなことはなく、こちらは完全な一見《いちげん》さんである。

「別にね、お金を使うことが悪いっつってるわけでねえのよ。ただ、これに限らず、支援隊のお金の使い方はちょっとどうなのって首を傾げてしまうのよね。だってあたしたちが知らねえ間に車とかボートとか、あれよあれよという間に増えてるでねえの。もちろん仕事に必要なんだろうけど、それにしたって――」

千草の話に相槌を打ちながら姫乃は遠くにいる遠田を見つめていた。彼は会が始まってからというもの、一升瓶を手に島民たちに酒を注いだり、握手をしたりして校庭を所狭しと歩き回っていた。まるで選挙の宣伝活動をする政治家みたいだ。

「そういうことに関して治さんは家でなんか言ってねえの？」

「いえ、とくには」

「そう。周りの人たちが疑問に思ってねえんなら平気なのかな」

千草の言う通り、たしかに復興支援隊の持ち物は急激に増えていた。先日は姫乃たちが本部で使用するパソコンが最新の機種に替わり、調度品もすべて一新された。「みすぼらしいものに囲まれていると心もみすぼらしくなる」とは遠田の弁なのだが、姫乃にはこれが過ぎた贅沢なのか、そうでないのかの判別がつかなかった。遠田がそう言うのであればそうなのだろうと思うしかない。

「じゃああたしはそろそろお手伝いに戻るがら。あんまり飲み過ぎたらダメよ」

だったらわたしも――そう言いたかったが言葉にできなかった。酒で頭が痺れているのだ。若干、気分も悪い。

だがそんな状態であるのに、そのあとやってきた島民たちからまたしても酒を飲まされてしまった。彼らから注がれた酒は口をつけないと失礼な気がしてしまう。

だが身体は正直だった。案の定、時を経るごとに徐々に吐き気が込み上げてきた。いけない。こんなところで吐いたりしたら大変だ。

姫乃はふらふらと歩き出した。すると、吐き気が急加速した。胃の中の物が喉元まで迫《せ》り上がってきている。姫乃は口元を手で覆い、駆け出した。

女子トイレはおそらく混んでいるだろうと思い、校舎の裏へと回り、人気《ひとけ》のない藪の中へ駆け込んだ。

正面にあった樹木に両手をつき、それとほぼ同時に嘔吐した。先ほど飲み食いした物が酸っぱい胃液と共に吐き出されていく。喉が焼かれるように熱くなった。

立っていられず、前のめりで倒れ込んだ。草の生い茂った地面に手をついて何度も咳《せ》き込む。そのたびに胃も喉も激しく痛んだ。

ついには仰向《あおむ》けに寝転んだ。顎を突き出し、気道を確保する。そして目を閉じたまま、はあ、はあと荒い呼吸を繰り返した。

ややあって呼吸が落ち着いてきた頃、目蓋《まぶた》に眩しさを感じ、姫乃は薄目を開いた。緑の隙間から射す木漏れ日が顔に当たっているのだ。

しばらくその光をぼうっと眺めていると、視界の端の緑がごそごそと動いた。

驚いて目を凝らし、焦点を定める。

するると、動いたのが緑ではなく人であることがわかった。宙に人がいるのだ。正確には数メートルほど上にある太い枝の上にだれかがいた。

江村汰一だった。この少年もまた迷彩服を纏っているので、周囲の緑に同化していたのだ。

「江村くん、そんなところでなにしてるの」

姫乃が仰向けのまま訊ねると、江村は視線を落とし、「木登り」と一言つぶやいた。

「木登りって……いつからそこに？」

「ずっと前から」

「じゃあ、もしかして、見ちゃった？」

「おまえがゲロ吐いたところか」

最悪だ。

「ねえ、どうして木に登ってるの」

「好きなんだ。木の上が」

「ふうん。みんなのところに行かないの」

「行かない」

「どうして」

「遠田隊長から離れてろって言われてるから」

「それはどうして」

「おれは愛想がないから営業のときは邪魔になる」

「営業？」

酒を注いだり、握手をして回ることを指しているのだろうか。

「ねえ、どうして江村くんは――」

「おまえはどうしてばっかだな」

「だって気になるんだもん。江村くん、いつもしゃべってくれないから」

そもそもこうしてまともに話すのも初めてのことだ。ふだん、本部で顔を合わせても彼とはいっさい会話を交わすことはない。

「それより、さっきからおまえおまえって、一応わたしの方が歳上なんだけど。江村くん、まだ十八歳でしょ？」

「ああ」

「ねえ、もう少し質問していい？」

「……」

「江村くんはどうしてボランティアをしようと思ったの？」

江村からの返答はない。

「ねえ、遠田隊長とはもともと知り合いだったの？」

やはり江村からの返答はなかった。どうやらこの男の子は答えたくないことは無視するらしい。その証拠に、「江村くんには悩みとかってある？」と訊くと「ない」と即答された。

次に江村はひょいと枝から飛び降り、ザッと姫乃の真横に着地した。まるで猿みたいな身軽さだ。

「みんなのところに戻るの？」

「ちがう。喉が渇いたから水道に行く」

江村が背を向け、あっさり去ろうとする。姫乃は咄嗟に、「ねえ、わたしも口をゆすぎたい」とその背中に言った。

江村が足を止め、振り返る。「じゃあ立て」

その言い方にはムッとした。

「江村くんは手を差し出したりしないんだ。酔っ払って倒れてる女の子に」

すると、江村は姫乃の傍らまでやってきて屈み込んだ。そしてなにを思ったか両手首を摑んで身体を引き起こし、勢いそのまま姫乃をおぶった。小柄な体格に似もつかぬパワーと、その乱暴さに驚く。

「ねえ、ちょっと。ここまでしてって言ってない」

「じゃあ歩けるのか」

「……歩けないけど」

「だったらいいよ、このままで」

そう言って江村は姫乃をおぶったまま足を繰り出し始めた。

奇妙な気分だった。酔ってなきゃこんなこと、ありえない。

「ねえ。わたし、重くない？」

訊くと、「重いよ」と遠慮のない返答があった。

「それにわたし、匂うよね。吐いちゃったから」

「匂うよ」

傷つくどころか、姫乃は笑ってしまった。

「もう少ししたら下ろしてね。だれかに見られたらみっともないから」

「わかった」

小さい背中から生き物のぬくもりを感じる。この少年は謎だらけで、変な人で、何を考えているのかちっともわからないけど、わたしと同じ生身の人間なんだと、なぜかそんなことを思った。

「小さい頃、こうしてお父さんによくおんぶしてもらってたなあ。江村くんもお父さんにしてもらってた？」

「父親はいない」

「……そうなんだ。ごめん」

「別に」

「どうしてって、訊いてもいい?」

「どうしてかは知らない。最初からいなかった」

「じゃあお母さんは?」

「いたけど、今はいない」

「それは、どうして?」

「死んだから」

どうやらこの男の子は悲しい過去を持っているようだ。

「ねえ、お母さんに会いたいって思う?」

すると、「思うよ。毎日」と意外な返答があった。「ママにもう一度会いたい」

姫乃は平静を装い、「そっか。そうだよね」と言った。

内心、ちょっぴり動揺していた。

江村はやっぱり不思議な男の子だ。キャラクターがぜんぜん摑めない。

それから数時間経ち、姫乃の酔いも徐々に醒めてきた頃、騒ぎは起きた。助産師の佳代が連れて歩いていた子どものうちのひとりが突然行方不明になったのだという。
「名前は大原海人くん、年齢は五歳。紺色のトレーナーに水色の半ズボンを穿《は》いていて
——」

スピーカーから迷子の案内が流れている。声の主は遠田だ。

校庭の中央には人だかりができており、その中に姫乃も加わった。

「ついさっきまでここにおったの。ちょっとばかし目を離したすきにどっか行っちまったの。お願い、探して。みんな探して」

中心にいる佳代は血相を変えて周囲に訴えていた。その腕には例の赤ん坊が抱かれており、おぎゃー、おぎゃーと愛らしい声を上げて泣いている。

「佳代さん、落ち着けって。だれかに連れ出されたわけでもねんだし、すぐに見つかるさ。佳代さんがそんなんじゃ赤ん坊だって落ち着かねえべ」三浦が諭すように言った。

「だけんど海人が、海人が――」

佳代はひどく取り乱していた。

「わかってるって。必ず見つけっから」と三浦。「よっしゃ。みんなで探し回るべ」

ここから海人の大捜索が始まった。

ただ全体的にそれほど切迫した感じはなかった。この狭い小学校の敷地の中を大人数でいっせいに捜索するのだから、だれしもがすぐに見つかるものと楽観していた。

だがしかし――海人は一向に発見できなかった。

およそ三十分後、いよいよ佳代以外の大人たちの顔にも焦りが浮かんできた。

「もしかしたら学校を出ておもてに行っちまったんじゃねえスか。校舎も校庭も、これだけ隈《くま》なく探して出てこねってことは、少なくともこの敷地の中にはいねってことっスよ」

「しかし五歳の子がひとりで出歩くってのもなあ。だれかが連れ出したんでねえのか」

「だれかってだれだ。そんなことをするヤツはこの島にいねえぞ」

「でも、こんだけたくさんの人が参加してるんだもの。よその者がひとりふたり紛れ込んでたってわがらんのでねえの」

「おい、みんな変なことを言うな。ただの迷子に決まってるべ」

大勢が集まってそんなやりとりを繰り広げる中、「ねえ、ヒメちゃん。千草さんの姿が見えねんだけど、どこさ行ったかわがる?」と近場にいた女が姫乃に訊ねてきた。

「あ、千草さんなら一足先に帰るっつって、もうここにはおらんよ」別の女が答える。

「そう」訊ねた方の女が腕を組み、目を糸のように細めた。

「おい、どうして今千草さんが――」男はそう言ったところで、言葉を止め、顔色を変えた。

「まさか、そんなことあるわけねえべ。滅多なことを口にするもんでねえぞ」

「いや、あたしだって別にそういう意味で訊いたわけじゃ……」

みなが神妙な顔をして黙り込んだところで、姫乃もようやく彼らの言わんとしていることがわかった。

千草が海人を連れ出した。光明の代わりとして――。

いいや、馬鹿な。考えられない。千草に限ってそんなことあるわけがない。

仮に千草が海人を連れ出したとしてどこへ行くというのか。

「あたし、千草さんの家に顔を出してみっかな。一応」

ひとりの女が静かに言った。異論を唱える者はいなかった。

「よし。とにかくおれらは外を探すべ。こうしてる間にも日が暮れちまうし、もしもあっちの森に入り込んでたらえらいことだ」と三浦が遠くを睨んで言った。

その方角には、この小学校を見下ろすように聳える山深い森がある。

姫乃も以前、献花の代わりにする草花を摘みに森に足を踏み入れたことがある。急勾配になっているところも多く、幼児にはかなり危険な地帯だ。断崖絶壁になっているところだってある。

「それとだれか、役場に連絡を入れて島中に迷子のアナウンスを流すように伝えてくれ」

「それなら今さっき遠田隊長が手配してた」

「おお、さすがだ。で、その遠田隊長はどこさいった？」

「佳代さんを連れて役場に向かった」

「どうしてわざわざ」

「隊長自らしゃべるんだそうだ。全島民に協力を要請するからって」

いよいよ大事《おおごと》になってきた。姫乃は唾を飲み込んだ。

「じゃあおれたちは手分けして――」

三浦の指示のもと、大勢の男女がぞろぞろと敷地を出ていく。酒が入っている者が大半だろうが、その足取りはしっかりしていた。

姫乃もそうだ。酔いはすっかり醒めている。

これ以上、この島で人が死んだり、いなくなったりするところなんて見たくない。不幸はもうたくさんだ。

太陽が水平線に差し掛かり、西の空が赤く燃え始めた。天ノ島が夜支度に入ったのだ。

未だ海人は見つからずにいる。

〈大原海人くんを見つけ次第、役場にご連絡をください。どうか、どうか最大限のご協力をお願い致します。彼はまだ五歳の幼児であり、この島の未来を担うべき――〉

遠田の切実なアナウンスが辺りに響き渡っている。その前は佳代が嗚咽《おえつ》を漏らしながら協力を訴えていた。ふたりの声はスピーカーを通して島中に届いているはずで、当然海人本人にも聞こえているだろう。

五歳なら意味はわかるはずだ。それなのに彼が出てこないというのはどういうことなのか。考えられるのは、聞こえているが身動きが取れない状態にある、もしくはそもそも聞こえていないかのどちらかだ。聞こえていない――その状況を想像するだけで背筋が寒くなった。

先ほどスピーカーを通して流れてきた佳代の話では、海人は地震があったあのとき、両親と共に海上にいたという。その衝撃で発生した津波により船が転覆し、三人共海に投げ出されてしまったのだそうだ。そして、海人だけが奇跡的に生還した。

両親は自らの命と引き換えに息子を救ったのだろうと、そんなことを佳代は語っていた。姫乃もそう思う。そんな奇跡の子をこんなところで失ってはならない。

とはいえ、姫乃にはあてもなく辺りを歩き回ることしかできなかった。気持ちばかりが焦るだけで、海人がどこにいるかなど、まるで見当がつかない。

「海人くーん、海人くーん」

そんな姫乃と同じように海人の名を叫び、動き回る大人たちの姿がそこら中にあった。中にはエプロン姿の主婦たちも多くいた。放送を聞いて家から飛び出してきたのだろう。

このように島民総出の人海戦術を取っているというのに、なぜ子どもひとり発見できないのか。仮に海人が不慮の事故などに遭い、身動きが取れない状況にあったとしても、この小さな島で見つからないでいることの方がはるかにむずかしいはずだ。神隠しにあったのではないか——本気でそんなことを考えてしまう。

姫乃はその後も棒になった足を繰り出しつづけた。藪を掻き分けたり、停まっている車の下を覗き込んだりもした。

次第に空の闇が濃くなり、それに比例するように絶望も少しずつその濃度を増していった。疲労からか、焦燥の中に諦念が芽生え始めていた。

気がつけば姫乃は港に辿り着いていた。岸に停泊したいくつもの船が同じリズムで微妙に船体を揺らしていた。風が出てきているのだ。

辺りに人の姿は多くない。その多くが森の中を探索しているからだろう。実際に海人は小学校からすぐ近くにある森に入り込んだ可能性が高いように思う。この港までは結構な距離があるのだ。

ここで姫乃はひとつの船から細い光線が放たれているのに気づいた。光線はあちこちに動き回っている。懐中電灯を手にした誰かが船上にいるのだ。

近寄って目を凝らすと、それが江村汰一だとわかった。

「江村くん」

姫乃は岸から叫んだ。すると、光線がこちらに向けられ、

「なんだ、おまえか」と江村が興味を失ったように言った。

「おまえじゃない、姫乃。何してるの、そんなところで」眩しい光に目を細めながら訊ねた。

「迷子を探してるにきまってるだろ」

眉をひそめた。まさかここに停泊する船のどこかに海人が潜んでいると江村は考えているのだろうか。

「この辺りの砂浜はひと通り探し回ったけど、いなかった。だとすれば船だ」

江村はそう断定した。姫乃にはその根拠がまったくわからない。

「親がこの辺りの海で死んだんだろ。だったらこの近くにいるはずだ」

さらにわけがわからなかった。

理由を問うと、

「おれにはなんとなくわかる」

と、そんな曖昧な答えが戻ってくる。

やがて江村が船からぴょんと飛び、姫乃のいる岸に移った。この少年は本当に身軽だ。

「こっち半分にはいなかったから、いるとしたらあっち側の船のどれかだ」

江村が指した方を見る。まだ三十隻近くの船が停泊している。ちなみにその半数がボロボロだった。おそらく動かない船もあるのだろう。

ただ、どう考えても、ここに海人がいるとは到底思えないのだけど。

「だったらだれか呼んでこようか。手分けした方が早いでしょ」

半信半疑ながらそう提案したものの、「いい」と拒否された。

「なんで」

「おれが見つけなきゃならないから」

「どうして江村くんが見つけなきゃいけないの。だれが見つけたっていいじゃない」

「絶対におまえが見つけてこいって、遠田隊長から言われてる」

姫乃は小首を傾げた。江村の言うことはなにからなにまでちんぷんかんぷんだ。部下の江村が海人を発見すれば遠田の株も上がるからだろうか。いや、遠田はそういう意味で発破《はっぱ》を掛けたのではないと思うのだけど。

それから江村はひとつずつ船を虱《しらみ》潰しに調べ始めた。

姫乃はこの場にとどまり、岸から「海人くーん」と叫び続けている。ただ、この声に返事がないという時点でここにはいないはずだ。なぜ江村にはそんなことがわからないのか。

だが、江村の読みが正しかったことがまもなく証明されることとなった。何隻目かの船の探索に取り掛かった江村が、「いた」と声を発したのだ。

姫乃は思わず「ウソでしょ」と口走り、やにわに自身も船に乗り込んだ。

本当だった。江村が光を当てている船首に、体育座りをする幼い男の子の後ろ姿があった。あの子が大原海人にちがいないだろう。

「海人くん」

と名を呼び、駆け寄っていく。

そして回り込んで顔を覗き込んだところで、姫乃は眉をひそめた。

海人はこちらに目もくれず、目の前の暗い海をぼーっと見つめているのだ。まるでなにかに取り憑《つ》かれているかのように。

「大原海人くん、だよね」

屈み込んで訊いたものの、やはり海人は反応しない。

その肩に手を置いたところで、ようやく海人が首を捻り、姫乃を見た。

そして海人は、「だめなんだって」とつぶやいた。

姫乃は小首を傾げた。

「おとうさんとおかあさんが、おいでっていうからついてきたのに、ここからさきはついていったらだめなんだって」

姫乃は返す言葉が見つからず、唾を飲み込んだ。そして助けを求めるように傍らに立つ江村を見上げた。江村は海人に向けてジッと目を細めている。

「ねえ、なんでだめなのか、おねえちゃんからもきいて」

「きいてって言われても……どこに海人くんのお父さんとお母さんがいるの」

「ほら、すぐそこに——あれ」海に向き直った海人が目を丸くして言った。「いなくなっちゃった」

姫乃は海人の視線の先にある黒々とした海を見つめた。もちろんそこに人の姿などない。月明かりを受けた海面がゆらゆらと怪しく揺れているだけだ。

「さっきまでそこにいたのに。ほんとうにいたんだよ」

薄ら寒さを覚えていると、江村がそんな姫乃を手で押し退け、海人の横にスッと座った。

そして、

「——」

なにかを言った。

姫乃には聞こえなかった。風で声が掻き消されてしまったのだ。

その後も江村は海人に向けてぽつりぽつりなにかを語りかけていたが、すべて聞き取れなかった。

数分ほど経ったろうか、姫乃はその場で立ち尽くしたまま、ふたりの背中を静かに眺めていた。

どうしてだろう、声を掛けられなかった。海人が見つかったと、早くみんなに知らせてあげなきゃいけないのに。

いつの間にか、海人は江村にもたれ掛かっていた。どうやら眠ってしまったようだ。

やがてそんな海人を江村が抱きかかえ、船を下り、岸に戻った。

ここでようやく姫乃は三浦に電話を入れた。するとその数分後、三浦から役場に連絡がいったのだろう、スピーカーを通して海人保護のアナウンスが島中に流れた。声の主は遠田で、彼は〈うちの江村が発見した〉と、ここをことさら強調していた。

月明かりの下、夜道を江村と並んで歩いた。目指しているのは復興支援隊の本部だ。

辺りに人気はない。放送を聞いてみな家に戻ったのだろう。時刻はもう二十一時を回っている。

江村の腕の中で海人はぐっすり眠っていた。無垢《むく》な寝顔を見ていると、なんともいえない切なさが込み上げた。

一方、江村には訊きたいことが山ほどあった。どうして海人が船にいることがわかったのかとか、先ほど海人に何を語っていたのかとか。

けれど姫乃はそうしたことは口に出さず、無言で足を繰り出していた。たとえ質問したとしても、彼は答えてくれない気がしたからだ。

道のりを半分ほど来たところで、ふいに腹がぐうっと鳴った。姫乃は、「おなか、空いちゃった」と腹をさすってつぶやいた。せっかく豪勢な料理を食べたのに、すべてもどしてしまったせいだ。

「江村くんはおなか空いてないの」

「空いてる」

「ねえ、江村くんの好きな食べ物ってなに？」

待てど江村からの返答がないのでここで会話が終わってしまう。どうしてこの男の子はちょくちょく無視するのだろう。そんな気に障るようなことを訊いているわけじゃないのに。

姫乃は沈黙を嫌い、「そういえば江村くん、前にパンダさんのおにぎりを手に取ったの覚えてる？　あれ作ったの、実はわたしなんだよ」と話題を変えてみた。

すると、江村は首を捻ってこちらを見てきた。そして、「パンダのほかにも作れるか」と、いきなり話に食いついてきたので困惑してしまった。

「まあ、結構レパートリーはあるけど。ワンちゃんとかネコちゃんとか」

「ライオンは？」

「ライオンは作ったことない。そもそもライオンなんてどうやって作るんだろ」

姫乃としては質問したつもりではなかったのだが、「まず、おにぎりを丸くして――」と江村が真剣な眼差しで説明を始めた。

丸いおにぎりに薄く焼いた卵焼きを被せ、輪切りにした魚肉ソーセージで周りを覆ってたてがみに見立てるのだそうだ。たしかにそうすればライオンっぽくなるのかもしれない。

だが、こんなことを熱っぽく話す江村がおかしかった。やっぱりこの男の子は変だ。

「ずいぶんと手間がかかるんだね。でも、いつか挑戦してみようかな」

姫乃は本気で言ったつもりじゃなかった。なんとなく口にしてみたのだ。

だが、「約束」と間髪《かんはつ》を容れず江村は言った。

「約束って……」

「ダメか」

「別に、ダメじゃないけど」

「じゃあ作って」

「……まあ、いいけど」

妙な約束をしてしまったところで、遠くに小学校の校舎が見えてきた。おそらく多くの人が海人の帰還を待ち構えていることだろう。

「それってつまり……幽霊ってことか」

姫乃が本部に集まっていた人々に先ほどの出来事を語ると、予想通りみな困惑した表情を浮かべた。

当人である海人は佳代に連れられ、すでに彼女の自宅へと車で帰っている。海人はずっと眠ったままだった。目覚めたとき、彼は今日の出来事を覚えているだろうか。

「わたしは信じるけどね。あの子にはたしかに見えたんでねえの」

若い女のひとりが目を細めて言った。

つづいて、「かっくん、みんなにあの話をしてあげてよ」ととなりにいる男に水を向けた。

その男は酒屋で働く克也《かつや》という青年で、姫乃も顔見知りだった。支援隊本部にもたまに酒を届けにやってくるのだ。

いきなり話を振られた克也は困惑していたが、やがて「たぶん信じてもらえねえだろうけど」と前置きし、ぼそぼそと語り始めた。

「あの地震が起きる数分前、おれは海沿いを軽トラで走ってたんだ。そしたら、後ろから来た見慣れない赤い車に突然クラクションを鳴らされて、強引に追い抜かれたんだ。別にのんびり走ってたわけでもねえのにさ。おれ、ちょっと頭にきちまって、ひと言文句言ってやんべって追いかけたんだ」

みな静かに克也の話に耳を傾けている。

「その赤い車はどんどん高台の方へ逃げていくんだ。車はだいぶ年季が入ってて、オンボロなんだけどこっちもこっちで軽トラだし、なかなか追いつかなくて——で、おれ、そんなふうにして追いかけ回してる最中、なんかこの車に見覚えあんなあって、既視感みたいなのを覚えてたんだよ。そんなときにちょうどあの地震が起きたんだ。つまり、なにが言いてえのかというと、結果的におれはその車のおかげで助かったってこと。あのまま海沿いを走ってたらと思うとゾッとするべ」

はあ、と周囲から感嘆の声が上がる。「でも、その車はなんだったんだべな」

「おれもずっと気になってたから最近になって調べてみたんだ。ナンバーは記憶してたし、特徴も頭に焼きつけてたから。だけんど、陸運支局さ問い合わせても教えてくんねえで、先日それを親戚の叔父《おじ》さんに何気なく話したんだ。したら、『そりゃあ兄貴の車だ』って。つまり、おれの親父の車だったんだよ。親父はおれがガキの頃にとうに死んでるし、ありえねえことだけど、でもたしかに車種もナンバーも一致してんだ」

「おいおい。なんだ、その話」

「信じられねえだろうけども、本当なんだ。親父が、『そっちにいくな。こっちにこい』ってておれを導いてくれたんだと思う。んだがらあの子の親もきっと、息子になにかしら伝えたいことがあって現れたんでねえかな」

この克也の話を機に、あちこちで「実はおれにも」「うちにも」といった声が上がり、そこからいくつもの心霊体験が語られた。

この場にいる島民はおよそ五十名、それぞれが摩訶《まか》不思議な体験談を持っているようだった。

姫乃はそのことに驚いたが、どこか納得する気持ちもあった。

先週たまたま手に取った雑誌の中にこんな記事が載っていたのだ。

それは被災地で起きた心霊体験の特集記事だったのだが、とても興味深いものだった。

東北のとある地域ではタクシーの運転手たちが頻繁に幽霊を乗せているというのだ。

——もうみんな慣れっこだからだれも怖がってねえよ。むしろハナっからオバケだってわかってて車を止めてんだから。だってよ、あっちだってどこかに用があったり、会いたい人がいるからタクシーを止めてんだろ。それだったらおれらはよろこんで乗せるさ。もちろん運賃はもらえないけどね。ただ、それくらいしてやんなきゃ、逆にバチが当たるべ。

そんな体験談がいくつも語られていたのだ。

考えてみれば、自分にもひとつ心当たりがある。

あれは遺体安置所に詰めていたとき、とある老爺の亡骸が運ばれてきた。その老爺は右手に杖《つえ》を握っていた。死後硬直で手から離せない状態にあったのだ。

姫乃は遺品をまとめるため、その老爺の指を一本一本、慎重に広げ、杖から手を離させた。するとその瞬間、その老爺が姫乃の指をそっと握ってきたのだ。

不思議と恐怖は覚えなかった。なぜだろう、冷たくなった手からぬくもりを感じたのだ。今思えば、あれは最後の世話をした姫乃への、老爺からの感謝の意だったのかもしれない。だからきっと、島民たちの話も本当で、海人も本当に両親を見たのだろう。幽霊はきっと存在するのだ。

「こんなふうに話し込んでんだったら、ちょっくら飲み直さねえか」

だれかが言い、ここから急遽、慰労会の二次会が開かれることとなった。遠田と小宮山も途中から参加したのだが、案の定、江村の姿はなかった。

酔った遠田が若かりし頃のやんちゃ話を身振り手振りで語り始めた。どの話にもちゃんとオチがついており、場の笑いをしっかり取っていた。この人はいつだって自然と輪の中心におさまってしまう。きっとそういう星のもとに生まれたのだろう。

姫乃はさすがに酒に手を出すことはしなかった。勧められても丁重にお断りした。一日に二度も吐くのはごめんだ。

姫乃はぬるいお茶で唇を湿らせながら、江村と交わした約束のことをぼんやりと考えていた。

12　二〇一三年三月八日　菊池一朗

おもてから射し込む陽が窓枠を象り、空き教室の床を照らしている。遠くで児童たちのはしゃぐ声が絶え間なく聞こえていた。ここは天ノ島の小学校とちがい、一学年につき四クラスもあるのだそうだ。

「ええ、江村くんのことはもちろん覚えていますよ。長くこの仕事をしておりますから、正直忘れている子がほとんどですが、あの子のことはよく覚えています」

小さな学習机を挟んだ先にいる有賀《ありが》教諭は、柔和な表情の中に若干の憂いを滲《にじ》ませていた。

有賀はこの小学校に赴任して三年目になる五十代半ばの女性教諭で、現在は教頭を務めていると、つい先ほど自己紹介をしてもらった。

また、彼女は児童のメンタルヘルスケアを行うスクールカウンセラーも兼任しているのだとも言った。聞けばなるほど、彼女の眼差しには慈愛が滲んでおり、その佇《たたず》まいには理知的なものを感じる。

ここに辿り着くまで長かった。江村汰一の過去を調べるために、一朗は何度北海道へ渡ったことか。

もっとも江村の素性を知る人物は意外なところから現れた。遠田政吉の離縁した妻の保下敦美だ。

以前接触した際に連絡先を交換していたので、先週一朗は彼女に電話を入れてみた。それは遠田からの連絡の有無と彼女の近況を訊くためのものだったのだが、その中で一朗が江村の名前を口にしたとき、〈えっ。あの子、まだ遠田のそばにいるの？〉と敦美が発言したのだ。

敦美はその昔、当時住んでいた旭川のアパートで江村と一ヶ月ほど共同生活を送ったことがあるのだという。それは今から約九年前、江村が十一歳のときのことだそうだ。

ある日突然、遠田が見知らぬ少年をアパートに連れて帰ってきた。事情を訊ねると、少年は先月唯一の肉親である母を亡くし、それからは親戚に引き取られ、そこで暮らしていたというのだが、

「庭にある汚ねえ物置で生活させられてたんだ。メシもろくに食わせてもらえなかったらしい。見てみろ、こんな痩せ細っちまってかわいそうに」

たしかに少年の身体つきは、敦美に飢餓難民の子を想起させた。栄養失調であることは一目瞭然だった。

「まあこの通り無愛想なガキだ。親戚連中からしても可愛くなかったんだろう。だからとい

ってあんまりだと思わねえか」

遠田はそんな少年を見かねて連れ出したのだと敦美に説明した。そしてこの少年を「しばらくうちで預かる」と告げた。

他人であるはずの遠田がこれほどまで少年に親身になるのには理由があった。遠田と少年は見ず知らずの関係ではなかった。

約一ヶ月前、遠田はこの少年の命を救っていたのだ。

「ええ、そうです。川で溺れていた江村くんとお母さんを……残念ながらお母さんの方は助かりませんでしたが、彼のことを助けてくれたのは近くで釣りをしていた若い男性でした。もう名前は覚えていませんけど、とても恰幅《かっぷく》のいい青年でしたね。わたしも一度ご挨拶をさせていただいたことがあるんです」

どうやら有賀はその恰幅のいい青年が今世間を騒がせている男と同一人物だとは気づいていないようだ。とりわけ隠す理由もないが、当時の率直な印象を聞き出すため、一朗はあえて黙っていることにした。

「有賀先生がその青年と会われたのは事故直後でしょうか」

「ええ、江村くんのお母さんの葬儀のときです。彼も参列していたので、あなたの勇気のおかげで大切な児童の命が救われましたと、そう感謝の言葉を申し上げたんです」

「青年はそのときなんと？」

訊くと有賀は微《かす》かに眉をひそめた。

「ええと、彼はたしか、当たり前のことをしただけだとか、溺れている人がいればだれでも手を差し伸べるものだとか、そのようなことをいっていたと思います。でも実際は手を差し伸べたなんて簡単なことじゃなくて、彼は川に飛び込んで溺れている江村くんを救い出してくれたんです。きっとあの青年は今頃立派な人になっていることでしょうね」

一朗は曖昧に相槌を打ったあと、「その青年とはほかにも何か会話をされましたか。ほかにも印象深いエピソードなどがあれば教えていただけると助かります」と前のめりで質問を重ねた。

すると今度は彼女の顔にはっきりと怪訝《けげん》の色が浮かんだ。この新聞記者がやたら江村を救った青年の話に食いつくのが解せないのだろう。

「失礼。この事故が江村くんの人生の転機とも考えられますので、些末なことでもできるだけ詳しく知りたいのです」

有賀は完全に納得したわけではなさそうだったが、やがて遠い目をして、当時のことをこのように話してくれた。

「彼は江村くんのお母さんのことが救えなかったことをとても悔やんでいたので、自分よりも息子の方を優先してくれてありがとうって、きっと江村くんのお母さんも天国であなたに感謝されていることと思いますよ、母親とはそういうものですからとお伝えしたんですが、それでも彼は、おれにもっと力があれば母親のことも救えたと、終始自分を責めていたのが印象に残っています。彼は人目を憚らず泣いてましたしね。それこそ大号泣で」

一朗にはその姿が容易に想像がついた。遠田は大いに己に酔っていたことであろう。称賛と脚光を浴びつつ、ひとつの命を救えなかったことを悔いるヒーローの愁嘆場、きっと遠田はそんなシーンを自らの中に作り出した。そして感情を昂《たかぶ》らせ、瞬時に役に入り込んだ。

遠田のこうした劇場的な振る舞いは計算というより、もはや性分に近いのだと思う。いうなれば遠田政吉は表舞台に立ちたい悪で、だからこそタチが悪いのだ。

遠田の中には強烈な自己愛と自己陶酔、そして底のない承認欲求が内在しており、それらが作り出した理想的な自分は万事において他者より絶対的に優遇されていなければならず、だからこそ彼はどんな違法行為をもいとわない。自分だけはなにをしても許されて然るべき、というのが根底にあるのだ。

被災地で活動するボランティア団体の代表として社会的な立場と信用を確保しつつ、裏で悪事を働き利を貪っていたのがなによりの証左である。

「ところで、菊池さんは江村くんの話でいらしたんですよね」

有賀が改めて確認するような口調で言い、「その通りです」と一朗は首肯した。

「菊池さん同様、わたしもあの子がこのような横領事件に関わっているなどとても信じられませんが、人は年月を経て変わるものです。これは非常に悲しいことですが、三十年も教師をやっておりますと、過去に受け持っていた児童が罪を犯して捕まったなどという報せが届くのは珍しくありません。人というのは良くも悪くも変わりますし、どこまでいってもわからないものです」

有賀は深い諦念を滲ませて吐露した。

ちなみに「菊池さん同様」というのは、あらぬ容疑を掛けられている青年の無罪を立証するため、自分はその過去を調べている――という建前で彼女に取材を申し込んでいるからだ。まったくの虚偽ではないが、本当に一朗が知りたいのは江村が横領事件にどの程度関わっていたのかということである。

そのためには江村汰一と遠田政吉、あのふたりの謎に包まれた繋がりを解明する必要があるのだ。

「有賀先生のおっしゃる通りだと思います。しかし江村くんはまだ事件に関与していると決まったわけではありません。現在の立場も容疑者ではなく、あくまで重要参考人ですから」

「ええ、どうか無実であることを祈ります」

有賀は目を伏せて言った。

「有賀先生は担任として江村くんを三年間見られていたようですが、当時の江村くんはどのような児童だったんでしょうか」

「正確には二年と半年です。江村くんは例の事故でお母さんを亡くし、五年生の半ばでご親戚に引き取られる形で転校してしまいましたから。当時の江村くんは、そうですね——どこから話せばいいものでしょうか」

有賀はそう言ったきり、黙り込んでしまった。

待つこと十数秒、

「菊池さんはアレキシサイミアという言葉を聞いたことはありますか」

聞き慣れない単語に一朗は眉をひそめ、「いえ」とかぶりを振った。

「日本語訳すると失感情症です。これは感情の認知や表現がうまくできない性格特性なんですが、世の中にはこうした傾向を持っている人が一定数いるんです」

「……江村くんがそのアレキシサイミアであったと」

有賀が頷き、軽く息を吸い込んだ。

「アレキシサイミアの傾向がある人は感情認知と、それを言葉や表現に結びつける能力が著しく低いんです。たとえばどのようにうれしいのか、悲しいのかを訊ねても、彼らはそれを表情に出したりうまく言葉にすることができないのです。それと同時に周りの人の感情を認識することも不得手です。基本的に想像することが苦手で、彼らは予《あらかじ》め決められた物事や、与えられた指示に従うことを好みます。だからといって、喜怒哀楽の感情がないわけではなく、たしかにあるのですが、どうしてもそれがおもてに出てこないのです。江村くんにはこのアレキシサイミアの傾向がかなり強く出ていて、亡くなられたお母さんもこのことをかなり心配しておられ、度々専門の病院に足を運んで――」

有賀の話に耳を傾けながら、一朗は深く納得していた。これまで江村に感じていた違和感と、彼の纏っていた虚無の正体がようやくはっきりした。

感情を出さず、与えられた指示をまっとうする。まさしく江村汰一そのものだ。

「実をいうと、わたしがアレキシサイミアについて詳しくなったのも江村くんのお母さんが彼が四年生のときに、このことについて打ち明けてくれたことがきっかけなんです。それまでのわたしには名称を知っている程度の知識しかなく、ASD（自閉スペクトラム症、アスペルガー症候群）やADHD（注意欠如・多動症）の一種なのだろうと思いちがいをしていたんですが、勉強してみてまったくの別物であることがわかったんです」

「なるほど。そんな江村くんは学校ではどのように生活していたのですか」

訊くと有賀は想起するように目を細め、

「基本的に問題を起こすようなことはありませんでした。成績も悪くはなかったと思います。彼の場合、知能に問題があるわけではありませんでしたから。ただ、わたしの記憶する限り、友達はひとりもいませんでした」

「虐《いじ》められていたとか、そういうことはあったんでしょうか」

「いいえ、特別そういうことはなかったと思います。ただ、だれにも構われないんです。周りの子からすれば江村くんの反応が薄いので一緒にいても楽しくないんですね。ですから江村くんはいつも独りぼっちでした。お昼休みなんかも、校舎裏にある木に登っていつもそこで過ごしていましたから。わたしはそんな江村くんを見かけるたびに、勇気を出してみんなの仲間に入れてもらったらどうかなとしつこくしてしまって、あとになって軽率だったと後悔した覚えがあります」

「先生がそうした言葉を投げかけたとき、彼はどんな反応を示していましたか」

「それこそ本心だったのかわかりませんが、江村くんは『友達はいらない。ぼくにはママがいるからさみしくない』と答えていました」

「ママがいるから、ですか」

「ええ。母子家庭というのもあって、彼は大のお母さん子だったんです。だからこそそんなお母さんを失ってしまって、彼はこの先誰を頼って生きていくのだろうって、わたしも担任としてひどく心を痛めました。ただ、そのお母さんの葬儀のときでさえも、江村くんは涙を流すことも、顔色を変えることもなく、淡々としていましたが。わたしはそのとき改めてこう思ったんです。ああ、これがアレキシサイミアなんだなと」

有賀が深いため息を漏らし、それが一朗にも伝染した。

彼は母を失ったとき、なにを思っていたのだろうか。

おもてに出さずとも、心で涙していたのだろうか。

「江村くんは事故のあと親戚に引き取られたとのことですが、有賀先生はその親戚の連絡先はご存知ですか。よろしければ教えていただけるとありがたいのですが」

そう申し出ると、有賀は少し逡巡した様子を見せていたが、最後には「家に帰って調べてみます」と了承してくれた。江村の転校後、彼女は数回ほど親戚の家に連絡を入れて、近況を訊ねたことがあるらしい。

「有賀先生がその親戚の方に連絡をしたのはいつ頃でしょうか」

「昔のことなので正確なことは覚えていませんが、おそらく最初は彼が転校して一週間後とかだったと思います」

「最後は？」

「最後……そうですね、三ヶ月後くらいだったでしょうか。うまくやっているから心配いらないと、そうおっしゃっていたと思います」

妙な話だった。敦美の話では、江村は一ヶ月後には親戚の家を離れているはずなのだ。

このあとも一朗はいくつかの質問を投げかけ、それをひと通り終えたところで、見計らったように甲高《かんだか》いチャイムが校舎に鳴り響いた。

一朗はここで切り上げることを決め、有賀と共に教室を離れた。

有賀と廊下を歩いていると、休み時間を迎えた児童たちが前から後ろから風のように一朗たちの脇を通り過ぎて行った。そのたびに有賀は「こら。走らない」と叱っていたが、児童たちは一瞬だけ速度を緩め、すぐにまた駆け出していく。どうやら児童たちにとって有賀は怖い先生ではないようだ。

「子どもというのはいつの時代も走るもんなんですね」

「菊池さんにお子さんは？」

「五歳の息子がひとり」

「あら。それくらいの子だとものすごいスピードで成長していくでしょう」

「ええ。毎日驚かされています」

そんな会話を交わしていると、ほどなくして来客用玄関に到着した。革靴を履き、改めて向かい合う。

「あれから江村くんがどのように成長しているのかわかりませんが、もし無罪なのだとしたら、彼がきちんと自己弁護できるのかとても不安です。アレキシサイミアの傾向がある人はSOSを出さないので、困っていても周りに気づかれず、サポートを受けられないんです。菊池さん、その際はどうか彼の力になってあげてください」

一朗は一拍置き、頷いた。

江村汰一には同情すべき過去と先天的ハンデがあった。だが今回の横領事件において、すべて承知の上で遠田の指示に従っていたのだとしたら、彼は立派な共犯者だ。現状は重要参考人の立場にとどまっているが、この先の証拠次第では被疑者・被告人となり、有罪判決が下る可能性も十分にあるだろう。

ただ、一朗は彼女にそうしたことを告げる気にはなれなかった。

一朗は改めて有賀に謝辞を述べ、校舎をあとにした。おもてにはまだ陽が出ていたが、北国の寒風が身に染みた。

一朗が身を小さくして、レンタカーを停めている校舎裏の駐車場を目指して歩いていると、

「菊池さーん」と背中の方から声が上がった。振り返ってみれば今別れたばかりの有賀が追いかけてきていた。

彼女の足元は内履きのスリッパのままだ。

有賀は上気させた顔を一朗に向け、

「すみません。江村くんのことで、ふと思い出したことがあるんです」

と白い息を吐いて言った。

「先ほどわたしは江村くんがだれにも構われなかったと言いましたが、そうではありませんでした。彼がクラスメイトたちから必ず関心を向けられる瞬間があったんです」

それは学校の給食がお休みのときだったという。そうしたとき、児童たちは家から弁当を持参してくるのだが、そのときだけは江村はクラスメイトたちに囲まれていたというのだ。

理由は、彼の弁当がバラエティに富んだ楽しいものだったから。

江村の弁当には動物などを模したおにぎりやおかずが色彩豊かに詰められており、いつも

クラスメイトたちから羨望の眼差しを向けられていたのだそうだ。

それを聞き、一朗の脳裡にある画《え》が浮かび上がった。取材のときに見た江村が自作したというおにぎりだ。

「江村くんのお母さんは毎回大変だったみたいですけど、息子がよろこんでくれるからやめられないと話していました。ちなみに、江村くんの一番のお気に入りはライオンの――」

そしてあれは先週のことだったか、三浦の妻である陽子から椎名姫乃が時折そうしたものを台所でこっそり作っていたという話を聞いた。そのことについて姫乃は「ただの趣味ですから」と話していたようだが、もしかしたら彼女は江村のために作っていたのかもしれない。

一朗がひとり思案に耽っていると、

「あの、ごめんなさい、こんな些細なことで呼び止めてしまって。急に思い出したものだからつい」

「いえ、伺えてよかったです。ご丁寧にありがとうございました。ほかにもなにか思い出したことがあればどんなことでも連絡をください」

江村太一と椎名姫乃、おそらくこのふたりは島民たちの誰も知らない、特別な関係にあった。少なくとも江村にとって姫乃はほかの者とは一線を画す存在だったのはまちがいないだろう。

先日、彼女が天ノ島を離れ東京に帰ったことを知らせると、江村はわずかに動揺を示した。

感情を表せない人間が表したのだ。

どうにか姫乃と接触し、彼女から江村との関係を聞き出したいものだが――。

〈ダメです。取りつく島もないといった感じですね〉

電話の向こうから俊藤の深いため息が聞こえた。

道端に停めてあるレンタカーの運転席に座る一朗は、「そうですか」と肩を落とした。

東京にいる俊藤に、椎名姫乃に接触してもらうよう頼んでいたのだ。俊藤はまず彼女の住むマンションを訪問したのだが門前払いを食らい、それならばと外出したときを見計らって声を掛けたものの、そこでも「なにも話したくないんです」と避けられてしまったのだという。

〈相当な精神的ダメージを受けているように見受けられました。このままだと取材はおろか、裁判で証言台に立つことすら拒否する可能性がありますね〉

だからといって彼女を責めることなど誰ができよう。今回の事件において、彼女こそが最大の被害者といっても過言ではないのだから。

姫乃は遠田のもと、復興支援隊本部の事務員として働いていた。その間に遠田から様々な指示を与えられ、それに忠実に従ってきた。すべては天ノ島の復興と、島民を思ってのことだ。

彼らと共に働いていた島民の話では、遠田はある時期から姫乃にばかり指示を与えるようになっていたという。それはほかの者には秘密裏に進めたい事柄だったにちがいない。疑うことを知らない姫乃は、遠田にとってもっとも扱いやすく、騙しやすい存在であったことだろう。

ある意味、彼女は遠田に支配されていたのだ。

〈信じていた人間に裏切られたショックなのか、それとも結果として自分も悪事に加担してしまった負い目を感じているのか〉

「おそらくその両方でしょうね。みんな彼女が純粋で責任感の強い子だと口をそろえて話してましたから」

〈どうしましょう。もう少し粘ってみましょうか〉

一朗はフロントガラスの先に目を細めた。「いえ、もうしばらくそっとしておきましょう。彼女には時間が必要なんだと思います」

〈わかりました。で、そちらはなにか進展がありましたか〉

「ええ、江村の小学校時代に担任を受け持っていた教員と会うことができました」

一朗は先ほど有賀から聞いた話を俊藤に簡潔に説明した。

〈アレキシサイミアか。まったく知らなかったな〉俊藤は感心したように言った。〈江村のあの感じはそういうことだったのか〉

「ええ、自分も腑に落ちました」

〈これでようやく江村が遠田に従っている理由がはっきりしましたね。彼にとって遠田は命の恩人だったわけですから〉

一朗は少し押し黙り、

「そうとも捉えられますが、どうも自分はそれだけではないような気がするのです」

〈というと？〉

「これをどのようにお伝えすればいいのかむずかしいのですが——まず、江村にとって遠田との出会いは母親の死と重なっているわけです。これは想像ですが、おそらく彼の幼い心はそこで一旦壊れてしまったんではないかと自分は思うのです。言い方を変えればまっさらになったとでもいうのでしょうか。そんな中、江村は遠田からことあるごとに物事の善悪や価値観を説かれてきたことと思います。つまり、なんと言いますか——」

〈一度真っ白になったキャンバスに色を塗りたくられてしまったと〉

「そうです、それもダークな色をです。もしかしたら彼なりに命を救ってもらった恩義を感じているのかもしれませんが、ふたりの関係はそう単純な構図ではないような気がするのです」

江村にとって母親の死後、遠田はもっとも身近な人間だった。その影響は計り知れないものがあったことだろう。

椎名姫乃の例を見ても遠田が他者を洗脳、支配する能力に長《た》けていたことは明白だ。そしてなにより、江村自身が染まりやすい素地を持った人間だったのである。

「極論ですが、遠田に命令されれば江村は命すら捨てるかもしれません」

〈まるで某国の少年兵士だな〉俊藤はため息交じりに言った。〈しかし、だとするとなおさら江村をこちらに引き込むのはあきらめるしかないですね。きっと彼は最後まで遠田を擁護するだろうし、仮にすべての罪を被れと命令されればそれこそ彼はふたつ返事で従うことでしょう〉

俊藤の言う通りだ。江村の心に根づいている遠田への忠誠心は一朝一夕《いっちょういっせき》で崩れるものではないだろう。江村にとって遠田は絶対的な主君なのだ。

〈ただ、正直解せないな。遠田はなぜ幼い江村を引き取ったんだろう。たとえ江村が親族に邪険に扱われ、同情すべき環境下にあったとしても、遠田が慈悲心から救いの手を差し伸べたとはどうにも考えにくい〉

「自分もそこは少し引っ掛かっているところです。遠田には本当にそうした情け深い一面があったのか、それとも将来的に江村を利用できると考えたのか」

〈にしても当時の江村はあまりに幼な過ぎないでしょうか。一端《いっぱし》になるまで手も掛かるし、相応の金も掛かる〉

一朗は低く唸《うな》った。「江村を育てる見返りに親族から養育費をもらっていたとか」

〈大いにありえますね。ただ、それでも他人の子を育てる労力を天秤に掛けると、なんともという気がしませんか。少なくとも自分は首を傾げてしまいます〉

一朗も同感だった。

いったいどんな狙いがあって遠田は江村を手元に置くことにしたのだろう。

〈その親族と接触することはできるんでしょうか〉

「ええ、有賀教諭からこのあと連絡先を入手できるはずです。遠田もまさか誘拐したわけでもないでしょうし、どういう経緯があって遠田が江村を育てることになったのか、調べてみたいと思います」

〈お願いします。一見遠そうに思えますが、ぼくはふたりの繋がりの解明こそが遠田を追い詰める肝であるような気がするのです〉

「自分もそう思います。俊藤さんは引き続き、小宮山の件で関係者に探りを入れてもらえますか」

〈ええ、もちろんです。では、またこまめに連絡を取り合いましょう〉

一朗は電話を切り、深めに倒したシートに背中を預けた。

低い天井を見つめ、思案に耽る。

遠田のもうひとりの配下である小宮山洋人が失踪してすでに二週間以上経っている。警察も血眼《ちまなこ》になってその行方を追っているそうだが、これまで俊藤が入手した情報ではその足取りを未だ摑めてはいないようだ。

　今現在わかっていることといえば、小宮山は天ノ島を離れたあと、彼の郷里である大阪で生活していたということ。また、失踪したとされる前夜、彼は知人の女性に「またちょっくらキタへ行ってくるわ」と告げていたこと。さらには彼はその週末の金曜日に、梅田《うめだ》にある飲食店の予約を取っていたことがわかっている。

　つまり、小宮山は大阪へ戻るつもりだったのだ。

　もっとも警察は素直に小宮山は失踪したものとして考えているらしい。

　これには理由があり、今回の横領事件において小宮山の深い関与を示す証拠を彼らは摑んだらしいのだ。さらには小宮山には前科がふたつあることもわかっており、三度目の逮捕となれば重刑は免れない。そう考えたからこそ彼は慌てて逃亡をはかった——。

　妥当な推測だが、一朗の中にはどうしても違和感が残る。

　小宮山はなにかしらのトラブルに巻き込まれた、もしくは俊藤の言うように、消された可能性の方が高いように思うのだ。後者だとすれば指示を与えたのはまちがいなく遠田だろう。そして指示を与えられたのは——。

　一朗は上体を起こし、車のスタートボタンを押し込んだ。乾いた空気にエンジン音が響き渡る。

　周囲のペースに合わせて公道を進んだ。いつになく走りやすさを感じたのは雪の影響だろう。道路脇に寄せてある積雪もだいぶその高さを減らしてきている。春がすぐそこまでやってきているのだ。

あと三日で三月十一日を迎える。あの悪夢の日から丸二年が経つのだ。

一朗にはまるで実感が湧かなかった。

13 二〇二一年三月十五日 堤佳代

「よくわからない」

江村汰一は眉尻《まゆじり》ひとつ動かすことなく言った。

人を殺めたことを後悔しているか——そう問われたことに対する返答だった。

佳代はほとほと理解に苦しんだ。なぜ、「している」と言えないのか。たとえ口先だけでもそのように答えればいいのに。

「江村よ」三浦がため息交じりに問い掛けた。「おめがガキの頃、遠田に命を救われたって話は聞いてるさ。んだがらって人を殺せなんて無茶な命令にまで従うことなかったんでねえか。遠田はおめにとってそれほど尊敬に値する人物だったのか」

だが、この問いに対しても、江村は「わからない」と答えた。

「わがらね、わがらねって、そんじゃあ話にならねえべ」この段になるともはや諭すような口調になっていた。「考えてみればおめはガキの頃から遠田にべったりだったんだ。あいつの言うことがすべてになってても仕方ねえし、そこに関しては同情もしてるけども——」

佳代は子どもたちに心配の目を向けた。なし崩し的に聴衆に加わることになってしまったが、本当はこんな話は聞かせたくない。

もっとも三人とも、傍目《はため》には目の前の男に恐れを抱いている様子はなかった。人を殺したと言われても、現実味がないのだろう。それは佳代も、おそらくこの場にいる者みんなもそうだ。江村があまりに淡々とし過ぎていて、飛び出す話に驚かせられはするものの今ひとつ恐怖がやってこない。

佳代は壁掛けの時計を一瞥し、一旦席を外した。来未の様子が気になったのだ。いくら寝坊助でも、そろそろ起きて来る頃だろう。時刻はもうすぐ九時半を迎える。

来未は何があろうとこの場には参加させないつもりだ。中学生の海人たちはまだしも、来未はまだ十歳の小学生だ。あの子だけはこんなおぞましい話、知らなくていい。

廊下を進み、来未の部屋のドアの前に立った。そして音を立てぬようそっとドアを開け、中を覗き込んだ。

来未はまだ眠ったたままだった。口を半開きにし、すやすやと穏やかな寝息を立てている。

ふだんならそろそろ起きなさいと布団を剝ぎ取るところだが、今日だけは眠っていてもらった方がいい。

佳代はドアを片手で押さえたまま、横たわる来未をぼんやりと見つめた。

どこまでも純粋無垢な寝顔だった。まるで母親の雅恵が眠っているかのよう。それほどこの母娘は瓜二つなのだ。

来未は先日十歳を迎えた。それはつまり、雅恵が死んでから十年の月日が経ったということだ。

佳代にはそれが信じられなかった。いや、信じたくなかった。

来未が生きた十年は認められても、雅恵が死んだ十年は未だに受け入れられないのだ。

もしもこの世界に神という存在がいるのならば、なぜあのような災害をこの小さな島国にもたらしたのか、改めて問い質《ただ》したい。

今でもあの日を思い返すたびに憤りで胸がはち切れそうになる。そしてそれは佳代だけではない。

被災者にとって3・11は、永遠に許すことのできない暗黒の日なのだ。

――あたしはね、過去を振り返らないし、こだわらねえの。

いつだったか、雅恵がこんなことを口にしたことがある。いや、彼女は時折似たような台詞を吐いた。

それは歴史の勉強についてだったり、交際相手の恋愛遍歴についてだったりしただろうか。大半は冗談めかして言うことが多かった気がするが、雅恵には本当にそういう潔いところがあった。起きてしまったことは仕方ない、と割り切れる子だった。

来未はそんな母親の気質を存分に受け継いでいるように思う。この娘は良くも悪くも反省をしない。ゆえにくよくよすることがない。イタズラが見つかったとき、ペロッと舌を出すところなんて雅恵の生き写しのようだ。

血は争えないというのはきっと真理なのだろう。なぜなら来未は雅恵をいっさい知らないのだから。

カーテンの隙間から眩い光が放たれ、一瞬部屋の中が白く浮かび上がった。直後ドーンといった轟音がナナイロハウスにこだまする。「おおっ」と居間から声が上がった。

落雷があったのだ。感じからすると、そう遠くないだろう。

おもての様子は見えないが、雨が本腰を入れたのが気配でわかった。天気予報ではこれほどの大雨になるなどと予報されていなかったはずなのに、どうしたというのか。

今日は朝から妙なことばかり起こる。いや、今日ではない。四日前の三月十一日からなにかがおかしい。天ノ島がやたら騒々しいのだ。いったい、この島は我々に何を訴えているのだろう。

改めて来未に目をやる。これほど近くで落雷があったというのに、この少女は顔色ひとつ変えずに眠ったままだった。まるで白雪姫《しらゆきひめ》のように、来未は深い眠りの中にいる。

「ごちゃごちゃ言うな。部屋に戻れっ」

所長の昭久の声が居間から聞こえた。いくぶん強い口調だったので驚いた。

佳代はドアを閉め、慌てて居間へ向かった。

居間では眉間に縦ジワを刻んだ昭久がひとり立ち上がって、人の塊の中心にいる海人たちを睨みつけていた。

「ちょっと、どうしたの」佳代が昭久に訊いた。

「やっぱりダメだ。この子らに聞かせるような話でねえ。部屋に戻らせる」

きっぱりと昭久が言い、佳代は訝った。先ほどはどちらかといえば、佳代が止める側で昭久は容認の構えだったのだ。

「やだよ。ぼくらはここにいるがら」と海人が言った。「全部知りてえんだ」

「んだ。子ども扱いしねえで」穂花と葵もつづく。

「子ども扱いもなにもおめらは子どもだべ」

「なんぼ言っても無駄だよ。ぼくらはここから動かね」

「海人、おめどうしちまったんだ。おめはそったな聞き分けのねえ子じゃ――」

先ほどのような舌戦が再び始まった。ただし今回は佳代は置いてけぼりを食った形だ。ほかの大人たちは昭久に加勢し、「おめらの気持ちはわがるけどもさ」と海人たちを説得する側に回っている。

佳代は三浦治を手招きし、「ねえ、なにがあったの」と耳元に口を寄せた。

すると三浦は顔をしかめ、「いや、なんていうか……ひょんなことから隠し部屋の話になって、そしたら江村がまた変なことを言い始めたもんだから、それで」と妙に歯切れが悪かった。

「隠し部屋って何よ」

「ほら、支援隊の本部にあったべや。遠田が作った宿泊部屋だ」

「ああ」すぐに思い当たった。

支援隊の本部として使われていた廃校となった小学校には、遠田によって造られた隠し部屋があったのだ。それは佳代はもちろん、当時支援隊で働いていた者たちですらその存在を知らぬ者がいたほど、秘密裏に進められたリフォームだった。

その時期、支援隊の本部には多くの業者が出入りしていた。また、校庭には見慣れない社名が書かれたトラックや重機などが数週間に亘って停められていることがあった。多くの者が復興の仕事に用いられるものと思っていたにちがいない。だが、そうではなかったのだ。

ちなみに佳代も事件発覚後に、一度だけ部屋の中を覗いたことがある。贅の限りを尽くすというのはこういうことかと、怒りを通り越して呆れてしまった。

「で、その隠し部屋がどうしたのよ」

「んだがらその……」

三浦の話を聞いて佳代は気分が悪くなった。

14　二〇一一年十二月二十日　椎名姫乃

事務室の空気を入れ替えようと窓を開けたら、雪女《ゆきおんな》の息吹のような冷たい風が舞い込んできて、無防備な首元がヒヤッとなった。

天ノ島の本格的な冬を経験するのは初めてで、その苛烈な寒さに姫乃は日々驚かされている。ただ、島民たちの話では「こんなのまだまだ」だそうで、来月の厳冬期などは「耳がもぎ取られちまうぞ」とのことだ。ちなみにこの島では雪や雨よりも、風が一番の大敵らしい。三百六十度海に囲まれた離島だけに、海風はどこからでも吹きつけてくるのだ。

昨夜、久しぶりに東京の女友達と電話で話し込んでいたら、彼女は数日後に控えるクリスマスイブに彼氏候補の男性とデートがあるらしく、〈スカートを穿いていくか、パンツを穿いていくか〉といったことを真剣に悩んでいた。姫乃はそれを遠い気持ちで聞いていた。

姫乃は毎日、分厚いレギンスを二枚重ねで穿いており、いつだって下膨れしている。ここ最近は化粧らしい化粧もしていない。この島に来てからというもの、単純に鏡と睨めっこする時間が減った。


姫乃が天ノ島で暮らし始めて、かれこれ十ヶ月になる。

「ああ、また始まった」

向かいの席にいる谷千草が顔に苦悶《くもん》の色を浮かべ、こめかみを押さえた。

「この音、どうにかならねえものかしら」

おそらく電気ノコギリのようなものを使用しているのだろう、ブイーンという機械音が遠くで上がり始めたのだ。この音は事務室からは少し離れた、二階の空き教室から放たれているものであり、姫乃などはさほど気にならないのだが、千草はこの音が苦手らしい。

「先週がらずーっとよ。わざわざこったなところに宿泊部屋なんか作らなくたっていいのに。そう思わね？」

返答に窮する質問を受け、姫乃は苦笑いを浮かべた。

今、業者によって作られているのは、天ノ島の復興の視察にやってきた島外の人を宿泊させるための部屋だった。これが必要かそうでないのかの判断は姫乃にはつかないのだが、遠田からそれを聞かされたとき、驚いたのはたしかだ。廃校になっているとはいえ、小学校の教室をそんなふうにリフォームしてもいいものなのだろうかと思ったのだ。もちろん許可は得ているのだろうけど。

「島には民宿もたくさんあんだし、ここさ宿泊したいお客さんなんていねえと思うのよね。正直、不必要でねえかしら」

「まあ、明日明後日には完成するそうですから、もう少しだけ我慢しましょ」

姫乃は努めて明るく言ったものの、千草はそれを無視し、「これに限らずだけども、支援隊のお金の使い方はどう考えてもおかしい」と鼻息荒く言った。

ああ今日も始まったと思った。彼女は一日に一回、必ずこれを言う。

「本部に知らねえ物がどんどん増えてるべ。それも高級品ばかり。島のみんなが見たらおったまげると思う」

三ヶ月ほど前だったか、ここ復興支援隊本部に島民が出入りするには事前申請が必要となった。具体的には、きちんとした用件があり、さらにはそれが承認されなければ敷地内に足を踏み入れることができなくなったのだ。ちなみにその可否の権限は遠田が握っている。

それまでは島民たちがふらっと立ち寄り、お茶をして帰ることも多くあった。が、そういう憩いの場ではなくなってしまったのである。

これに関して、消防団のリーダーであり支援隊の観光復興大臣を任されている三浦治が、「そこまで厳しくしねえでも……」と遠田に申し出たのだが、「ここは復興に邁進《まいしん》する戦士たちの基地であり、公民館ではない」と一蹴されていた。たまたまその場に同席していた姫乃は気まずい空気を存分に味わうはめになった。

「ごめんね。毎日おばさんの愚痴ばかり聞かせちまって」

「いえ、そんなことは全然」と姫乃はかぶりを振り、「でも、千草さんが疑問に思うことがあるなら、遠田隊長に直接質問してみたらいかがですか」と控え目に提言してみた。

内心、彼女の愚痴にはうんざりしているのだ。

「だめだめ。イチ事務員なんかの話に耳を傾ける人でねえもの。それにあたし、遠田隊長から嫌われてっから。ヒメちゃんとちがって」

「そんなことは——」

「ある。見てたらわかるでねえの。あたしとヒメちゃんとじゃ、接する態度があからさまにちげえもの。その証拠に、あの人はヒメちゃんにばかり仕事を頼むべ」

これに関しては黙らざるを得なかった。つい先日、遠田はこんなことを口にしていたのだ。

「おれはできる者にしか指示を与えないんだ」と。

しばしの沈黙が流れたあと、千草がおもむろにため息をつき、「でもやっぱり、問い質してみるべかな。ヒメちゃんの言う通り、疑問に思ってることはきちんとぶつけた方がいいものね」と自分に言い聞かせるようにしゃべった。

それから姫乃はこれ以上、話が広がらないよう仕事が忙しいフリをした。彼女の愚痴から逃れるにはこうするのが一番だ。

メールを開くと、ちょうど遠田からいつもの命令が届いていた。噂をすればなんとやらだ。

件名には『明後日の夕方着』とだけ書かれており、本文にはオンラインショッピングサイトのURLのみが記載されている。

もちろん慣れているので戸惑うことはない。これを購入しておけという命令だ。

はたしてアクセスしてみればモンブランのボールペンだった。その金額は六万二千円。

姫乃はこれを躊躇《ちゅうちょ》することなく購入のキーを押した。希望到着日時は指示通り、明後日の夕方を指定した。

数ヶ月前から姫乃はオンラインショッピングのプライベートアカウントで、様々な備品を購入するようになっていた。

これについては遠田から次のように説明がなされていた。

「おれが預かっている緊急雇用創出事業予算は島民のための金だから、そうではないヒメに対し、ほかの従業員と同等の報酬を支払うのはむずかしいんだ。だからと言っちゃあなんだが、こういうネットショッピングで発生するポイントはヒメのものにしてもらっていい」

つまり、遠田のささやかな心遣いなのである。これを姫乃は素直に喜んでいた。自分の報酬がほかの人より低いのだとしたら、遠慮することはない。

ほどなくして正午を知らせるチャイムの音がおもてから聞こえた。このチャイムは役場が流しているもので、スピーカーを通して島中に響き渡っている。

姫乃は椅子から腰を上げ、ダウンジャケットを羽織った。

すると、「あ、今日は彼氏にお弁当の日なんだ」と、千草が悪戯《いたずら》っぽい眼差しを寄越してきた。

「もう千草さん、何度も言いますけど江村くんは彼氏じゃありませんから」

「ふふふ。どうだか。彼氏でねえ人にお弁当なんて作るものかしら」

「ですからこれには理由があって――」

言いかけたところでやめた。実のところ、理由らしい理由などないのだ。

「では、ちょっと出てきます」

姫乃はそう言い残して、事務室をあとにした。


昇降口からおもてに出ると、さっそく強烈な寒風が襲い掛かってきた。敷地内を囲む木々が風にあおられ、激しく左右に揺さぶられている。

そんな強風に加え、今日は太陽がお休みで、朝から一貫して曇天である。どうしてこういう日を作るのかと、お天道《てんとう》様に文句を言いたくなる。

姫乃は身を小さくして、校舎の裏手に回った。そこの一角に、使われていない古びた物置小屋があり、いつもそこで江村に弁当をこっそり手渡しているのだ。

こんなふうに人目につかないようにしているのには理由がある。内緒にしてくれ、と江村が頼み込んできたからだ。

恥ずかしいのかと思いきや、そうではないらしく、「こういうの、遠田隊長は許してくれないから」と江村は釈然としない理由を口にした。

これしきのことがどうして許されないのか。まったく意味不明だが、いくぶん江村が深刻そうに言うので従うほかなかった。

ちなみにそんなふたりの秘密の関係をなぜ千草が知っているのかというと、数ヶ月前、たまたま姫乃が江村に弁当を手渡す現場を彼女に目撃されてしまったのだ。ただ、しっかり口止めしているので、ほかの人にはまだ知られていない。三浦夫妻にだって内緒にしている。

腰の高さにまで伸びた藪を掻き分け、物置小屋の裏へ回ると、風が少し弱まった。この物置小屋がいい具合に風除《よ》けの役割を果たしてくれているのだ。

そして、そこにはすでに江村の姿があった。

「おまたせ」

姫乃が白い息と共に声を掛ける。

「あれ？　なにそれ」

江村の手には先端がフォークみたいに三叉《みつまた》に分かれたステンレスの棒が握られていた。たぶん、水中で魚を刺して獲る銛《もり》というやつだ。

「銛」

「それは見ればわかるけど、どうしてそんなものを持ち歩いてるの」

訊くと、江村は足元にあったフィッシングケースを開けてみせた。
すると中には、ぷっくりと太った魚が一尾入っていた。褐色の斑紋《はんもん》が全体に散らばってい
て不気味な見た目をしている。まだ生きているらしく、微妙に魚体が動いていた。
この魚はヒガンフグというらしい。海中で作業をしていると様々な魚と出くわすらしく、
その中には高級魚も多く泳いでいるのだそうだ。その中でもこのヒガンフグはかなりの高値
がつくのだという。
要は仕事の合間に、小遣い稼ぎをしているのだろう。ちなみに江村に限らず、ほかの者も
みんなやっているとのこと。ここ最近は遺骨が上がることも滅多にないので、遺体捜索班は
海に沈んでしまったものを引き上げる、サルベージ業務ばかり行っている。
「これを水中で、魚にえいってやって突き刺すの？」
姫乃は腕を前方に伸ばしながら訊いた。
「ううん。ここのボタンを押すだけ」
江村はそう言うと、銛を持ち上げ、天に向かって仕掛けのボタンを押した。その瞬間、シ
ュパンという鋭い音と共に、先端の三叉の刃が勢いよく飛び出した。
「こっわ」
「怖くないよ」
「怖いよ。それに危ないよ」

「どうして」

「だって、危ないじゃない」

「でもおれは人には向けないから」

「当たり前でしょ。とにかく気をつけて」

姫乃は教師みたいに言いつけ、手提げ袋の中から弁当を取り出した。

「はいどうぞ。今日のはかなり気合い入れたからね、たぶんびっくりすると思うよ」

姫乃はそう言って、弁当を江村に差し出した。そして自分と同じくらいの身長の江村の顔を下から覗き込んだ。

江村の目は爛々《らんらん》と輝いていた。

姫乃はこの目を見るのが好きだった。江村は弁当箱を開ける瞬間、まるでプレゼントの包装紙を破く子どものような、そんな純粋な瞳を見せてくれるのだ。

たぶん、わたしは江村のこの目が見たくて、こうして定期的に弁当を作っているのだろう。

やがて上蓋を取った江村がまじまじと中に目を落とした。

「なにかわかる?」

「恐竜」

「お、正解。じゃあなんの恐竜でしょう?」

江村が目を糸のように細める。

「トリケラトプス」

拍手した。正解した江村と、これを作った自分にだ。今回はいつも以上によい出来栄えで、自分でも満足しているのだ。

白米を敷いたキャンバスに肉そぼろで胴体と尾を描き、首の周りを覆っているフリルは桜でんぶで表現した。頭の上の二本の大きなツノと、鼻先にある小さなツノはゴボウを切ってあしらったのだが、これが結構骨の折れる繊細な作業だった。さらには人参《にんじん》をハート形に小さく切り抜いたものを目として置き、チャーミングな顔立ちにした。そして空いたスペースには卵そぼろをまぶして埋めた。

もはやキャラ弁を作っているというより、アートを描いているような感覚だった。

もっとも姫乃も楽しんでいる。元美術部だけに、こうした作業は得意なのだ。

「でも、トリケラトプスにピンクのところなんてない」

タダで作ってもらってる分際で江村が偉そうに意見をしてきた。

「アレンジだよアレンジ。こっちのほうが可愛いじゃない」

「そうか」

「そうだよ。文句言うならもう作ってあげないから」

そう告げると、江村が睨んできた。

そうだった。この人には冗談がいっさい通じないのだ。

「ウソウソ。これからも時間があるときはちゃんと作ってあげるよ」

するとと江村は小声で、「ありがとう」と言った。

江村がこうした礼の言葉を口にするようになったのはいつからだろうか。

彼は相変わらず口数は少ないが、それでも最初に比べたらずいぶんマシになった。訊けば大抵のことには答えてくれるし、ごくたまに姫乃に対して質問をしたりもする。

こうした接触を重ねていく中で、姫乃は少しずつ江村汰一という人間のことがわかってきた。この少年はコミュニケーションがちょっと不得手なだけで、それ以外はふつうの人とあまり変わらない。

そして、ふつうの人より、何倍も純粋な心を持っている。

「次は何を作ろうかな。何かリクエストある？」

「ライオン」

「もう、そればっか。ライオンはもう何回も作ってるでしょ。わたしだって飽きちゃったもん」

「だったらなんでもいい。おまえが考えてくれ」

「了解。だけど、おまえじゃなくて——」

「姫乃」

「よろしい」姫乃は人差し指を立てて言った。「じゃあわたしはそろそろ戻るから」

　すると、江村が静かな眼差しを注いできた。

　先ほどとさほど変わらない表情だが、感情は異なっている。彼は今この瞬間、さみしさを覚えているのだ。そうしたことも姫乃はわかるようになっている。

「あ、そういえばさ、江村くんは二十四日のお昼頃、何してる？　土曜日だからお仕事は休みでしょう」

「別になにもしてない」

「だったらわたしと一緒にお手伝いしない？　島の子どもたちを高台にある教会に集めてクリスマスパーティーをするみたいなの」

　先日、陽子から誘われたのだ。パーティーの主催者は、震災遺児の世話を任されている昭久と佳代だというので、つまり親のいない子どもたちのために企画された催しなのだろう。

　ちなみに開催費用として寄付金を募ったところ、あっという間に百万円を超える金額が集まってしまい、さすがに多過ぎるので返金をしたいのだが、帳簿につけていなかったためだれがいくら出したのかがわからず、対応に困っているという話を小耳に挟んだ。

　それだけ同情されているということなのだろう。自分だって寄付金を求められたら出せる範囲でお金を出していたことだろう。

　しかし、「ダメ」と江村は断ってきた。

「なんで？　遠田隊長に命令されてないから？」

彼は答えなかった。図星なのだ。

「心配しないで大丈夫だよ。だってその日から三日間、遠田隊長は東京に出張だもの」

姫乃は遠田の予定をほとんど知っている。たぶん、自分以上に詳しい人間はいないだろう。いつのまにやら、姫乃は遠田の秘書のような役割も務めていた。

「けど、ダメ」

「平気だって。そんなに遠田隊長のことを気にするなら、お手伝いをさせてくださいって、ちゃんと承諾を得ればいいじゃない。絶対に断られないと思うよ。あ、なんだったらわたしから遠田隊長に頼んであげようか」

「いい。やめて」

姫乃は吐息を漏らした。遠田と江村の関係はいったいなんなのか。これだけは何度質問しても江村はまともに答えてくれない。

「わかった。じゃあもういい」

「ごめん」

「うん、もうわかったから。それじゃあ、バイバイ」

そう告げると、江村が片手をひょいと持ち上げて応えた。

彼は絶対に「さようなら」や「バイバイ」といった言葉を口にしないのだ。これについて前に理由を訊ねたことがある。彼は「さようならはお別れの言葉だから言いたくない」と答えていた。江村は変なところにこだわりのある人間なのだ。

姫乃は江村をその場に残し、物置小屋を離れた。

再び強い風にさらされながら、わたしなんでこんなことしてるんだろうな、と改めて思った。

月に数回程度とはいえ、彼氏でもない男に弁当を作るだなんて、ふつうに考えたらやっぱりおかしい。

正直、江村に対し恋愛感情はないし、この先そうした恋心が芽生えるとも思えない。

でも、なぜだろう、彼のことは放っておけない。たぶん、自分の中の母性が働いているのだろう。そして江村もまた、姫乃の中の母性を感じ取っているはずだ。

その証拠に、これまで江村は姫乃のことを「ママ」と呼んだことが三回あった。それはふとしたとき、彼の気が緩んだ瞬間の言い間違えだった。小学生が先生のことを「お母さん」と呼んでしまうアレと同じだ。

彼の母親が川で水死したと聞かされたのは、先月のことだった。

そのとき、姫乃の中でふたつの謎が解けた。

ひとつは、なぜ彼が迷子になった海人を発見できたのかということ。きっと彼もまた、母親が亡くなったあと、海人と同じような行動を取っていたのだろう。

川辺でひとり膝を抱え、川面を見つめる幼き日の江村がいたのだ。

そしてもうひとつは、なぜ彼がこの仕事に就いたのかということ。母の死に深い後悔があるからこそ、彼は水難救助の技術を学んだのだ。もっともこれに関しては、「そういうわけじゃない」と本人は否定していたが。

いずれにせよ、江村にとって母親がかけがえのない存在であることはたしかで、そして彼はそこに少しだけ、姫乃を重ね合わせている。

ふたつしか歳が変わらないのだから、姫乃としてはもちろん複雑な気分なのだが、これについてはあまり深く考えないようにしている。どの道、彼の母親になることなどできはしないのだし、だいいちなるつもりもない。

ただ、今の関係は嫌じゃないし、純粋に楽しい。たぶん、それでいいのだ。

「本当に結構ですから」

と、三度目の断りを入れたものの、「いやいや、一回ぐれえきちんと顔合わせて挨拶をさせてもらわねえと」と三浦治は断固の構えだった。

先ほど陽子から年末年始の予定を訊かれ、東京の実家に帰省するつもりだと姫乃が答えると、「それならおれたちも一緒に行くべ」と三浦が言い出したのである。ふたりは姫乃の両親に挨拶がしたいというのだ。

「でもわざわざそのためだけに東京に来てもらうだなんて、申し訳なくて」

「気にするな。こんだけヒメに世話になってて、親御さんに挨拶もできてねんじゃ、むしろそのほうが据《す》わりが悪りぃんだわ。おれらの立場もねえべ」

「そんな。だいいちお世話になってるのはわたしのほうじゃないですか。家賃も払ってないし、こうして毎日ご飯も食べさせてもらってるのに」

「んなの当たり前だ。うちの島のために働いてくれてる人からなしてじぇにっこが取れる――なあ、陽子」

話を振られた陽子がうんうんと大きく頷き、口の中のものをお茶で流し込んだ。どんどんと胸を叩いてから口を開く。

「んだ。ヒメちゃんがいてくれでうちらがどれだけ助かってるか。んだがらお願い」

「だって……前にも電話でお礼を言ってくれたじゃないですか」

半年ほど前だったか、姫乃が母と電話で話していると、陽子が代わってくれというので代わったのだ。陽子は電話なのに腰まで折って謝辞を述べ、姫乃を過剰なまでに褒め称えていた。「どうやったらこったなできた娘さんが育つのか」そんなことまで言っていた。

「ううん、電話なんかじゃダメ。顔を合わせてちゃんと頭を下げさせてもらわねえと。あ、うちらは挨拶だけさせてもらったらすぐに島に帰っから安心して。まさかご自宅に泊まらせてくれなんて言わねえがらさ」

「そういうことじゃなくて……」

姫乃としては親と三浦夫妻を会わせたくないのだ。父はともかく、母はあてこすりのひとつも口にしそうだからである。

大学を休学することは認めてもらったものの、やはり家に娘がいないのはさみしいのか、〈いつになったら帰ってくるつもり〉と電話をするたびに訊いてくるのだ。

姫乃はまだ東京に戻るつもりはなかった。もう少しだけこの島にいたい。

周囲の人々は自分に親切にしてくれるし、遠田だって相変わらず、「ヒメなくして天ノ島の復興はない」などと身に余る言葉を掛けてくれる。

素直にありがたいし、うれしかった。もちろんこの島に永住する覚悟などないが、ここ最近はそれも悪くないかなくらいは考えたりもしている。

なぜなら自分は、天ノ島では必要な存在だが、東京ではそうではないのだから。

「んだがらなヒメ、こういうのはきちんとスジを通さねえことには――」

三浦たちはその後も説得を続けてきたが、姫乃が黙り込んだところでようやく、「わがった。あきらめる」と折れてくれた。

「そのぶん土産は好きなだけ持って帰ってくれ。漁協の連中にウニでも牡蠣《かき》でも新鮮なのをたんまり用意させっから。せめてそれぐらいはさせでくれ」

「あんた、そったな荷物抱えて新幹線さ乗れねえべ。自宅に送ってあげねえと」

「ああ、そうか。そんじゃ東京の家に郵送すっから、正月は家族みんなで贅沢に過ごしてくれ」

まったく、どこまでいい人たちなんだか。

やっぱりわたしはこの島の人たちが好きだ。姫乃は改めて思った。

そして、この天ノ島も大好きだ。

十二月二十九日、この日は今年最後の出勤日だった。明日の朝、姫乃は船に乗って本土へと渡り、新幹線で実家に帰省することになっている。

久しぶりの帰省を前に、姫乃のテンションはあまり上がっていない。とりわけだれかに会いたいとも思わないし、どこかに出掛けたいとも思わない。生まれも育ちも東京なので、今さら都会を満喫しようという気にならないのだ。

きっと正月の三ヶ日は駅伝やバラエティ番組などを横目に、お腹も空いていないのにおせち料理に箸を伸ばす。そんな不毛な過ごし方をするのだろう。

だとしたら、帰省することもないんじゃないかと姫乃は考えているくらいだ。

この日の夕方、姫乃がひとり事務仕事をしていると電話が鳴った。

「はい、こちら天ノ島復興支援隊本部、事務員の椎名がご用件を承ります」

受話器を取り、いつもの応対文句を口にする。これにもだいぶ慣れてきた。最初は気恥ずかしくて仕方なかったのだ。

電話の相手は隣町にある小学校の校長だった。現在も開校している小学校の現役の先生だ。ただし姫乃は面識もなく、これまで電話で話をしたこともない。

そんな校長の用件は谷千草であったが、あいにく彼女は席を外していた。

〈あとどれぐらいで戻るかな〉

「おそらくもうそろそろ戻ってくる頃だとは思うんですが……」

千草は今、遠田と面談をしている。彼女は以前から話し合いの場を設けてほしいと度々遠田に要請していたらしいが、いつも先送りにされてしまっていたようで、先刻出張から戻ってきた遠田を捕まえ、「今年中に、という約束でしたよね」と迫ったのである。

そんなふたりの面談が始まってから、かれこれ一時間以上も経っており、姫乃は少々気を揉んでいた。変な感じになっていなければいいのだけど。

「ただ、具体的な時間はなんとも」

〈そうかあ〉

校長が受話器の向こうでため息を漏らしたのがわかった。声の感じからすると、結構年配な感じだ。

「何か伝言があればわたくしがお伺い致しますが」

そう告げると、校長は〈うーん〉と唸り、〈ところで、おたくがヒメちゃん?〉と訊ねてきた。

「え、あ、はい。わたしは姫乃という名前ですが」

〈ああやっぱり。言葉がちげえし、もしかしたらってね。そうかそうか、おたくが噂のヒメちゃんか。『地獄に舞い降りた天使』の記事はわしも読ませてもらったべさ〉

以前、菊池一朗が書いた新聞記事のことだ。もっとも、その恥ずかしいフレーズは世間が勝手につけたものだ。そのせいで、瞬時とはいえ、姫乃は時の人となってしまったのである。

「ええと……」

〈おめみたいなめんこいお姫さんが、なしてまたこったな田舎の島で復興仕事してんだ〉

「別にその……なんていうか、自然な流れというか」

〈ふうん。にしたってお姫さんがなあ〉

「あの、わたしはただ名前が姫乃っていうだけで、会ったらこんなものかってがっかりすると思います」

〈あはは。謙遜《けんそん》しなさんな。島の男どもはみーんなおめに首ったけよ〉

校長はそんなふうに姫乃をからかったあと、〈で、そったなお姫さんにちょいと聞かせてもらいてえんだけども、いいかい〉と改めて言った。

「はい。わたしでよければ」

〈谷さんのことなんだども、彼女は仕事場でどったな感じさ〉

そんな抽象的な質問をされても返答のしようがない。

姫乃が戸惑っていると、

〈いやあね、ほれ、谷さんは息子を亡くしちまって、精神的にまいってるところがあるべ。仕事の方にもなんかしら影響が出てるんでねえのかと思って〉

「いえ、そういうことはありませんけど。お仕事はしっかりされていると思います。わたしなんかが偉そうになんなんですが」

〈そう。仕事の方には問題はねえの。あ、わしは谷さんの息子の光明くんが通ってた学校の校長なんだけどもね。彼のことは入学してから四年間ずっとそばで——〉

やっぱりそうか。おそらくそうだろうと思っていた。千草に小学校の先生が用があるとなれば息子のことしかない。

〈光明くんはそりゃあわんぱく坊主だったべや。でもって愛嬌《あいきょう》たっぷりな男の子だった。笑うと八重歯がちょこっと覗いてな〉

姫乃も写真で光明を毎日見ている。千草のデスクの上に息子を写した写真立てが置かれているからだ。

写真の中の光明は、サッカーボールの上に座り、両手でピースサインを作って満面の笑みを浮かべていた。その姿はとても微笑ましく、それと同時に姫乃をひどく切ない気持ちにさせた。

〈うちの学校で亡くなった生徒は光明くんを含めて四人。全校生徒数が三十人もいねえのにね。この島の海はなしてあんな幼《おさね》え子らの命を奪っていっちまったんだかなあ。子どもの死というのは大人よりもよっぽどこたえるもんだ〉

「あの、校長先生」姫乃は恐るおそる切り出した。「谷さんはまだ、その……」

〈うん。そこなのよ、問題は〉校長は弱ったように言った。〈彼女、やっぱりおめの前でも認めてねえか〉

「……はい」

深々としたため息が受話器の向こうから漏れ聞こえた。

〈彼女の気持ちは十分わがる。親ならだれだって我が子の死を認めたくねえし、どこかで生きてるはずだと信じてえさ。だけんど、もう光明くんがいなくなって十ヶ月だべ。さすがにあの子がどうなったかはだれの目にも明らかだ。そうだべ？〉

「……はい」

〈ただ、彼女は頑として息子の死を受け入れね。わしや、周りの人がなんぼ話してもいっさい聞く耳を持ってくれね。正直、どうかしてると思うんだわ。はじめの頃はこの母親には時間が必要なんだと思って、光明くんが生きてるうんぬんという彼女の言い分を聞き流しとったんだけども、さすがにここまできちまうと心の病を疑いたく――〉

本当にその通りだ。彼女は少々愚痴っぽいところはあるが、基本的には善人で、まともな思考の持ち主だ。ただ、息子の死を絶対に認めないという点においては、薄ら寒さを覚えずにはいられない。

彼女が異常なのは息子のことだけ、本当に唯一ここだけなのである。ある意味、すべてが壊れてしまっていた方がまだ理解ができるというものだ。

〈んで、わしがなして勤め先にまでこうして電話したのかっていうと、明後日の大晦日《おおみそか》に、亡くなった児童のために追悼行事が行われることになっとって――〉

児童、保護者、教員が集まり、海辺で灯籠《とうろう》流しが行われる予定なのだという。本来ならお盆に行われる行事であるようだが、今年は夏祭りや花火大会も中止になったことで、灯籠流しも行われなかったのだそうだ。

ただ、年の暮れになって、やはり年内中に亡くなった児童を弔うべきだ、年を跨いだのでは可哀想《かわいそう》だ、そうした声が教員たちから上がり、急遽学校関係者だけで小規模な灯籠流しを行うことになったのだという。

〈そこで問題なのが、光明くんのことだ。彼の名前を書いた灯籠を作っていいものかどうか。実のところ、谷さんにはすでに拒否されとるの。だけんど、やっぱり光明くんのだけがねんじゃ、彼と親しくしてた友達や世話しとった教員らは納得がいがねっていうか、心残りになっちまうべ。なにより光明くん自身が浮かばれねえでねえか。んだがらわしは谷さんにもう一度よく考えてもらいたくて――〉

校長の言葉は徐々に熱を帯びていき、姫乃はそれを黙って聞いていた。

〈それとな、こうした行事を行うことによって、彼女自身も心の中で見切りをつけられるんでねえがって、そったなふうにも……〉校長はここで言葉を区切った。〈すまん。おめに言い聞かせてどうするって話だべな〉

「いえ、そんなことは。それに、お気持ちはお察しいたします」

〈ほんとになあ。できればおめがらも、彼女を説得してもらえんもの――〉

ここで事務室のドアがガラガラと開いた。噂をすればなんとやら、現れたのは千草だった。

「あ、校長先生。谷が戻りましたので、代わります」

姫乃は送話口を手で押さえて千草に受話器を差し出した。

「この電話、光明くんの通っていた小学校の、校長先生からなんです」

そう告げると、千草はカッと目を見開いた。

そして、ひったくるようにして姫乃の手から受話器を奪い取り、コードの繋がれた本体へ叩きつけて戻した。

バンッと乱暴な音が事務室に響き渡る。

姫乃は呆気に取られてしまった。

そんな姫乃をよそに、千草は何事もなかったかのように帰り支度を始めた。

いったい、千草はどうしたというのか。

声を掛けることもできぬまま、手早く帰り支度をする千草を傍観していた姫乃だったが、途中で妙なことに気づいた。

千草はデスク上にある文房具一式や、椅子に敷いていたクッションまでも強引に鞄に押し込んでいた。それらは彼女の私物なのだ。

「あの、千草さん。なにかあったんで──」

「あたし、クビになったの」

「え」

「んだからここで働くのは今日で最後。ヒメちゃん、今までありがとう。お世話になりました」

姫乃は口を半開きにしていた。返す言葉が見つからない。

やがて彼女はダウンジャケットを羽織り、マフラーを巻き、そして最後にデスクに置かれている光明の写真の入った写真立てを手に取った。

そして、

「邪魔なんだって」

と、写真に目を落としたまま、ぽつりと言った。

「支援隊に疑問を持つ人間は復興の妨げになるんだって」

千草はそう言うと、写真立てをダウンジャケットの内ポケットに入れ、事務室を静かに出て行った。

姫乃は額に手を当て、しばしその体勢を保っていた。

だが、一分ほど経ったところで、弾《はじ》かれたように窓辺へ駆け寄った。カーテンをバッと開き、窓ガラス越しにおもてに目を凝らす。

夜の闇の中に、校門の方へ向かってとぼとぼと歩く千草の背中が見えた。姫乃は窓を開け、その場から「千草さんっ」と叫んだ。

彼女は一瞬足を止めたものの、振り返ってはくれなかった。

壁掛けの時計を一瞥して、姫乃はもう何十回目かのため息をついた。目の前の事務仕事がまるで片付かないのだ。

千草のことが気になって、ろくに集中できないのである。

三時間ほど前に彼女がここを去ってから、姫乃は自分が行動すべきか否か、ずっと悩んでいた。

別室にいるであろう遠田のもとを訪ね、千草とどういうやりとりを交わしたのか、彼の口から詳しい経緯を聞きたいのだが、そんな大それたことはできそうもない。遠田は気分を害するかもしれないし、出過ぎた真似をするなと叱られるかもしれない。

再び、壁掛けの時計を睨んだ。このまま悶々としていたら仕事が片付かず、日付を跨いでしまうかもしれない。

「よし」

姫乃は声に出して言い、椅子から腰を上げた。

事務室を出て、静かな廊下をひとり歩いていく。夜も遅いため、校内にはだれも残っていないだろう。

おそらく今もいるのは遠田と小宮山、そして江村だけだ。彼ら三人はずっとここで寝泊まりしているのだ。

姫乃はまず司令室を訪ねた。もともとは校長室だった場所で、遠田は大抵ここにいる。

司令室の電気は点いていた。ドアを二回ノックし、「失礼します。椎名姫乃です」と告げると、「どうぞ」と返事があった。

ただし遠田ではなく、小宮山の声だった。ドアを開け、室内を見回すとそこに遠田の姿はなく、いたのは小宮山だけだった。

「おう、姫君」

と、ソファに座る小宮山が煙草を挟んだ手をひょいと持ち上げた。部屋には煙と変な臭いが充満している。変な、というのはふつうの煙草とはちょっと違う、チョコレートのような甘い匂いだからだ。

「遅くまでご苦労さんやなあ。今から帰るんか」小宮山の目はとろんとしており、その表情は気怠《けだる》そうだ。

「いえ、もう少しだけ仕事があって。あの、遠田隊長は？」

「ごらんの通り、おらん」

「どこへいかれたのでしょうか」

訊くと、小宮山は下卑た笑みを浮かべ、

「さあ、我らの偉大なる復興支援参与殿は、はたしてどこでなにをしてるんやろうねえ」

問題を出題するかのように言った。

やっぱりこの男だけはどうしても慣れない。はっきりいって嫌いだ。とくに遠田がいないときだと、やたら馴れ馴れしくしてくる。

「ところで姫君は正月は実家に帰るんやってな。あっちにコレでもおるんか」

小宮山が親指を立てて見せてくる。

ほら、こういうところが嫌なのだ。

「いえ、いませんけど」

「あかんなあ、ええ歳頃なのに。適当に遊んどかんと干上がるで」

姫乃はぺこりと頭を下げ、「失礼しました」と言って司令室を出た。

その足で今度は二階にあるＶＩＰルームに向かった。ついこの間まで改装工事をしていた部屋が先日完成したのだ。

司令室にいないとなれば、遠田はそこにいるような気がした。

ちなみにＶＩＰルームというのは千草がそう呼んでいるだけで、正式な名前はつけられていない。天ノ島の復興の視察にやってきたお偉いさんに宿泊してもらうための部屋らしいので、そのままＶＩＰルームでいいんじゃないかと思っている。

はたして階段を上ると二階の廊下は先まで真っ暗だった。

ただ、ＶＩＰルームの廊下側の壁には窓がないため、電気が点いていようと灯りが漏れることはない。つまり、人がいるかどうかの判断がつかないのだ。

けれど、この闇に包まれた廊下をひとりで歩くのはやっぱり怖かった。

怖気《おじけ》づき、身を翻した姫乃だったが、ここで小さな物音を鼓膜が捉えた。

それは先の廊下から聞こえたもので、耳を澄ますとギシギシという小刻みな物音が断続的に響いてきた。

おそらくはこの音はＶＩＰルームから漏れているものだろう。やはり遠田はそこにいるのだ。

姫乃はスマートフォンのライトを点け、足元を照らしながら廊下を進んだ。歩を進めるたびにギシギシという音が大きくなっていく。

やがてＶＩＰルームの前までやってくると、たしかにこの部屋から音が漏れているのがわかった。

頑強そうなドアにライトを当てる。改めて異様な印象を受けた。まるで高級ホテルのドアのような造りをしており、壁も新しいキャンバスみたいに真っ白だ。ほかがふつうの教室であり、壁も薄汚れているためなおさらそう思うのだろう。

ちなみに数日前に中を覗かせてもらったが、そのときはまだ何もないまっさらな空間だった。

姫乃がノックをしようと右手を上げた瞬間、ギシギシという音に混じり、「うっ」という呻き声のようなものが聞こえた。

なんだろう。おそらくは男性の声だ。

姫乃ははからずもドアに耳を当てていた。

すると、「うっ」とか「あっ」などという苦悶じみた声が微かに、だがたしかに中から発せられていた。

いったい何が行われているのか。それと、江村の声のように感じるのは気のせいだろうか。

とりあえず姫乃はドアをノックしてみた。すると、物音と声がピタッとやんだ。

「椎名姫乃です。遠田隊長はこちらにいらっしゃいますでしょうか」

自分の声がひっそりした廊下に響き渡る。大きな声を出さないと中まで聞こえないと思ったのだ。

数秒後、「ちょっと待ってくれ」と声が返ってきた。これは遠田の声だった。

それから待たされること一分ほど、ドアが数十センチ開き、遠田が顔を出した。

「どうしたヒメ？　おれになんの用だ？」

遠田が細い目で見下ろす。なぜか額に玉の汗を掻いていた。

「あの、少しお伺いしたいことがありまして」

「なんだ」

「その、千草さんのことなんですけど」

「ああ、それか。わかった。事務室で話そう。先にいっててくれ」

手短かに言い、すぐさまドアを閉める。姫乃はなんだか追い払われたような気分だった。


「クビだなんてひと言も言ってないさ。ただ、今のあなたには仕事ではなく、心の静養が必要なんじゃないかって伝えたんだよ」

姫乃が事務室へ戻ってからおよそ十分後、現れた遠田はこちらから質問する前に自ら詳細を語り出した。

「でも、千草さんは邪魔だって言われたって。復興の妨げになるって」

膝を突き合わせて座っている遠田に対し、姫乃が恐るおそるそう告げると、彼はこれみよがしにため息を吐《つ》いてかぶりを振った。

「あのなあヒメ、そういう一方的な言葉だけを聞いて表面的な物の見方をしたらいかんぞ。物事というのはいろんな角度から見て本質を捉えねばならん」

そう叱られ、姫乃は「はい、すみません」と頭を下げた。

「ここに勤めてりゃ谷さんはどうしたって息子のことが頭から離れないだろう。未だに遺骨なんかも見つかってるし、彼女はそのたびに過敏に反応してるじゃないか。どうだヒメ、そういう場面はヒメが一番近くで見てるだろう」

たしかに姫乃はそうした場面を幾度なく目にしている。

千草はもともとそのために、息子の生存確認をするために支援隊で働いているのだ。もっとも、遺体が上がらなければ光明は死んでいないという理屈は到底理解ができないのだが。

「でだ、それは精神衛生上よくないんじゃないかっておれは常々心配してたんだ。だからいい機会だと思ってそういうこともきちんと彼女に伝えたんだよ。おれはあなたが心配ですってな。ただ彼女は、大きなお世話だとか、話を逸《そ》らすなとか、そういうことを言うわけだ。おれはそのとき、ああなるほどなって思ったね。これじゃあ周りの人たちが彼女から離れていくわけだって。これはぶっちゃけて言うが、みんな彼女のことを気味悪がっているだろう」

姫乃は否定することができなかった。

「なんにせよ谷さんは支援隊の金の使い道が気に食わないみたいでな。たとえばハイエースひとつとっても、これこれこういう理由で必要なんだと、こちらが丁寧に説明をしても納得をせず、挙げ句の果てには帳簿を見せろなんてことまで抜かすもんだから、おれも困り果てちまってな。だってそうだろう、共に復興を目指す仲間から疑われたんじゃおれも働きにくくて仕方――」

おそらく千草は、いや両者共に相当ヒートアップしていたのだろう。姫乃にはその状況が容易に想像がついた。

「結局のところ、彼女はやはり病気なんだ。心のな。だったら厳しい言葉で突き放してやるのもトップの役目だし、愛情だろう。要するに、谷さんがここにいることは、彼女にとっても支援隊にとってもデメリットにしかならんわけだ。だからおれは彼女に支援隊から離れてもらうように要請した――どうだヒメ、わかってくれたか」

「はい、よくわかりました」

姫乃が返答すると、遠田は満足そうな笑みを浮かべ、「さすがはヒメだ」とひと言いった。

正直、完全に納得できたわけではなかった。

なぜなら、クビにしたからといって千草が救われるとは思えなかったからだ。それに、ここを追い出されたら千草はこの先どうやって食べていくのだろう。

もともとこの天ノ島復興支援隊は、被災により職を失った人たちに働く場を提供する緊急雇用創出事業の一環で立ち上げられた組織であり、いわば島民のための救済団体なのだ。

それであるはずなのに千草を追い出していいものなのだろうか。

姫乃の表情から、この部下が今ひとつ納得できていないと感じたのか、遠田は「優しいな、ヒメは」と言って下から顔を覗き込んできた。

「どうしても谷さんのことが気になって仕方ないんだろう」

「…………」

「なあに、心配するな。おれはきちんと考えてるさ、彼女の今後のこともな。いろんな人に掛け合って彼女になにかしらの仕事を斡旋《あっせん》してやるつもりだ。けっして放り出したままにはしない。約束する」

それを聞いて姫乃は少しだけ安堵することができた。

よくよく考えればこのリーダーが怒りに任せて人を厄介払いするはずがない。遠田は自分なんかより、よっぽど深い考えを持っているのだから。

「さ、納得できたなら帰りなさい。年の瀬にこんな遅くまで働いてるもんじゃないぞ」

「いえ、まだ仕事があるので、それを終わらせてから帰ります」

すると遠田はうれしそうに目を細め、「いい子だ」と姫乃の頭の上にポンと手を置き、事務室を出ていった。

それから姫乃は一気に事務仕事をやっつけた。悩みが去ったからか、自分でも驚くほど集中することができた。

ただ、時計を見るととっくに日付を跨いでいた。きっと三浦たちは家で心配していることだろう。

姫乃は手早く身支度を済ませ、事務室の鍵を掛けて昇降口へ向かった。途中、司令室に顔を出して、遠田と小宮山に「明日、実家に帰省します。良いお年を」と挨拶したら、「そのまま帰ってこなかったら縄を持って東京まで迎えに行くからな」と冗談を言われた。

下駄箱で防寒ブーツに履き替え、おもてに出た。あまりの寒さに身震いする。風はないものの、氷点下はとうに下回っている。

そういえば司令室に江村の姿がなかった。最後に彼とも顔を合わせたかったのだけど。

そんなことを思いながら校門を出ると、物陰からにゅっと本人が現れたので驚いた。

「もう、びっくりさせないでよ」姫乃は左胸に両手を当てた。「どうしたの、っていうかなんなのその格好」

江村は凍死願望でもあるかのごとく薄着だった。Tシャツに短パン、それに素足にサンダル履きなのだ。若い男とはいえ、いくらなんでもである。

「慌てて出てきたから」さすがに寒いのか、声が震えていた。

「なんのために」

「おまえに会うために、こっそり出てきた」

遠田の目を盗んで、という意味だろうか。

なにはともあれ、

「わたしはいつからおまえって名前になったんだっけ？」

姫乃は江村を睨みつけて言った。

「ちがう。姫乃」

「そう。で、なんの用？」

「明日、いなくなるって。ただ実家に帰省するだけだよ」

「いなくなるって。ただ実家に帰省するだけだよ」

「戻ってくるのか」

「一月四日にね。って前にも話したじゃない」

「そうだけど、もう一回訊いておこうと思って」

「ふうん。ねえ、まさか用件ってそれだけ？」

訊くと江村はかぶりを振り、「これ」と手の平を差し出してきた。

彼の手の平には、長方形の赤い物体があった。

「なにこれ？」姫乃が目を凝らす。「あ、五徳《ごとく》ナイフ？」

「ちょっとちがう。これは文房具用。ハサミとかホチキスとか巻き尺とか、事務仕事にいろいろ使えるんだ」

「へえ。便利そう。で、これをわたしにくれるの」

江村が頷き、それを手渡してきた。

持ってみると結構な重量があった。きっと高価な品なのだろう。だが、よく見たらだいぶ年季が入っていた。ところどころ色が剝げ落ちているのだ。

姫乃はすぐにピンときた。

「これって、もしかして江村くんのお母さんが使ってたやつじゃないの」

「うん」

「だとしたらもらえないよ。大事な形見じゃん」

「いい。姫乃にあげたいから」

「でも……」

「必要ないか」

「そういうことじゃなくて……」姫乃はひとつ吐息をついた。「わかった。もらう。ありがたく使わせてもらうね」

「うん。それじゃ」

江村があっさり去ろうとしたので、「ちょっと待って」と呼び止めた。

「さっき江村くんさ、遠田隊長と一緒にＶＩＰルームにいた？　ほら、あの新しくできた宿泊部屋」

訊いたが江村からの返答はなかった。能面のような顔をして、同じくらいの背丈の姫乃をジッと見つめている。

「あれ、なにしてたの？　まさか体罰を受けてたなんてことはないよね？」

部屋から漏れ聞こえていた声が呻き声のように思えたのだ。気のせいだとは思うけれど。

だが江村はこれをも無視し、いきなり校舎に向かって駆けていってしまった。

まったく、あの少年は。もう、慣れっこだけど。

「帰ってきたらまたお弁当作ってあげるからねー。よいお年をー」

離れゆく小さな背中に向かって、姫乃は叫んだ。

15　二〇一三年三月九日　菊池一朗

夜空からひらりひらりと舞い落ちる真っ白な牡丹雪《ぼたん》を眺めていたら、その一つひとつが人のはかない人生のように思えて、一朗は虚しさを覚えずにはいられなかった。

運よく積雪された場所に落ちれば白いまま生き在《なが》らえ、路上に落ちれば、汚され、踏み潰される。こうして暖機された車の上に落ちてしまえば、その命は一瞬だ。

一朗は運転席のドアウインドウを下げ、そこから右手を出し、一片の牡丹雪を手の平の上に載せた。

「その方があの子にとっても幸せだろうと、わたしはそう思って、遠田さんに預かってもらうことを決めたんです」

江村汰一の叔父は、甥《おい》を手放した理由をそう告白した。彼は終始一朗と目を合わすことはなかった。

母親の死後、江村汰一が引き取られたという親戚の自宅の住所は、昨夜遅くに有賀教諭から教えてもらった。一朗がそこへ向かったのは今日の昼間で、事前にアポイントを取ることはしなかった。今日は土曜日のため、叔父は家にいるのではないかと思ったのだ。

玄関先で用件を伝えると、江村汰一の叔父はひどく狼狽し、すぐさま一朗を近場の喫茶店へと連れ出した。これだけで彼にとって甥は触れてほしくない存在なのだとわかった。

テーブルを挟み、向かい合った叔父は、はじめこそ口を重くしていたが、一朗が江村の生い立ちを深く知っていることがわかると、観念したのか、やがて訥々《とつとつ》と過去を語り始めた。

江村にとっては母、この叔父にとっては姉の死後、その息子を自宅に引き取ることになった彼は、心底困り果てていたという。甥は心を開いてくれないばかりか、口すらもろくに利いてくれない。その表情から感情を読み取ることもできず、完全にお手上げ状態だったそうだ。

「まるで男の子の姿をしたロボットを預かったような気分だったんです」

叔父は生前の姉から、甥が特異な性質を持っていることをなんとなく聞いていたが、これほどまでにふつうの子どもと異なるとは考えていなかった。自分にはどうしようもできないと思った。

なにより、妻と娘たちが精神的に限界を迎えていた。娘たちはその薄気味悪さから甥に近づこうとせず、妻はいつしか家畜を扱うように甥に接するようになっていった。

だが、甥はいくら邪険にされようとも、罵声を浴びせられようとも、顔色ひとつ変えることはなかった。このことに叔父自身もゾッとしていた。

「頭の中ではこの子は特殊なんだとわかっていても、どうしても理解に苦しんでしまうというか、心の方が拒否をしてしまうんです」

そうした中、甥の様子を窺いに自宅にやってきたのが遠田政吉だった。彼が甥の命を救ってくれた人物であることはもちろん知っていた。

「おれのところで汰一くんを預かってもいいですけどね」

なぜ彼がこのようなことを申し出てくれたのか、その理由は判然としなかったが、叔父にとっては願ってもないことだった。

もちろんふたつ返事で承諾したわけではなかった。姉の残したたったひとりの息子を他人に預けるなど、いくらなんでも薄情なのではないかと、自己嫌悪と罪悪感に苛《さいな》まれたのだ。

ただ、この申し出を断り、我が家で甥を育てていくことは、到底できそうにないと思った。

このまま一生、甥の面倒を見ていかなければならないのだとしたらと思ったら、絶望的な気持ちになった。なにより、家庭が先に崩壊してしまうだろう。

結局のところ、遠田に頭を下げるほかなかった。

遠田は甥をしっかり教育し、彼が義務教育を終えるまできちんと指導をしてくれると約束してくれた。

その養育費として月に十万円もの金を要求されたが、叔父に異論はなかった。姉が加入していた生命保険金を充てれば十分支払える金額だった。

「遠田さんに迷惑を掛けないで、元気で暮らすんだぞ」

別れ際、甥に対し、叔父はこう告げた。甥はなにも言わなかった。

遠田に手を引かれ、離れていく甥の小さな背中。

これが叔父が見た、江村汰一の最後の姿だった——。

気がついたら手の平の上の雪は跡形もなく消えていた。指先は感覚がなくなるほど冷え切っている。一朗は手を戻し、車窓を上げた。

ちょうどそのとき、コンコンと助手席側のドアがノックされた。

車窓越しに赤い顔を覗かせているのは待ち侘《わ》びていた保下敦美だった。この日の彼女の顔には化粧が施されておらず、眉毛がほとんどなかった。

「遅くなってごめんなさい。子どもがなかなか寝つかなくて」

彼女はそう言って、手を擦り合わせながら車に乗り込んできた。座るなり、持参していたポーチのチャックを開ける。

「あ、これ、レンタカー？」

「ええ」

「じゃあ煙草はダメ？」

「喫煙車ではないので我慢してもらえると」

そう告げると、彼女は少し考え込むような仕草をして、「ねえ、話って長くなる？　それならどっかお店に入らない？」と申し出てきた。

腹が空いているというより、煙草が吸える場所を望んでいるのだろう。

一朗は了承し、車を発進させた。敦美の案内で大通り沿いにあるファミリーレストランを目指した。

「そういえば弁護士の先生がね、あたしが刑務所に入れられることはないから安心してもらって結構ですって」

「そうですか。それは何よりでしたね」

実のところ、この辺りの話を一朗は詳しく知っていた。彼女についている弁護士は一朗の紹介であり、その人物は高校時代の同級生だからだ。友人弁護士は、「彼女の生活環境や背景を考えれば十分に情状酌量の余地があるよ。もちろんお咎めなしはありえないけど、実刑は免れると思う」と話していた。

正直、複雑な気分だった。事情はどうあれ、この女が天ノ島の復興支援金の一部を不正に受け取っていた事実に変わりはないのだから。

数分ほどで目的のファミリーレストランに到着した。店内に入り、喫煙席を指定すると、窓際の六人掛けの広いテーブルに案内された。客は自分たちと一組の若いカップルしかいない。

「お好きな物をどうぞ」

と勧めると、「じゃあ遠慮なく」と敦美が生ビールを注文したので驚いた。

ほどなくして生ビールが敦美の前に置かれ、彼女がそれで唇を湿らせるのを待ってから、改めて一朗は口を開いた。

「夜分遅くに申し訳ありません。なるべくお時間をとらせないようにします」

「それは別に構わないけど。遅くなっちゃったのもこっちの都合だし。でもあたし、もう話すことはないわよ。あなたに全部しゃべってるもの」

「ええ。しかしながら保下さんは、遠田政吉との離婚を決めた理由についてだけは頑なにお話ししてくださらない」

「それはだから――」敦美がうんざりした表情を浮かべる。「何度も言うけど、今回の事件とは関係がないんだって」

先月の初旬に敦美と会ったとき、彼女は離婚に至った原因について答えようとしなかった。

その後、何度かやりとりをした電話でも訊ねてみたのだが、その度に彼女は拒否するのである。

敦美が煙草を咥え、ライターで火をつけた。天井に向かって紫煙を吹き上げる。

「事件のことならすべて正直に話すけど、関係のないことは話したくない」

「関係がないかどうかはこちらで判断します」

一朗はやや圧を込めて告げた。敦美が目を丸くし、唾を飲み込む。できれば取りたくない手法だが、彼女には高圧的な態度で接した方が得策だろう。

「どうしてあなたにそういうプライベートなことまで話さないとならないの。あなたはただの新聞記者じゃない」

もっともなことを敦美が言う。だが、引くつもりなどない。

「弁護士を紹介したのは誰ですか」

「そんな、恩着せがましく言わないでよ」

「どの道、法廷に立てば必ず訊かれることですよ」

「なんで離婚したのかって？」

「ええ。遠田との関係についてあなたは根掘り葉掘り質問攻めにあうことでしょう。その中で離婚理由についても確実に訊かれます」

敦美が押し黙る。

長い沈黙が訪れた。彼女の手の中の煙草の灰が落ちそうだったので、一朗は灰皿をテーブル上に滑らし、彼女に差し出した。

「もしかしたら、離婚の原因は江村汰一にあるのではないですか」

トントンと灰を落とす彼女の指先がピタッと止まった。

「そうなんですね」

「……ちがう」

「では、なぜ？」

「遠田が働かないこととか、暴力を振るうこととか、そういうのが嫌になったの」

「しかし、あなたはそうしたことに長く耐えてきたわけでしょう。それに以前、あなたはそうしたことが原因ではないとご自身で否定しておられましたよ」

「………」

「保下さん。この通りです」

一朗はテーブルに両手をつき、頭を下げた。

だが、敦美はまたも黙り込んでしまった。一朗はそんな彼女から視線を逸らさず、圧をかけ続けた。

ほどなくして店内にいた若いカップルが席を立った。レジで会計を済ませ、店を出ていく。

敦美はそれを目で見送ったあと、煙草を灰皿に押しつけて消し、

「まず、あたしが気に食わなかったのが、あの男の子を勝手にうちに連れてきたこと」

と弱々しい声で口火を切った。

「だってそうでしょう。たしかにあの子のことはかわいそうだとは思ったけど、あたしは出産したばかりで、家には生まれたばかりの赤ん坊がいたのよ。いくら養育費をもらえるからって、よその子まで育てる精神的余裕なんてなかったもの」

一朗は相槌を打ち、先を促した。

「遠田はね、ものすごくあの子を溺愛してたの。この子はこれまでつらい思いをたくさんしてきたんだから、そのぶんの愛情を受けなきゃいけないなんて言って。自分の子どものオムツがパンパンでも見向きもしないのに、そのくせあの子とは毎晩一緒にお風呂に入るのよ。あたし、いったいだれの子を産んだんだろうなって、すっごく虚しかった」

当時の感情が蘇ったのか、敦美は目にうっすら涙を浮かべていた。

「だから、保下さんは離婚を決意されたと」

「そう」

おそらく本音だろうが、まだ核心に触れていないと感じた。これだけが理由なのだとしたら、彼女はもっと早い段階で話をしてくれていただろう。

ほかにも何かがあるのだ。決定的な何かが。

そして一朗は、すでにその何かに見当をつけていた。

遠田が幼い江村汰一を引き取り、今もなお手元に置いている理由――。

「どうして遠田はそんなにもあの子を可愛がってたと思う？」

敦美の方から訊いてきた。口元には自虐的な笑みが浮かんでいる。

一朗が言葉を探していると、敦美の方から先に言葉を継いだ。

「遠田は抱いてたのよ。あの子を」

一朗は目を閉じ、天を仰いだ。悪い予感が的中してしまったのだ。

「あの子が家にきてから、遠田は一度もあたしを求めなかったから、ずっと変だなと思ってたの。あの人、こっちが妊娠中ですらやりたがるような人だったし」

胸が苦しかった。江村があまりに不憫《ふびん》でならなかった。

「それに気づいちゃったとき、本当にショックだった。なんだかんだであの人はあたしのことを愛してると思ってたから、稼いでくれなくても、暴力を振るわれても、ずっと我慢して耐えてきたのに……。そのときのあたしの気持ちがあなたにはわかる？　女相手の浮気よりよっぽど屈辱だったのよ。なんでこんな子どもに、それも男の子にって」

江村の生気のない顔が目蓋の裏に浮かび上がった。そしてその両目からは血の涙が垂れていた。

「要するに遠田はね、女でも男でも、老若男女問わずのなんでもござれ――」

彼の感情が表に出ないのは病気だけが原因ではなかったのかもしれない。

彼には感情を殺すことでしか、現実に耐え得る術《すべ》がなかったのかもしれない。

「あたし、すぐに息子を連れて家を飛び出した。こんな気持ちの悪い男と一緒にいたくなかったし、もしも息子が成長したら、うちの子も被害に遭うかもしれないって思ったから」

そこまで言い終えると、敦美は残っていたビールを一気に飲み干した。ジョッキをドンと乱暴に置く。

「お願いだからさ、こんな話させないでよ。あたし本当に嫌なのよ。息子が遠田と血が繋がってるって考えると、落ち込んじゃうんだもん。だって、あの人が息子の父親だなんて、認めたくないじゃない」


敦美をマンションの下まで送り届けたあと、一朗は拠点としているビジネスホテルに戻った。

狭い部屋の硬いシングルベッドに腰掛け、しばらく放心していた。なにもする気が起きなかった。

おそらく俊藤は自分からの電話を待っていることだろう。

このことを話さなければならないのかと思ったら、ひどく気分が重たくなった。

携帯電話を手に取ったものの、なかなか発信ボタンを押せずにいると、俊藤の方から電話が掛かってきてしまった。

一朗はひとつため息をついてから、応答した。

一朗がすべてを話し終えたあと、俊藤はしばらく電話の向こうで絶句していた。

そんな俊藤に対し、一朗は想像を述べた。

「彼は、遠田を肯定せざるを得なかったのだと思うんです。目の前の大人の男を拒絶せず、逆に受け入れることで、幼いながらに正気を保とうとしていたのではないか。わたしはそんな気がしてならないのですが、考え過ぎでしょうか」

俊藤はやや間を置いてから重い口を開いた。

〈どうでしょうか。ただ、おっしゃる通り、江村の中で無意識に防衛本能のようなものが働いたのかもしれませんね。遠田を崇め、服従することで、悪夢のような行いと慰み者である己を正当化する。とことん悲劇ですよ〉

そして、

〈もう、永遠に解けることはないのかもしれませんね、遠田の呪縛から〉

その響きから、俊藤のやるせなさが十分に伝わってきた。

江村の過去を知れば知るほど、彼に対して同情の気持ちが膨らんでいってしまう。

だが、そんな人物を自分たちは追い詰めねばならないのだ。

〈一方、遠田としては養育費目的のほかに、自身の小児性愛を満たしたいがために江村を引き取ったわけか〉

俊藤が確認するように言い、そこからしばらく押し黙ったのちに、〈それともうひとつ、精神的なものもあったのかも〉と、そんなことをぽつりと補足した。

「というと?」

〈これまで菊池さんが入手した遠田の知人や元妻の話を聞く限り、長らくあの男は世間に相手にされず、周囲に小馬鹿にされて生きてきたのでしょう。おそらくあの男は傷ついた自尊心を癒してくれる存在を欲していたんですよ〉

「そこに江村はうってつけの存在だったと」

〈はい。もちろん当時の遠田がそこまで自身の欲求を自覚し、計算して行動していたのかは定かではありません。しかし、きっと遠田は事件後に何度か江村汰一と接した際に、幼い彼からその匂いを本能で嗅《か》ぎ取っていたのでしょう。この少年なら絶対的に服従させることができる、とね〉

大いにありうると一朗は思った。

江村汰一は、遠田の自己中心的で身勝手な欲求の標的になったのだ。

〈さて、ぼくの方からもひとつ、菊池さんに重要な報告があります〉

「なんでしょう」

〈本日夕方、警察関係者に会って探りを入れてみたのですが、その口ぶりからXデーが迫っていると確信しました。おそらく一週間以内に遠田は正式に逮捕されるはずです〉

一朗は反射的にベッドから立ち上がった。

「ということは俊藤さんの話していた手札がそろったということでしょうか」

〈いえ、残念ながらそうではないと思います〉

「では、なぜ？」

〈タイムリミットなんですよ〉

「タイムリミット？」

〈これ以上、世間からのプレッシャーに耐え切れない、というのが警察の本音なんです。復興を喰い物にした極悪人をいつまで野放しにしているつもりだと、この手の苦情が連日、警察に寄せられているようですから〉

さすがにここ最近は、この横領事件に対する報道も減ってきたものの、それでもまだまだ世間の関心は高いのだろう。

当然だ。日本国民なら誰だって遠田を許せやしない。

「しかしそうなると、遠田は業務上横領罪で裁かれて、それで仕舞いになってしまうじゃないですか」

俊藤に対して憤っても仕方のないことなのに、つい語気が荒くなってしまった。

〈警察も無念の思いでいるはずです。これほど大規模な横領を働いた男なら、叩けばいくらでもホコリが出るものと期待していたのでしょうが、残念ながら今日まで新たな罪状を見つけることはできなかった。詐欺でも恐喝でも、なんでもいいから横領以外の罪を見つけられ

れば、合わせ技で遠田に重刑を科せられると、そう見込んで――〉

一朗は拳をきつく握りしめて話を聞いていた。

〈それこそとある捜査員などは、遠田が人でも殺していてくれたら、なんてことまで口にしていたくらいです〉

実際に遠田の犯した罪は横領しかないのかもしれない。だとしたら法律に則《のっと》り、適正な刑罰を下すほかないのだろう。

だが、どうしても一朗は納得ができなかった。

けっして口には出さないものの、遠田に死をもって償わせたいくらいなのだ。

〈ですから今後は、どれだけ重い横領罪を科せられるか。警察、検察はここに全力を注ぐはずです。当然、肝になるのはブルーブリッジの存在です。ウォーターヒューマンがブルーブリッジを介して買った乗物や各種備品、また、支援隊本部に造られた部屋や、校舎裏に掘られた温泉、これらが本当に必要だったものなのかどうか、ここが争点になるでしょう。ちなみに、これらすべてが不適切支出として認定された場合、求刑八年、実刑五年、というのが見立てとのこと。これもあくまで、うまくいけば、の話のようですが〉

「最悪、無罪もありうるということですか」

俊藤は一拍置いてから、〈可能性は限りなく低いようですが、ゼロではないようです〉と機械的に答えた。

「………」

〈なぜなら、やはりブルーブリッジの設立や、その活動自体には違法行為が見られないからです。さらには、代表である小宮山は失踪したままその足取りを摑めず、現状、島に残されている乗物などの所有物も、差し押さえることができないまま放置された状態――〉

俊藤の声が遠のいていった。代わりに脳の奥底で聞こえてきたのは、死んでいった家族や友人たちの哀哭《あいこく》だ。

〈確実なのは、遠田が出張などの際に豪遊していた金が不適切支出であることだけなのです。ただそれも、いつ、どこで、なににいくら使われたのか、これを正確に調べ上げることは困難を極めるようです〉

一朗はスッと目を閉じた。目蓋の裏側に浮かび上がったのは遠田の薄汚い笑みだ。

――あ、ば、よ。一朗ちゃん。

はじめて開かれた釈明会見の日、遠田は一朗の眼前で不敵に、挑発するようにそう発した。

そのとき一朗は誓った。この男を絶対に叩き潰す、と。

死んでいった父と母に、そう誓ったのだ。

この夜、一朗は明け方まで眠ることができなかった。

早朝、枕元に置いていた携帯電話がけたたましく鳴った。手に取り、寝ぼけ眼で画面を確認すると三浦治だった。

　第一声、〈一朗、大変だ〉と切迫した声が耳に飛び込んでくる。

〈支援隊が使ってた車とかトラックが持ち出されてる〉

　一朗はベッドから上半身を跳ね起こした。脳が一気に覚醒した。

　詳しく聞けば、支援隊本部に停められていた車やトラック、水上バイクやボートなどがたった今、三浦たちの目の前で、見知らぬ男たちによって次々運び出されているという。それらはブルーブリッジの所有物で、誰も、警察ですら手を出せぬ状態だったはずなのだ。

　そして、その男たちの中に、江村汰一の姿があった。

　三浦がいきり立って江村を捕まえ、説明を求めると、彼は一枚の書面を提示してきたという。

「譲渡証明書？」

〈ああ。ごちゃごちゃといろんなことが書かれてるが、要はブルーブリッジの持つ財産のすべてを江村にくれてやるって書面だ。おそらく乗物なんか全部、貨物輸送船に載せてどっかに持っていっちまうつもりだべ〉

「その書面に小宮山のサインは？」

〈もちろん入ってるさ。江村のヤツ、ご丁寧に印鑑証明まで持参してら。現場には警察もきてるが、それがあるがら見守ることしかできねえ状態だ。あいつ、昇降口の鍵も持ってて、

建物の中にも当たり前のように出入りしてるぞ〉

一朗は額に手を当て、低い天井を仰いだ。

「治さん。そこに遠田は？」

〈まさか。あの野郎がいるわけねえべ〉

さすがに警察や周りの目を気にしたのだろうか。だが、指示を出しているのは確実に遠田だ。

〈その代わりってわけでもねえだろうが、江村のヤツ、なんだか怪しげな男を引き連れてる〉

「怪しげな男？」

〈ああ、日本人のような見た目をしてるが、たぶんちがう。しゃべってる言葉がちょっと聞こえたがカタコトだった〉

すぐに狙いがわかった。遠田は乗物を海外に売り飛ばす気なのだ。おそらくそのアジア系と思われる男はブローカーで、遠田から売却を請け負っているのだ。

「治さん。今も江村はそこにいるんだべ。彼と電話を代わってくれ」

〈代わってくれって言われても……〉

「強引にでも電話に出してくれ」

〈ああわがった。ちょっと待ってくれ〉

十数秒後、〈いいがらこれを持て〉と三浦の声が遠くで聞こえ、やがて〈もしもし〉と江村が電話口に出た。

「遠田の命令だな」

一朗は開口一番、低い声でそう告げた。

「運び出した車やトラックをどうするつもりだ」

〈おれの物だから、どう扱おうがおれの自由だ〉

「海外に売り飛ばすつもりだろう。そんなことさせないぞ」

〈あんたに止める権限があるのか〉

「なぜ小宮山は突然ブルーブリッジの財産を手放して、すべてをきみに譲渡したんだ？　教えてくれ」

〈あんたに教える義務はない〉

「江村。きみが遠田とどう知り合い、どういう関係にあったのか、こっちはもうすべてを知っている。きみが遠田に抱かれていたこともな」

〈………〉

「きみは遠田によって洗脳されているんだ。あの男はきみを利用しているだけなんだぞ」

〈……い〉

「なんだって？」

〈うるさい〉

「江村――」

電話を切られた。

一朗はすぐさま身支度をし、ホテルを飛び出した。向かった先は旭川空港だ。一刻も早く島へ帰らなければならない。

機上で、ずっと江村のことを考えていた。

――うるさい。

彼はたしかにそう言った。いくぶん苛立《いらだ》った言い方だった。

江村が一朗に見せた、二度目の感情だった。

遠田政吉を追い詰める鍵は江村汰一が握っている。いや、もう彼しかいないのだ。

16　二〇一二年九月十六日　椎名姫乃

ギコギコと軋《きし》んだ音を青空に響かせ、姫乃はサドルからお尻を浮かせてペダルを漕《こ》いでいた。このオンボロでは勾配のある道はさすがにしんどい。

少し前に三浦が油を差してくれたのだが、残念ながらこの子はとっくに寿命を過ぎているようだ。長いこと塩水に浸かっていたのだから仕方ないのだけれど。

東日本大震災により発生した津波は、人だけでなく、多くの物を海へと引きずり込んでいった。

この自転車もそうで、海底に沈んでいたところを復興支援隊の遺体捜索班によってサルベージされたのだ。「とくに愛着もなかったんだけども、こうして戻ってきてくれたらなんだかうれしくてねえ。んだがら捨てらんねえの」と持ち主である陽子は苦笑してそう語っていた。

坂を上り切ると今度は一転して長い下り坂となり、ここから先はペダルを漕ぐ必要がなくなった。ショートパンツから伸びた足を少しだけ広げてみる。汗ばんだ肌に風が心地よかった。

遠くに目をやれば紺碧の海が穏やかに横たわっており、そこに大小の船が浮かんでいる。暮らしの中に水がたくさんあるというのはいいものだ。

ただ、丸々気分が爽快かといえばそうではない。向かっている先が谷千草の家だからだ。千草から連絡があったのは一昨日のことだった。その中で彼女は耳を疑う発言をした。

〈光明のお誕生日会をするがら、よがったらヒメちゃんも参加してくれないかしら〉

姫乃は携帯電話を耳に当てたまま立ち尽くした。

なにがどうなればそういうことになってしまうのか、まったくもって意味不明だが、彼女の中では息子は生きて帰ってきたことになっているようだった。

なにはともあれ、とうとうここまできてしまったか――そんな感想を抱かざるを得なかった。

千草の声を聞くのは久しぶりだった。彼女が昨年末に復興支援隊を辞めてからは片手で数えられる程度しか会っていない。ちなみにそのうちの二回は近所のスーパーで偶然出くわしたものだ。

正直な気持ちをいえば、千草に会いたくなかった。もちろん彼女のことは嫌いではないが、顔を合わせれば必ず遠田の悪口を聞くはめになる。光明のことよりも、そっちの方が今の姫乃にとっては苦痛だった。

休日くらい、遠田の嫌な話から逃れたい。

だが結局、断り切れず、姫乃は今こうして自転車に跨がっている。

思い返せばこの性格のせいで、これまで結構な損をしてきた。八方美人だと陰口を囁かれたり、嫌な役目を押しつけられたり。

そろそろ本気で矯正《きょうせい》しないと一生このままかもしれない。自分は二十歳もとっくに過ぎているのだから、性格だって凝り固まってしまうだろう。

やがて民家がポツポツと先に見えてきた。千草の家には何回か行ったことがあるので、道に迷うことはない。

姫乃は天ノ島全体の地理にもだいぶ明るくなっている。ここで暮らして、もう一年と半年が過ぎていた。

「あらヒメちゃん、どこにお出掛け？」

こんなふうにすれ違う人、すれ違う人が必ず声を掛けてくる。そのたびに姫乃は、「ちょっとおつかいを頼まれてて」と嘘をついた。

千草の家に、それも光明の誕生日会に向かっているなどと言えば、みな眉をひそめるだろう。およしなさい、と止める者も現れるかもしれない。

千草は多くの島民から敬遠されているのだ。みな憐《あわ》れんではいるものの、彼女にまっとうなことを言えばヒステリーを起こされてしまう。

ほどなくしてその千草の家の前までやってきた。三浦の家同様、平屋の古い日本家屋だ。石瓦が降り注ぐ陽光を強く撥ね返している。

勝手に門扉を開け、中に自転車を停めた。つづいて石畳を歩いて、断りなく玄関の戸を開けた。この辺りはすっかり田舎暮らしが板についてしまった。

「こんにちはー。姫乃ですー」

奥に向かって声を掛けると、廊下の先からエプロン姿の千草が現れた。

「いらっしゃい。わざわざありがとね」

ほんのり化粧をしているからか、久しぶりに会う千草はなんだか若返っているように見えた。共に働いていた頃、うっすらと彼女を覆っていた陰が消えている。

「こちらこそ。あの、これ、光明くんへのプレゼントです」

姫乃は早速、ブルーのリボンがついた小袋を差し出した。

判断に迷った挙げ句、やはり手ぶらはまずかろうと、午前中に慌てて文房具店に駆け込んだのだ。永遠に使われることのない文房具を買うのは奇妙な気分だった。

「あら、ありがとう。でもこれはあとで直接渡してあげて」

「……」

「今あの子ね、恥ずかしがって部屋にこもってるの。まあそのうち出てくるだろうがら」

姫乃は精一杯の笑みをこしらえ、ぎこちなく頷いた。

通された居間には可愛らしい飾りつけが施されていた。色とりどりのバルーンアートに様々な国のフラッグボード、ペーパーチェーンが部屋をぐるりと囲っている。

いったい、千草はこれをどんな思いで作り上げたのか。

「ステキですね」

内心とは裏腹な感想を口にし、姫乃は食卓の椅子を引いた。食卓にはアニメのキャラクターが描かれたランチョンマットが敷かれ、その上に箸やスプーンなどが用意されている。その数はそれぞれ三つだ。

予想はしていたが、自分のほかに招待客はいないのだろう。

「今さらなんだけども、ヒメちゃんは食べられねものってあんだっけ？」

すぐそこの台所で料理を作っている千草が背を向けたまま訊いてきた。作っているのは、おそらくグラタンかドリアだ。

「とくにこれといって。ちょっとニンジンが苦手なくらいです」

「じゃあ光明と一緒だ。あの子は甘く味付けしてあげると食べられるんだけどね」

「あ、それも同じだ」

「ふふふ。ヒメちゃんもまだまだお子ちゃまだ」

千草が肩を揺すっている。気分はルンルンといった感じだった。

「あの、わたしも何かお手伝いしましょうか」

「いい、いい。あなたはゲストなんだから」

逆に手持ち無沙汰の方がつらいのだけど。

やることがないので、自然と千草の背を見つめてしまう。

神様は、どうしてこの女性から一番大切なものを奪ってしまったのだろう。息子さえ生きていれば彼女が壊れることはなかったのに。その人生は幸せなままだったはずなのに。

いつか、千草が光明の死を受け入れられる日は訪れるのだろうか。

「ねえ。ヒメちゃんは、まだあの子にお弁当を作ってあげてるの？」

ふいに千草が言った。あの子とは江村のことだ。

「ええ。月に数回程度ですけど」

今も江村とは弁当で繋がっていた。姫乃としてはキャラ弁にはとっくに飽きているのだが、彼は相変わらずそればかり求めてくる。

ちなみに江村が魚全般が苦手だということを最近になって知った。これまで魚を用いた弁当も散々作ってきたが、彼は一度も残したりしたことはなかった。

これについて江村は、「ママが好き嫌いはしないでちゃんと食べなさいって」と、理由をそんなふうに語っていた。

そんな江村もまた、千草と同じだ。母親の幻影を今も追い続けている。

「ふうん。まだ彼氏彼女の関係になってねんだ」

「なってませんよ。今後もなる予定はありません」

「あら。じゃあ気をもたしたらダメでね。あっちは期待してるべ」

そんなことはない。なぜなら江村は姫乃を女性としてでなく、母親と重ねて見ているのだから。最近ではさすがに「ママ」と呼び間違えられることはなくなったが、それでもなんとなく伝わってくるのだ。彼が自分に求めているのは、母性だということに。

そうしたとき、姫乃はほんのちょっぴり、切ない気持ちになる。

「あとはこれを十二分と」

千草がチーズがふんだんにまぶされた器をオーブンに入れ、スイッチを入れた。ブーンと音が響く。

千草はそれを少し覗き込んでから「よし」と言い、エプロンの紐《ひも》を解《ほど》いた。そして姫乃の対面の椅子を引いた。

「お待たせしてごめんね。下ごしらえに手間取ってしまって」

「いえ、今日は仕事もないですし、このあとに予定もありませんから」

「最近、支援隊の方はどう？　相変わらず忙しい？」

「一時期に比べればそんなに。こうして休みももらえてますし」

「そうね。だいぶ島も修復されてきたしねえ」

天ノ島の復興は順調に進んでいた。まだ手つかずのところも多くあり、荒々しい被災痕が当時のまま残っている場所もあるが、それでも姫乃がこの島にやってきた頃と比べれば見違えるほどだった。

たくさんの人が汗を流し、涙を飲んで、戦ってきた証だ。

「遠田隊長も相変わらず？」

千草が目を細めて言った。

「まあ、はい。以前と変わりなくお忙しくされています」

「どうせ出張ばかりなんだべ。いったい東京にどったな研修があんのかしらね」

「さあ、そこはわたしにもちょっと」

千草がおもむろに前のめりの姿勢を取った。

「あの人、ここさきて悪い噂が続々と上がってるみたいでねえの。ヒメちゃんもたくさん聞いてるべ」

「……いえ、とくに」

「あたしが聞いたところによれば、補正予算がどうたらとか、そったなことで役所に恫喝《どうかつ》めいた要求をしてるなんて噂も――」

はじまった。もう、本当に嫌だ。

「すみません、お手洗いをお借りします」と告げ、逃げるように席を離れた。

居間を出て、ため息を漏らしながら廊下を進む。

本当は毎日のようによくない噂を聞いていた。現在、両手で耳を塞いでも遮断できないほど、遠田に対する不信の声が周囲から上がっているのだ。

これまで島の救世主として、復興のリーダーとして、みなに称えられていた遠田だったが、最近はそうではなくなった。

•

風向きが変わってきたのは、たぶん、例の『まないの湯』が造られた辺りからだ。

今年の春先、支援隊が長らく拠点としている廃校となった小学校の校舎裏で、突然、掘削工事が始まった。

温泉を掘っている、という。

遠田と近しいところにいる島民らが説明を求めると、彼はこのように真意を語った。

「はじめのうちは支援隊隊員のためのただの慰安温泉となるだろう。が、ゆくゆくはあの温泉を拡張し、外に向けて開放する。もちろんその際は有料にして収益化をはかる。これから島の復興が進めば進むほど、皮肉なことに作業員の手が要らなくなる。つまり、肩を叩かなきゃならない人々が出てくるわけだ。そうならないために新たなビジネスは必要不可欠なのだ。もとより、仕事を生み出すことが緊急雇用創出事業の目的であり、おれの最大の責務なのだから」

これには姫乃はもちろん、三浦ですら寝耳に水だったようで、「おっしゃることはわからなくもねえども、さすがにこったなことは事前に相談していただかねえと」と苦言を呈したという。

だが遠田はどこ吹く風で意に介することはなかった。

のちに彼は、姫乃の前でこんなことを語っていた。

「事前に相談すりゃ反対の声も上がるだろう。そうした連中はリスクがどうたら、具体的な数字をどうたらと、必ず茶々を入れてくるわけだ。おれはそうした不必要な労力を使いたくない。多少強引だったかもしれんが、既成事実を作ってしまえば、なし崩し的でも物事は進むからな。社会というのは往々にしてそういうものなんだ。ただなヒメ、これだけはわかっていてほしい。おれは何もみんなを騙したり、悪いことをしているわけじゃないってことを。支援隊の、島の人々のためを思っているからこそ、おれは批判を覚悟で動いているんだ」

社会がそういうものなのかはわからないが、結果的にみな遠田に感謝することになるのだろう。姫乃は素直にそう思った。

しかし、それ以降、遠田に対する不信の声がやまないのである。

遠田の部屋に置かれた大型冷蔵庫には高級食材がたんまり入っており、彼は毎日豪勢な料理ばかり食べている。たびたび繰り返される出張では、復興支援金を使って贅《ぜい》の限りを尽くしている。『まないの湯』だって、自分たちはいっさい使わせてもらえず、遠田専用になっている――。

そうした声を聞くたびに、姫乃は歯痒《はがゆ》い気持ちでいっぱいになる。

みんな遠田に対して思い違いをしている。彼の心の内も知らないで、勝手に自分たちで不信感を募らせているのだ。

噂というのは実に怖いものだと思う。尾ひれどころか、実体の無いものまで有るように錯覚させてしまうのだから。

ただし、そのせいか、ここ最近の遠田はやたらと苛立っている。ちょっとしたことでカッとなって、人を怒鳴りつけたりするのだ。姫乃も先週、掛かってきた電話を繋いだだけなのに、「忙しいのが見てわからないのか。不在だって言っておけ」ときつい言葉を浴びせられた。

さすがの遠田も精神的にまいっているのだ。

そういえば数日前の夜、遠田はだれかと――おそらく相手は村長と思われるのだが――電話で長く話し込んでいた。

その電話の中で遠田は、「あんたはこの島の長だろう」「どうにかしてもらわないと困る」「こっちだって限界なんだ」と、そんなことを感情的に捲し立てていた。盗み聞きなどするつもりはなかったが、廊下にまで響くほどの大声だったのだ。

トイレでは用を足すことなく、レバーを引いた。千草の遠田批判から逃れるために席を外しただけなのだ。

ふだんから遠田の悪口を聞かされてストレスが溜まっているのに、休日の今日くらい勘弁してほしい。

トイレを出て居間へ戻ろうと、足を一歩踏み出したとき、姫乃は「わ」と小さく悲鳴を上げた。腰の辺りを、つん、と指で突《つっ》かれたような感触がしたのだ。

背後を振り返る。だれもいる気配はない。

今の、なに――。ごくりと唾を飲んだ。

微かに、でもたしかに触れられたのだ。

姫乃はその場にしばらく佇み、やがてその先へ歩を進めた。

突き当たりを曲がると、その先の廊下の左手側にドアがあった。そこが光明の部屋だとわかったのは、ドアに少年漫画のキャラクターのポスターが貼られているからだ。

ゆっくり、だが自然と姫乃は足を向けていた。それこそ、まるでだれかに背中を押されたように。

ノブに手を掛ける。そして恐るおそるドアを開けた。

その瞬間、ふっ、と異空間に足を踏み入れたような、そんな感覚に襲われた。同時に耳の奥でキーンという音が鳴る。

部屋にはだれもいない。当然だ。この部屋の主は、もう、この世にいないのだから。

だが、なぜだろう。人の気配を、匂いを感じる。

眼球をぐるりと動かし、改めて部屋の中を見回した。おそらく当時のままなのだろう。勉強机があり、シングルベッドがあり、たくさんのプラモデルが枕元に横一列に並べられている。床の隅にはサッカーボールがあり、小さいスパイクが靴箱の上に置かれていた。

そういえば光明はサッカー好きだったと、千草が前に話していた。彼はフォワードをやっていて、ゴールを決めたときにはロナウド選手のゴールパフォーマンスを真似ていたらしい。

ふと視線を上げる。壁に、『五年生になるまでにリフティング百回達成する』と筆書きされた和紙が貼られていた。そしてその決意表明の左下には、『二〇一一年一月一日』と小さく日付が記されていた。

胸が、ぎゅう、と締めつけられた。

もっとボールを蹴りたかったことだろう。もっと走り回りたかったことだろう。もっともっと、生きたかったことだろう。

「ごめんね」

なぜか、そうつぶやいていた。

自然とこぼれた言葉がそれだった。

何もしてあげられなくてごめんね。つらかったよね。怖かったよね。天国で、目一杯ボールを蹴ってね。

姫乃は胸の内で、光明に優しく語りかけていた。

そのとき、

――さんを助けて……て。

ふいに耳の奥で声が発せられた気がした。

空耳ではなく、たしかに聞こえたのだ。

知らない、男の子の声。だが、だれなのかは考えるまでもなかった。

よくよく見れば、レースのカーテンが微妙に揺れている。窓はきちんと閉まっているのにだ。

でも、恐怖はこれっぽっちも湧かなかった。むしろ穏やかで、柔らかな気持ちだった。

そっか。きみは今、そこにいるのか。

そんなふうに自然とこの状況を受け入れられた。

いつかの海人や、酒屋の克也、東北のタクシーの運転手たちが体験したように、亡くなった人たちは時折、こうしてわたしたちの前に現れる。意思を持って、その存在を知らしめてくる。

光明くん、わかってるよ。

たぶん、きみは今、わたしにこう言ったんだよね。

お母さんを助けてあげて、って――。


「どうだった？　千草ちゃん」

日が沈み、三浦家に帰宅するなり、上がり框《かまち》までやってきた陽子から訊ねられた。

彼女もまた、千草を心配しているひとりだ。過去に、「一緒に本土の病院さ行ってみね？」と誘って以来、千草が口を利いてくれなくなったらしい。

「ええ、とてもお元気そうでしたよ」

姫乃が靴を脱ぎながら答える。

「そりゃあ元気は元気かもしれねえけどさ。だけんど未だに光明くんが――」

「生きてるんですよ」

「へ？」

「わたしもさっき会いましたから。光明くんに」

「ええと……ヒメちゃん？」

「詳しくはあとで。さ、夕飯作りましょ」

陽子と並んで台所に立ち、夕飯の支度を始めた。もちろん、千草の家で何があったのかを話しながら。

ちなみに三浦は不在だった。三浦も今日は休日なのだが、先ほど村長に呼び出されて、彼が暮らしている仮設住宅へ車で向かったらしい。「なんの用で？」と陽子が訊ねたのだが三浦は答えてくれず、「心配すんな」とだけ言い残して出て行ったという。

どうもここ最近、三浦の様子がおかしい。いつだって表情が陰っているのだ。

「だから、たしかに光明くんは生きてるんですよ。少なくとも千草さんの中では」

姫乃は大根に包丁を入れながら言った。トン、トンと小気味いい音が台所に響いている。

「うーん。話はわがらんでもねえけどなあ。そんでもやっぱり……」

「あ、陽子さん、信じてくれないんだ」

「いやいや、そういうわけでねんだけども。ただださ、仮にそういうことだったとしても、このままでいいはずはねえべ」

「うん、それはたしかにそう。ただ、千草さんも心のどこかでわかっていると思うんですよね。光明くんはすでに死んでるんだって」

「本当？　あたしにはそったなふうにはとても見えねえけど。なしてそう思うの？」

「千草さん、こうつぶやいたんです。やっぱり消えてくれないのねって」

千草のその台詞は、ケーキに立てられた、ゆらゆらと揺れる蠟燭《ろうそく》の火を見つめながら発せられたものだった。

そのとき、姫乃はなんとなくわかった。千草は息子の死を理解しているのだと。

ただ、理解はしていても認めてはいないのだ。仮にそれをしてしまったら精神が崩壊してしまうのだろう。

「そんなお母さんが心配で、光明くんも成仏できずにいるんだと思うんです。だからきっと、千草さんが光明くんの死をきちんと受け入れられたら、彼は心置きなく天国に行けるんだと思うんです」

姫乃が大真面目にそう告げると、陽子は鼻息を漏らし、かぶりを振った。

ただ、呆れているわけではなさそうだ。顔が笑っている。

「そうなのかもね。ヒメちゃんがそう言うんならきっとそうだ」

ここでガラガラと玄関のドアが開けられる音が聞こえた。

三浦が帰宅したのかと思いきや、「どうもー」と別の男の声が響く。たぶんこの声は駐在所にいるお巡りさんの中曽根だ。三浦家にはこうしてよく人が訪ねて来る。

作業を中断して陽子と共に玄関へ向かうと、そこにはやはり制服姿の中曽根が立っていた。

「お、ヒメには赤のエプロンがよお似合うなあ。赤《あか》ずきんちゃんも顔負けだ」

さっそく中曽根が軽口を叩く。このお巡りさんはいつもこうだ。

「あたしだって赤のエプロンだべ」と陽子。

「陽子さんだってもちろん素敵さ。ただ、サイズがちょっとばかし小さいんじゃないのかい」

そんな冗談にみんなで笑ったあと、「治さんはいるかい？」と中曽根が訊いてきた。

「あの人ならまだ帰ってきてねえよ」

「あ、そう。どこ行ってるの」

「村長のところだけど。二時間くらい前だったかしら、電話があって呼び出されたのよ。用件はあたしも知らねんだけども」

「はあ」

中曽根が虚空《こくう》を見つめ、首を微妙に上下している。なにやら思案をしている様子だ。

「どうかしたの？」

「いや、とくに」

「とくに用もなかったら何しにうちに来たのよ」

「ちょいとね。じゃあ本官も村長のところに顔を出してみますわ。ではこれで」

陽子と顔を見合わせる。あきらかになにか隠している。

中曽根はドアに手を掛けたところで動きを止め、振り返った。

「ヒメ。遠田殿はいつ島に戻るんだっけか？」

「ええと、予定では明日のお戻りになってますけど」

遠田は現在、出張中なのだ。

「それって具体的に何時頃になるかわかるかい？」

「いえ、そこまでは」

「そう。では、また」

敬礼のポーズを見せて、中曽根は去って行った。

「なにかあったんかね」

陽子が不安そうな顔でつぶやく。

「さあ」と姫乃は小首を傾げた。

周囲が妙に慌ただしい。そして、なんだか胸騒ぎがする。


それから数時間が経ち、時刻は二十二時に差し掛かっていた。三浦は未だ帰宅しておらず、彼の分の夕飯はラップに覆われた状態で食卓に並んでいる。

「あたしも村長のところにいってみんべか」

食卓に片肘をついている陽子がポツリと漏らした。

何度か電話をしたようだが、彼女の夫からは応答がなく、折り返しもないらしい。

「でも、どうやっていくんですか」

車は治が乗っていってしまっている。村長が住む仮設住宅は島の反対側に設置されており、さすがに車がないと厳しいのだ。

「大丈夫。おとなりさんに借りっから」

「あ、なるほど。でも、もうすぐ戻ってくるんじゃないかと思いますけどね」

気休めのつもりでそう言った。

三浦の帰宅が遅くなることなどしょっちゅうだし、電話に出ないことをもままある。彼はすぐに携帯電話をそこらに放置してしまうのだ。そのせいでいつも妻の陽子から「なんのためのケータイだべ」と叱られている。

「だと思うんだけど、でも、ちょっと今日は気になるのよ」

やはり陽子も嫌な予感を抱いているようだ。

「よし。悩んでても仕方ね」

陽子はそう言って腰を上げた。

姫乃もついて行こうとしたのだが、また誰かが訪ねてくるかもしれないという理由で留守番を言いつけられた。

三浦家にはよく人がやってくるが、さすがにこの時間に来客はないだろう——そう思ったのだが、陽子が出発してからおよそ三十分後、本当に人が訪ねてきた。

しかも玄関の扉の向こうに立っていたのは、まさかの江村だった。彼がこの家にやってくるなどはじめてのことだ。

「どうしたの、こんな時間に」

姫乃は目を丸くして言った。

「ちょっときてくれ」

江村がいつもの無愛想で言う。

「どこに?」

「本部」

「本部? どうして?」

「おまえに仕事がある。遠田隊長の命令だ。きてくれ」

手首をガッと摑まれた。そのまま強引におもてへと引っ張り出される。

「ちょっと。なんなの」

姫乃の手を引き、江村はぐんぐんと夜道を進んでいった。上空には不気味な雲がたなびいている。

「ねえってば」

姫乃はその手を振りほどき、振り返った江村を睨みつけた。

「なんの仕事があるのか、ちゃんと教えて。じゃないといかない」

「データを消してくれ」

「データ？　なんの？」

「おまえが持ってるいろんなデータ」

「おまえじゃなくて姫乃。で、なんなの？　意味がまったくわからないんだけど」

「あとで説明する」

もうなにがなんだかさっぱりだったが、とりあえず従うことにした。遠田の命令だとしたら従わないわけにはいかない。

「あ、やば」

やがて校門の前までやってきたところで、姫乃は口に手を添えた。

家の鍵を閉めてくるのを忘れてきてしまった。三浦夫妻はふだんから鍵を掛けていないことも多いのだが、姫乃は必ず鍵を掛けて外出しているのだ。

それに、携帯電話も置いてきてしまった。これでは三浦のことを笑えない。

「もう、全部江村くんのせいだからね」

そう文句を口にして、昇降口へ向かった。

内履きに履き替え、事務室へ入るとそこに小宮山と遠田がいたので驚いた。現在、遠田は出張しているはずなのだ。

「一日早く戻ったんだ」ノートパソコンを操作していた遠田が手を止め、先回りして言った。

「ちょっと急用ができたもんでな」

「はあ。急用、ですか」

「さっそくだがヒメ、急ぎでやってもらいたいことがある。ここに座ってくれ」

遠田が自身のとなりの椅子を引く。

姫乃がそこに腰掛けると、遠田はノートパソコンを姫乃の前に滑らせた。

画面を見て訝った。デスクトップがまっさらな状態になっていたからだ。

どういうことかというと、このノートパソコンは主に姫乃が使用しているもので、様々なファイルやデータがフォルダごとにまとめられていたのだが、それらがすべて消えているのだ。

「もしかして、初期化されたんですか」姫乃が眉をひそめて訊いた。

「ああ。けど心配するな。すべてそいつに移し替えてある」

遠田が顎をしゃくる。その先にはゴツいハードディスクがあった。

「ええと、でも、どうして」

「いいんだ、細かいことは」語気荒く言われた。「とりあえず、ヒメが個人的に使用しているアカウントをすべて教えてくれ。ヤフー、アマゾン、楽天、そういったショッピングサイトすべてだ」

頭が混乱した。ただ、疑問を挟む余地はなかった。

なぜか知らないが、遠田は苛立っており、そしてひどく焦っている。顔に余裕がないのだ。

それから姫乃は遠田の指示のもと、まずはヤフーのショッピングサイトにアクセスしてログインした。これは天ノ島にやってくる前から使用している、姫乃のプライベートアカウントだ。

そして遠田はこれを含む、すべてのアカウントをこの場で抹消するように要求してきた。

さすがに姫乃は少しだけ抵抗を示した。ポイントだってそれなりに溜まっているのだ。

だが遠田は、「新しいのを作ればいいだろう。ポイントはその分を現金で支払ってやる」と無茶を言い、「これは命令だぞ」と脅すように迫ってきた。

結局、姫乃は命令通り、すべてのアカウントを消した。さらにはプライベートで使用しているメールも、メールアドレスもすべて抹消させられた。

従うほかなかった。単純に遠田が恐ろしかったのだ。

ただ、なぜ遠田がこんなことをさせるのか、その真意まではわからなかったが、目的は見当がついていた。

おそらく遠田は、ネットショッピングの購入履歴や、それに通ずる痕跡を隠したいのだろう。

現在、本部に置かれている各種備品、例えばそこの棚に置かれているコーヒーメーカーや電気ポット、今遠田が胸ポケットに挿しているモンブランのボールペン、そうしたものは姫乃のプライベートアカウントから購入したものなのだ。

「ヒメ。わかっていると思うが、これまでのことはすべて内密だぞ。一切合切だ」

遠田が真正面から目を見据えて告げてきた。有無を言わさぬ鋭い眼光が放たれている。

姫乃はごくりと唾を飲み込んだ。

「わかったならきちんと返事をしなさい」

「……はい。かしこまりました」

姫乃が承諾すると、遠田は大きく頷き、そして両肩に手を置いてきた。痛いくらいに強く鷲《わし》摑みにされる。

「先に伝えておくが、明日、重大な知らせがある。驚かせてしまうかもしれんが、心配しなくていい。ヒメの安泰は約束する。いいか、ヒメはなにがあっても最後までおれを信じ続けろ。絶対にブレるな。いいな」

わけもわからず、姫乃は頷かされていた。心臓が早鐘《はやがね》を打っていた。

遠田の携帯電話が鳴り響いた。遠田は画面を見るなり、「クソが」と舌打ちを放ち、事務室を出ていった。

廊下でだれかと話している声が聞こえるが、内容までは聞き取れない。

そんな中、「詰めが甘いからこうなるんや」と小宮山がポツリと言った。

彼は先ほどからずっと別のパソコンと大量の書類とを交互に睨めっこして、キーボードをカタカタと叩いていた。先ほどチラッと見えた限りではエクセル表で何かを作っている様子だった。

そして、その後も小宮山のぼやきは止まらなかった。「散々余裕ぶっこいときながら、ここにきて補正予算が下りんとはどういうこっちゃ」「どうしておれがこんなんせなあかんねん」「てめえでケツ拭けや」

何やらこの男も相当苛立っているらしい。

一方、江村はというと、両手を後ろで組み、置物のように部屋の隅に突っ立っていた。先ほどから姫乃は助けを求めるように何度も視線を送っているのだが、彼はいっさいこちらを見てくれない。

「あかん。一旦休憩や——おい、江村」

小宮山が椅子の背にもたれて言った。

「腹が減ったわ。なんか食い物持ってこい」

だが江村は反応をしない。

「おいコラ、クソガキ。シカトしてんな」

すると江村はボソッと一言、「おまえの命令はきかない」とつぶやいた。

小宮山が舌打ちを放ち、「ラブドールの分際で」と吐き捨てたところで電話を終えた遠田が事務室に戻ってきた。

そして部屋に入るなり、

「どうやら三浦たちが村長のところに集まっているらしいな」

姫乃に向けてそんなことを言った。

「どうせろくでもない悪だくみをしてやがるんだろう。まったく暇な連中だ」

返す言葉がなかった。遠田がこんなふうに三浦たちを悪く言うことなど今までなかったからだ。

「…………」

「ヒメ。おれが今、この島にいることはだれにも言うな。三浦にもだ」

「返事」

「……はい。かしこまりました」

「よし。じゃあもう帰っていい」

姫乃は椅子から腰を上げ、辞去の言葉を述べ、ドアへ向かった。最後の最後まで江村はこちらを見ようとしない。

「ヒメ」

ドアに手を掛けたところで、背中に声が降りかかる。

振り返った姫乃に対し、最後に遠田は一言、こう念を押した。

「絶対に裏切るなよ」

姫乃はゆっくり頷いた。

事務室を出た姫乃が玄関に向かって暗い廊下を歩いていると、「ほんなら遠田さんがやればええやないですか」と小宮山の反抗するような声が漏れ聞こえた。その直後、大きな物音が響き渡る。おそらく遠田が椅子かなにかを蹴ったのだろう。

もう、しっちゃかめっちゃかだ。いったい今、なにが起きているのか。

姫乃は拳を握りしめて帰途に就いた。ずっと指先の震えが止まらなかったからだ。


三浦家に戻ってきた姫乃を誰も待ち受けてはいなかった。三浦夫妻はまだ帰ってきていないのだ。

さっそく居間に置き忘れていた携帯電話を手に取る。誰からも着信はない。

すぐに陽子に電話を掛けた。何度かコール音が鳴り、ほどなくして〈もしもし〉と陽子が応答した。

彼女は今、夫と共に村長のところにいるらしい。ほかにも役場の人間が数名参加しており、その中には先ほど家を訪ねて来た中曽根もいるようだ。

〈あたしもちょっと混乱してんだけど〉

そう前置きした陽子の話はどれも耳を疑うものだった。

二ヶ月ほど前、遠田から村長をはじめとした行政の人間に対し、復興支援金——緊急雇用創出事業の補正追加予算を検討してもらうように要請があった。彼の話では、来期の予算が下りるまで、復興支援隊が財政的に持ち堪《こた》えられず、このままでは破綻してしまうということだった。

これに対し、行政はこのように返答した。

そう簡単に右から左へとやれるような話ではないが、補正予算を検討するのはやぶさかではない。ただ、現時点での損益計算書を提出してほしい。

当然の要求だった。今年度のはじめに共に作成した予想損益計算書では、この段階で破綻することなどまずありえないのだから。

しかし、遠田はどうにも復興支援隊の財政状況を明かす書類を見せようとせず、その後もただただ金を要求してくるばかりであった。

話は一向に進展せず、ここにきてようやく損益計算書を提出されたと思ったら、これがあまりに杜撰で、粗末なものであった。まるで子どもが作ったような、取るに足らないものだったそうだ。

当然のごとく、天ノ島の行政はこれを撥ねつけた。

だが、そこから遠田の態度が豹変した。「今すぐに補正予算をもらえないのなら、職員を解雇するほかない」そう脅してきたのだという。

〈まさか本当にそったなことをするとは思わねえけど、それにしたって解雇だなんてさ。みんな怒ってるというより、どうしたらいいものがわがらなくて困ってんのよ〉

電話の向こうで陽子がため息をついている。

もしや、遠田が先ほど口にしていた重大な知らせというのは、これなのではないか。遠田は本当に職員に解雇を言い渡すつもりなのではないか。

〈それとね、これは別件なんだけども、遠田隊長に対して島の飲食店から苦情の声が上がってんだって〉

遠田が飲み食いしたツケの代金を支払わないのだという。これまでは月末に必ず支払ってもらっていたため、店側もうるさく催促はしなかったようだが、すでに三ヶ月も溜まっていたので、先日遠田が店にやってきた際、店主が支払いを求めると彼はこれを次のように拒否した。

「文句があるならこの島の行政に言え。これまで散々頼ってきたくせに、こっちがちょっと金を要求したら手の平を返しやがって。あんただってそうだ。こうやって店を営業できてるのはだれのおかげだ。ほれ、言ってみろ。きさまはだれのおかげで生活できてんだ」

そのとき遠田はひどく酩酊《めいてい》していたため、店主はこの件を受け流すことにしたようだが、その後ほかの飲食店も同様の被害に遭っていると知り、中曽根に注意してもらうように要求したのだという。

そして中曽根はこれを遠田と近しい三浦に相談したかったのだそうだ。

〈いずれにせよ、復興支援隊が逼迫してるのは事実みたい。定期的に査察も入ってたらしいんだけども、形だけっていうか、細けえところまで突っついでこなかったようなの。うちの人もそうだけど、きっとみんな、遠田隊長には二の足を踏んでしまうっていうか、遠慮してたんだと思うのよ。なんだかんだで恩のある人だがらね。ただ、ここさきてよくねえ話がいっぱい出てきて——〉

姫乃は呆然としながら話を聞いていた。正直、まだ半信半疑だった。

遠田には理由があるのではないか。みんながかかえている疑問や不満に対し、彼はまっとうな答えを持ち合わせているのではないか。

すべて、ちょっとしたボタンの掛けちがい——どうかそうであってほしい。

〈とりあえずこれがら帰るね。近えうちに、復興支援隊の財政状況を徹底的に調べるってことで話はまとまったみたいだがら。遠田隊長にも夕方にそう通達したみたい〉

だから遠田は慌てて島に帰ってきたのだろうか。

〈ヒメちゃんは先に寝てて。そんじゃね〉

「あの、陽子さん。実は、その……」

——絶対に裏切るなよ。

〈なに？　どしたの〉

「……いえ、なんでもありません。お気をつけて」

言えなかった。自分はたった今、その遠田と会っていたことを。遠田が隠蔽《いんぺい》工作と思しき行動を取っていたこと、そしてそこに少なからず自分も関わってしまったことを。

姫乃は風呂にも入らず、布団の中に潜り込んだ。掛け布団を頭から被り、息苦しい闇の中でずっと身を小さくしていた。

しばらくして三浦たちが帰宅したことがわかったが、姫乃はそのまま寝ているふりをした。

襖《ふすま》を挟んだ向こうから、夫妻の話し声が漏れ聞こえてくる。

「なしてこったなことになっちまったんだ」

三浦がそう嘆いていた。

姫乃は両手できつく耳を塞ぎ、その声を遮断した。

遠田隊長は——悪い人なのだろうか。

そしてわたしも、悪いことをしたのだろうか。これまでずっと、悪いことをしてきたのだろうか。

闇の中、ふいに両親の顔が浮かんだ。

父はともかく、母とは今年に入ってからほとんど連絡を取っていない。去年の暮れに帰省した際、摑み合いの大喧嘩をしたからだ。母は娘の天ノ島での生活を「人生の無駄」と言い、姫乃はそれが許せなかった。売り言葉に買い言葉の中で出た発言であっても、どうしても許せなかった。

「わたしは人助けをしてるんだよ。天ノ島にはわたしを必要としている人がたくさんいるんだよ」姫乃は泣き叫んで母に訴えた。

そう、わたしはこの島に人助けのためにやってきた。

良いことをするために、この島に——。

結局、姫乃は一睡もすることなく朝を迎え、仕事に出掛けた。

そして迎えた朝礼で、遠田は八十二名にも及ぶ隊員たちに向けて、本当に解雇を言い渡した。

困惑の渦の中、姫乃はひっそりとその場を離れた。

やがて怒号がこだまし、その声から逃れるように、姫乃は無我夢中で駆けた。

17　二〇二一年三月十五日　堤佳代

まだ昼前だというのに、おもてはまるで夜のようだ。窓の向こうに広がる空には黒々とした暗雲が低く垂れ込めており、この天ノ島を丸々飲み込まんとしている。

いつのまにやらマスコミの姿もひとり残らず消えていた。どうやらこの豪雨に打たれながら耐久戦をするまでの根性はないようだ。

もっともこれは一時的休戦で、雨が上がれば連中はまた性懲りもなくやってくるだろう。彼らはなにがなんでも来未が拾った金塊について報道せねば気が済まないのだ。

結果としてマスコミに対し、箝口令《かんこうれい》を敷いていたのは正解だったように思う。迂闊《うかつ》なことをしゃべれば、マスコミはまたおもしろおかしく色をつけて報道するにちがいない。

自分たちが想像していたよりも遥かに、あの金塊は複雑な背景を持っているのだから。

金塊が江村の落とし物であるという理由は、先ほど本人の口から語られた。

あの金塊はブルーブリッジの所有していた乗物を売り払った対価として、チャイニーズのブローカーから手に入れた物らしい。

そのブローカーはブルーブリッジから買い取った乗物を香港経由で中国本土や北朝鮮に横流しすると話していたそうだ。海外では日本車、とりわけハイエースは需要が高く、状態次第では新車よりも高値で取引されることもあるという。要するに窃盗車同様に扱われたのだろう。

遠田がこうした闇取引を選んだ理由はふたつあったと江村は話した。

ひとつは国内の正規ルートで売り捌《さば》くにはハードルが高かったから。ブルーブリッジの乗物がいわくつきであることは少し調べればすぐにわかるため、店側に敬遠される恐れがある。店側としては買い取ったあとに差し押さえられるとも限らない代物に手を出すはずがない。

もうひとつは、遠田には時間的猶予がなかった。自分自身はもとより、ブルーブリッジの財産を所有する江村もまた、いつ逮捕されるとも限らない。そうなれば当然、江村の所有する財産を差し押さえられてしまう可能性がある。

よって遠田としては一刻も早く、ブルーブリッジの財産を金に換える必要があった。

対価にインゴットを選んだのは、現金よりも足がつきにくいという理由からだった。

佳代はこれらの話に嘘はないと思った。

ここまでの流れから、ほかの者もある程度予想をしていたのか、インゴットの出所にそれほど驚いてはいなかった。

だが――。

「殺した。遠田が殺したんだ」

この話には度肝を抜かれた。

そのブローカーとの間で、とあるトラブルが発生し、結果的に遠田はそのブローカーを殺してしまったというのだ。しかもその殺害現場が復興支援隊の本部だというのだから、驚愕《きょうがく》するほかないだろう。

江村の話では、乗物を船に積み込んだあと、その場でインゴットを受け取る手筈《てはず》だったという。当然だがこの手の裏取引には保証がなく、どちらかが裏切るのを防ぐため、現場で物々交換が行われるのが基本なのだそうだ。

しかし、ブローカーが江村に手渡してきたアタッシェケースの中には、事前に取り決めていた量のインゴットは入っていなかった。約束の半分程度の量しかなかったのだ。

江村としては自分が若く、実質的に遠田の代理人であるため、足元を見られているのだと感じた。そこで遠田に電話を入れ、ブローカーと話をつけてもらうことにした。

遠田が電話で説明を求めると、ブローカーはカタコトでこう言い放った。

気に入らないなら取引を白紙にする、ただし積荷に掛かった経費はすべて請求させてもらう、もしこれを拒否するなら船に積んだ荷を返さない――。

この取引に至る背景を知っているブローカーとしては、遠田は妥協せざるを得ないと計算して強行手段に出たのだろう。

だがブローカーは読み違いをしていた。

遠田はけっして泣き寝入りをするような人間ではなかった。

彼は即座に江村に命令を下した。

——今すぐ島へ向かう。おれがいくまで、その男を拉致しておけ。絶対に逃がすな。

電話を切った直後、江村はブローカーを支援隊本部の建物の中へ誘導した。

運び出し忘れたものがある——江村がこのように告げると、ブローカーは警戒することなくあとについてきた。

そのとき建物の周りには大勢の島民や、警察官の姿もあった。それにも拘《かかわ》らず、江村は蛮行《ばんこう》に出た。

江村が間隙をついてブローカーに襲い掛かった場所は例の宿泊部屋だった。

江村はブローカーを後ろから絞め落とし、手足をガムテープで拘束した。次に、逃げられないように足の骨を砕いて、喉を潰し、荷物を運び出すために持ってきた毛布で全身を包んだ。

話を聞いて佳代は気が遠くなった。完全に理解の範疇《はんちゅう》を超えている。やはりこの男の神経はまともではないのだ。

「あのとき、男には大勢の仲間がいたべ」三浦が訊いた。「男の姿が消えて不審に思われなかったのか」

「仲間じゃない。金で雇われたただの業者だから、荷を積んだらすぐに島から離れていった」

それから日が沈んだ頃に島にやってきた遠田を連れて、江村は再び支援隊の建物に舞い戻り、中に忍び込んだ。そして監禁していたブローカーに拷問を加えた。

自分にこんなことをしてただで済むと思っているのか――ブローカーは潰れた喉から声を絞り出し、このように強気な姿勢をはじめは見せていた。しかし、彼はすぐに命乞いをはじめた。

約束通りのインゴットを用意するから殺さないでくれ――。

だが遠田はその手を緩めることはなかった。それほど遠田は怒り狂っていた。

「日本人をナメるんじゃねえぞ。魚の餌にしてくれるからな」

もっとも遠田も本気で殺すつもりなどなかった。だが、気がついたときにはブローカーは息をしていなかった――。

「佳代さん、ちょっと」

陽子に手招きされ、佳代は廊下に連れ出された。

「ここに胃薬ある？」陽子が苦しげな面持ちで囁いた。

「なんだおめ、具合悪《わ》りぃのか」

「ちょっとね」

「調子に乗って酒なんて飲むがらだ。ろくに飲めもしねえくせに」

昨夜、陽子は珍しく酒を手にしていたのだ。

「ちがうって。酒は舐めた程度だし。ずっとこんなおかしな話を聞かされてたら、なんだか気分が悪くなっちまってさ」

「そんじゃさっさと家に帰れ……ってこの雨じゃダメか。じゃあ薬飲んで、適当な部屋で横になってろ」

「ううん。あたしだって最後まで聞きてえし、何があったのが知りてえもの」

佳代はため息をついた。

「おめは構わねんだど、子どもらはなんとかならねもんかねえ。あの子ら、いつからあったら頑固になったのかしら」

結局、海人、穂花、葵の三人は今もここに居座っている。彼らは大人を根負けさせたのだ。

「もう仕方ねえべ。それに中途半端に隠して、変な憶測をされるよりも、包み隠さず教えちまった方があたしはいいと思うけどね」

「またそったな勝手なこと言って」

「だってこうなった以上、隠し切れねえべ。それにあの子たちだってもうお子ちゃまじゃねんだし」

だとしても、殺人や監禁やら、江村の口から飛び出してくる話は教育上あまりに好ましくないことばかりだ。

「ところでおめもだけども、あの子も大丈夫かい。ヒメちゃん」

「ああ、ねえ」陽子が顔を曇らせる。

姫乃は江村がやってきてからというもの、ずっと顔色を悪くしている。

「あの子、江村となにかあったのかしらね。ずーっと様子がおかしいべ」

佳代がそう言うと、陽子が顔を近づけてきて、「昔付き合ってたなんて噂もあったけどね」声を潜めて言った。

「本当かい？」

「まあ、ヒメちゃん自身は否定してたけど……」

ありうると佳代は思った。ふたりは年齢も近いし、同じ職場で働いていたのだ。若い男女なら自然なことだろう。

ここで、

「もう大体のことは聞かせてもらった。で、結局のところ、遠田政吉がどうなったのか教えてくれ」

彼女の夫、三浦治の声が聞こえた。いくぶん改まった口調だった。

陽子と共に居間に顔を出す。

「おれたちが一番知りてえのはそこだ」

場の緊張が一気に張り詰めたのが伝わってきた。

そう、これが全員がもっとも聞きたかったことで、だがなかなか訊けなかったことだ。

江村の口からどんな真相を知らされるのか、みんな怯えているのだ。

だが、江村はずっと黙ったまま、中々その口を開こうとはしなかった。

「もしかして、遠田もすでに死んでんのか」

痺れを切らした三浦が訊ねると、江村が首肯し、場にこの日一番の衝撃が走った。

「まさか、遠田もおめが殺したっていうのか」

だが、江村はそれに応えることなく、別のところをジッと見つめていた。その視線の先には菊池一朗の姿がある。

ふたりの視線が交差する中、佳代には一朗が微かにかぶりを振ったように見えた。

そして江村がようやく「あの日――」と重い口を開いた。

その直後、

「ちょっとヒメちゃん」

慌てた声を発したのはとなりにいる陽子だ。

佳代はなにがあったのか、すぐにわかった。姫乃は顔を真っ青にして、身体を激しく震わせていたのだ。

「どしたの？　大丈夫？」

「……大丈夫、です」

陽子に肩を抱かれながら、姫乃が唇を震わせて答える。

「だけんど、こったら震えて。汗まで掻いでるべ。あんた、具合悪いんでねえの。どこかで休んでなさい」

だが、彼女は頑なにこの場にいることを望んだ。

そして姫乃は「つづけて」と江村に向けて言った。

「すべて、話してくれていいから」

18　二〇一三年三月十日　菊池一朗

あとの祭りだった。一朗が天ノ島に戻ってきたときにはすでに復興支援隊の本部に置かれていたブルーブリッジの乗物はすべてなくなっており、そこにあったのは疲れ果てた島民らの姿だけであった。

「今すぐにやめさせてくれって、おれらは何度も警察に頼み込んださ。だけんどあいつら、権限がねえの一点張りで、指をくわえてただ眺めてるだけだ」

このように状況を説明してくれた彼らは紫煙に包まれていた。灰色の空の下、みんなで固まって地べたに座り込み、煙草を吹かしているからだ。

その光景はいやが上にも敗戦を思わせた。

「なあ一朗、これってつまり、おれらの負けってことだべ」

ひとりの男が肩を落として言った。

「だってよ、警察ですら手出しできねってことは、もう一般市民にはどうもできねえでねえか」

一朗はこれを否定し、遠田の逮捕が間近に迫っていることを改めて伝えた。

だが、みな懐疑的だった。

「それって希望的観測でねえのか。おれが思うに遠田はもう捕まんねえよ。横領が発覚してからかれこれ半年経つんだぜ。結局、証拠が出ねからいつまで経っても逮捕できねえのさ」

「そったなことはね。俊藤さんの話によると警察は――」

「一朗。おめはやたらとあの男のことを信用してるみたいだが、おれらは別にそうでね。あの男だって結局はマスコミだ。仕事のためにすり寄ってきてるとしか思えねえ」

一朗は言い返そうと思ったが言葉を飲み込んだ。今はなにを話しても無駄だろう。場にはそれほど諦念の色が濃く滲んでいた。

「ところで今、江村はどこに？」一朗が訊ねた。

「とっくに島を離れてるべ。最後は、おれらに睨まれながらひとり歩いてここを出ていった」

「じゃあ江村と一緒にいたというアジア人は？」

「ああ、あの怪しい野郎か。そういやあの男、いつの間にか消えてたな」

「それ、おれもちょっと不思議に思ってたんだ。江村と一緒に本部の中に入っていったところまでは見てんだが、戻ってきたときは江村ひとりだったからさ」

一朗は首を捻り、本部の建物を見つめた。

「なんにせよ、江村も遠田と同じ怪物だ。おれらはあいつに、『おめにも良心ってものがあるべ。頼むがらこったなことしねえでくれ。一緒に汗水垂らして働いてきた仲だべ』って、そう詰め寄ったんだ。でもあいつ、顔色ひとつ変えることなく、『おまえらと話すことはない』って言い放ちやがった」

一朗はため息をついた。その状況が容易に想像できたからだ。

「そういえば治さんはどこさ行った？」

「もう帰った。治さん、泣いてたな。すべておれのせいだって、泣ぎじゃくっておれらに謝ってた。誰も治さんの責任だなんて思ってねえのに」

「だけんど、遠田を連れてきたのは治さんだってのは事実だべな」

「おめ、よくそったなことが言えるな」

「ただ事実を言っただけだ。おれだって治さんを責める気なんてねえ」

「じゃあ言うなバカ」

「バカだと？」

「バカじゃなかったら調子のいいクソ野郎だ。ちょっと前まで『遠田隊長の命令は絶対』なんてほざいてたのはどこのどいつだ」

罵《のの》られた方の男がサッと顔色を変え、勢いよく立ち上がる。

「やめろって。ここで揉めたって仕方ねえべ。おれら全員、遠田を信頼してたのは事実なんだ。ってことはおれら全員に責任がある。とりあえず一旦帰るべ。そろそろ昼飯の時間だ」

飯を食って嫌なことは忘れよう――一朗にはそう聞こえてしまった。

肩を落とし去っていく仲間たちの背を遠くに見て、一朗は東京にいる俊藤に電話を掛けた。

ブルーブリッジの持つ所有物が江村によって持ち去られたことを伝えると、俊藤は驚いていたが、どこか納得するような反応も示していた。

〈遠田のヤツ、とうとうやりましたか〉

「しかし、なぜ遠田はこのタイミングでこのような強行手段に出たのか。自身の心証が悪くなるだけでしょう」

一朗がずっと抱いていた疑問を吐露した。証拠はなくても、世間も警察も、だれだって遠田が江村に命令してやらせたと思うに決まっているのだ。

以前と状況が決定的に違う点は、ブルーブリッジの代表を務めていた小宮山が失踪し、彼の所有していた財産が江村に譲渡されていたことだ。マスコミはこぞってこの事実を取り上げるだろう。

〈おそらく遠田は今、不安でいっぱいなんですよ〉

「不安？」

〈ええ。おそらく遠田は近いうちに自分が逮捕されることはすでに覚悟していると思うんです。身近な刑事に、『あとどれくらいおれはシャバにいられるんだ』などと訊いているらしいですから。ただし、この先江村にまで警察の手が伸び、彼が罪に問われるようなことになれば大事《おおごと》です。そうなれば当然、江村の持つ財産が没収される可能性が出てくるわけで、これを遠田は恐れているのだと思います〉

「つまり、財産を差し押さえられる前に、今のうちに金に換えてしまおうってことですか」

〈そういうことです〉

「しかし金に換えたところで、裁判所に賠償命令を下されたら結局同じなのでは？　金だって当然差し押さえられてしまうでしょう」

〈もちろん。ただ、物は隠せませんが、金は隠せます〉

理屈はわかるのだが、それでも一朗には愚の骨頂にしか思えなかった。

〈おそらく菊池さんの存在が遠田を怯えさせているのですよ〉

「わたしが？　なぜです？」

〈菊池さんが江村の過去を執拗《しつよう》に調べていることはすでに遠田も知っているでしょう。ふたりの密な関係性が白日の下となれば、今以上に江村にも疑いの目が向けられるのはまちがいありません。小宮山とちがい、江村はこれまで安全圏にいたわけですが、ここにきてそれすら危うくなってきた。江村が自白することはなくとも、彼が横領に関わっていた、もしくはなにかしらの違法行為を犯していた、そういった証拠がこの先発見されてしまうかもしれない。きっと遠田は疑心暗鬼に駆られているのです〉

一朗は低く呻いた。

「それでも、わたしにはどう考えても、今慌てて動くのは得策ではないように思えて仕方ないのですが。なぜなら遠田は悪人ですが、頭は相当に切れます」

〈菊池さんは当事者だけにそう思えるのかもしれませんね。第三者のぼくから見れば、遠田は脇の甘い、ぼんくら以外の何者でもありません〉

俊藤はばっさりとそう切り捨てた。

〈たしかに遠田は、ある一定の分野においては秀でた能力を持っているかもしれません。人を欺いたりとか、心を支配したりとかね。ただし、あの男のやってきたことはあまりに杜撰でしょう。だからこそ復興支援隊は潰れたわけですし、結果的にこうして追い詰められてしまっているわけです。とどのつまり、精神的に未熟でだらしがないんですよ、あの男は。いくら太々《ふてぶて》しく振る舞っていても、本当のところは気が小さいんです。小心者ほど下手にあれこれ動き回るものでしょう〉

このように辛辣《しんらつ》な持論を述べたあと、俊藤は大きく息を吐いた。

〈なにはともあれ、これで小宮山の死が一気に現実味を帯びてきましたね〉

これはその通りだと思った。

小宮山の死以外に、本来彼が有していたブルーブリッジの財産が無償で江村に譲渡された理由に説明がつかないのだから。

小宮山は権利を剝奪された上、何者かによって葬られた。そして今後、彼はこの復興支援金横領事件の黒幕として、全責任をなすりつけられることになる。

仮に小宮山が殺されたのだとしたら、その手を血で染めた人物はおそらく江村汰一だろう。万が一、犯行が発覚し、江村が捕まろうとも、遠田にリスクはないのだから。

命令された、などと江村は絶対に口にしないはずだ。

〈それではこれで。明日よろしくお願いします〉

俊藤は慰霊祭に参加するため、明日の午前中に天ノ島へやってくる予定なのだ。

「島に到着する具体的な時間がわかったらお知らせください。いつもの栈橋までお迎えに上がります」

〈いえ、タクシーを拾いますからお気遣いなく〉

「タクシーは簡単に捕まりませんよ。明日は参列者が大勢本土からやってくるでしょうから。今だってすでに親族の帰省ラッシュで臨時船が出ているくらいで、明日はその比じゃありません」

〈そうでしたか。ではお言葉に甘えさせていただきます〉

「俊藤さん、ひとつお願いがあります。もしお時間が許すなら、もう一度だけ椎名姫乃に接触を試みてもらえませんか」

彼女に慰霊祭に参加してもらえるよう要請してほしいのだ。もちろんダメもとだ。

〈わかりました。あとで彼女の住むマンションへ寄ってみます。おそらく居留守を使われるでしょうが〉

俊藤との電話を終えたところで、一朗は天を仰いだ。ポツ、ポツ、と雨粒が落ちてきたからだ。

遠くの空に薄暗い雨雲が浮かんでいた。この風の流れだとこっちに向かってくるだろう。降るなら今のうちに降ってくれ。そして、どうか明日だけはこの島を光で照らしてくれ。

一朗は天に向けて切実に願った。

明日は二〇一三年三月十一日となり、東日本大震災から丸二年が経つのだ。

事前に帰宅を伝えていなかったからか、妻の智子は夫の姿を見て驚き、息子の優一は声を上げてよろこんだ。

ふたりは食事中だったので、一朗は自ら台所に立ち、冷凍庫にあった残りご飯を使ってチャーハンを作ることにした。

中華鍋を振っていると、妻が事件に関するいくつかの質問を投げかけてきたので、一朗はその一つひとつに言葉を選んで答えた。どの道、意味はわからないだろうが、一応は子どもの前だ。

「わたし、知れば知るほどやるせなくなる。江村くんがあまりにかわいそうで。あの子だって人間なのに、それなのに、まるで遠田の操り人形じゃない。天国のお母さんもきっと泣いてるわよ」

彼女はいくぶん、江村には同情的だ。おそらく自身もひとり息子を持つ母親だからだろう。

「で、その江村くんはまだ島にいるの？」

「いや、おそらくはもういないと思う。貨物輸送船が岸につけられてたようだから、それと一緒にすでに島を離れたんじゃないかな」

「なんだ。そっか」

「江村がどうかしたの」

「もしまだ島にいるなら、叱り飛ばしてやろうと思って」

その言い草に苦笑してしまった。

出来上がったチャーハンを皿に移し、食卓へ持っていくと、

「それはそうとあなた、仕事の方は大丈夫なの」

正面に座る妻が改まった口調で訊いてきた。

実のところ、一朗が島を離れている間、宮古通信部に通い、夫の代わりに仕事をしてくれているのは妻だった。もちろん記事を書いたりはできないため、そこだけは一朗が担っているが、彼女が任されている仕事はお手伝いのレベルをとうに超えている。

以前から一朗は仕事を自宅に持ち帰ることが多く、そんな夫の働く様をとなりで見ていた彼女は業務の一連の流れを把握しているのだ。だが、それでもやはり細々とした問題は出てきており、四苦八苦しているのが実情だった。

「ああ、きみのおかげでね」

そう告げたが、このひと言では足りないかと思い、一朗は手を止め、スプーンを皿に置いた。

「迷惑ばかりかけてすまない」

彼女は家事、育児をしながら不慣れな業務もこなしてくれているのだ。

「別にそういう言葉が聞きたくて訊いたんじゃないの。社との業務連絡とか、そういうところで滞りはないのかなって」

「そういうことはまったくないよ。こまめにやりとりしてるし、それに、社も理解してくれているから」

これは本当のことだった。「この横領事件を徹底的に追及し、復興を喰い物にした重罪人を糾弾することこそ新聞社の役目であり、ブンヤの責務だ。いいか菊池、絶対に負けるなよ」局長自ら、そのように背中を押してくれたのだ。

「そっか。それならよかった。だったらわたしのことは心配しないで。だいぶ仕事にも慣れてきたし、わたしなりに楽しんでやらせてもらってるから。なにより、お給料もいただいてるしね」

妻がウインクを飛ばして言った。そんな気遣いが深く身に染みた。

通常、通信部の社員は住み込みで働く者が多いため、記者の配偶者が電話対応をしたり、雑務を任されることもままある。それゆえ、その苦労に報いるため、通称〝奥様ボーナス〟といわれる手当が会社から支給されているのだった。

「あ、それとわたし、このあと優一を連れて出掛けちゃうから」

「どこに？」

「総合体育館。明日の慰霊祭の準備のお手伝い」

それを聞き、一朗は顎に手を当てた。

「じゃあきっと、そこに陽子さんもいるよな」

「もちろん。だって陽子さんが婦人会を束ねてるんだもの。あ、婦人会じゃなく、女性団体でした」

この数ヶ月で妻は言葉に敏感になった。彼女は本当にこの仕事に向いているのかもしれない。

「陽子さんがどうかしたの」

「ちょっと相談したいことがあってさ」

近日中に東京へ一緒に行ってもらいたいのだ。もちろん椎名姫乃と会うために。

俊藤に頼んだものの、椎名姫乃が慰霊祭に参加してくれることは望めないだろう。だとしたらこちらから会いにいくしかない。

彼女は復興支援隊の中において遠田ともっとも近いところにおり、やつのお気に入りだった。そして江村とも秘密裏に繋がっていた可能性がある。もしかしたら遠田を追い詰める鍵は彼女が握っているかもしれない。

だが俊藤の話を聞いている限り、一朗が単独で向かったところで、姫乃は会ってはくれないだろう。たとえ会ってくれたとしても心を開いてくれるとは思えなかった。その点、陽子がとなりにいれば彼女も態度を軟化させるかもしれない。

できることなら傷ついている姫乃をそっとしておいてやりたいが、もう悠長に構えている余裕はないのだ。

「なるほどね。それだったらわたしから伝えておこうか」

「いや、直接相談するから大丈夫。夕方にでも自宅を訪ねてみるよ。治さんの様子も気になるし」

「そう。わかった」

その後、妻は手早く出支度をして、最後に畳の部屋に布団を敷いた。

「あなた、少しだけでも眠った方がいいよ。目の下のクマがひどすぎる」

玄関先で妻と息子を見送ったあと、一朗は助言通り、仮眠を取ることにした。もちろんやることは山積しているので一時間後にアラームを設定しておいた。

相当に疲れが溜まっていたのだろう、布団に横になるなり、すぐに意識を失った。

夢を見た。

父と母の夢だ。明日は両親の命日でもあるのだ。

——一朗、あとは頼んだぞ。

夢の中で父から改めて告げられた。


遠くの方でピピピと甲高い機械音が鳴り続けている。これは設定しておいたアラームの音だ。

背中が重たい。どうやら自分は寝返りを打つこともせず、泥のように眠っていたようだ。

目を閉じたまま、音を頼りに頭の上に手を伸ばし、アラームを止めた。

薄目を開く。すると部屋の中が赤いことに気がついた。窓から西陽が射し込んでいるのだ。

西陽――？　弾かれたように上半身を跳ね起こした。

いったい、今何時なのか。時刻を確認すると、十七時半を過ぎていた。一時間だけのつもりが、まさかの四時間も眠ってしまっていたようだ。

額に手をやる。とんだ失態だ。

玄関のドアに鍵が差し込まれる音がした。ドアの向こうから、両手にポリ袋を下げた妻が姿を現す。

「あ、おはよう。やっぱりまだ寝てたんだ」

妻が靴を脱ぎながら、布団の上にいる夫に向けて言った。

「やっぱりって？」

「陽子さんがあなたに何回か電話したのに、出てもらえないって言ってたから」

携帯電話を手に取り、着信履歴を見る。たしかに陽子から三回も掛かってきていた。

「おれが相談があるってことを話したの？」

すぐそこで上着をハンガーに掛けている妻に訊いた。妻の顔は西陽で真っ赤に染められている。

「ううん、わたしはなにも。陽子さんの方もあなたに用事があったみたい」

「なんだろう」

「さあ。夕方過ぎにご自宅へ伺うようなことを言ってましたよって、一応そう伝えておいたけど」

「そっか。ありがとう。ところで優一は？」

「ナナイロで海人くんたちと遊んでる。まだ帰りたくないって駄々をこねるもんだから置いてきちゃった。佳代さんが夕飯は一緒に食べさせてくれるっていうから、あとで迎えに行こうと思って」

「そう。だったら陽子さんの家に行ったついでにおれが迎えに行ってくるよ」

「うん。そうしてもらえると助かる」

妻が居間のカーテンを閉め、電気を点けた。

「そういえば来未ちゃん、すっごい成長してたわよ。もうしゃべりまくり。わたし、びっくりしちゃった。同じ頃の優一なんて、全然だったのに。女の子ってやっぱり成長が早いのね」

「そっか。来未ちゃん、明日で二歳になるんだったな」

千田来未は震災の日にこの島で生まれた女の子だ。そして誕生した直後、彼女は天涯孤独となった。

それゆえ、この島の人たちは何かと来未のことを気にかけている。

「なんかあっという間だな」

「うん。佳代さんも昭久さんもそう言ってた。まったく実感が湧かないって」

一朗はふーっと息を吐き、膝に手をついて立ち上がった。

「よし。行ってくる」

顔を洗い、服を着替えてから、自宅アパートを出た。車に乗り込み、三浦夫妻の家を目指した。

夕陽が水平線の向こうに今にも沈まんとしている。この空模様だとどうやら明日の天気は心配なさそうだ。

三浦宅に到着した頃には完全に日が沈み、辺りは薄暗くなっていた。空には細い逆三日月が浮かんでいる。

車の音で一朗の到着に気づいたのだろう、陽子がサンダルを突っかけて玄関から出てきた。

「何度も電話もらってたのにごめん。家で熟睡しちまってて」

車から降りるなり、まずはそのことを詫びた。

「どうせろくに休んでねんだべ。子どもの頃からおめは無茶すっがら。いつまでも若《わけ》えつもりでいたんじゃよくねよ」

「うん、気をつける。治さんは？」

「今さっき追い出したところ」

「追い出した？　どして？」

「ほら、おめも知ってるだろうけど、午前中に江村が車やらボートやら持ってっちまったべ。うちの人、それがよっぽど腹が立ったのか落ち込んだのか知らねんだけども、昼に帰ってくるなり寝込んじまってさ。そんでもって、ようやく起きてきたと思ったら、今から遠田を殺しに行くとかバカなこと言い出してさ」

耳を疑った。「なんだべなそれ……」

「警察がやらねえならおれがこの手で遠田を死刑に処すんだとさ。これ見よがしに千枚通しなんか持ち出してんの。もう笑っちまったべ」

「まったく笑えねよ」

「平気、平気。できるわけがねんだがら。人を殺すつもりなら、まずは女房を殺してがら行けって言ってやったし」

「にしたって、なして追い出したりしたんだ」

「追い出したっつうか、正確には勝手に出て行ったんだけどね」

「じゃあ今、どこにいるかはわがらねの」

「きっとそこらをほっつき歩いてんだべ。頭冷やしてんだと思うよ。あ、ちょっと前にタケオがら電話があったみたいだがら、何か用ができたのかもしれねけど」

なんだか嫌な予感がした。もっとも、遠田の正確な居場所を三浦に突き止める術はないだろうが。

「それで、陽子さんはなしておれに電話くれたんだ」

「ああ。ちょっとヒメちゃんのことでね」陽子がため息をつく。「あたし、明日の慰霊祭が終わったら新幹線乗ってヒメちゃんに会いに行くべと思うんだけど、もしよがったらおめもついて来てくれねか？」

これは以心伝心というやつだろうか。どうやら考えることは同じだったようだ。

「実はさ、昼過ぎにヒメちゃんと少しだけ電話で話ができたのよ」

驚いた。「繋がったんだか？」

「ううん、あっちから掛かってきたの。まあ、その前にあたしがこったなメールを送ったがらだろうけど」

言うなり陽子が携帯電話を差し出してきた。

『姫ちゃん、お元気にされてますか。わたしたちは元気でやっています。今ちょうど、明日の慰霊祭の準備をしているところです。

これまで何回も電話を掛けたり、一方的にメールを送りつけてしまってごめんなさい。途中であなたを追い詰めているだけだと気づき、最近は控えるようにしていたのですが、どうしても姫ちゃんに明日の慰霊祭に参加してもらいたくて、こうして連絡をさせていただきました。

姫ちゃんがきてくれたら、島の人たちはみんなよろこぶし、亡くなった人たちも天国でよろこんでくれると思います。わたしも、もちろんうれしいです。

改めて言いますが、今回起きてしまった事件において、あなたには何ひとつ罪はありません。姫ちゃんは本当に天ノ島のために尽くしてくれました。わたしもそうですが、夫も、周りの人たちもみんな、姫ちゃんを傷つけてしまったことを心から申し訳なく思っています。わたしたちがもっと早く遠田の正体に気づいていれば、あなたをここまで苦しめることはなかったことでしょう。守ってあげられなくて、本当にごめんなさい。

それと、噂によれば遠田たちはもうじき逮捕されるようです。使われてしまったお金が戻るかはわかりませんが、彼らが捕まれば少しはこの島も落ち着くことでしょう。

くどいようですが、姫ちゃんはなにも気にしないでください。そしてまたあなたの明るい笑顔を見せてください。

では、もしも慰霊祭に参加してもらえるようならお迎えに上がるので返信をください。

追伸　東京はこっちよりもマシだと思いますが、まだまだ寒いことでしょうから、風邪などには気をつけてくださいね。　三浦陽子』

「別におがしくねえべ？　おめに言われた通り、あたしなりに配慮はしたつもり――」

「電話ではどったな話を？」

「正直、話したなんてレベルでもねんだけどね。ほんとに一瞬だけなのよ。メールを送ったあとにすぐに電話が掛かってきて、あたしはよろこんで出たんだけども、ヒメちゃんがしゃべってくれたのは、『江村くんも捕まるんですか』って、たったこのひと言だけ」

「……………」

「おそらく捕まるよって答えたんだけどさ。もしかしたらヒメちゃん、江村は横領には無関係だと思ってたのかもね。んだがらあたし、今さっき江村が島にやってきて、乗物やらなんやら一切合切を持ってっちまったことを伝えたのよ。あいつも遠田とグルなのよって」

「したら彼女はなんて？」

「無言よ。で、そのまま電話を切られちまった。そこからは電話してもメールしてもいっさい音沙汰がない」

一朗は顎に手を当て、思案を巡らせた。

「やっぱり、ヒメちゃんは江村と付き合ってたのかもね。おめ、ちょっと前に言ってたでね。ふたりは特別な関係にあったかもしれねって」

「ああ、それが世間一般でいう恋人同士だったのかどうかはわがらねけど」

陽子が吐息を漏らす。

「あたし、まったく気がつかなかったなあ。なして周りに隠してたのかしら」

「それは本人に訊いてみねことにはわがらねえよ」

「まあね。ただ、もしも江村が彼氏だったんだとしたら、ヒメちゃんが塞ぎ込むのも当然だ。

ホレた男が犯罪者だったなんて、あまりにショック過ぎるべ」陽子が嘆くようにかぶりを振った。「なんにせよ一朗、慰霊祭が終わったら一緒に東京さ行って。おそらくヒメちゃんは明日きてくれねだろうがらさ。あたし、このままヒメちゃんに会えなかったら、一生心残りになっちまう」

相手は俊藤だった。

再びため息をついた陽子と約束を交わし、一朗は三浦宅を出た。

車に乗り込み、今度はナナイロハウスに向かった。その途中、携帯電話が鳴った。

ハンズフリーで応答する。

〈今、椎名姫乃の自宅マンションの前にいるんですが――〉

おそらくダメだったのだろう。

〈どうやら彼女、失踪したようです〉

一朗は危うく赤信号を突っ切ってしまいそうになった。

聞けば、俊藤がエントランスからコールしてみると、これまでは居留守を使われていたのだが、はじめて母親が出たという。

母親はひどく狼狽しており、取り乱していたそうだ。

〈母親が四時間ほど前に自宅に帰ってきたときには、すでに娘の姿がなかったそうです〉

「ただ単に買い物に出掛けているとか、そういうことでは？」

〈ぼくも最初はそう思ったのですが、どうやらちがうようですね。母親が言うには彼女は騒動以来、ほとんど家に引きこもっていたようなんです。彼女が外出するのは、事情聴取で警察署に呼び出されたときだけだったそうですから。なにより彼女、スマホを置いて出掛けてるんだそうです〉

「スマホを？」

〈ええ。彼女が天ノ島から帰ってきてから、母親は娘のスマホにGPSアプリをインストールしていたらしいんです〉

「つまり、彼女は親に居場所を知られたくないってことか」

〈そう思います〉

だが、どういうことだ。椎名姫乃はいったいどこへ行ったのだろう。

〈ちなみに母親はすでに警察にも連絡をしているそうです。取り急ぎ、報告まで。またなにか進展があればご連絡します〉

俊藤との通話を切ったところで、一朗は路肩に車を停めた。

もしかしたら今、椎名姫乃はこの天ノ島に向かっているのではないか。

ふと、そんな思いが頭をもたげたのだ。

目的は、江村汰一だ。

これまで姫乃は一貫してこちらからの連絡、接触を拒否していた。だが、陽子が遠田たちの処遇に触れた途端、自ら電話までして状況を確認しようとした。

――江村くんも捕まるんですか。

姫乃もまた、江村にこだわっているのはまちがいないだろう。

彼女は、今日の午前中に江村が天ノ島を訪れたことを知らされた。もしかしたら彼女は、江村がまだこの島にいると考えているのかもしれない。

一朗は行き先を変更し、本土からのフェリーが行き来する桟橋へと向かった。

19　二〇一三年三月十日　椎名姫乃　菊池一朗

か細い月の浮かぶ夜、椎名姫乃は大勢の乗船客と共にフェリーを下船し、見慣れた桟橋に降り立った。

懐かしい潮の香り。天ノ島の香りだ。

先の岸には迎車がびっしり並んでおり、そこから人々の声が聞こえている。

こんな遅い時間帯にこれほど多くの人が集まっているのは、明日この島で慰霊祭が行われるからだろう。乗船客の大半は島民の親族たちで、彼らは参列を目的としてやってきたのだ。

迎えにやってきた人たちと乗船客とが、そこら中で握手を交わしたり、抱擁をしたりして久しぶりの再会を祝していた。その中には知っている人の姿もいくつかあった。

姫乃はフードを目深に被ったまま、身を小さくしてひっそりとその間をすり抜けていった。

では、なぜここへやってきたのか。もう二度と訪れることはない。そう思ってこの島を離れたのに。

陽子からのメールを受け取ったのは昼下がりだった。姫乃はそのとき、自宅の部屋のベッドに横たわっていた。あの横領が発覚して以来、姫乃はろくに外出することもなく、一日の大半を自宅にこもって怠惰に過ごしていた。

気力がまるで湧かないのだ。日常をなぞる活力すら失われてしまっていた。

すべての声をシャットアウトしたい。どうか、自分をそっとしておいてほしい。

姫乃の願いはそれだけだった。

陽子の話によれば、本日、江村汰一がここ天ノ島にやってきたのだという。そして彼もまた、遠田政吉と共に逮捕されることになるだろうと、彼女はそう話していた。

陽子との電話を終えた直後、姫乃は衝動的に自宅マンションを飛び出していた。

もちろん、江村と会える保証などない。まだ彼がこの島にいるかどうかなどわからないのだし、たとえ滞在していたとしても、このあと彼をどうやって探せばいいのかもわからない。

だが、絶対に会える。姫乃は奇妙なまでに確信を抱いていた。

どうしても江村汰一に会いたい。会って、彼から事件の経緯を聞きたい。なにがあったのか、なぜこんなことになってしまったのか、すべてを江村の口から語ってもらいたい。

そして、たしかめたい。

彼もまた、遠田政吉と同じように、悪人なのかどうか――。

遠田政吉が復興支援金を横領していたのは、もう疑う余地のない事実だ。今になって思い返せば、あの男には不審な点がいくつもあった。だがどうしてか、当時は疑うことを知らなかった。

いや、そうではないのかもしれない。自分は遠田に対して疑問が湧き上がるたびに自ら蓋をしてしまっていたのだろう。無理にでも、遠田を信じたかったのだ。

いずれにせよ、あの男に掛けられていた魔法はすでに解けている。

遠田政吉は悪い人間だったのだ。

「ヒメがどしたって?」

どこからともなく、そんな声が鼓膜に触れ、姫乃はピタッと足を止めた。

恐るおそる声の上がった方を見ると、そこで数人の男たちが固まって話し込んでいるのがわかった。そしてその中に菊池一朗の姿があった。

「おれは見てねえな。もしかしたらだれかの船に乗ってたかもしれねえけど、この人だかりだべ、みんなわがんねと思うぞ。もちろん乗船チケットは受け取ってるけど、そのときに一人ひとりの顔を確認してるわけでもねえしよ。ヒメが島に来てるのはたしかなのか？」

「確証はねんだけども、もしかしたらと思って」

姫乃は足早にその場を離れた。

「それより一朗、乗船客の中に遠田らしき――」

どうして菊池が自分を探しているのか。彼はなぜ、姫乃が天ノ島に来ているかもしれないなどと考えたのだろう。

もしかしたら親かもしれない。姫乃は両親になにも告げずに家を飛び出してきた。娘の失踪に不安を抱いた母親が陽子などに連絡を入れ、それが菊池にも伝わったのかもしれない。

姫乃はできるだけ人目につかぬよう、森の中を通る小道へと入っていった。街灯のない暗い未舗装道路だが恐怖はなかった。何度も通った勝手知ったる道なので迷子になる心配もない。

この森を抜け、いくつかの民家を過ぎた先に復興支援隊が拠点としていた廃校がある。時間にすれば徒歩で一時間程度で着くだろう。

姫乃はまずはそこへいくつもりだった。目的は事務室のデスクの抽斗《ひきだし》だ。その中にとある物が入っており、それを回収しに行くのだ。

闇の中、草木の匂いに囲まれ、落ち葉を踏み鳴らして歩いていると、幾人かとすれちがった。そのたびに姫乃はうつむき、声を掛けられぬようにやり過ごした。

ただ、どうしてこんなふうに人目を避けているのか、その理由の本当のところは自分でも判然としていない。

もちろん、この島の人たちに対して後ろめたい気持ちは持っている。事情はどうあれ、自分が悪事に加担してしまったのは揺るぎない事実なのだから。

そうした姫乃が関わった後ろめたい事柄は、四億二千万という全体の被害額からみれば些末なものかもしれない。だが自分はいくつもの不必要な買い物を、浪費を、たしかにこの手で行ってしまった。

復興支援隊が主催してきた催事のときもそうだ。決済まではしておらずとも、主に発注業務を任されていたのは姫乃だった。また、事後に提出していた損益計算書はでたらめもいいところだった。いつだって姫乃は帳尻合わせの数字を入力するように指示されていたのだ。

きっと遠田は、万が一問題が起きたときのことを考え、姫乃にそれらの業務を担当させていたのだろう。現に遠田は警察に対し、「事務員が作ったものだからおれにはよくわからん」などと話しているそうだ。

もっとも、そのすべては警察によってひとつ残らず、細々とした詳細まで明らかにされている。事件後に呼び出された警察署で、姫乃がこれまでにオンライン上で購入したすべての物品がプリントアウトされ、目の前に提示されたときは驚いた。結局、ネットショッピングのアカウントなどいくら抹消しようとも、警察の手に掛かれば掘り起こすことなど造作もないのだ。

警察の人たちからは、一度も疑われることも、叱られることもなく、逆に同情の声を掛けてもらっていた。ありのままを話した姫乃の言葉を、彼らは信じてくれている様子だった。

あなたに罪はないから安心しなさい――。

窓口になってくれている女性警察官は何度もそう言ってくれた。

そして陽子や、島の人たちもみんな、同様の慰めの言葉を自分に掛けてくれている。

だれもわたしを責めてはいないのだ。

だが、だからといって罪悪感がなくなるわけでもなかった。それ以上に、信じていたものが偽物だったという事実に自分の心は深く傷ついている。それはもう、このまま一生立ち直れないのではないかと思うほどに。

なんだ、結局のところ、そういうことなのか。

静かな闇の中、姫乃はひとり納得した。

この島の人たちと会うことは、癒えていない傷口に塩を塗るようなもの。要は、自分は苦い思い出と向き合いたくないだけなのだ。

卑怯だし、薄情とも思うが、今はだれとも会いたくない。

江村汰一、ただひとりをのぞいて。

ここで姫乃は、はたと足を止めた。十数メートル先の地面から突然、白い靄《もや》がもくもくと湧き立ったからだ。こんな時期に靄――？

つづいて耳鳴りが襲ってきた。キーンという音が耳の奥の方で鳴り始めたのだ。

いつだったか、これとまったく同じ音を聞いたことがある。記憶を辿り、すぐに思い出した。

谷千草の家を訪れた際、光明の部屋で不思議な体験をしたときだ。

そんな靄の中から、ひとりの老爺が杖をついて、こちらに向かって歩いてくるのが見えた。

これもまた、奇妙な光景だった。夜更けにこんな足元の悪い道を老爺が歩いているのだから。

訝りながらすれ違った瞬間、「引き返せ」と老爺がボソッと言った。

姫乃が後方をバッと振り返る。

目を疑った。

そこに老爺の姿がなかったのだ。

姫乃は寒気を覚えた。老爺の姿が消えたこともそうだが、その面影に見覚えがあったからだ。

あれは遺体安置所――通称『仏さまの寝床』に詰めていたとき、先ほどの老爺が運ばれてきた。すでに息絶えた状態で。

老爺はそのときも右手に杖を握っていた。死後硬直で手放せない状態にあったのだ。姫乃は遺品をまとめるため、老爺の指を一本、一本、丁寧に広げながら杖を手から離させた。するとその瞬間、老爺にそっと指を握られた気がした。

先ほどの老爺はあのときの――。

まさか、そんなわけはあるまい。姫乃はかぶりを振り、進路に向けて身を翻した。

すると、先に湧き立っていた白い靄はすっかり消え去っていた。

幾度となく行き来した校門から、闇を纏った校舎を眺めていたら、息苦しさを覚えた。

天ノ島復興支援隊がこの廃校となった小学校に拠点を移したのは、東日本大震災から一ヶ月半が経った二〇一一年四月の下旬だ。

それまでの震災対策室から名称を変更し、NPO法人ウォーターヒューマンの代表である遠田政吉の旗振りのもと、復興を目的とした正式な組織が立ち上がった。

自分はここで約二年もの間、事務員として働いていた。目まぐるしい毎日だったが、充実した時間だった。

こんなわたしでもだれかの役に立っている、そんな自負があった。この島の復興に、自分は必要な人間だと信じていた。

姫乃は呼吸を整えてから、校門を通り抜けた。

カバーを掛けられ、校庭に保管されていた水上バイクやゴムボートはなくなっていた。校舎の裏手に回ってみると、駐車場に停められていた車やトラックもすべて消えていた。復興支援隊が使用していた乗物は、今日の午前中に江村によってすべて持ち出されてしまったのだ。

校舎裏の一角、鬱蒼《うっそう》と生い茂った草木の中に廃《すた》れた物置小屋はあった。いつもあそこで江村と待ち合わせをして、彼に弁当を手渡していたのだ。

あれはふたりだけの、秘密の時間だった。

彼は弁当の上蓋を開ける瞬間、少年のような純粋な瞳を自分に見せてくれた。あんな透き通った瞳を持った江村が悪人であるなどと信じたくない。どうしても信じられない。

彼はこれまで海の底に沈んだ遺体を何体も引き上げた。遺体捜索以外にも、倒木や瓦礫の撤去など、数多くの復興仕事をこの島で行っていた。

それらすべてがフェイクだったのだろうか。周囲を油断させ、欺くための、見せかけの行いだったのだろうか。

自分は江村汰一に、騙されていたのだろうか。

昇降口までやってきた。黄色い規制線が横に延びているが、これは警察によるものではなく、復興支援隊で働いていた島民たちが騒動後に自主的に張り巡らせたものだ。

姫乃はその規制線を屈んでくぐり抜け、ガラス張りのスライド式のドアの取っ手に手を掛けた。

当然、閉まっていた。姫乃はショルダーポーチから鍵を取り出した。

この昇降口の鍵は事件後もずっと所持したままだった。意図してそうしていたわけではない。提出を求められなかったし、姫乃自身、鍵を持っていることすら忘れていたのだ。

解錠し、ドアを横にスライドさせた。恐るおそる中へ入る。しんしんと冷えた空気、若干ホコリっぽい感じがした。きっと事件以来、人の出入りも多くなかったのだろう。

真っ暗闇の中、壁伝いに歩き、記憶を頼りに電気のスイッチを探した。すぐに発見できたが、灯りは点かなかった。さすがに電気の供給は止められているようだ。

窓から射し込む微かな月明かりを頼りに廊下を進んだ。

カツ、カツと静まり返った廊下に足音が怪しげに響いている。ほどなくして事務室までやってきた。戸を開け、中に入る。

姫乃は薄目で室内を見渡した。

パソコンと大型プリンターはなくなっていたが、それ以外はほとんど当時のままの状態だった。コーヒーメーカーや電気ポット、ホワイトボードの壁に掛けられたカレンダーや時計、そして机や椅子などもそのまま残っている。

ホッとした。もしかしたらがらんどうになっているかもしれないと不安に思っていたのだ。

おそらくこれらの事務用品はすべてウォーターヒューマンが購入したものなので江村も手

をつけられなかったのだろう。持ち去られてしまったのはブルーブリッジに買わせたものだけなのだ。

姫乃はさっそく自分が使用していた机に歩み寄り、抽斗を開けてみた。当時使用していた文房具がいくつか入っており、その中に目的の品はあった。

多機能文房具ツール。ハサミ、ホチキス、巻き尺など、事務仕事に欠かせないものがこれひとつで賄えるのだ。

一昨年の年末に江村からプレゼントされたもので、これは彼の亡くなった母親の形見だった。そんな大切な一品を彼は自分にくれたのだ。

これを彼の目の前に呈示して、しっかりと問い質したい。

あなたはこの島の人たちを騙していたのか、と。

わたしを裏切っていたのか、と。

理由があるなら話してもらいたい。彼の愛する母親の前で、正直にすべてを語ってもらいたい。

「よし」

と、つぶやき、踵《きびす》を返した。

ここに長居していられない。

闇に覆われた廃校の一室で、女がひとりでいる。傍《はた》から見たら自分は今、相当危ない人だ。

こんな場面をだれかに見られたら、きっと幽霊が出たと噂されてしまう。

そのとき、

「ああっ。畜生が」

そんな声がどこからか聞こえ、姫乃はびくんと肩を跳ね上げた。

声の主はすぐにわかった。

姫乃の身体が震え始めた。

＊

「それより一朗、乗船客の中に遠田らしき人物がいたって話だぞ」

男の発言に一朗は耳を疑った。

「それはたしかな情報か」

「おれが実際に見たわけでねんだが、夕方やってきた船に遠田と似たような背格好の奴が乗ってたんだってよ。巧妙に顔を隠してたみたいだが、あれは遠田だったんでねえかって船乗りたちが話してた。ほら、いくら顔を隠したってあの図体だべ――あ、タケオだ。おいタケオ、ちょっとこっち来い」

男に呼ばれたタケオがやってくる。彼は一朗の小・中学校の同級生で、今は本土と島を繋ぐ移送フェリーの操縦士をしている。

「うん、おれの船に乗ってた。ただ、絶対に遠田だったとは言い切れねんだけどさ」

タケオがむずかしい顔をして言った。

「おめも疑わしいと思ったんならしっかり顔を確認すりゃいいべ」

「するべと思ってそれとなく近づいたんだけど、避けられちまったんだよなあ」

男がため息をつき、一朗を横目で見る。

「どうすんべ。一応、警察に通報しておくか」

「いや、したところでどうしようもねえさ」

遠田がどこでなにをしようと、その行動を制限することは誰にもできない。まだあの男に逮捕状《フダ》は取られていないのだ。

「だけんど、おれが思うに遠田とちげえんじゃねえか。江村はまだしも、あの男が今のこの状況で島にやってくるとは思えねえんだよな。なぜならみんなから袋叩きに遭っちまうべ。だいいちなんの用があるってんだ。もう荷物は全部持ってっちまったわけだべ」

「もしかしたら遠田のヤツ、明日の慰霊祭に参加する気なんでねえの」

「バカなこと言うな。それこそ殺されに来るようなもんでねえか」

「まあ、それもそうか。だとすると、おれの早とちりなんかな」

「だと思うぞ、おれは」

「だとしたらやべえな。おれ、もう結構な人に話しちまった。治さんにも電話入れちまったし」

それを聞き、一朗はハッとなった。そういえば先ほど陽子が三浦宛てにタケオから連絡があったと話していた。あれはこの件だったのか。

仮に遠田が本当にこの島を訪れていたとして、万が一、三浦と遭遇してしまったら危険だ。最悪な事態になりかねない。

「なんだよ、いっちゃん。おれ、そったらまずいことしたか」

タケオが不安そうに顔を覗き込んでくる。

「あ、ちゅうかさ、治さんに電話したとき、おれがいっちゃんにもこのあと連絡するっつったら、『おれがするがらおめはしねでいい』って止められたんだよな。いっちゃん、治さんから連絡なかったのか？」

一朗は一瞬天を仰ぎ、それから身を翻して車に向かって駆け出した。

「あ、おい。いっちゃん。どしたんだ」

三浦はあえて自分にこのことを知らせなかった。

それはつまり、三浦は本当に遠田を殺すつもりだということだ。

＊

「つたく、ふざけやがってよォ」

そんな荒々しい声が先ほどから絶え間なく響いている。おそらく遠田はこの事務室からひとつ部屋を挟んだ先にある校長室にいるのだろう。あの男はそこを司令室として使用していたのだ。

姫乃は両腕を抱え、震えていた。

江村ではなく、まさか遠田とここで鉢合わせしようとは。

あの男だけには絶対に、死んでも会いたくないというのに。

――引き返せ。

先ほど森の中で会った老爺の言葉がふいに脳裏に蘇った。まさか彼はこれを示唆《しさ》していたのだろうか。

だが、もう遅い。自分はやってきてしまったのだ。

「あのクソ野郎がっ。勝手にくたばりやがって」

ドカッ、ドカッと乱暴な物音が何度も聞こえてくる。物に八つ当たりでもしているのだろうか。

遠田がなぜここにいるのか知らないが、この場にいては危険だ。あの男は今、相当荒れ狂っている。

姫乃は抜き足差し足で移動し、事務室の出入り口に向かった。戸に手を掛け、廊下へ半身を出した瞬間、咄嗟にその身を引いた。

先の廊下に懐中電灯の光が見えたからだ。ちょうど遠田も部屋から出てきたところだったのだ。

カツ、カツと足音が迫ってくる。まさかこの事務室にやってくるつもりなのだろうか。

パニックになった。慌てて部屋の中を見回す。隠れられるようなところはあるだろうか。

足音が間近に迫っているのがわかった。

姫乃は部屋の隅へ素早く移動した。そこにはちょうど人がひとり入れるような縦長のスチールロッカーがある。働いていたときは上着などをこの中に掛けていたのだ。

とりあえず、一時ここに身を隠すことにした。

姫乃は音を立てぬよう、観音開きの扉を慎重に開けた。中は空っぽだった。サッとその中に入り込む。

だが、ここで困ったことが起きた。内側から扉を閉められないのだ。勢いをつけて引き込めば閉まるだろうが、それでは大きな物音が立ってしまう。そうならない程度の微妙なさじ加減で力を加え、何度か挑戦してみる。

だがダメだった。仕方なく、力を強めて扉を引き込んだ。

すると、扉は閉まったがバンッと物音が立った。

ほどなくしてガラガラと音が聞こえた。事務室の戸が開けられたのだ。

「たしかにこの部屋から音がしたんだ。おまえも聞こえたろう」

――？

遠田はひとりじゃないようだ。

姫乃は横長の空気孔から目を凝らした。すると、闇の中に懐中電灯の光がふたつ見えた。遠田のほかにも何者かがいるのだ。

「いえ、自分は何も聞こえませんでした」

声の主は江村汰一だった。

予想はしていたが想像以上にショックを受けた。彼が今、遠田と共にいるということは、やはり彼らは仲間だということなのだから。

その後、遠田と江村は部屋の中をぐるりと一周した。ただ真剣に探している感じはなかった。

それでも、ふたりがこのロッカーの前を通ったときは、鼓動音が聞こえてしまうのではと思うほど心臓が脈打った。室内は冷え切っているのに、すでに全身が汗でびっしょりだ。

「ったく。これも、こいつも、すべておれのものなのに」「この机や椅子だってまだ新しいんだ。売っぱらえば多少の小銭にはなったはずだ」「あーあ、こんなことになるなら、こういう事務用品も全部ブルーブリッジに買わせておきゃあよかった」

遠田はぶつぶつとそんなことを言いながら徘徊している。だが、微妙に呂律《ろれつ》が回っていない。どうやらこの男は酔っ払っているらしい。

やがてだれもいないと納得したのか、遠田は椅子を引いて腰掛けた。その傍らには江村が立っている。彼の手には懐中電灯のほかに、大きい鞄のようなものがあった。懐中電灯の光でなんとなく状況がわかるのだ。

　そのシルエットから遠田が何かを飲んでいることもわかった。ゴクッと飲水をする喉の音が聞こえている。

　いったい、彼らはいつまでこの部屋にいるつもりなのか。姫乃は震えを堪えるのに必死だった。もしこの身体が動いてしまったら、このスチールロッカーは必ず音を立てるだろう。

「なあ、汰一」

　遠田が闇の中でぽつりと言った。

「はい」

「刑務所って、どんなところだと思う」

「わかりません」

「やっぱり、虐めとかあんのかな」

「わかりません」

　つづいて深いため息が漏れ聞こえた。

「三年、下手すりゃ五年だとよ。大河原の野郎、最初は無罪を勝ち取るなんて大見得切ってたくせに、ここに来て急に弱腰になりやがって」

　遠田が机を蹴り、ガンッと音が鳴り響いた。

「どうしておれがそんなところに入らなきゃならねえんだ、え？　おれがなにか悪いことをしたか。政治家だってなんだって、裏でいろいろやってるじゃねえか。それに比べたらおれのしたことなんて可愛いもんだろうが。ったく、ふざけやがってよォ。おれをだれだと思ってやがるんだ。ああ、どいつもこいつもぶっ殺してやりてえ」

江村の懐中電灯が横に揺れた。遠田が座ったまま、江村を蹴り飛ばしたのだ。

「おれはこの島の将軍様だ。そしてここはおれの城だったんだ。おい汰一、そうだろう」

「はい。そうです」

「おれは織田信長《おだのぶなが》、おまえは森蘭丸《もりらんまる》。おれたちがこの島を統治してたんだ。平民共は黙って上様の言うことに従ってりゃ――」

姫乃は狭いロッカーの中で絶望していた。支離滅裂な遠田の言葉にではない。

江村汰一は、やはり遠田の仲間であったという事実を目の当たりにし、絶望しているのだ。

結局彼はすべてを知りながら、遠田に従っていたのだ。

その後も遠田は息荒くクダを巻いていたが、やがて、ヒッ、ヒッとしゃくり上げ始めた。

そして一転して泣き言を漏らし出した。

「ああ、嫌だ。捕まりたくねえ。ムショ暮らしなんて絶対に耐えらんねえよ」

それから遠田は本格的に泣き始めた。まるで子どものように声を上げて泣きじゃくっている。

「なあ、ひでえと思わねえか。おれはよ、この島のためにいろいろやってやったじゃねえか。

おれがいなかったら、こんな島とっくに終わってるぞ。あいつら恩を仇《あだ》で返しやがって。ちきしょう。ちきしょう。ああもうっ」

遠田の泣き言はしばらくやまなかった。何度も同じようなことをボヤいては、頭を掻き毟ったり、江村に当たったりを繰り返していた。

「ところで汰一、あの男、どの辺りに沈める」

遠田がそれまでとは異なる、低い声で言った。

「現在地から逆側、北東の海がよいのではないでしょうか。あの辺りは海深も深いので、まず死体が発見される恐れはありません。あちらは津波の被害もなく、荷が沈んでいるわけでもありませんから、今後サルベージが行われることもないと思われます」

沈める？　死体？　いったい、なんの話だ。

「ふむ。だがそれには船が必要だろう。それも音の立たない手漕ぎボートが理想的だ」

「あの辺りの浜の桟橋に適当なボートがいくつか係留してあります」

「ああ、たしかそんなのがあった気がするな。そいつを使うか」

「はい。しかし、そこに死体を運ぶまでに車が必要となります」

「車は問題ない。おれがこの島に来た頃に乗っていたオンボロの軽を覚えてるか。あれがおそらく総合体育館の裏手にまだ置かれたままになっているはずだ」

「その軽自動車は直結すれば動くのでしょうか」

「そんなことせんでも、ほら見ろ、ここにキイがある。あの車はおれがこの島のババアから正式に譲り受けたものなんだ。大丈夫。問題なく動くはずだ。ヘッドライトが片側切れているがな」

「では、さっそく自分が取りに行って参ります」

「人目につかないように慎重に行けよ。帰りもできるだけ車の通りがない道を選んで、ゆっくり帰ってこい。けっして飛ばすな。ここに長居もできないが、どの道、まだおもてには人出がある。死体を運び出すのは、もう少し夜が更けてからじゃないとできん」

「承知致しました」

「よし、いけ」

「はい。失礼します」

江村が部屋を出て行くのが薄っすら見えた。ドアが閉められると、より一層の不安に襲われた。この空間に遠田とふたりきりになってしまったのだ。

もしも今、発見されたら——考えただけで怖気《おぞけ》が走った。

残された遠田が再び飲み始める。喉の音とシルエットからそれがわかるのだ。おそらくボトルの酒でもラッパ飲みしているのだろう。

「ふう。まさかこのおれまで人殺しになっちまうとはなあ」

闇の中、遠田がぽつりと独白した。

「だがあのチャイニーズは自業自得だ。おれはおれをナメた奴を絶対に許しはしない」

おそらく遠田が人を殺したことはまちがいないだろう。この男は横領どころではなく、殺人まで犯していたのだ。

そして先ほどの会話からすると、その死体は今この建物の中にあるのだろう。いったい、遠田はだれを殺したのか。

「ま、これでおれも汰一も仲良くひとりずつか。やっぱりおれたちは一蓮托生《いちれんたくしょう》。そういう運命なんだな」

姫乃は耳を疑った。

今の言葉はつまり、江村も人を殺しているということなのだろうか——。

まさか、そんなことはないだろう。あの江村が人を殺すなんて——。

ここでまたガラガラと戸が開けられる音がした。先ほどここを離れたばかりの江村が戻ってきたのだ。

「どうした?」

「昇降口のドアが開いています」

「なんだと」

しまった。

「おまえが閉め忘れたんじゃないのか」

「いえ、自分はたしかに内側から鍵を閉めました」

ふいに指先が震えた。それを意識的に抑え込んだら、今度は膝が笑い出し、次に口の中で歯がカチカチと鳴り始めた。

鎮《しず》まれ。鎮まれ。

心の中で必死に唱えるものの、震えは一向に収まらず、ついには全身にまで及んだ。悪魔に背骨を鷲摑みにされ、揺さぶられているような感じだった。

「どういうことだ。何者かがこの建物の中に侵入しているということか」

姫乃の振動は増していくばかりで、やがて立っていることすら困難になった。平衡感覚がバカになっているのだ。

そして、ついにスチールロッカーが音を立て始めた。それはごくごく微かなものだったが、この静まり返った空間ではアウトだった。

懐中電灯の光線が真っ直ぐこのスチールロッカーに向けられたのだ。

「だれだ」

遠田が低い声で言った。

「出てこい」

姫乃はとっくに観念していた。だがそこから出られなかった。身体が言うことを聞かないのだ。

姫乃は恐怖のあまり、意識が遠のいてしまいそうだった。

「汰一」

と、命令された江村がゆっくりとした足取りでこちらに迫ってくる。彼の持つ懐中電灯の光線は真っ直ぐこのスチールロッカーを捉えている。

江村がすぐそこまでやって来た。この薄いスチールドア一枚を挟んで、江村が目の前に立っている。

「おい、なにをしてる。はやく開けろ」

遠田が怒声を上げた。

そしてついにロッカーの扉が開けられた。

姫乃を前にした江村に驚いている様子はなかった。以前と変わらぬ、江村の無表情がそこにあった。

＊

夜も更け込み、時刻も二十三時を迎えると、いつになく賑やかだった天ノ島もふだんの姿に戻っていた。もう車の通りはほとんどなく、人の姿も見かけない。すでに渡航船の最終便も終わっており、次に本土から参列者がやってくるのは明日の早朝になる。

「一朗。もうほっといてくれねえか」

助手席に項垂れて座る三浦治が力なく言った。

「治さん、いい加減にしてくれ」

ハンドルを握る一朗は、前方を睨みつけたまま怒声を発した。

三浦を発見したのはつい先ほどだった。彼は島にある民宿を一軒一軒訪ね、そこに遠田が宿泊していないか、探し回っていたのだ。

発見したとき、三浦はジャンパーのポケットに千枚通しを忍ばせていた。

一朗はそんな三浦の首根っこを摑んで、強引に車に押し込んだのだった。

「いったい誰が得をすんだ。遠田を殺したら使われちまった金が島に返ってくるべか。だれか救われるべか。治さん、教えてくれ」

「損得でねえ。これはおれのケジメだ」

「馬鹿馬鹿しい。そったなケジメの取り方はねえ。たとえ遠田が死んだって何も生み出されはしねんだ。治さんのやろうとしてることは最低最悪の、馬鹿げた行為だ。しっかり肝に銘じておいてくれ」

一朗はひと回り歳上の男に説教をするのと同時に、己にも言い聞かせていた。

本当は、三浦の気持ちを痛いほど理解していた。

それは一朗の心の奥底にも、遠田への殺意が潜んでいるからにほかならない。

わかっているのだ。遠田の死が何も生み出しはしないことなど。

だが、どうしても許せない。

この島と島民を冒瀆した男をどうしても許すことができないのだ。

遠田が冒瀆したのは今を生きている人々だけではない。東日本大震災で亡くなったすべての人を、そして父と母を、あの男は愚弄《ぐろう》したのだ。

もし、妻と息子の存在がなければ、自分も三浦のように修羅《しゅら》と化していたかもしれない。

「陽子さんを悲しませたら、おれは治さんを許さねがらな」

彼の自宅に到着したところで、一朗は最後にそう釘を刺した。

玄関口からサンダルを突っ掛けた陽子が出てきた。助手席に座る夫を前に、彼女はボロボロと大粒の涙を溢《こぼ》した。ああして強がってはいたものの、時間を経て不安に苛まれていたのだろう。

三浦を降ろし、一朗は自宅へ向かった。去り際、「夫婦でよく話し合って」とひと言だけ、ふたりに伝えておいた。

夜道に車を駆りながら、妻に電話を掛けた。

「まだ寝てなかった？」

〈寝られるわけないいじゃない〉

妻には電話で状況を伝えていたのだ。結局、ナナイロハウスにいた息子のことは妻に自転車で迎えに行ってもらった。

〈そう。よかった。本当によかった〉

三浦を無事に発見できたことを伝えると妻は深く安堵していた。

「ああ、本当に」

〈治さんも相当責任を感じてるのね。でも、あんなやつを殺したって本当に無意味だと思う。やるだけ損よ〉

「……そうだな」

〈ところで遠田は今、本当に島にきてるの？〉

「わからない。タケオの見まちがいかもしれないから」

それについては今もって不明だった。もっとも本当に遠田がこの島を訪れていたとしても、自分たちにできることなど何もない。せいぜい罵声を浴びせてやるくらいのものだろう。

前方の対向車線に一筋のヘッドライトが見えた。光が一筋だということはバイクだ。物すごいスピードでぐんぐん迫ってくる。

〈あなた、あとどれくらいで着く？〉

「あと五分くらいで着くよ」

〈じゃあご飯温めておく。お腹空いてるでしょ〉

「ありが――」

ふいに言葉を飲み込んだ。

すれちがったのはバイクではなく、車だった。片側のヘッドライトが切れていたのだ。

そしてその車種に一朗は見覚えがあった。

なんの変哲もない量産型の軽自動車だったが、一時期、あれと同じ車に遠田が乗っていたのを見た記憶がある。

だが、運転席でハンドルを握っていたのはだれだ。一瞬のことでまったく見えなかった。

〈もしもし？　ねえ、聞こえてる？〉

「悪い。またあとで」

一朗は電話を切り、その場でUターンした。

そしてアクセルをベタ踏みした。前傾姿勢を取ってフロントガラスの先を睨む。先ほどの車はもう見えない。なぜか知らないが、あの車はかなり急いでいた。まるでここが高速道路かのごとく爆走していたのだ。

ふと、助手席のシートに目をやった。そこには千枚通しが置かれている。

これは、おれが預かっておく——と、先ほど三浦から取り上げたものだ。

＊

ここは完全なるがらんどうだった。当時置かれていたベッドや机、冷蔵庫やテレビはすべてなくなっており、まっさらな空間となっていた。カーテンの取り去られた窓から射し込む頼りない月明かりが室内の闇を気持ちばかり和らげていた。

この薄暗いＶＩＰルームに連れてこられたのは十分ほど前だ。

先ほど姫乃は事務室のロッカーの中に隠れているところを見つかり、何をしているのかと問われ、置き忘れていた物を取りに来たと答えると遠田は両手で頭を抱え、「最悪だ」と呟いた。

次にここに姫乃がいることをだれか知っているのかと詰問され、だれひとり知らないと答えたものの、これに関しては遠田は半信半疑だったようで、「だれかがこの女を探しにくるかもしれん。こんなところを見られたら一巻の終わりだ」という理由で場所を移された。

ふたりに挟まれながら廊下を歩いている最中、遠田から「いいか、逃げようなんて思うな。おとなしくしていろよ」と囁かれたが、姫乃に逃げるつもりも騒ぐつもりもなかった。いや、したくても身体がいうことを聞いてくれないだろう。

ただ、遠田の指示を受けた江村によって両手をガムテープで巻かれているとき、姫乃は一度だけ意をけっして、「お願いだからやめて。わたしたち友——」と言葉を発した瞬間、彼は姫乃の口を手できつく塞ぎ、そしてすぐさまガムテープで唇を覆った。

今、遠田は薄暗い室内を右往左往しては、激しく頭を掻き毟っている。江村はドアの前で直立不動でおり、冷たい目で姫乃を見下ろしていた。

姫乃は部屋の中央に転がされており、ひたすら身を震わせていた。ただし涙は一滴もこぼれてこない。人は骨の髄まで恐怖が行き渡ったとき、涙すら流せない。涙腺すら強張って塞がれているのだ。

これから自分はどうなるのだろう。先ほどからずっと考えているようで、考えられていなかった。想像したくないのだ。

「うわっ」

ふいに遠田が叫び、派手に床に転んだ。そして「クソが」と、足を取られたのであろう物体を蹴りつけた。

その物体は姫乃も見慣れた納体袋だった。これは遺体を収納するためのもので、そして今、この中に何者かが入っている。

ぴくりとも動かないので、おそらく息絶えているのだろう。これがきっと先ほど遠田が話していた死体だ。

ファスナーが完全に上がっているので、顔は見えないものの、未だかつてこれほど気味悪さを覚えたことはない。これまで何人もの仏様の相手をしてきたが、殺された遺体を前にするのははじめてのことなのだ。

「ヒメ、どうしてだ」

遠田が嘆くようにして言い、懐中電灯の光を姫乃に当てた。眩しさに顔を背ける。

「どうしてこんな夜にやってくる。ものを取りに来るなら昼間にくりゃあいいだろう」

何を今さらなことを――。だいいち姫乃は返答することができない。

「ヒメ、黙ってられるか」

「――」

「ここで見聞きしたことすべて、自分の胸の内にしまっておけるか」

姫乃は二度続けて頭を縦に振った。

それを見て遠田が鼻で笑った。

「悪いがヒメ、これはどう考えても生かしておけんぞ」

姫乃は今度は横に頭を振った。

「汰一。おまえはどう思う」

遠田が水を向けると、

「はい。自分も同意見であります」

江村が即答した。姫乃の目を見つめたままで。

心底、絶望した。これまで生きてきた中でもっとも望みを失くした瞬間だった。

「なあ。それしかねえよなあ」遠田が弱ったように言う。「おれだってやりたかねえよ。だれだってイヤだろう、そんなの。ああ、どうしておれはこんなにツイてねえんだ。あんまりじゃねえか」

遠田が苛立ちをぶつけるように酒瓶を真っ逆さまにして酒を呷った。荒い息を吐き散らし、
今度は一転して深く項垂れた。

「でも、こうなった以上仕方ないよな。それにひとりもふたりも同じだしな。だが問題はど

うやって消すかだ。そこはきっちりせんとまずいぞ。この女はただの一般人なんだ。姿がなくなれば大騒ぎになるに決まっている。考えろ。考えろ」

遠田が小声でブツブツとしゃべっている。まるで自分自身と語り合うかのように。

ほどなくして、

「汰一。とりあえずおまえは車を取ってこい。もう島の連中も寝静まった頃だろう」

だが江村は動かなかった。

「おい、なにしてる。聞こえないのか」

苛立った声を上げた遠田に対し、「遠田隊長」と江村が静かに声を掛けた。

「なんだ」

「自分がやりますので」

「ん？　なにをだ」

「自分がこの女を殺しますので」

姫乃は耳を疑った。

「ああ、もとからそうしてもらうつもりだ。問題はそこじゃねえんだ。なんにせよ車は必要だろう。早くいけ」

闇の中、姫乃は数メートル先のドアの前に立つ江村の目を見つめた。

だが彼はそんな姫乃に対し、背を向け、部屋を出ていってしまった。

遠田とふたり、この暗く狭い空間に取り残された。

遠田が膝に手をついて立ち上がり、こちらに歩み寄ってくる。その足取りはおぼつかない。そして遠田は姫乃の頭の傍らの床に、あぐらをかいて座った。

達磨《だるま》のような体軀《たいく》をした巨体に改めて圧倒された。

「なあヒメ」

遠田が言葉を発した瞬間、姫乃は顔を背けた。酒臭い息が鼻腔《びこう》をついたからだ。

「おれはよ、みんなが言うほど悪い男じゃねえんだ。こんなことだってしたかないし、そこに転がってる男だって死んだのは事故だ。そもそもおれにはだれかを騙しているつもりも、裏切っているつもりもなかった。おれはな、いつかは復興支援隊を大きくして、みんながちゃんとこの島で暮らしていけるように、立派な営利団体にするつもりだったんだ。本当に天ノ島を再興させるつもりだったんだ。嘘じゃないぞ。そばで見てたヒメならわかってくれるよな。な、ヒメ」

この男はこの期に及んでなにをほざいているのか。

「単純に資金が足りなかっただけなんだ。もうちょっと金を寄越してくれたら、おれは成功することができた。すべてうまくいってたはずなんだ。それだけはまちがいねえんだ」

遠田はそう言って、姫乃の口を塞いでいたガムテープを一気に剝がした。一瞬、口の周りに痛みが走った。

「なあヒメ、そうだろう」

姫乃は黙っていた。返答の言葉などあるはずがない。

そんな姫乃を前に、遠田は鼻息を漏らし、再び口を動かしはじめた。

「それを無能な奴らが邪魔しやがった。最後までおれに任せりゃいいものを途中で梯子《はしご》を外しやがった。おれがいなきゃ何もできねえ烏合の衆が足を引っ張りやがったんだ。いくらなんでも見切るのが早過ぎるだろう。四の五の言わずにとっとと補正予算を出せよ。あと二、三億の金さえあれば――」

なんだろう、延々とこんな戯言を聞かされていたら、潮が引いていくように徐々に気が遠のいていった。思考と感情が麻痺してきたのだ。

だがそれはほんのわずかな意識の喪失で、すぐに感情の大波が押し寄せ、姫乃を一気に覚醒させた。

それは憤怒《ふんぬ》だった。姫乃の細胞の一つひとつがマグマの粒子へと変化し、ふつふつと体内で滾《たぎ》り始めたのだ。

「世間だってそうだ。てめえらは何ひとつ動かねえくせして、おれのように立ち上がった人間の揚げ足ばかり取りやがる。何が詐欺だ。何が横領だ。人を極悪人みたいに言いやがって。ふざけるんじゃねえ。てめえらの物差しでおれを測るんじゃねえよ。おれをだれだと思ってやがる。おれはこの島の復興支援参与なんだ」

気づいたときには頬に涙が伝っていた。激情が噴火して塞がっていた涙腺を決壊させたのだ。今まで堰《せ》き止められていた涙が止めどなく溢れてくる。

これはきっと血の涙だ。これはあの地震で犠牲になった人たちが流した紅血《こうけつ》だ。

「おい、泣いてないでなんとか言ってくれよヒメ。なあ――」

「地獄に堕《お》ちろ」

姫乃は下から真っ直ぐ遠田の目を見据え、はっきりと告げた。

「あんたは人間のクズ。あんたは人の痛みのわからない、人でなしだ」

こんなふうに人を真正面から罵ったことなどない。でも、もっともっと罵倒《ばとう》してやりたかった。

「どうせわたしのことも殺すんでしょ。殺せばいいじゃない。でもわたし、死んだら、絶対にあんたのことを呪うから。呪い殺してやるから」

遠田は激昂するものとばかり思っていた。我を忘れて首でも絞められるものと覚悟していた。

だが、そうはならなかった。

遠田はゆったりと前のめりになり、真上から姫乃の顔を見下ろしたのだ。

そしてその虚《うつ》ろな眼差しの中に、ねっとりとした粘着なものを感じ取り、姫乃は腰を引いた。

遠田の視線が徐々に下がっていく。胸、腹、下腹部――足先までいき、また顔まで戻ってきた。

怖気が全身を走り、すぐさまそれは悪寒《おかん》となった。

「なんなの。なにをするつもり」

遠田はそれには答えず、

「こいつ、どうせ、死んじまうんだもんな」

と、蚊《か》の鳴くような声でつぶやいた。

そしてその手が姫乃の下腹部に向かって、にゅっと伸びた。

姫乃は思い切り叫んだ。手を使えないぶん、身をよじり、足をバタつかせて、無我夢中で抵抗した。

すると手で口を塞がれた。顔面すべてを包み込むような大きな手の平だった。

それでもなお抵抗すると、ハンマーを落とすように拳で頭を殴られた。

ここで姫乃の意識は完全に吹き飛んだ。

＊

距離にして七、八十メートルほど離れているだろうか。

フロントガラスの先の闇へ目を凝らすと、今しがた本部の敷地に入っていった軽自動車から人が降りてきたのがわかった。そのまま昇降口へ向かって大急ぎで駆けていく。

やがてその姿は闇に紛れて見失ってしまったが、一瞬捉えたその人影からして遠田ではないのはたしかだった。あの人影は子どものような姿形をしていた。

おそらくあれは江村汰一だ。江村はまだこの島にいたのだ。そして江村がいるということは、遠田も本当に天ノ島へやってきているのかもしれない。

だがやつらはこんなところでいったいなにをしている。ここにはもう用はないはずだ。

一朗は人目につかない敷地外の物陰に車を停めた。そしてダッシュボードから懐中電灯を取り出し、一眼レフカメラを首から下げた。もしかしたら、決定的な何かが撮れるかもしれない。それが証拠となり、彼らを追い詰められるかもしれない。

念のため、助手席に置いてあった千枚通しもズボンのポケットに忍ばせておくことにした。

この先、どんな危険が待ち構えているとも知れないのだ。

応援にだれかを呼び寄せる選択肢はなかった。遠田がここにいるとなれば三浦は呼べないし、ほかの者がやってきて下手に騒がれても具合がよくない。この場で奴らを捕らえ、建物への不法侵入などを咎めたところで今さらなのだ。

一朗は車を降りると、腰を屈めて昇降口へ向かって足早に歩を進めた。途中、江村の乗っていた軽自動車の車内を覗いた。やはりこれは遠田が一時期使用していた車だとわかった。

つづいて昇降口までやってきた。だがドアには鍵がかかっていて開かなかった。おそらく江村は鍵を使ってここから中に入ったのだろうが、すぐに戸締りをしたのだろう。

しばし思案した。もしかしたらどこかの窓やドアが開いているかもしれない。最悪、どこかの窓を割って侵入すればいい。

一朗は一先《ひとま》ず校舎をぐるりと回ることにした。江村がこの建物のどの辺りにいるかを探るのだ。窓を割るならそこから離れた場所でないとまずい。

一朗は老朽化した校舎をなぞるようにゆっくり歩いていき、窓に顔を近づけて、中に目を凝らした。

今夜は風が穏やかで、いつにもまして辺りはひっそりとしていた。ずっと耳を澄ましているが物音は何ひとつ聞こえてこない。時折、遠く森の方から発せられる野生動物の鳴き声が聞こえる程度だ。

とりあえず一周回ってきたが、どこもしっかりと施錠がなされていて中に入れるようなところはなかった。やはり窓を割って忍び込むしかなさそうだ。

一朗は再び校舎裏に回った。おそらく江村は昇降口に近い、職員室の近辺にいるだろうと予測される。だとしたらそこからもっとも離れた場所へ行かなくてはならない。

そうして体育館へと続く外廊下のガラスドアの前までやってきた。次に周辺に落ちている石から適当な大きさのものを拾い上げ、窓の鍵の部分に向けて狙いを定めた。

「よし」

と、つぶやいてから石を打ちつけた。だがヒビひとつ入らなかった。力を加減し過ぎたのだ。

大丈夫。ここならきっと音は届かない。

一朗は改めて石を振り上げ、腰を入れて打ちつけた。

今度はバリンと派手な音を伴い、窓ガラスが割れた。

その直後だった。微かな車のエンジン音を鼓膜が捉えた。

しまった。江村だ。用を終え、ここを離れるつもりなのだ。

一朗は手の中の石を放り出し、先ほどの軽自動車を目指して全力で駆けた。

三十秒ほどでその場に到着したが、やはり軽自動車はなくなっていた。そして今、それは校門のところにあった。

一朗は舌打ちし、自分の車へ向かった。

＊

戻ってきた江村は室内に足を踏み入れるなり、その場に立ち尽くしていた。

「ここから見てたぞ。あんなにかっ飛ばして帰ってくるバカがどこにいる。目立つなとあれほど言っただろう」

窓際に立つ遠田が早々に江村を叱りつけた。

江村の肩は大きく上下していた。息を切らしているのだ。

そしてそんな江村の肩に手をポンと置いた遠田は、「廊下にいる。終えたら知らせろ」と短く告げ、入れ替わるように部屋を出て行った。

姫乃は冷たい床に頬をつけ、虚ろな目を床に這わせていた。両手はうしろで拘束されており、下半身は剝き出しだった。

もう、何も考えられない。考えたくない。

江村がそっと近寄ってくる。その手には紺色の納体袋があった。そこに転がっている遺体を覆っているものと同じものだ。

ああ、今からわたしも殺されるのか。まさか自分があの中に入ることになるなんて思ってもみなかった。

でも、それも悪くない。もう消えてなくなってしまいたい。

朦朧《もうろう》とした意識の中で姫乃はそっと願った。

だが、江村はそうはしなかった。彼は納体袋を床に落とすと、代わりに姫乃の傍らに落ちていた下着を拾い上げた。

そしてそれをゆっくり姫乃に穿かせていった。

その表情は相変わらずの無だ。だが唇が震えていた。その両手も震えていた。彼のこんな姿を見るのははじめてだった。

これは姫乃に対する、江村なりの詫びの行為なのだろうか。

だがそんなの要らない。

どうせ殺すなら、さっさと殺してほしい。

次に江村が姫乃のダウンパンツを拾い上げたとき、ゴトッと何かが床に落ちる音がした。ポケットに入れていた多機能文房具ツールだとわかった。江村からもらった、彼の母親の形見だ。

江村はそれを拾い上げ、ジッと目を落としている。

十数秒ほどそのままでいたのだが、ここで何を思ったか、彼はそれを後ろに回っている姫乃の手に握らせた。

やがてダウンパンツを姫乃に穿かせた江村は、今度は納体袋を手に取り、ファスナーを下げ、姫乃の真横に広げて敷いた。そして姫乃の腰に手をやると、その上へ転がした。脱力している姫乃はなされるがままだ。そして江村によってファスナーが引き上げられたところで、姫乃の視界は完全に遮断された。

「姫乃。少しだけ――」

江村が声を発した瞬間、ガチャとドアが開く音がした。

「おい、まだか」と遠田の声が聞こえた。

「申し訳ございません。たった今、終えました」

「やたら時間が掛かっていたな。抵抗されたのか」

「いえ、なにも」

「死んだんだろうな」

「はい——死にました」

＊

山を越え、峠に入ったところで、ギアをニュートラルに入れると、エンジン音が消えた。ここからしばらくはブレーキを踏まなければ速度が落ちることもないだろう。

一朗は顎がハンドルに触れるほど前のめりの姿勢を取っていた。ヘッドライトも点けずに車を走らせているのだ。

ここまで十分ほどこうして追跡を続けているが、その間、人や車には一度もすれ違わなかった。時刻はとっくに日付を跨いでおり、夜空に浮かぶ細い月も西へ向かい始めている。

あの車はいったいどこを目指しているのか。

そして今、あの車にだれが乗車しているのか。

いずれにせよ、闇に紛れて悪事を働くつもりなのだとしたら、必ずその現場をこのカメラに収めてやる。

あの車には必ずなにかが隠されているはずだ。

一朗はこれほど昂りを覚えたことはなかった。アドレナリンが全身を駆け巡っている。

車は先ほど追跡していたときとは打って変わり、だいぶゆったりとしたペースで走っている。それでもカーブを曲がるたびに車体が視界から消えてしまうが、これ以上近づくこともできない。

天ノ島は小さな島で、車なら一時間程度で一周できてしまうが、中の道は結構入り組んでいる。一度見失ってしまえば探し出すのは簡単ではないだろう。

絶対に逃がさないぞ。

一朗は全神経を集中させてハンドルを握り締めている。

＊

おそらく小さな車に乗せられたのだろう、後部座席裏にある狭い収納は小柄な姫乃であっても上半身を起こさないと収まらなかった。ここに積み込まれたとき、「死後硬直がはじまる前で助かったな」と遠田は笑っていた。

姫乃は今、L字の形で車に揺られていた。

たぶんハンドルを握っているのは江村で、遠田は助手席におり、自分と同じく納体袋に包まれていた遺体は後部座席にある。

「ああ、最悪だ。なんでこんなことになっちまったんだ」

車内では遠田が未だにそんなことをぼやいていた。彼の発する酒の臭いがここまで漂ってくる。

「でも仕方ねえよな。あんなとこで鉢合わせしちまったら生かしとくわけにはいかねえもんよ……けどやっぱり、まずいよなあ」

こんな不毛な自問自答を延々と繰り返しているのである。

ただ、それでいい。こっちに注意を払わないでいてもらいたい。

姫乃は窮屈な闇の中で必死に指先を上下させていた。この両手に巻きついているガムテープをカッターで切っているのだ。江村からもらった多機能文房具ツールにはカッターも付いている。

もう少しだった。あと少しでガムテープは切られ、この両手が自由を得る。

「なあ汰一。ヒメのやつ、だれにも知られることなくこの島までやってきたと話していたが、あれ、本当だと思うか」

「どうでしょうか。わかりません」

遠田の深いため息が聞こえた。

「たとえそれが嘘じゃなかったとしても、警察が本気になって調べりゃあヒメがこの島を訪れたことも、ここで消息を絶ったこともすぐにバレちまう。そうなれば警察は島中を捜索するよな」

「おそらくは」

「だよなあ。けど、海までは探さねえよな」

「探すかもしれませんが、発見されることはないと思います。肺を取り出して海に沈めれば死体は浮き上がってきませんん」

「そっか。そうだよな。結局、小宮山だって見つかってねえしな。それに考えようによっちや、あの女が消えてくれたことはよかったのかもしれんな。ほら、これで証言台に立つ人間が減ったわけだろう」

「はい」

「それと、もしかしたら警察はヒメがどっかで自殺したって考えてくれるかもな。どうやらあの女、事件のことでひどくショックを受けてたみたいだし、きっと罪の意識に苛まれていたんだろうって、そんなふうに——」

なるほど。この男はこうして自分に都合よく物事を考えるのか。

遠田は図体ばかりでかくて心はひどく幼稚なのだ。そして気の毒なほどの小心者だ。今ならそれがよくわかる。

だが、自分はそんな男を心から敬い、これまで馬鹿正直に従ってきた。

そして最後に裏切られ、肉体を汚された。一生消えない傷を心身に刻まれた。

死んでしまいたい——先ほどまではたしかにそう思っていた。そして今もその思いは消えていない。

ただ、悔しい。悔しくて仕方ない。死ぬならこの男も道連れにしてやりたい。

一瞬、手首に鋭利な痛みが走った。きっとカッターの刃が皮膚に触れてしまったのだろう。

だが、姫乃はより一層激しくカッターを上下に動かした。

そして数分後、ガムテープは完全に切れ、手が解放された。姫乃は両手首を交互に揉み込んだ。ずっと拘束されていたのでひどく痺れているのだ。

ここで風を切る音が聞こえてきた。どこかの窓が下げられたのだとわかった。

そうした風の音が響く中、

「汰一。おれはもうじき逮捕されるぞ」

遠田が改まった口調で言った。

「おまえ、ちゃんと面会にこいよ」

「はい」

「おれがシャバに出てきたらまた一緒に暮らそうな。そんでもって何か新しい仕事を始めよう。うんと儲かるやつな」

「はい」

「そのためにも、こいつだけは絶対に見つかっちゃなんねえんだ。おまえが捕まらない限りこいつが没収されることはないが、それだって今となっちゃ保証はない。どこから足がつかないとも限らねえんだ。念には念を入れて、こいつはどこかに隠しておく。おれとおまえしかわからないところにな」

こいつとはおそらく、遠田が持っていた銀色のアタッシェケースのことだろう。今の話からすると、あの中には大金が入っているのかもしれない。

「そうだ。おれが出てくるまでに、おまえは何か新しい資格でも取っておけよ」

「どんな資格がよろしいでしょうか」

「そうだな……税理士なんてどうだ。支援隊がダメになったのも結局のところ金の管理が杜撰だったからだ。税理士は難関らしいが、きっとおまえならなんとかなるさ。おまえはやりゃあなんだってできる男なんだ」

「かしこまりました。近いうちに勉強をはじめます」

江村が即答すると、遠田は声に出して笑った。

「やっぱりおれにはおまえが必要だ。この世界で信用の置ける人間はおまえしかいない」

きっと遠田にとって江村とはそういう存在なのだろう。

だがなぜ江村はこんな男と共にいるのか。いくら考えてもそれがわからない。これまで姫乃は江村に何度か質問をしていたが、彼は一度としてまともに答えてくれたことがなかった。

そしてほかにも問い質したいことがたくさんある。もっとも聞かせてもらいたいのは、先ほどわたしを殺さなかった理由についてだ。これだけは絶対に知りたい。

いずれにせよ、江村は遠田の隙をついて自分を逃がすつもりでいるのだろう。だからこそ殺さなかったのだ。

だがしかし、江村はどういう方法でそれを実行するつもりなのだろう。彼の考えはわからないが、こうなった以上、江村に賭けるしかない。

姫乃は納体袋のファスナーを内から引き下げようと試みた。この場で逃げることは不可能だが、現在車が島のどの辺りを走っているのかを確認しておきたい。

だが、それは叶わなかった。ファスナーはきっちり最上部まで閉じられていて、指一本入る隙間もないのだ。

次善策で、カッターの先端をくるくると回して、納体袋に虫食いのような穴を開けた。

その穴から外を覗くと、車内の様子がわかった。やはりハンドルを握っているのは江村で、遠田は助手席におり、例の遺体は後部座席にあった。遠田がシートを最大限まで倒しているのは、きっと人や車とすれ違ったときに姿を見られたくないからだろう。

姫乃は同じ要領で逆側にも穴を開けてみた。すると今度はリアウインドウの向こうが見えた。真っ暗だったが、周りの景色から現在地がわかった。天ノ島の地理はだいたい頭に入っているのだ。先ほど話をしていた通り、車は北東の海岸に向かっているようだった。

姫乃は後方、遠くに目を凝らした。一瞬、闇の中に車が見えたような気がしたのだ。

だが見間違いだろう。もしも車ならヘッドライトが見えるはずなのだ。

変な期待をするのはよした方がいい。仮に車が走っていたとしても、この車を追っているわけではないだろうから。

＊

「もうそろそろ到着するな。よし、最後のひと仕事だ」

峠を下り切った軽自動車はしばらく海岸沿いを走り、やがて公道を外れて砂浜へと入っていった。一朗はそれを追走する車内から確認していた。

ほどなくして砂浜を行く車が停まった。そこには古い桟橋があり、手漕ぎボートが数艘係留されている。この辺りは浅瀬で岩場も多く、フェリーや漁船は浜に近寄れない場所なのだ。見渡す限り、辺りに人気《ひとけ》はまったくない。真っ暗な海がどこまでも広がっているだけだ。

ここは夏場の観光シーズンだけは遊び場スポットとして大勢の人で賑わう。観光客の目当ては洞窟巡りだった。崖をえぐるようにしてできた長い洞窟を手漕ぎボートで遊覧するのだ。だが、シーズン外は地元の子どもたちの格好の遊び場となっていた。

一朗も子どもの頃、休みの日になるとタケオらと自転車でやってきては、銛と釣竿《つりざお》を持って勝手にボートに乗り込んでいた。そこから素潜りをしてウニやサザエを獲ったり、ボートの上からアイナメやメジナを釣ったりしていた。それをその場で捌いて食べていたのだ。当然学校からは注意されていたし、無断使用禁止の立看板もあるのだが、守る子どもたちはいなかった。

一朗は車を海岸沿いの道路に路駐し、降りた。胸の高さほどの堤防から頭だけを出し、桟橋にある軽自動車に目を凝らす。そしてそのまま移動し、徐々にその距離を詰めていった。

やがて車から人がふたり降りてきた。それを認めた瞬間、一朗の心臓は殴られたように跳ね上がった。

ひとりは江村汰一、そしてもうひとりはまちがいなく遠田政吉だった。闇で顔こそはっきりと視認できないものの、あの体軀は遠田しかいない。

やはり遠田はこの島を訪れていたのだ。

しかし、どういうことだ。まさかやつらはこんな真夜中にボートで沖へ出るつもりなのだろうか。

江村が後部座席のドアを開けた。そこからなにか大きな物体を引っ張り出している。そして遠田が加勢し、ふたりでそれを持ち上げた。

なんだあれは――。あれはまさか……人か。人が布で包《くる》まれているのではないか。

一朗は慌てて首から下げているカメラを手に取り、前方へ向けて構えた。望遠レンズを絞り、被写体を最大限まで拡大した。

布に覆われているが、その姿形からしてやはり人のように見える。そしてもしあれが人なのだとしたら、まちがいなくその人物は息絶えているだろう。

シャッターを切った。切りまくった。彼らの一連の行動すべてをこのカメラに記録するのだ。

ふたりは物体を持ち上げたまま桟橋を渡っている。そしていくつかあるボートのひとつにそれを落とした。

そしてふたりはまた車へと戻ると、今度は後部座席のリアドアを開けた。そこから江村がかかえて取り出したのは先ほどと同様の物体だった。

一朗はごくりと唾を飲み込んだ。やはりどう見ても人にしか思えない。

江村はそれをひとりでかかえたまま、再び桟橋を進んだ。遠田は助手席から鞄のようなものを取り出したあと、江村のあとを追った。

どうする。ふたりがこのまま沖へ出てしまえば、証拠はこのカメラにある画像だけになってしまう。仮にあれが死体だとして、海に遺棄しようとしているのだとすれば、この場でやつらを取り押さえるしかない。遺体が消えてしまえばこの画像はなんの効力もなくなってしまうのだ。

だが、単独でそんな芸当ができるだろうか。やつらと揉み合いになればまず勝ち目はないだろう。

一朗は脳をフル稼働させて最善策を考えた。

やつらが沖に出たあと、自分もボートに乗り込み、再び追い駆けっこをするしかないだろうか。ボートに積んだ荷を海に落としたら、その瞬間をカメラで捉え、そしてすぐさま警察に通報する。そしてそこの海底から死体が発見されれば、やつらは一巻の終わりとなる。たとえあれが死体ではなかったとしても、よからぬモノであることはまちがいないのだ。そうでなければ真夜中にこんな不審な行動を取るはずがない。

だが、三百六十度見渡せる海上ではさすがに気づかれてしまう可能性が高いだろうか。

そうこう思案を巡らせていると、やつらがボートに乗り込んでしまった。

もう悩んでいる猶予はない。やるしかないのだ。

一朗は堤防を飛び越え、忍者のように砂浜を進んだ。砂を踏みしめるたびに砂が鳴いていた。

＊

クッ、クッと懐かしい声で砂が鳴いている。この音を鳴らしているのは自分を抱きかかえている江村の両足だ。

姫乃は江村の腕の中で完全に脱力していた。今は死んだふりをしているほかないのだ。

潮の香りがする。波の音が聞こえる。そして車中で開けた虫食いの穴から天ノ島の夜空が覗けた。ふだんは美しい星々も、今はなにかの凶兆のように思えて仕方なかった。

この砂浜にやってきてから、江村の狙いがなんとなくわかった。おそらく遺体を遺棄するのは江村の役目で、ボートに乗るのは彼だけなのだろう。江村は海上で姫乃を解放するつもりなのだ。

だが、姫乃をボートに横たわらせたあと、江村が「では、行って参ります」と告げると、

「なにを言っている。おれもこいつに乗るんだぞ」

と遠田は言い、ボートに乗り込んできた。

重みでボートがぐんと沈み込む。

「……遠田隊長。遺体の処理は自分ひとりでも行えますが」

「それはわかってるさ。そうじゃなく、おれは一刻も早くこの島を脱出したいんだ。じゃなきゃ最初から車にも乗っていない。いいか、もしもおれが島にいることをだれかに知られちまったら、万が一遺体が発見されちまったときに真っ先に疑われちまうだろう。だからってここで一晩を明かして、朝のフェリーに乗るというのもリスクが高い。日が出てりゃさすがにおれだと気づく乗船客が現れる」

姫乃は納体袋の中で狼狽していた。おそらく江村も内心で焦っているだろう。

「しかし、車はどうしますか。ここに放置したままではよくないかと」

「ああ、だからおまえがなんとかしろ。どの道、おまえはここに戻ってこなけりゃならねえんだ。とりあえずおまえは遺体を沈めたあと、そのまま本土の人目のつかないところへ向かえ。おれはそこでボートを下りる。そしてまたおまえはここへ戻ってきて、車をもとの場所へ返すんだ。それなりに時間はかかるだろうが大丈夫だ。まだ朝日が出るまでにたっぷり四時間はある。それまでにはなんとか全工程を終えられるだろう」

ふいにボートの揺れが増したように感じた。それは姫乃の心情をそのまま表したようであった。

心がぐらぐらなのだ。

いったい、この先どうなってしまうのか。

いっそのこと大声で助けを求めてみようか。もしくはこの納体袋をカッターで切り裂いて、逃走を試みるか。

脳裡を過《よ》ぎるものの、いずれも実行に移す勇気はなかった。それに、まず成功しないだろう。

姫乃は今、膝を曲げ、遺体と背中合わせで船底に寝かせられていた。足側と頭側にひとつずつ木の板の漕手座《こぎてざ》があり、そしてその上には江村と遠田が向かい合う形で腰を落としている。この状況下で逃げ切ることなど絶対に不可能だ。

「ほら、早いところ出発しろ」

やがてボートが発進してしまった。ぐん、ぐん、と前方に突き進み始めたのだ。

＊

オールを手にすることなど、もう何年ぶりだろうか。

一朗はボートを漕ぎながら、頻繁に背中側の進行方向を確認していた。

遠くに遠田たちが乗っているボートが見えるが、それは豆粒にも似た大きさだった。その距離は百メートル近く離れている。

だが、これ以上近づいてはならない。こちらが見えるということは、あちらもまたこちらが見えるということだ。

助かったのはやつらが光を使っていないことだ。おそらく闇に紛れたいのだろうが、もしも懐中電灯で照らされでもしたらすぐに発見されてしまうだろう。

見渡す限り、辺りの海上に船はない。この時間帯でもまき網漁の船は稼働しているが、それはここから離れた海域で行われているのだ。やつらも当然それをわかっていて、このルートを進んでいるのだろう。

ほどなくして一朗は手を止めた。気が急《せ》いていて、少し近づき過ぎたのだ。あちらはふたり、しかも大きな荷を積んでいるためスピードが出せないので、注意して進まないと互いの距離がすぐに縮まってしまう。逆をいえば、本気を出せばすぐに追いつけるということでもある。

距離間隔が適正に戻ったのを確認し、一朗はオールを手に取った。オールと船体を繋いでいる留め具が再びギコギコと音を立て始める。

このボートは相当年季が入っているが、桟橋にあったボートはどれも同じようなものだった。そしてそのうちのいくつかには釣竿や銛、網やバケツなどが置かれていて、今も地元の子どもたちに勝手に使用されているのだとわかった。

ちなみに一朗がこのボートを選んだ決め手は、真っ先にステンレス製の銛が視界に入ったからだ。三叉に分かれた刃はまだ新しく、切れ味が鋭そうだったのだ。

しばらく一定の距離を保ったまま、暗い海を進んでいると、先のボートが止まったのがわかった。そしてそこに蛍のような光が灯った。懐中電灯が点けられたのだ。

一朗は船底にうつぶせの体勢を取り、カメラを覗き込んで望遠レンズを最大限まで絞った。

黒々とした人影がボートの上でゴソゴソと動いているのが見える。

何かしらの作業をしている様子だ。

一朗は体勢を変え、力強く三回、オールを漕いだ。そしてすぐさまそれを手放し、再びカメラを覗き込んだ。そのあとは惰性で進みながらシャッターを切った。

カシャカシャカシャ。

乾いたシャッター音が夜の海に響いている。

＊

浜を出発してからどれほど経ったろうか。一時間以上経過しているような気もするし、十分も経っていないような気もする。

極限状態にあるからか、姫乃の体内時計の針は完全に狂っていた。

ボートは今、海深の深いところ、それはつまり遺体遺棄におあつらえ向きな場所を目指して突き進んでいた。

彼らは水中に沈んだ遺体を発見することに関してはプロだ。逆にいえば隠すこともできるということだ。

「慣れてるとはいえ、こうして足元にふたつも死体に転がられてちゃあ気味が悪くて仕方ねえな。なあ汰一」

姫乃の足の方にいる遠田が言った。いつの間にか遠田は煙草を吹かしていた。

「自分は二度目ですから」

「ああそうか。おまえは小宮山のこともこうして捨てたんだもんな」

驚いた。小宮山洋人は死んでいるのか。

そして殺したのはやはり江村にまちがいないようだ。

姫乃は改めてショックを受けた。

自分はこれまで江村汰一のことをわかっているつもりと思っていた。数少ない彼の理解者だと思っていた。だが、実際はなにも知らなかったのだ。

姫乃は虫食いの穴に目を凝らし、江村の顔を見上げた。

この人の本当の姿を知るためにも、ここで死ぬことはできない。どうにか、今を生き延びたい。

姫乃は今、だれかの船に発見されることを切に願っていた。

天ノ島で暮らしていたとき、真夜中に投網《とあみ》をしている船を陸地から見たことがある。もしそうした船がこの手漕ぎボートを発見すれば、不審に思って必ず声を掛けてくるはずだ。

そのときに大声を発して助けを求めるのだ。

だがその願いも虚しく、ほどなくして「もうこの辺りでいいんじゃないか」と遠田が懐中電灯を点けて言った。

江村が手を止める。だがそこから彼はなかなか動こうとしなかった。表情は乏しいものの、なにかを思いつめているように感じられた。

「おい汰一。なにボケッとしてんだ。早いところ処理しちまうぞ」

「……はい」

その返答に諦念の響きを感じたのは気のせいだろうか。

そして江村がゆっくり立ち上がった。なにに使うつもりなのか、その手には刃渡りの大きいナイフがあった。

「まずは男からだ。土左衛門《どざえもん》にならねえようにしっかり肺に穴を開けて空気を抜け。でもってそこにこの重石を埋め込めばまず浮き上がることはない」

遠田がそんな恐ろしいことを平然と口にする。

そして姫乃のとなりの納体袋のファスナーが引き下げられた。

一瞬、見知らぬ男の死顔が見えた。姫乃は咄嗟にまぶたを閉じ、視界を遮断した。

耳も塞ぎたいが、それはできなかった。手を動かせば生きていることが遠田に知られてしまう。

すぐそばでゴソゴソと怪しげな物音が立っている。

姫乃は身を硬くして、ただただ怯えていた。

江村はこのあとどうするつもりだろう。

もしも江村が自分を救うことをあきらめてしまっていたら――姫乃が今、もっとも恐れているのはこれだった。

そしておよそ一分後、ドボンと着水の音がした。遺体が海に落とされたのだとわかった。

「よし。次はこっちだ」

口の中でカチカチと歯が鳴った。沸き立つ震えを抑えられなかった。

「すまんなあ、ヒメ。残念だがこれが自分の運命だと思って、しっかり成仏してくれ」

「やめてっ」

はからずも口から言葉が飛び出していた。

その数秒後、

「……なんだよ、今の」

遠田がつぶやいた。

「こ、こいつ生きてるじゃねえか。た、汰一、どういうことだ。いったいこれは、どういうことなんだっ」

遠田の怒声が辺りに響き渡る。

「おい。答えろ汰一。おまえ、しくじったのか、それとも――」

ふいに遠田の言葉が途切れた。

ここで姫乃はカッターで、納体袋を内部から縦に切り裂いた。一気に視界が開ける。そこから上半身を起こすと、ボートの上に立ち、対峙する遠田と江村の姿があった。

驚いたことに、江村はナイフの柄《え》を両手で持ち、その切っ先を遠田に向けていた。

そして彼は唇を震わせ、譫言《うわごと》のようになにかをずっと呟いていた。

「……なさい。ごめんなさい。ごめんなさい」

そんな江村の顔を、遠田は口を半開きにして見つめていた。

＊

徐々にその距離が狭まってくると、一朗は自分の想像がまちがっていなかったことを確信した。

やはり、あれは死体だった。

たった今、遠田と江村の両名が、人間の手と足を持ち、それを海に投げ捨てたのだ。

一朗は一連の行動をすべてこのカメラに収めた。

手が、いや全身が震えていた。異常な興奮で頭がどうにかなってしまいそうだった。

落ち着け。落ち着け。胸の中で己に言い聞かせる。

だがその直後、さらなる衝撃を目の当たりにし、度肝を抜かれることとなった。

レンズを通して見る先のボートに、突如として新たな人影が出現したのだ。

前触れもなくムクッと上半身を起こしたその人物は、紛れもなく椎名姫乃だった。

頭が混乱をきたした。

一朗はシャッターを切るのも忘れて、呆然とカメラを覗き込んでいた。

＊

姫乃は素早く江村の背後に回った。その腰に左手を当て、江村同様、右手に持つカッターの切っ先を遠田へ向けた。

遠田は突如として生き返った死体と、裏切りの行動に出た部下の顔を交互に見ては、困惑を深めているようだった。

「……汰一。おまえ、なにをやってるんだ」

遠田は声を荒らげるでもなく、静かに訊いた。穏やかな響きすらあった。

一方、江村は、

「ごめんなさい。ごめんなさい。ごめんなさい」

蚊の鳴くような声でひたすら謝罪を繰り返していた。まるで終わりのないおまじないを唱えるかのようだった。

そして彼はその小さな身体を激しく震わせていた。その振動が彼の腰に当てている姫乃の手を通して伝わってくる。

「なあ汰一。冗談はよせ。本気じゃないだろう。おまえがこんなことをするはずがないじゃないか」

「ごめんなさい。ごめんなさい。ごめんなさい」

「おまえ、だれにナイフを向けてるのか、わかっているのか」

「ごめんなさい。ごめんなさい。ごめんなさい」

「もう一度言うぞ。おまえは今、だれにナイフを向けてるんだ」

「ごめんなさい。ごめんなさい。ごめんなさい」

「いいからそれを捨てろ。怪我したら危ないだろう。ほら、はやく捨てろよ」

遠田が一歩足を踏み出した。すると、江村が威嚇するようにナイフを素早く突き出した。

遠田が後ろに尻餅をつく。その衝撃で船体が大きく揺れた。

遠田は信じられないといった目で江村を見ている。

「汰一、いいか、よく聞けよ。おまえの命を救ったのはだれだ。おまえをここまで育てたのはだれだ。おれだろう。おまえはそんな恩人に牙を剝くのか。おまえのママはこれをどう思う。おまえは愛するママを悲しませたいのか」

遠田がその体勢のまま、言葉を捲し立てる。

すると江村の気力が萎《しぼ》んでいくように、手元のナイフの切っ先がみるみる下がっていった。

姫乃にはそれが信じられなかった。なぜ江村はこんな口先の戯言で気勢を削がれてしまうのか。

「そうだ。いい子だ。おまえにはおれとママを裏切るようなことはできないもんな」

ついに江村の手にあるナイフが完全に垂れ下がってしまった。

「汰一。それでいい」遠田が膝に手をついて立ち上がった。「よし汰一。その女を捕らえろ。

そして今この場で殺せ」

姫乃はごくりと唾を飲み込んだ。

そして江村がゆっくりと振り返った。その顔を見て、姫乃は驚いた。

江村は泣いていた。あの感情の欠落した江村汰一が、大粒の涙をポロポロとこぼしていた。

「やめて、江村くん。あなたはそんな人じゃ――」

「黙れ小娘っ」すぐさま遠田の声が飛んでくる。「汰一。騙されるな。その女は敵だ。おまえを唆《そそのか》す魔女だ」

「江村くん。お願い」

「汰一。命令だ。おれの前で、おまえの愛を証明してみせろ。天国にいるママに――」

突然、遠田の顔が眩い光で浮かび上がった。その顔に一筋の光が当てられている。

姫乃は首を捻り、発光源を見た。

するとわずか数メートル後ろの海上に、自分たちが乗っているものと同じようなボートが浮かんでいるのがわかった。そこから懐中電灯の光が放たれているのだ。

さらに目を凝らして姫乃は驚いた。

光の主は、新聞記者の菊池一朗だった。

菊池一朗は左手に懐中電灯、右手には三叉の刃のついた銛を持って、光の先を睨みつけていた。

眩く浮かび上がった遠田は、まるで亡霊でも目の当たりにしたかのように驚愕していた。その口を魚のようにパクパクとさせている。

＊

「遠田政吉、観念しろ。おまえはもう終わりだ」

そんな混迷の渦中にある遠田に対し、一朗は低い声で告げた。

「……待ってくれ。いい加減にしてくれよ。あんまりだろう」

遠田がだれに言うでもなく呟いた。

「もうなにがなんだかさっぱりだ。いったい今、なにが起きてる」

遠田は両手で頭をかかえていた。激しいパニックに陥っているのだろう。

内心、一朗もそうだった。

なぜここに椎名姫乃がいるのか。なぜ江村が遠田にナイフを向けていたのか。この場の状況が何ひとつ理解できなかった。

唯一たしかなのは、今、椎名姫乃の身が危険に晒《さら》されているということだけだ。

「……こんなことがあってたまるか。なにがどうなったらこんなことになっちまうんだ」

遠田の目はひどく虚ろだった。

そして遠田はブルブルとかぶりを振り、「……イヤだ、イヤだ。おれはこんなところで終わりたくない」と唇だけでだれかに訴えていた。

そんな遠田をよそに一朗は素早くボートを動かし、先のボートにピタッと横付けした。そしてオール同士を素早く紐で結んだ。ボートを簡易的に繋ぎ止めたのだ。

「江村。その手にあるナイフを放せ」

彼の手にあるナイフに懐中電灯の光を当てて言った。

だが江村はそれを無視した。彼は突然現れた一朗にすら意識がいっていないようだった。

一朗はその顔に光線を飛ばしてみた。

すると江村が泣いているのがわかった。姫乃の顔を見て、その目からボロボロと涙をこぼしていた。

江村汰一は壊れてしまっている――直感でそう思った。

そんな江村と対面する姫乃が彼の手をゆっくり取った。そして指をほどくようにして、その手に握られていたナイフを抜き取った。江村はまったく抵抗することなく、その場にしゃがみ込んだ。

「さあ、ヒメちゃん。そのナイフを持ってこっちのボートへ」

だが、姫乃もまたその指示に従わなかった。彼女は手の中にあるナイフにジッと目を落としていた。

「ヒメちゃん？　どうした？」

それでも姫乃はその場を動こうとしない。

一朗が姫乃の肩に向けて手を伸ばした瞬間だった。

ナイフを持つ彼女の手がゆっくり伸びた。その切っ先は遠田へ向けられている。

一朗は慌ててボートを飛び移り、その手首を摑んだ。

姫乃は遠田を見据えたまま、顔面を小刻みに震わせていた。一朗はその横顔を見てゾッとした。姫乃の目に激しい憎悪が籠《こも》っていたのだ。

「ヒメちゃん。なにがあったのかわからないが、もう大丈夫だ。もう安全なんだ。あとはすべておれに任せてくれ」

そう告げてから数秒後、姫乃は小さく二度頷き、ナイフを床に落とした。

そのとき、暗闇の中で遠田の手がそろりと動いたのに気づいた。

すぐさま懐中電灯の光を当てる。

「おい遠田。そいつはなんだ」

一朗が一歩足を踏み出して訊ねた。遠田は銀色のアタッシェケースを手にしていた。先ほどまでボート中央に置かれていたものだ。

「なんだと訊いている。答えろ」

「こ、これはおれのものだっ。だれにも渡さんぞ」

遠田がアタッシェケースを胸に抱きかかえ、声を震わせて言った。

なにが入っているのか知らないが、この期に及んでまだ悪あがきをするつもりらしい。

「まだわからないのか。すでにおまえの命運は尽きたんだ」

一朗は引導を渡すように告げた。

そのときだった。

前触れもなくボートが激しい揺れに襲われた。今まで穏やかだった海が突如荒波を立てて、いきなり暴れ始めたのだ。

一朗は慌ててしゃがみ込み、漕手座にしがみついた。

大型船がすぐそばを通った——真っ先にそれを思った。だが、見渡す限り船はどこにもなかった。

だとしたら、いったいなんなんだこれは——。

ぐわんぐわんと揺さぶられるボートにしがみつきながら、一朗は必死に状況を理解しようとしていた。

これはまるで、あのときの地震じゃないか。

二年前の今日、この島を襲った地震そのものじゃないか。

幸いなことに揺れは長くは続かなかった。海は何事もなかったかのように、すぐに落ち着きを取り戻したのだ。

この不可解な現象に困惑しているのも束の間、一朗はハッとなった。

姫乃と江村はすぐそこにいるのだが、遠田の姿がボートから消えていた。

「た、助け……助けてっ」

どこからか遠田の声が聞こえた。先ほどの揺れで海へ放り出されたのだとわかった。

一朗は立ち上がり、周辺の海面に懐中電灯の光を走らせた。すると、数メートルほど先の海面から頭を出す遠田を発見した。

遠田はジタバタともがいていた。水には慣れているだろうに、なぜか溺れている様子だった。

「なにしてる。は、はやく、はやく助けろ」

遠田は藁をも掴むように、その手をこちらへ向けて伸ばしている。

一朗はボートの上に立ち、光を向けたまま、観察するようにそれを眺めていた。

なぜだろう、身体が動かなかった。

そしてそれは一朗だけではなかった。

いつのまにか横に姫乃と江村が立っていた。ふたりも一朗と同様、黒い水の中でもがく男に静かな眼差しを注いでいるのだ。

しばし奇妙な時間がつづいた。

「頼む。助けてくれ。助けてくれーっ」

一瞬、遠田の頭が海中へ沈み込んで消え、再び海面から現れた。

一朗は我に返った。

ボートにあったロープを遠田に向けて放つ。

遠田が命からがら、ロープの先端を摑んだ。

それを確認し、一朗はロープを引き寄せた。

遠田が徐々に近づいてきて、やがてその右手がボートの側面を摑んだ。

そして一朗が力を貸そうと、手を差し出した瞬間、真横からシュパンと鋭い音が上がった。

気づいたときには、遠田の喉元になにかが突き刺さっていた。

銛だった。先ほどまで一朗が手にしていた銛の先端の三叉の刃が、遠田の喉に深く突き刺さっているのだ。

恐るおそる横を見た。

銛の竿を握っていたのは姫乃だった。

＊

無意識だった。

自分ではないだれかが、この肉体を操っているような、そんな奇妙な感覚に姫乃は囚《とら》われていた。

ただ、それは言い訳でしかない。

やったのは紛れもなくわたしなのだ。

わたしのたしかな殺意が、遠田政吉に刃《やいば》を突き立てたのだ。

遠田は今、仰向けの状態でぷかぷかと海面に浮かんでいた。

喉に突き刺さった銛は天に向かって真っ直ぐ伸びていた。

＊

悪い夢でも見ているようだった。

一朗は言葉ひとつ発することもできず、黒い海面を揺蕩《たゆた》う大男を眺めていることしかできなかった。

遠田政吉が事切れているのはまちがいなかった。

「……大丈夫。これは正当防衛だ」

一朗はぽつりと呟き、ボートの船底にへたり込んでいる姫乃の肩に手をやった。

「きみは遠田によって命の危険に晒されていた。そこできみが仕方なく反撃をすると、たまたま遠田は死んでしまった。そういうことだ。いいな」

姫乃がゆっくりかぶりを振る。

「……わたしは、殺すつもりで、あの男を刺した」

姫乃が魂の抜け落ちたような、とろんとした眼差しで言った。

「いいや、ちがう。これは事故だ。事故なんだっ」

姫乃の両肩を揺さぶって言いつけた。

それから一朗はバッと振り返った。

「江村、わかってるな。これは事故だ。おれとおまえが証人だ」

江村はボートの上に立ち、海面に浮かぶ遠田を無表情に見下ろしていた。

「おい、江村。大事なことなんだ。しっかり聞いてくれ」

すると江村がボートの床に落ちていたナイフを素早く拾い上げた。

そしてなにを思ったか、その切っ先を一朗に向けた。

「おまえ……どういうつもりだ」

「浜へ戻れ」江村が呟いた。「遠田隊長は消す。姫乃はもとからここにいなかった。あんたは姫乃を連れて今すぐに浜へ戻れ」

一朗は首を傾げた。「なにを言ってる。そんなことできるわけないだろう」

「おれならできる。遠田隊長はだれにも見つからない。もし発見されたとしても犯人はおれだ」

「江村……」

一朗は江村の顔をまじまじと見つめた。

「いや、しかし、そんな工作をしなくても、正当防衛として——」

「ダメだ。姫乃がかわいそうな目に遭う。あんたのせいで、姫乃は多くの人に知られてる」

一朗には江村の言っている意味がよくわからなかった。

「とにかくはやく消えろ」

正面にいる菊池一朗が両手にオールを握り、浜へ向けてボートを漕いでいた。

振り返って目を凝らしても、もうその先に江村を乗せたボートは見えない。ただ黒い海が広がっているだけだ。

一朗はずっと何かを考え込んでいる様子だった。眉間にシワを寄せ、一点を見つめたまま、両手をひたすら動かしている。

姫乃は先ほど、ここに至る経緯を一朗に語った。遠田によって我が身が汚されたこともすべて——。

言葉足らずだったが、江村がなにを言いたかったのか、姫乃にはすぐにわかった。

たとえ正当防衛が認められたとしても、ことの経緯は順を追って警察に話さねばならず、そうなると姫乃が遠田によって汚された事実も隠してはおけない。そうなれば姫乃が世間に知られているぶん、好奇の目に晒されてしまうと彼は言いたかったのだ。

復興支援金を横領した遠田政吉のもとで働き、利用されていたのは、とある新聞記事で話題となり、一時期ネットの世界で『地獄に舞い降りた天使』としてもてはやされた若い女性だった。そしてその女性が遠田に強姦《ごうかん》され、復讐として遠田を殺害した。

世間がまず放っておかない事件だ。わたしはマスコミの餌食《えじき》になるのだ。

そして、わたしはそれに耐えることはできないだろう。

「菊池さん。大丈夫ですから」

姫乃が静かに言った。

一朗が手を止め、顔を覗き込んでくる。

「わたし、もう、覚悟できてますから」

捨て鉢ではなく、本心だった。

今日は人生で最悪の、呪われた日だったが、最後に少しだけ救われた。

江村汰一はわたしを遠田から救おうとしてくれた。庇《かば》おうとしてくれた。

彼は人の心を持つ人間だった。

それを知られたのだから、もう思い残すことはない。

＊

一朗は善悪という名の迷路の中で、立ち尽くしていた。目の前に出口はあれど、どの道を選べばいいのかわからない。どれが正しい道なのか、まったくわからなかった。

──もう、覚悟できてますから。

先ほど姫乃はそう口にした。

そこにはたしかな死の響きが感じられた。

彼女は死ぬつもりなのだ。

絶対にそんなことはさせてはならない。だれもそんな結末を望んではいないのだ。

だが、事実を明かせば椎名姫乃は世間の下世話な好奇の目に晒されるだろう。彼女の存在を必要以上に祭り上げてしまったのは自分なのだ。

そして姫乃は法によっても裁かれることになる。事実をありのままに話せば、彼女は警察に逮捕されるのだ。

どんな事情があれ、姫乃は無抵抗の人間を殺害した。もちろん情状酌量は与えられるだろうが、確実に有罪となる。日本では報復や復讐は認められた行為ではないのだ。

一朗がそんな思考に耽っていると、ジャケットのポケットに入れてあったスマートフォンが鳴った。

相手は俊藤だった。こんな真夜中にいったいどうしたのか。

出るか否か、逡巡したが、一朗は前者を選択した。

〈真夜中にすみません。たった今入ってきた情報なんですが、早急に菊池さんにお伝えせねばと思い、ご連絡させていただきました〉

「なにがあったんですか」

〈どうやら遠田が逃亡したようです〉

俊藤の話では、警察は小宮山に失踪を許してしまったため、遠田には逃亡を図られないよう、二十四時間態勢で監視をつづけていたという。だが昨日の夕方、マンスリーマンションから出掛けたところで、その姿を見失い、行方がわからなくなったのだそうだ。

〈シャレにならない大失態です。警察は逮捕を目前にして被疑者にまた逃げられてしまったんです〉

一朗はスマートフォンを耳に当てたまま、正面にいる姫乃を見た。

〈これで遠田が見つからなければ大惨事です。幹部のクビがいくつ飛んでも足りません〉

彼女は膝を抱え、うつむいていた。

〈菊池さん、聞こえてますか〉

「……ええ、聞こえています」

なぜ、自分は言わないのだろう。

遠田の居場所を知っている、と。

あの男はすでに死んでいる、と。

一朗の反応が妙に薄かったからだろう、〈あの、菊池さん?〉と俊藤は電話の向こうで困惑していた。

「ところで俊藤さん、つかぬことを伺うのですが、三十分ほど前、どこかで地震がありましたか」

〈地震?　いえ、とくになにも起きていないはずですが〉

だとしたら先ほど海上で起きた現象はなんだったのか。海がひとりで怒り狂ったとでもいうのか。

〈あの、どうかされたんですか〉

「いえ。では、これで」

一朗は電話を切った。

20　二〇二一年三月十五日　堤佳代

「おめはブローカーの死体を捨てるため、遠田とふたりでボートに乗り込み、夜の海に出た。そこで金塊を独り占めしたくなり、隙をついて遠田にナイフを突き立てた。ところが遠田は瀕死《ひんし》の状態にあっても、金塊の入ったアタッシェケースを最後まで手放さず、それを抱えたままボートから海に落ち、沈んじまった――つまりはそういうことか」

三浦治が話をまとめるようにして言った。

「ああ」と江村が頷く。

「うーん。どうもなあ」

三浦をはじめ、聴衆は今ひとつ腑に落ちていないようだった。

佳代もそうだった。あれほど心酔し、忠誠を誓っていた遠田に対し、江村はなぜ突然謀反を起こしたのか。

だが、案外そんなものなのかもしれない。大前提、この男はふつうではないのだから、その行動原理を理解しようとしても土台無理な話なのだ。

「あ。雨が上がった」

だれかが言った。本当だった。いつのまにか雨音が消えていた。窓の向こうを見れば、空を覆っていた黒い雨雲が消え去っていた。

「だけんどおめ、なして今頃になってこの話をする気になったんだ」

江村は間を置いてから、「懺悔《ざんげ》」と答えた。

「震災から十年経って、ようやく告白する決心がついた。あの金塊が見つかったのは、きっとおれにこの話をさせるためだ」

「江村……」

「おれはまちがってた。してはいけないことをした。この島にたくさん迷惑をかけてしまった」

ここで江村が姿勢を正し、両手をつき、頭を下げた。

「本当にすみませんでした」

場が静寂に包まれた。

「つたく。最後だけ取ってつけたようにご丁寧に振る舞いやがって」

三浦が鼻を鳴らして言った。だが、その顔から怒りは感じられなかった。きっとだれも、これ以上江村を咎めることはないだろう。彼はすべてを告白したのだ。

「ところでおめ、このあとどうすんだ」

「警察に行く。そこで今の話をもう一度する」

「そうか――一朗、こいつは捕まんのか」

三浦が聴衆の中にいる一朗に訊ねた。

「横領は無罪判決で決着がついてるし、すでに時効も過ぎてっから罪に問えね。遠田、小宮山殺害の罪、ブローカーの死体遺棄は今後その死体が上がるかどうかで変わってくる」

一朗が事務的に回答した。

「悪いけども、少し彼とふたりで話をさせてもらえねえか」

一朗が立ち上がり、みんなを見回して言った。有無を言わさぬ雰囲気があった。

「江村」

一朗は江村を促し、彼を引き連れておもてへ出て行った。

ふたりの姿がなくなると、みんな肩の力が抜けたのか、そこら中でおしゃべりが始まった。

「ああ、おれはこのあと仕事をする気になんねえ」

「仕方ねえさ。こったなとんでもねえ話を聞かされちまったらよ」

「じゃあもう休みだ、休み」

「だったら今からまた飲み直すか」

「あんたバカ言ってるんでねえよ」

「ところで、結局あの金塊はどったな扱いになるわけ？」

「そりゃ島のものになるんでねえの。だってもとをただせば――」

そんな喧騒の中、佳代は居間を離れた。

時刻は十一時前、さすがに来未もそろそろ起きてくるだろう。もうあの子を起こしても構わないのだ。

廊下から来未の部屋の中を覗いて、佳代は「あっ」と声を上げた。

掛け布団が剥いであり、そこに来未の姿がなかったのだ。

視線を上げると、カーテンがはためいているのに気づいた。部屋の中に入り、カーテンを開く。窓が開いていた。来未はここから抜け出したのだ。

いったい、いつの間に――。

佳代は慌てて玄関へ向かった。

21　二〇二一年三月十五日　菊池一朗

ぬかるんだ畦道《あぜみち》を、自分の肩ほどの背丈しかない江村と横並びで歩いていく。辺りには雨に濡れた土の匂いが漂っている。遠くの雲間から一筋の光が射していた。

ナナイロハウスを出てから、まだどちらもひと言も口を利いていなかった。

「江村」

と、一朗から口火を切った。

「先ほどきみが口にした懺悔、あれは本心か」

「ああ」

江村が前を見たまま答える。

「そのためだけにきみはこの島にやってきたのか」

「ああ」

「本当か」

「ああ」

江村は顔色ひとつ変えずに淡々と答える。

一朗は軽く息を吸い込んだ。

「おれの勝手な想像を聞いてもらってもいいか」

「………」

「きみは金塊が見つかったことを知ったとき、不安を覚えた。これをきっかけに椎名姫乃が真実を告白してしまうのではないか、とな。だからきみはそれをさせないためにこうして──」

「ちがう。おれはこの島に姫乃がいることを知らなかった。それと、おれは作り話をしたわけじゃない。あれが真実なんだ」

「江村……」

一朗は足を止めた。

数歩先の江村が振り返る。

「ただ──もしかしたら、ここに来れば、また姫乃に会えるかもしれないと思った。最後にもう一度だけ、姫乃に会いたかった」

そう口にした江村の顔は以前と変わらない、相変わらずの無表情だった。

ただ、一朗には江村の気持ちがわかった。表情などなくても、彼の気持ちが痛いほど伝わってきた。

ここで、後方から足音が聞こえてきた。
振り返れば、遠くに椎名姫乃の姿があった。走って追いかけてきているのだ。
ほどなくして、息を切らした姫乃がやってきた。
「江村くん……」
姫乃が肩を上下させて言った。その目には涙が溜まっていた。
一朗は驚いた。姫乃にではない。
姫乃と向かい合う江村の口元が、少しだけはにかんでいるように見えたのだ。
「──姫乃。さようなら」
江村は身を翻すと、足を踏み出した。そのまま一歩ずつ足を繰り出していく。
徐々にその小さな背中が離れていった。
一朗と姫乃は、彼の姿が見えなくなるまで、ずっとその場で立ち尽くしていた。

エピローグ

「ねえ、ちょっと。おめ、来未のこと見かけなかった？」

自転車に跨がる佳代は、道で会う人、会う人に訊ねて回っていた。

だが、だれも見かけていないという。

いったい、あのおてんば娘はどこをほっつき歩いているのか。

ふだんなら放っておくが、今はマスコミに見つかれば面倒なことになる。

もっともマスコミは、これからは来未にさほど興味を示さないかもしれない。

江村の話が広まればだれだってそっちに食いつくはずだ。きっとそこからは連日、ワイドショーは江村の話で持ちきりになることだろう。

「ああ、来未ちゃんなら今さっきすれちがったけど」

「本当？」

同じく自転車に跨がり、通りすがりの谷千草に訊くと彼女はこう答えた。

「うん。どこさ行くのって声を掛けたら、海っつってたけど」

「どの辺りの海？」

「さあ。来未ちゃんがどうかしたの」

「ほら、あの子は今、渦中の子だがら。おもてでマスコミに見つかったら厄介だべなって」

「ああ、そういうことか。すごいわよね、金塊を拾っちまうんだがら」

「それがねえ、いろいろあんだべさ」

「なに、いろいろって」

「話すと長くなるし、あたしにはうまく話せる自信がねえわ」

「なによ、気になるでねえの」

「あとでほかの人から聞いてちょうだい。とりあえずまたあとで」

佳代がそう告げて、ペダルを漕ぎ出すと、「あ、佳代おばちゃん」と背中を呼び止められた。

「この前、お花どうもね」

「ああ、うん。どういたしまして」

「きっと光明もよろこんでると思う」

先日、昭久とふたりで彼女の息子の墓参りをしたのだ。

千草と別れたあと、佳代は海岸沿いに自転車を走らせた。

すると、ほどなくして砂浜にぽつんと座る少女の背中を発見した。

いた。来未だ。

「来未！」

ブレーキを掛けて止まり、その場から声を発した。

振り返った来未は呑気に手を振っている。

まったく、あの子は——。

「おめ、しばらくはおもてに出るなっつったべ。いつの間に抜け出したんだい」

佳代は来未のとなりに腰を下ろして言った。

「へへへ。昨日の夜から部屋の中に靴を隠しといたんだ」

屈託ない笑顔で言われてしまい、叱る気力が失せた。そしてその顔は子どもの頃の雅恵そのものだった。

「ところでおめ、こっちの話、聞こえたげえ？」

佳代としてはそれがなによりも心配だった。

もちろんすべて黙っているわけにもいかないだろうから、のちほどオブラートに包んで伝えようと思う。

来未が「ううん」とかぶりを振る。「なんかみんなで集まって昔のことをごちゃごちゃと話してらなあって思ったけど」

「そう」安堵した。「あんな、来未。いつかは、おめも知ることになるだろうがら、あとであきくんと一緒に――」

「いい。べつに知りたくね」来未がきっぱりと言った。「うちにはむずかしいことはわがんねえし、そもそも昔の暗い話も聞かされたくね。今が楽しいから、うちはそれでいい」

佳代はふいに胸が詰まった。

雅惠がしゃべったような錯覚に陥ってしまったのだ。

「そんなことより佳代おばちゃん、聞いて。うち、はじめてお母さんに会ったんだ」

「どういうこと?」佳代は眉をひそめた。

「夢の中でうちに会いにきてくれたの。お母さんといっぱい遊んだし、一緒にご飯も食ったし、話もいーっぱいしたんだ」

「ええ、本当?」

「うん。んだがらうち、このまま起きねえでおくべと思って、ずーっと寝てたんだ」

「ああ、んだがらおめ白雪姫になってたの。そうかい、そうかい。それはえがったねえ」

佳代は来未の頭を優しく撫でた。

「あ、そういえばさ、お母さんが佳代おばちゃんに『ありがとう』って伝えてくれって」

「ありがとう? なして?」

「うちに素敵な名前をつけてくれてありがとう、だって」

佳代は息を飲んだ。

来未《くるみ》という名前をつけたのが自分であるということを、佳代は来未に伝えていないのだ。来未には母親の雅恵が名前をつけたということにしてあったのに、どうして——。

佳代が不思議に思っていると、来未がお尻の砂を叩いて立ち上がった。

そして、

「佳代おばちゃん。橋って造るのになんぼぐらいお金がかかるのかなあ」

来未が遠くを見ながら言った。その先には本土の矢貫町がある。

「橋？」

「うん。だって橋があればすぐに本土さ行けるし、海人にいちゃんも楽にこっちに帰ってこれるべ」

「ああ、うん」

「うちの拾った金塊、ぜーんぶ出せば造ってもらえっかなあ」

なぜだろう、鼻の奥がツンときてしまった。それが引き金となり、目頭がカアッと熱くなった。

「うん。きっと造れるべ」

涙声になってしまったからか、振り返った来未が顔を覗き込んできた。

「あ、また泣いてら。佳代おばちゃんはほんと泣き虫だべ」

来未にけらけら笑われてしまった。

これが来未だと思った。この笑顔こそが来未なのだ。
どうかこの子の未来が、ずっとずっと明るいものでありますように――。
目の前に広がる青い海に、佳代はそっと願いを掛けた。

3．11を死なせてはならない

わたしは東日本大震災の被災者ではありません。親族、知人も失っていません。実害といえば当時東京にあった自宅のテレビが倒れ、画面に小さなヒビが入った程度のものです。

そんなわたしであるのに、震災後しばらくの間、無気力状態がつづきました。もちろん何も手につかないほどではなく、目の前の仕事もこなしていましたし、ご飯も喉を通っていました。ただ、なんとなく鬱々《うつうつ》とした日々を過ごしていました。

そんなわたしの耳に「一日一偽善」という言葉が入ってきました。これは歌手の泉谷《いずみや》しげる氏が震災後の復興支援活動をしている際に、飛び交う揶揄《やゆ》に対して発した造語のようですが、いい言葉だなと思った覚えがあります。

これに背中を押されたのかは定かでありませんが、その後わたしは復興支援のビジネス（当時のわたしの仕事はイベンター）に能動的に携わるようになりました。とはいえ、あくまでビジネスであり、ボランティアではありません。無償で復興に貢献していた方々とは一線を画します。

そうした頭が下がる方々が多くいらっしゃった一方、混乱に乗じて、被災地における詐欺に横領、窃盗に性暴力など、人ならざる行為を働く者たちも少なからずいたようです。

本書にはそれらの悪を漏れなく詰め込みましたが、書いていて自分でも辟易《へきえき》しました。結果、心の中に澱《よど》みのようなものが溜まってきてしまい、途中で筆を折ってしまいました。

そんなわたしを再起させてくれた一冊の本があります。読売新聞社・著『記者は何を見たのか』（※参考文献参照）という本で、記者のみなさんが3．11をより多くの人に、そして後世に伝えるために、心血を注いで紡ぎあげたルポルタージュです。取材をされる方はもちろん、する方もつらい、それでも自分たちは書かなくてはならない。そうした記者の矜持《きょうじ》と覚悟に胸を打たれ、わたしは小説家として、この物語を書き切ろうと決意しました。

死は二度訪れると言います。一度目は肉体が朽ちたとき。二度目は人々の記憶から忘れ去られたとき。であるならば3．11に二度目の死を与えてはなりません。

この物語が3．11の〝生〟に貢献できることを願って。

二〇二四年　冬　染井為人

この作品はフィクションです。
実在の人物、地名、団体、事件とは一切関係がありません。

参考図書

『記者は何を見たのか　３・11東日本大震災』読売新聞社・著（中公文庫）
『津波からの生還　東日本大震災・石巻地方１００人の証言』三陸河北新報社「石巻かほく」編集局・編（旬報社）
『特別報道記録集　三陸再興　いわて震災10年の歩み（2011・3・11　東日本大震災　岩手の記録Ⅴ）』（岩手日報社）
『特別報道写真集　平成の三陸大津波（2011.3.11　東日本大震災　岩手の記録）』（岩手日報社）
『遺体　震災、津波の果てに』石井光太・著（新潮文庫）
『ＮＨＫドキュメンタリー　3.11 万葉集　詠み人知らずたちの大震災』玄真行・著（ディスカヴァー携書）
『あのとき、大川小学校で何が起きたのか』池上正樹、加藤順子・著（青志社）
『呼び覚まされる　霊性の震災学　3.11 生と死のはざまで』東北学院大学　震災の記録プロジェクト　金菱清（ゼミナール）・編（新曜社）
『がれきの中で本当にあったこと　わが子と語る東日本大震災』産経新聞社・著（産経新聞出版）
『いのり　東日本大震災で亡くなられた方々の魂に捧ぐ』冨田晃・著（創栄出版）
『魂でもいいから、そばにいて　３・11後の霊体験を聞く』奥野修司・著（新潮文庫）

二〇二一年十月　光文社刊

光文社文庫

海神《わだつみ》

著者　染《そめ》井《い》為《ため》人《ひと》

2024年2月20日　初版1刷発行

発行者　三宅貴久
印刷　堀内印刷
製本　ナショナル製本

発行所　株式会社　光文社
〒112-8011　東京都文京区音羽1-16-6
電話 (03)5395-8147　編集部
8116　書籍販売部
8125　業務部

落丁本・乱丁本は業務部にご連絡くだされば、お取替えいたします。
ISBN978-4-334-10209-8　Printed in Japan

組版　萩原印刷